Le crépuscule d'un libertin

Les crimes du marquis de Sade : Tome 3

Ludovic Miserole

Le crépuscule d'un libertin

Les crimes du marquis de Sade : Tome 3

Thriller

Phénix Noir

Éditions IFS

Éditions IFS - Collection Phénix Noir
Drève de la Charte 13
BE - 1083 Bruxelles
Belgique
Tél. : +32.493.220.888

Site internet : **www.editions-ifs.com**
Email : info@editions-ifs.com

ISBN : 9782390460220
Publié et imprimé en Europe (Juin 2021)
Dépôt légal : Bibliothèque Royale de Belgique - D/2021/13.387/07

Du même auteur

Rosalie Lamorlière, dernière servante de Marie-Antoinette, 1re éd. 2010, nlle éd. 2022

Zamor, le nègre républicain,
1re éd. 2015, nlle éd. 2022

L'affaire Rose Keller
(Les crimes du marquis de Sade : Tome 1),
1re éd. 2018, nlle éd. 2021

Les filles du panier
(Les crimes du marquis de Sade : Tome 2),
1re éd. 2019, nlle éd. 2021

À Andréa, repose enfin en paix...

Impérieux, colère, emporté, extrême en tout, d'un dérèglement d'imagination sur les mœurs qui de la vie n'a eu son pareil, en deux mots me voilà : et encore un coup, tuez-moi ou prenez-moi comme cela, car je ne changerai pas.

Sade, dans une lettre adressée à Renée-Pélagie en 1783

1

Château de La Coste. Fin d'année 1774

À l'étage de la forteresse familiale, un obscur couloir résonne des pleurs d'adolescents des deux sexes. Des sanglots de jeunes personnes que les époux de Sade ont emmenées de Lyon jusqu'ici : cinq fillettes de treize ans tout au plus et un garçon de quinze ans, prénommé André et à qui on a promis qu'il deviendrait le nouveau secrétaire de monsieur le marquis. Rien que ça !

Quel parent sans le sou aurait hésité un seul instant à laisser partir sa progéniture hâve vers une maison dont les murs semblent teintés de la couleur de l'espoir ? Les quelques doutes furent très vite écartés par la jeune Nanon, une Lyonnaise de vingt-quatre ans, tout acquise à la cause des Sade chez lesquels elle s'en allait servir également. Elle avait juré à tous les anxieux de garder un œil protecteur sur leur douce et innocente progéniture.

Hélas ! Arrivés au château, les nouveaux venus s'étaient très vite rendu compte que les belles paroles n'étaient que d'horribles mensonges servis afin d'endormir la vigilance maternelle. Nanon n'est pas femme dont la gentillesse égale la beauté. Loin de là ! Elle n'est motivée que par son seul et unique intérêt qui consiste pour le moment à satisfaire Donatien de Sade, et ce de toutes les manières et avec l'assentiment de madame la marquise. Les enfants sont là afin de nourrir au mieux l'ambition de Nanon, mais aussi, et surtout, calmer monsieur et ainsi rassurer son épouse.

Car voici plusieurs jours que les jeunes gens subissent des châtiments dont ils ne soupçonnaient pas l'existence et pour lesquels ils n'étaient pas prêts. Mais peut-on être préparé pour les coups de martinets, les brûlures et les attouchements que vous inflige un homme qui pourrait être votre père ? On reste sourd à leurs refus et parfois même, on se moque de leurs larmes. Ici, il n'y a guère de place pour l'innocence et on ne se gêne pas pour le leur faire savoir chaque fois que cela s'avère nécessaire.

Certainement alerté par les sanglots, quelqu'un vient et aussitôt le silence envahit le deuxième étage.

Les filles remontent à toute hâte leur drap sur le nez tandis qu'André, placé dans une chambre voisine, se tourne vers le mur. Il ferme les yeux si fort qu'il en aurait presque mal aux paupières.

Un sursaut. Quelqu'un vient d'ouvrir les portes dans un fracas épouvantable.

Le visiteur se tient dans le couloir, en retrait, afin d'observer l'intérieur des deux pièces.

— Que se passe-t-il ici ?

Tous reconnaissent la voix autoritaire de Nanon.

— Vous êtes sous ma responsabilité et j'entends que vous ne dérangiez pas monsieur le marquis avec vos jérémiades.

Une inconsciente ose un timide *je veux ma maman* d'une voix chevrotante. La réaction de Nanon ne se fait pas attendre. Elle avance d'un pas décidé vers le lit où se trouve la petite capricieuse et la pointe du doigt. Est-ce la bougie qu'elle tient à la main qui rend son visage si inquiétant ?

— Écoute-moi bien ! Ta mère ici, c'est moi ! Alors, cesse de geindre et endors-toi !

L'enfant se mord les lèvres pour ne plus émettre le moindre son. Son corps se met à trembler.

Le visage de Nanon s'empourpre.

Elle déteste qu'on lui désobéisse.

La petite sait ce qu'elle risque si elle s'obstine. Il ne faut surtout pas contrarier Nanon.

Elle renifle, ravalant sa tristesse et ses peurs, puis tente de calmer l'orage dans un soupir las.

— Oui, Nanon.

— Quelqu'un a-t-il d'autres doléances stupides à me soumettre ?

Le silence.

— Eh bien ? Non ? Personne ?

Elle ne reçoit pour toute réponse que l'écho de sa voix agacée.

— Parfait ! Endormez-vous maintenant ! Vous savez que monsieur le marquis déteste poser son regard sur des mines fatiguées. Il vous désire reposés et, surtout, parés du visage de l'innocence. Je ne veux plus entendre un bruit, une plainte ou ne serait-ce que l'expression d'une once de regret. Vous avez accepté de venir à La Coste. Personne ne vous a forcés. Vous apprendrez bien vite que, dans la vie, il nous faut assumer nos choix. Vous verrez, ici vous apprendrez nombre de choses des plus intéressantes et très vite. Tentez de passer une bonne nuit ! À demain !

Les portes restent ouvertes. Ce soir, les enfants n'auront le droit à aucune intimité. Les pas de Nanon s'éloignent.

Après un instant considéré comme suffisant, une des petites filles se met à chuchoter.

— Vous croyez que l'on pourra bientôt partir d'ici ?

Les autres lui ordonnent aussitôt de se taire.

L'une d'elles la menace.

— Tu veux qu'elle revienne et qu'elle nous fouette ? Tais-toi et dors ! Il paraît que demain...

La voix enfantine s'éteint.

Nul besoin de préciser. Toutes et tous ont été prévenus que demain serait jour de la grande cérémonie.

2

Paris. Rue Neuve-du-Luxembourg

Un châle sur les épaules, madame de Montreuil est installée sur un des bancs du parc de son hôtel particulier et profite de cette belle fin de journée d'une arrière-saison décidément bien généreuse. La Présidente paraît pensive, absorbée par des soucis dont elle se serait bien passée. Si jusqu'à présent, elle était contrainte de tenter de neutraliser un gendre ingérable, la voici désormais attaquée en justice par son propre clan. Renée-Pélagie, solidaire jusqu'au-boutiste avec son époux, a adressé une plainte contre sa mère à monsieur Chapote, procureur au Châtelet. Donatien ne doit pas bouder son plaisir. La Présidente n'est pourtant pas dupe. Ce vil marquis est sans aucun doute à l'origine de cet acte de trahison, peut-être même lui a-t-il dicté ce mémoire. Il ne peut en être autrement tant ce papier suinte le style dramatique et mensonger de cet amoureux de théâtre. Elle le sait pour en avoir reçu copie par l'un de ses obligés au sein du bureau de monsieur Chapote.

Un tissu ordurier dans lequel on la rend responsable de tous les maux subis par Sade depuis plus de deux ans. Madame de Montreuil ne peut s'empêcher d'en relire quelques lignes.

Ce n'est point un criminel qu'elle poursuit, mais un homme qu'elle envisage comme rebelle à ses ordres et à ses volontés. Mais faut-il que de pareils motifs soient le prémisse d'un outrage fait à l'humanité,

— Rien de moins ! ricane la Présidente.

De l'oubli de tous les égards, des malheurs d'une fille et d'une tendre épouse, de l'infamie qui rejaillit sur des parents respectables, de la honte qui va se perpétuer sur une malheureuse famille, triste fruit d'un engagement que sa mère a scellé ? Faut-il que les liens qui unissent le marquis de Sade à la dame de Montreuil, sa belle-mère, deviennent des chaînes de tyrannie et de cruauté ? Faut-il que la suppliante soit elle-même condamnée à ne couler plus que des jours d'amertume, à s'attendrir journellement sur le sort de malheureux enfants, innocentes victimes des poursuites d'une aïeule qui les sacrifie à son déchainement[1] contre son gendre ?[2]

— *De malheureux enfants !* Pourtant on n'a pas hésité une seconde à me les confier afin que leurs parents soient tranquilles à La Coste pour faire je ne sais quoi avec je ne sais qui !

1 NdE : Lors des échanges épistolaires entre les différents protagonistes, nous avons préféré, quand cela était possible, garder l'orthographe originale.
2 Bibliothèque nationale, Ms.N.a.fr. 2484, folios 595 sq

Elle plie avec fureur le papier noirci de fiel, le range dans son décolleté aussitôt recouvert de son châle. La Présidente fulmine. Renée-Pélagie est bien trop fidèle et docile. Elle est si soumise à ce Sade qu'elle en vient à renier sa famille et à s'éloigner des siens sans la moindre hésitation. Elle est totalement sous son emprise, dévouée à une extrémité telle qu'elle pourrait leur être fatale à tous les deux.

— Si seulement Renée-Pélagie avait hérité de mon caractère ! soupire-t-elle. Au moment où la famille devrait s'unir et faire front, voici qu'elle se déchire.

Il n'y a cependant aucune chance que la plainte aboutisse. La Présidente a bien trop d'appuis et le nom même de Sade n'inspire que méfiance et dégoût. Renée-Pélagie de Sade a encore beaucoup à apprendre pour tenter de rivaliser avec une Marie-Madeleine Masson de Plissay Cordier de Montreuil. Sait-elle seulement, cette fille ingrate, que dans les plus hautes sphères de l'état on considère sa soumission comme pure aliénation et que l'on n'hésite pas d'ailleurs à la traiter de folle ?

Il paraît toutefois que la petite ingrate, guidée par l'âme revancharde du marquis, désire profiter pleinement des changements politiques des derniers mois. Louis XV est mort et la disgrâce de Maupeou est un facteur essentiel pour faire casser le jugement d'Aix rendu deux ans plus tôt. Voici que Sade nie tout en bloc : l'empoisonnement des prostituées à l'aide des bonbons cantharides et la sodomie qui, selon les deux époux, ne peut être prouvée.

— Grand bien lui fasse ! bougonne la Présidente. Cela la détournera un peu de l'oisiveté dans laquelle elle se prélasse sur son pic rocheux.

— Vous disiez ?

La Présidente sursaute. Toute à ses pensées et à sa colère, elle n'a pas entendu approcher son mari.

— Rien. Je réfléchissais à voix haute.

— Et quel était le sujet de votre réflexion ? demande monsieur de Montreuil en prenant place auprès de sa femme.

— À votre avis ? lance-t-elle un brin désabusée.

Elle se lève. Demeurer au côté de cet homme sans envergure lui est devenu insupportable. Son inertie et sa naïveté l'agacent au plus haut point. Madame de Montreuil se sent isolée, plus seule que jamais alors qu'elle tente de sauver ce qu'il reste de sa famille.

— Ce Sade ! Encore et toujours.

Madame de Montreuil revient sur ses pas et toise le vieil homme avec mépris.

— Oui, monsieur. Ce Sade ! Cet homme que NOUS avons fait entrer dans notre famille. Ce marquis que NOUS avons choisi pour notre fille aînée. Celui-là même dont pourtant moi, et moi seule, essaie de contenir les excès. Le roi, les ministres, les lettres de cachet, les traques, les opérations policières pour le débusquer chez lui, j'ai tout essayé.

— Et pour quel résultat ?

La Présidente s'avance et serre les poings.

— Je vous demande pardon ?

Monsieur de Montreuil demeure impassible. Les colères de son épouse, il les connaît et a appris à les ignorer.

— Allons, mon amie. Il n'y a qu'à regarder où nous en sommes. Chaque fois que nous pensons être tranquilles et en avoir fini avec lui, il recommence et se surpasse dans l'ignominie. À croire que cette volonté que vous avez de le combattre ne fait que l'encourager à vous défier.

La Présidente peine à réaliser ce que ses oreilles viennent d'entendre. Comment peut-on lui reprocher les efforts déployés afin de préserver l'honneur d'une famille moribonde ? Surtout lorsque ce on s'avère être celui qui partage votre vie à défaut d'en avoir une.

— Me rendriez-vous responsable des agissements de ce pervers ? Car c'est bien de cela qu'il s'agit, n'est-ce pas ?

Le vieil homme a perdu de son flegme et devient blême. Pourquoi ne s'est-il pas tu comme à son habitude ? Les silences manquent de courage, certes, mais ils ont le mérite d'éviter bien des scènes inutiles.

— Je ne dis pas ça, mais...

— Comment osez-vous ? Vous qui avez pris l'habitude de rester caché dans votre bureau de la Cour des Aides en attendant que passent les orages. Vous étiez bien heureux de savoir notre gendre enfermé après l'affaire d'Arcueil. Tout comme vous l'étiez lorsque vous avez appris que votre fille et moi avions acheté le silence de cette Rose Keller. Et que dire de cette sordide affaire de Marseille où une prostituée, cette Marguerite... quelque chose, a failli perdre la vie ? Là encore vous étiez bien soulagé d'apprendre que votre épouse avait fait le nécessaire. Je n'ose parler de la relation incestueuse de ce monstre avec Anne-Prospère qu'il a fallu étouffer coûte que coûte.

— Ne me suis-je point rendu à Pierre-Encize afin de remercier le gouverneur de la prison ? Ne suis-je pas allé à La Coste rendre visite à nos filles ?

— Après la bataille, mon ami ! Encore et toujours ! Vous évitez l'épreuve du feu et ne ressortez que pour compter les cadavres dans le seul but de vous ranger du côté des vainqueurs. Vous êtes un déserteur, monsieur mon mari. Alors de grâce, gardez vos reproches ! Cette guerre aurait pu être la nôtre, mais puisque vous préférez m'envoyer au front qu'il en soit ainsi ! Sachez que je me battrai jusqu'à mon dernier souffle pour l'honneur de cette famille, quoi qu'il en coûte, et si le marquis de Sade trouve en moi une adversaire à sa mesure, vous m'en voyez ravie. De sa vie, je serai peut-être la seule femme qui osera le défier.

Monsieur de Montreuil se contente de hocher la tête de dépit.

— Vous perdrez beaucoup. Et je ne parle pas seulement d'argent. Regardez ! Renée-Pélagie vous tourne déjà le dos et Anne-Prospère ne désire pas cette union avec monsieur de Beaumont qui, avouons-le, est déjà plus que compromise.

— La faute à qui, monsieur ? Une fois encore à ce Sade et à ses scandales.

Une légère bise se fait ressentir. Les branches nues se mettent à frémir. La Présidente rentre la tête dans les épaules puis serre un peu plus fort contre elle ce châle parme et bleu offert par son fils aîné l'hiver dernier. Elle n'adresse plus un mot à cet époux bien trop fade à ses yeux et quitte le jardin en de petites foulées peu graciles, mais qui ont le mérite de l'éloigner au plus vite de cet irréversible refroidissement qui s'est installé entre eux.

3

Château de La Coste

Le couple de Sade a terminé de souper et s'est installé confortablement dans le petit salon vert du rez-de-chaussée. Monsieur le marquis a pris place dans un fauteuil près de la fenêtre dont les volets sont demeurés ouverts. Comme à son habitude ces derniers temps, il consulte un ouvrage sur l'Italie tandis que madame son épouse est assise face à lui, absorbée par ses travaux d'aiguille.

On frappe timidement à la porte. Donatien lève les yeux de son livre, lance un *Entrez !* et attend avec curiosité.

Une jeune fille au teint de porcelaine apparaît dans l'embrasure de la porte, les mains jointes devant elle. Elle n'est pas timide, mais respectueuse et totalement dévouée. Elle possède une autorité naturelle, un port altier et des manières délicates. Une allure générale qui pourrait occasionner bien des méprises quant à sa réelle condition.

— Les enfants sont couchés, Monsieur.

Renée-Pélagie n'a pas quitté des yeux ses fils multicolores de peur de se piquer, mais aussi pour ne pas accorder trop d'importance à cette créature qui a déjà trop tendance à se prendre pour ce qu'elle n'est pas. Certes, l'aide de Nanon fut précieuse à Lyon. Elle vivait là et repérer les enfants à engager fut aisé pour elle. Elle avait su trouver les mots pour rassurer les parents et convaincre certains d'entre eux que ce Sade chez qui ils s'en allaient servir n'avait rien à voir avec celui des affaires d'Arcueil et de Marseille. Elle leur avait soutenu que celui-ci était issu d'une autre branche de cette famille dont les racines prenaient source dans les profondeurs de la nuit des temps. La fille causait bien et fut en mesure d'endormir des méfiances légitimes. Renée-Pélagie avait même demandé à monsieur Gaufridy, leur nouvel homme de confiance depuis leur rupture avec maître Fage, de tenir le même discours que celui de Nanon dans une lettre qu'il adresserait aux parents. Un homme de loi ne saurait mentir...

Depuis son arrivée entre ces murs, Nanon occupe officiellement le poste de cuisinière, même si son rôle premier consiste à prendre soin des petits venus de Lyon et d'organiser les plaisirs de Donatien. Elle n'hésite d'ailleurs pas à payer de sa personne. En général, les enfants ouvrent l'appétit du marquis par quelques caresses. Ils font office d'entrée tandis que Nanon devient le dessert. L'Auvergnate de naissance a de la ressource et s'est vite révélée indispensable à la bonne marche du plan de Renée-Pélagie afin de maintenir Donatien au château en lui fournissant ce dont il a besoin et échapper ainsi à de nouveaux scandales.

— Réclament-ils encore leurs parents ? s'enquiert Donatien.

— De temps à autre, mais beaucoup moins que par le passé.

— Bien. Voilà qui est mieux.

Nanon, encouragée par les paroles du marquis, s'approche de son maître. Elle se tient devant lui et effleure de ses doigts délicats la main blanche de Donatien qui pose son livre sur les genoux.

Renée-Pélagie observe, impassible, les avances non déguisées de la jeune femme.

— Pas ce soir Nanon. Monsieur le marquis a besoin de se reposer pour la grande cérémonie de demain. Allez plutôt voir Gothon, la chambrière et son ami Carteron ! Tout n'est peut-être pas encore prêt et votre aide leur sera sûrement plus utile.

Sade se met à rire aux éclats.

— S'ils ne sont pas à baiser dans un recoin du château ! Ces deux-là sont intenables.

— Tout comme vous l'êtes mon ami, répond Renée-Pélagie d'un ton pourtant dénué de reproches avant de reprendre son aiguille.

Donatien regarde son épouse avec tendresse.

Que de changements en dix ans ! L'innocente et pure jouvencelle qu'il eut plaisir à déflorer le soir de leurs noces, celle-là même qui s'adonnait aux choses de l'amour par contrainte et avec dégoût, est à présent à organiser ses plaisirs particuliers. Ceux-là mêmes qu'elle a combattus des années durant secondée par sa mère. Que dirait la Présidente si elle avait connaissance de ce qui se trame ici ? Un jour, il révélera à cette bête venimeuse que le vieux Montreuil, cet époux qu'elle considère mou et insignifiant, s'est lui aussi perdu sous les jupons de Gothon. Une femme à laquelle nul mâle ne saurait résister tant elle a le plus beau cul qui fût échappé des montagnes de Suisse depuis plus d'un siècle[3]. Donatien pourrait en témoigner lui-même. Oui, un jour il dira tout à ce monstre infernal, simplement pour avoir le plaisir d'admirer sa tête déconfite.

Légèrement frustrée, la cuisinière a reculé d'un pas, mais se trouve toujours à proximité du fauteuil de Donatien.

— Vous pouvez disposer, Nanon lui dit-il d'une voix douce qu'accompagne un clin d'œil complice.

Il ne la perd pas des yeux lorsqu'elle s'éloigne lentement en roulant des hanches. La jeune créature se sait regardée. Si Donatien est au spectacle, Renée-Pélagie, elle, hausse les sourcils en hochant la tête devant cette provocation affligeante et pousse un soupir une fois la porte refermée.

— Je crois que vous avez trouvé votre pendant féminin, mon ami.

— Oh ! Détrompez-vous ! Gothon est bien pire que celle-ci. Si vous saviez !

Si Renée-Pélagie avait la faculté de s'immiscer à ce moment précis dans l'esprit de son mari, elle pourrait y voir cette diablesse de Suissesse chevauchant un

3 Anne-Marguerite Maillefer, épouse Duffé, dite Gothon. Elle est née vers 1741 en Suisse romande. Carteron, dit La Jeunesse, abandonna femme et enfants pour elle.

monsieur de Montreuil ébouriffé, haletant et tentant péniblement de reprendre son souffle. Ce jour-là, la Présidente a bien failli devenir veuve dans des râles de jouissance où le nom du Seigneur fut invoqué en vain. Que cela aurait été drôle ! N'écoutant que son grand cœur et sa compassion, Sade aurait évidemment pris sur lui pour délivrer la terrible nouvelle à sa meilleure ennemie.

— Ce que j'en vois me suffit amplement, reprend Renée-Pélagie, mais je plains la pauvre épouse de La Jeunesse. Elle n'est pas prête de revoir son mari de sitôt. Seule Gothon occupe son esprit.

— Elle s'occupe également du reste avec la plus grande habileté, ricane Donatien.

— Je vous l'accorde, même si cela ne se fait pas. On ne peut sacrifier sa famille pour une fille dont les manières cachent aussi mal les intentions.

Donatien se redresse dans son fauteuil.

— Et quelles sont-elles, je vous prie ? Je serais curieux de l'entendre.

Renée-Pélagie rougit.

— Avouez que Gothon ne sert que ses intérêts. Elle ne sera jamais la femme d'un seul homme.

Il se penche vers elle, le torse gonflé de fierté, les poings sur les cuisses tel un primate soucieux d'affirmer sa supériorité.

— Et le devrait-elle ?

Renée-Pélagie s'enfonce timidement dans son siège tout en regrettant déjà d'avoir offert à Donatien une si belle occasion de discourir sur sa vision de la fidélité. Elle préfère ne pas répondre et, résignée, s'apprête à écouter un long monologue dont elle sait par avance qu'elle n'en partagera pas les idées.

— Imaginez ne rien connaître de la religion ! Un monde où la seule pensée de Dieu en est absente. Imaginez encore que, dès votre plus jeune âge, l'on vous ait élevée en vous évitant toute relation avec les gens de l'extérieur ! Une seule personne, disons un homme, vient passer le plus clair de son temps avec vous et ne vous inculque d'autres principes que les siens. Votre éducation ne dépendrait que de sa vision de la vie et de son sens aigu, ou non, de ce que vous appelez la morale. Vous conviendrez donc aisément que tout ce que cet homme vous enseignerait vous semblerait en tout point normal, n'est-ce pas ? Il pourrait donc user de vous à sa guise et vous deviendriez la plus dépravée des filles du royaume que cela ne vous choquerait pas le moins du monde. Peut-être même que pour vous les orgies et la torture seraient devenues la norme. Quant à la fidélité !... Inutile d'en parler puisque depuis l'enfance on vous aura appris qu'il est *naturel* d'être une fille à tout le monde et de n'être la femme de personne !

Renée-Pélagie porte une main délicate à la bouche et se met à bâiller. Les discours de son mari sur la morale, le couple et la jouissance l'ennuient. Ils ne trouvent de fondement que dans la perversion et la mauvaise foi et ne servent qu'à justifier une déloyauté outrancière et des envies bien singulières. Au moins, avec les années, a-t-elle appris à gérer les excentricités de Donatien. À défaut de les satisfaire elle-même, elle est devenue l'organisatrice de ses plaisirs telle une Madame de Pompadour choisissant les jeunes maîtresses d'un Louis XV vieillissant. Le château de La Coste tient lieu et place du Parc aux Cerfs et Nanon n'est pas de trop pour seconder sa maîtresse dans cette tâche fastidieuse.

Renée-Pélagie se lève.

— Ne m'en veuillez pas, mais je vais me coucher.

— Vous avez raison. Il se fait tard et la journée de demain nécessite que nous soyons reposés, dit Donatien dans un sourire complice. Bonne nuit, madame mon épouse. Faites de doux rêves !

— Bonne nuit, monsieur mon mari. Que votre imagination vous berce de belles promesses.

4

La Coste

Sans un bruit, madame de Sade se rend à la chambre des enfants, non pas les siens qui sont à Paris chez les Montreuil, mais les petits ramenés de Lyon. Elle souhaite s'assurer qu'ils vont bien et ne désire surtout pas les réveiller. Elle avance à pas comptés, tenant ses chaussures d'une main et un pan de sa robe de l'autre. Nanon a eu la bonne idée de laisser brûler quelques bougies à l'étage. Au moins, Renée-Pélagie n'ira pas se prendre les pieds dans le tapis ou heurter un meuble.

Soudain, une latte du plancher grince sous le poids de la maîtresse de maison qui cesse net sa progression. Immobile, elle retient sa respiration et tend l'oreille, espérant de tout son cœur ne pas avoir réveillé l'un des enfants. Seuls des soupirs et de légers ronflements se font entendre. Rassurée, elle décide de poursuivre son avancée avec prudence en direction de la pièce où dort André.

Sa porte, tout comme celle des demoiselles, est restée ouverte. C'est un ordre du marquis que Nanon fait respecter à la lettre. Donatien craint que si elles sont closes, les garnements ne s'adonnent entre eux au vice auquel il les a initiés et que lui seul prétend pouvoir partager avec eux.

André est là, en position fœtale, ramassé sur lui-même, le drap serré dans ses poings afin que rien ne passe, ni la menace éventuelle d'une autre main que les siennes, ni même la douceur de l'air chaud provenant des cheminées du rez-de-chaussée. Une simple pièce de tissu pour armure, rempart infranchissable d'un reliquat de vertu qu'il voudrait rendre inaccessible. Peine perdue, hélas ! André ne le sait pas encore, mais de cette faible lueur d'innocence, il ne restera bientôt plus rien. Donatien entend balayer de cette tête bien faite toute once de pudeur qui aurait le malheur de s'y trouver encore. André et les petites filles auront bientôt définitivement quitté l'enfance. Tous seront réduits à de simples poupées de chair aux mains du marquis. Des corps livrés à sa merci, telles des offrandes à son insatiable lubricité.

La gorge nouée, Renée-Pélagie émet un soupir.

Sur la pointe des pieds, elle se rend à la chambre voisine. Les filles sont profondément endormies. Oubliés les sanglots et les lamentations. Le sommeil a eu raison de leurs inquiétudes et de leur tristesse. Doux répit en comparaison du réveil cruel qui, demain, les leur rappellera bien assez tôt.

Mal à l'aise, Renée-Pélagie, tremblante, envoie un baiser à ces têtes blondes et brunes qui servent ses intérêts, mais pour lesquelles, néanmoins et malgré tous ses efforts, elle ne peut s'empêcher d'éprouver de la pitié.

5

DANS UNE SALLE BASSE DU CHÂTEAU

Deux femmes s'activent dans la pénombre peu rassurante d'une pièce voûtée où d'immenses tentures rouge et noir viennent d'être déployées devant les murs de pierre. Candélabres et lanternes sont placés çà et là, mais avec le plus grand soin. Rien n'est laissé au hasard. Tout a été soigneusement préparé. Le marquis a été très clair concernant ses attentes et ces créatures des ténèbres, cerbères dociles et complices, lui sont totalement dévouées.

— N'oublie pas les bougies, Nanon ! s'exclame la demoiselle Du Plan, une danseuse venue de Marseille que Nanon ne porte guère dans son cœur. Elle vit ici au vu et au su de tout le village avec un titre assez vague de gouvernante. Toutefois, personne n'est dupe et surtout pas Nanon. Cette danseuse ne gouverne rien d'autre que le vît du maître des lieux. Mais tout cela n'est que provisoire. Si la concurrence est rude entre ces deux-là, Nanon est bien décidée à ne pas lui laisser sa place. Ça non ! Elle ne fera qu'une bouchée de celle-ci comme elle est en train de le faire avec cette Rosette venue de Montpellier. Nanon ne donne plus que quelques semaines à la jeune pouliche pour qu'elle retourne fissa dans sa Camargue. Après cela, elle s'occupera de la Du Plan. Elle l'aura à l'usure, à n'en point douter. Dans un mois ou deux, il ne restera qu'elle au château.

— Je ne les ai pas oubliées, répond sèchement Nanon. Je ne sais que trop le rôle qu'elles tiennent dans la cérémonie. Tâche à ton tour de ne pas oublier que, même si je ne suis ici que depuis quelques semaines, les désirs de monsieur le marquis n'ont aucun secret pour moi.

L'autre rit et hausse les épaules.

— Tu m'en diras tant !

Le sol de terre battue se soulève au passage de la Du Plan qui se dirige avec énergie vers l'autre extrémité de la salle basse traînant derrière elle un nuage de poussière. La voici qui fouille à présent dans un sac posé discrètement sur un guéridon à son arrivée.

— Et cela ! s'exclame-t-elle en brandissant un crâne humain, tu savais qu'il le désirait ?

Nanon est pétrifiée. Elle voudrait se pincer pour être certaine de ne pas rêver, mais aucun de ses membres ne lui obéit. Tout son être se dérobe. Elle ne peut plus bouger. Sa gorge se serre. Nanon suffoque, mais ne peut crier.

La Du Plan, hargneuse, ne souhaite pas rater une si belle occasion. Elle s'avance vers la jeune fille apeurée, les bras tendus portant la tête de mort devant elle, la mine grave. Au bout d'un instant hélas beaucoup trop long, Nanon parvient enfin à reculer, mais se retrouve très vite acculée à la paroi. Insensible à sa détresse, la danseuse poursuit sa lente progression vers elle tel un fantôme, venu des enfers, assoiffé de vengeance.

— Arrête ! Va-t'en ! hurle-t-elle.

La Du Plan s'immobilise, incline doucement son visage et sourit.

— Alors, ma petite ? On a peur ?

Nanon se ressaisit peu à peu. Toujours plaquée au mur, ses muscles commencent enfin à se relâcher les uns après les autres. Elle reprend son souffle.

— C'est quoi ça ? demande-t-elle en pointant du doigt l'objet de sa terreur.

— Ce n'est pas évident ?

— Cesse ce petit jeu ! Qu'est-ce que ça fait là ?

— La mise en scène, ma chérie ! La mise en scène ! Tu sais pourtant que monsieur le marquis est un homme de théâtre : le moindre détail a son importance !

— Mais c'est morbide ! balbutie Nanon.

— Tu trouves cela morbide ? Attends de voir les autres trésors que renferme ce sac !

— Comment cela ? murmure Nanon, la voix tremblante.

La Du Plan rit à nouveau.

— Il s'y trouve des fémurs, des tibias et d'autres os humains. J'ai des amis qui ne me refusent rien.

— Mais ils font quoi, tes amis ? Ils travaillent dans des cimetières, ils sont médecins, ou pire, ils assassinent ?

— Ils sont surtout discrets.

Nanon comprend qu'il est inutile de chercher à en savoir davantage. Elle détourne le regard de ce satané crâne que la danseuse tient serré contre sa poitrine, et tente de poursuivre l'aménagement de ce lieu pour la grande cérémonie de demain. La Du Plan ne tarde pas à lui prêter main-forte et dispose avec la plus grande délicatesse les ossements au bout de la grande table de chêne qui trône au centre de la pièce, comme s'il s'agissait de précieuses reliques.

La voix de Nanon se fait soudain entendre.

— N'oublie pas les cordelettes ! Il faut des cordelettes en nombre suffisant.

La Du Plan sort les indispensables pièces de chanvre de sa besace, puis les deux jeunes femmes prennent le recul nécessaire et admirent leur travail. Tout semble parfait. Les lourdes tentures jouent leur rôle à merveille. On se croirait sur la scène d'un théâtre. Une scène magnifiquement décorée, un brin dérangeante, voire angoissante, qui attend avec impatience les acteurs apeurés du drame qui ne tardera pas à se jouer.

— Le couteau ! s'écrie Nanon qui, sans perdre un instant, fouille dans son tablier en marchant vers la table. Le crâne lui fait de l'œil ! Nanon s'arrête net. Elle tend le canif à sa voisine et d'un mouvement de tête lui désigne l'endroit où il faut aller le poser.

La Du Plan la raille un temps, mais finit par s'exécuter non sans continuer à se moquer de son amie. Elle avance de manière nonchalante en direction de la table en sifflotant puis, arrivée à hauteur du plateau de bois, elle défie Nanon du regard et se met à caresser lentement ce qui, auparavant, était la tête d'un homme ou peut-être même celle d'une femme comme elles.

— Tu es sûre de ne pas vouloir le faire toi-même ? Toi, pour qui les désirs de monsieur le marquis n'ont aucun secret...

Vexée, Nanon tourne les talons et remonte vers sa chambre en marmonnant.

La Du Plan ne fera pas de vieux os entre ces murs.

Nanon s'en fait la promesse.

6

Apt

Gaspard Gaufridy est à son bureau à se frotter la tête comme s'il voulait en chasser l'origine de ses tourments. Tout cela va mal finir, il en est certain.

Quelle mouche l'a donc piqué d'accepter de représenter dorénavant les intérêts du marquis de Sade ? Les voix qui s'étaient élevées pour tenter de l'en dissuader avaient pourtant été nombreuses, mais le lien d'amitié qui unissait ces deux hommes depuis l'enfance avait été le plus fort. Le notaire avait fait la sourde oreille. Il ne pouvait décliner l'offre faite de gérer les affaires de son ancien camarade de jeu.

Gaspard Gaufridy avait encore en mémoire le caractère impétueux et autoritaire du jeune garçon qu'était Sade. Tout comme il n'avait pas oublié cette propension qu'il avait à tout régenter, à être persuadé que, au vu de son rang et de sa lignée, rien ne pouvait lui être refusé. Comment ne pas se souvenir qu'il se roulait par terre en tapant des pieds et des poings si jamais une personne mal avisée osait lui opposer un refus ? Ses colères étaient craintes de tous, tant par leur intensité que par leur soudaineté. Tout était fait alors pour éviter ces moments si redoutés : on lui cédait tout.

Nul doute que l'adulte qu'il était devenu n'avait guère changé. Il faudra une fois encore composer avec ce tempérament bouillonnant et manipulateur. Gaufridy sait pertinemment qu'il aurait dû décliner cette proposition, mais heureusement pour Donatien, le notaire est un homme investi du sens du devoir et de l'honneur.

Une main délicate vient caresser ses cheveux ébouriffés par l'angoisse et l'incertitude.

— Que se passe-t-il ?

Monsieur Gaufridy esquisse un sourire et entrecroise ses doigts dans ceux de son épouse, immobilisés sur sa nuque. Sans se retourner, il s'adresse à celle qui le connaît mieux que personne, qu'il aime plus que tout et qu'il lui faut rassurer.

— Tout va bien Élisabeth. Le travail…

Sa femme vient à ses côtés et place ses paumes de chaque côté de ce visage dont elle connaît chacun des sillons et la moindre des expressions.

— Et depuis quand me mens-tu, Gaspard ? Onze années de mariage ne rendent pas aveugle. Voici des milliers de jours que je vis à tes côtés et tu crois être encore en mesure de me cacher quelque chose ? Qu'y a-t-il ?

Gaufridy oublie l'espace d'un instant les questions qu'il ne manque pas de se poser depuis le début de la journée. Il tend légèrement le cou et vole un baiser à celle qui est penchée sur lui.

— Je t'aime, déclare-t-il.

— Moi aussi je t'aime, mais ne tentez pas de faire diversion, monsieur Gaufridy, lui dit-elle en lui tapotant le bout du nez de son index. Je te connais, je te l'ai dit. Réponds-moi ! Que se passe-t-il ? Pourquoi cette mine assombrie, ce front plissé ?

— De cruels témoins de ce temps qui file à vive allure.

Élisabeth Gaufridy fronce les sourcils et s'évertue à prendre un air sévère qui provoque un rire chez son époux.

— C'est ce Sade, n'est-ce pas ?

Les rires cessent aussitôt et le visage enjoué se ferme subitement telle une porte que l'on vient de claquer sur un bref moment d'insouciance.

— Je t'avais demandé de trouver le courage de refuser, te souviens-tu ? Cette loyauté qui t'honore t'a pourtant fait commettre une terrible erreur, tu le sais. Cet homme n'est pas fréquentable. Sa propre famille le renie : son oncle, sa belle-mère... Quant à sa femme...

Élisabeth ôte les mains du visage de son mari. Elle se relève et soupire, partagée entre dépit et consternation.

— On dit que la marquise est devenue la complice de ses débauches, mais il y a pire encore ! Une rumeur des plus persistantes prétend même qu'elle lui fournit les créatures nécessaires à le satisfaire.

Gaspard Gaufridy feint d'être étonné. Il n'ose avouer à Élisabeth que Renée-Pélagie lui a demandé justement de rassurer les parents des petites Lyonnaises sur l'identité de leur nouveau maître. *Non, ce Sade n'était pas celui d'Arcueil ! Marseille ? Un lointain parent, le même qui jetait l'opprobre sur tout un pan de cette famille provençale aux innombrables ramifications.* Ces lettres, apparemment innocentes, avaient lié à jamais le destin de Gaufridy à celui des Sade qui étaient parvenus à l'attendrir. Son attachement à Donatien l'avait aveuglé, le rendant incapable d'envisager l'inconcevable. Oui, mais voilà ! Ces lettres le rendaient en quelque sorte complice de ce qui était en train de se passer au château de La Coste.

— Gaspard ?

Le notaire sursaute et, contraint, s'éloigne de ces considérations qui le rongent.

— Méfions-nous de la rumeur, Élisabeth. Elle n'est souvent motivée que par la jalousie et une volonté féroce de nuire. Tu n'es pas sans savoir que certains de ces colporteurs de fables sont devenus des artistes dans ce genre destructeur. Crois-moi, si l'on n'y prend garde, les mensonges se parent sournoisement des couleurs de la vérité et, en y regardant de plus près, ce tableau censé représenter la réalité s'avère très vite n'en être qu'une pâle copie, voire un faux, un mensonge nuisible.

Élisabeth Gaufridy observe cet homme qu'elle aime plus que tout. Il lui cache quelque chose. C'est indéniable, mais une fois encore elle fera celle qui n'a rien remarqué.

L'amour, c'est parfois aussi le silence.

7

La Coste

Nanon n'a pas très bien dormi.

Elle a passé toute sa nuit à revoir chaque détail de la cérémonie. Elle a conscience que le moindre oubli de sa part peut faire tempêter monsieur de Sade et par conséquent, nuire à la sérénité de cette nouvelle journée qui va bientôt commencer. Chacun ici, et Nanon la première, craint les mouvements d'humeur du maître des lieux. Sa place à La Coste est précaire. Il lui faut continuer à faire ses preuves afin d'espérer demeurer ici et pour ce faire il n'y a qu'un seul mot d'ordre : combler au mieux monsieur le marquis. Et Dieu sait que Nanon jette tous ses efforts dans cette mission dont elle se sent investie plus qu'aucune autre. Et si elle y met tant d'application, c'est qu'elle aspire à se construire un avenir bien différent de celui auquel sa naissance l'a condamnée.

Cela avait motivé la fuite de son Auvergne natale. Elle avait la profonde conviction que le simple fait de s'éloigner de la campagne et de ses odeurs tenaces suffirait à effacer aux yeux du monde ses modestes origines. Une condition peu enviable que bon nombre de ses congénères vivaient telle une tare, tout en acceptant leur sort en se répétant des *c'est comme ça*, des *à quoi bon* renforcés d'*on n'y peut rien* lâchement fatalistes. La résignation, très jeune, Nanon avait décidé de la laisser aux faibles. Elle regardait ces traîne-misère avec aversion en se promettant qu'une fois adulte, elle ne serait jamais comme eux. La promesse d'une petite fille, lancée tel un crachat à la face de ce destin auquel elle était vouée sans l'avoir choisi. Dès qu'elle le put, Nanon décida de partir pour Lyon dans le but de mener la belle vie à laquelle elle avait tant rêvé. Avec cette soif de liberté et cette bouffée d'espérance, vinrent hélas très vite les sanglots de la déception qu'engendraient les grandes désillusions. La fille de laboureur aux ambitions déraisonnables devint une domestique exploitée jusqu'à la limite de ses dernières forces. Elle rassembla cependant le peu qu'il lui restait afin de fuir une fois encore sa misérable condition. À défaut d'être une de ces galantes de salon qu'elle jalousait tant, Nanon devint par la force des choses une humble gourgandine qui officiait çà et là de temps à autre à l'ombre de la colline de Fourvière. Maligne et consciente que la rareté est chère, Nanon acquit peu à peu une solide réputation dans les rues de la capitale des Gaules. La jeune fille était ainsi. Elle avait pour elle une vivacité d'esprit peu commune qui lui permit à de multiples reprises de s'adapter à bien des situations et de s'extirper de quelques autres qui, sans cette qualité, auraient pu lui être fâcheuses.

La rencontre avec le couple de Sade fut une occasion à ne surtout pas manquer. Une opportunité trop belle pour ne pas la saisir. La chance souriait enfin à Nanon. Jour après jour, elle gagnait leur confiance tout comme elle avait su le faire plus tard avec ces parents un tantinet craintifs dont elle était parvenue à museler les inquiétudes sur les intentions de celui qui désirait leurs enfants. Les pauvres gens ne se doutaient pas que les desseins de monsieur de Sade étaient le dernier souci de cette jeune femme. Qu'ils soient louables ou non, cela importait peu à Nanon. Seule comptait cette possibilité inespérée de fuir cette vie indigente pour laquelle elle n'était décidément pas faite.

Tout à l'heure, comme à son habitude, elle mettra tout en œuvre afin de contenter au mieux monsieur et madame de Sade. Elle démontrera qu'elle leur est devenue indispensable. Cela sera l'évidence même. Nanon se plaît à La Coste et elle entend bien ne pas abandonner cette demeure de sitôt. À cette fin, elle doit écarter la Du Plan, quitte à la discréditer. Plus les femmes adultes se feront rares ici, plus vite le rôle de Nanon à La Coste y paraîtra essentiel.

Un rai de lumière transperce les rideaux mal refermés la veille.

Ce nouveau jour sera spécial. Non seulement il sera celui tant attendu de la cérémonie, mais il marquera la disgrâce de cette maudite Du Plan.

8

À l'étage du château de La Coste

On a réveillé doucement les enfants aux premières lueurs du jour. Le visage chiffonné et les cheveux ébouriffés, ils ont suivi sans mot dire celles venues les chercher. Les femmes les ont lavés tour à tour avec méthode en prenant soin toutefois de ne point trop les parfumer. Elles savent que le marquis affectionne les peaux sans artifice et exècre tous ces effluves qui masquent chez ses partenaires de jeu l'odeur de l'innocence et de la peur.

On les a ensuite habillés de légères tuniques de lin blanc à l'antique.

Tous à présent sont assis sur de simples chaises de bois, tournant le dos à celles qui maintenant les coiffent, leurs nuques soumises aux coups de brosse énergiques de ces matrones dont les gestes n'ont rien de maternel. Certains d'entre eux pourtant ont sans doute en ce moment une pensée pour cette mère restée à Lyon qui les a confiés à cet homme inquiétant. Un être qui leur a déjà fait subir quantité d'attouchements étranges et autres gestes qu'ils pensaient interdits. Les premières fois, il y eut des pleurs et des cris, mais, et contre toute attente, le marquis leur avait dit tendrement ne pas leur en vouloir. Dans sa grande mansuétude, il ne leur faisait aucun reproche. Leur ignorance était excusable, car durant les quelques années de leur existence, tout le monde les avait trompés. Tout ce qui se passait au château était normal. Les petits devaient le croire, ses mots étaient empreints de la vérité la plus absolue. Ce lieu était justement un refuge, loin de tous les principes mensongers, religieux ou moraux, dont des enfants de leur âge étaient communément instruits. L'extérieur était le mal alors qu'ici, à La Coste, et en cela tous devaient croire le marquis, on ne leur voulait que du bien. Les interdits n'avaient plus cours en ces murs. Les seules contraintes étaient celles de l'imagination et apparemment celle du marquis semblait sans limites.

Les enfants sursautent.

— Sont-ils prêts ?

Nanon se tient dans l'embrasure de la porte. Elle n'a sur elle qu'un vêtement de mousseline blanche, légère et vaporeuse, que la lumière provenant du couloir rendrait presque transparent. Elle n'arbore aucun bijou. La volupté se suffit à elle-même et s'offre ainsi dans toute sa simplicité, sans artifice.

— Oui, Madame, répond avec déférence l'une de celles occupées à préparer les petits.

Nanon ne s'en laisse pas conter. Elle se méfie de la bonne femme à la mine boudeuse, une expression certainement amplifiée par une lèvre inférieure trop épaisse. Celle-ci n'a jamais pu la souffrir, elle le sait.

Nanon s'avance. Elle ne fait confiance à personne et il est hors de question de confier son avenir à une de ces domestiques un peu trop indolentes à son goût et encore moins à cette fourbasse de Claire. Elle serait capable de négliger intentionnellement les préparatifs afin de lui nuire.

La jeune fille examine avec le plus grand soin les offrandes qu'elle ne va pas tarder à servir à son maître. Elle les inspecte, les respire. Les fruits sont beaux et n'ont pas l'air gâtés. Leur peau est ferme, sans taches et dégage un tel parfum de fraîcheur que monsieur de Sade aura bien du mal à se retenir pour ne pas se précipiter et les croquer à dents pleines. Nanon est ravie. Le marquis va se repaître de leur chair et les goûter jusqu'à satiété.

— Parfait ! Suivez-moi ! Et ne prenez pas cet air abattu voulez-vous !

Nanon précède le cortège puis, soucieuse que personne ne soit à la traîne, elle se retourne. Elle aperçoit alors cette maudite Claire Borniche qui clôt la marche.

Nanon s'arrête net.

— Que faites-vous là ?

— Je vous accompagne jusqu'en bas.

— C'est hors de question ! s'insurge Nanon, droite comme un i, mains sur les hanches. Ce n'est pas votre place ! Vous avez fait ce que l'on vous a demandé. Votre rôle s'arrête au seuil de la porte de cette chambre que vous venez pourtant de franchir. Retournez à vos tâches !

Interdite, Claire demeure muette. Cette Nanon se donne bien trop de prérogatives, dont celle de parler ainsi avec autorité aux domestiques, mais elle n'aura pas toujours le beau rôle. Un jour, monsieur de Sade se lassera de cette petite. Cela arrive tout le temps. Il suffit d'attendre. Résignée, mais tournée vers l'espoir que ce jour arrivera bien assez tôt, Claire Borniche s'en retourne aux côtés de ces besogneuses qui, comme elle, n'ont pas accès à certaines pièces du château.

Enorgueillie, Nanon observe un instant l'effrontée qui s'éloigne mollement et reprend la tête de la lente, et néanmoins précieuse procession. Arrivés au rez-de-chaussée, tous descendent des escaliers taillés directement dans la pierre et s'enfoncent dans la pénombre.

Les enfants suivent la lueur du flambeau que tient la belle Nanon. Elle est parfois rude avec eux, mais en l'absence de monsieur le marquis, elle se laisse parfois aller à des démonstrations de tendresse. Elles ne durent pas bien longtemps, mais sont sincères. Hélas, bien souvent ces moments s'achèvent dans un sursaut, comme si Nanon réalisait la folie de ces élans et les conséquences qu'ils pourraient avoir. Elle les écarte alors sans ménagement mettant fin à une étreinte pourtant réconfortante. Est-ce la peur de Sade ? Ou celle de s'attacher à des enfants voués à d'autres fins que celle d'être cajolés ? Aucun de ceux qui la suivent en cet instant dans ce boyau sans lumière ne saurait le dire. À vrai dire, ils ne s'en soucient guère tant ils sont à espérer qu'aujourd'hui on ne leur fera pas de mal. André, lui, ne se fait pourtant aucune illusion. Les longs préparatifs n'ont pas été effectués en vain. Il a entendu plusieurs fois parler de *la cérémonie*. Ce qu'ils ont subi jusqu'à maintenant n'était qu'un avant-goût des horreurs qui les attendent au bas de ces marches. Il en est certain. André a beau être un des préférés du marquis, il n'est pas en reste quand il s'agit de réaliser les pires extravagances que monsieur de Sade a en tête.

Nanon est arrivée au bas de l'escalier face à une porte close à la base de laquelle s'échappe un filet de lumière jaunâtre. De son poing, Nanon frappe une fois, fait une pause, frappe à nouveau deux fois, s'arrête un bref instant avant que trois coups retentissent.

Des pas se font entendre de l'autre côté. Ils deviennent de plus en plus forts. Les petits corps se raidissent. Le bruit se rapproche. On ouvre. Les jeunes adolescents ne peuvent distinguer de qui il s'agit. Mais les pans de la robe écarlate qu'ils peuvent voir de part et d'autre de la silhouette de Nanon leur indiquent qu'il s'agit d'une femme. L'étoffe est belle. Il ne peut s'agir que de...

— Entrez !

Cette voix ! C'est bien elle !

Madame de Sade s'écarte dans un mouvement empreint de grâce et de solennité afin de laisser passer le cortège. Les enfants demeurent tous la tête baissée à l'exception d'André dont le regard ose défier celui de Renée-Pélagie. Madame de Sade croit y voir les prémices de quelques larmes, mais il n'y a pas que cela. Elle peut y déceler de la colère, voire une certaine rage. Renée-Pélagie ne quitte pas des yeux le garçon qui finit, comme elle le pensait, par capituler. La jeunesse de son caractère trahit encore sa volonté, mais les années à venir se chargeront de changer cela. En attendant, il faudra s'en méfier.

Nanon sourit à Donatien qui, assis sur une chaise haute tel un roi sur son trône, jette un œil satisfait sur l'assistance. La jeune femme rassérénée aligne les enfants devant son seigneur tandis que Renée-Pélagie, pensive, demeure en retrait.

Impatient, le marquis se lève.

— Fort bien ! Nous pouvons commencer.

9

Paris

Un hôtel particulier de la rue Neuve-du-Luxembourg est plongé dans un silence rassurant. Si dans les chambres les maîtres dorment, en bas, en cuisine, les domestiques s'affairent afin de préparer le premier repas de la journée que ne tarderont pas à prendre les Montreuil.

On est allé chez le boulanger. Ernest est à moudre le café tandis que la douce Constance remue le chocolat des enfants. Les avoir tous les trois ici, à Paris, est une source d'enchantement pour les serviteurs et de ravissement pour leurs grands-parents qui ne tarissent pas d'éloges les concernant, surtout madame. Elle s'émerveille devant chacun de leurs faits et gestes et promet à qui veut l'entendre que ces petits-là ne tiendront jamais rien de leur père, mis à part peut-être un physique avantageux et ce sang aristocratique qui ne manquera pas de leur ouvrir certaines portes le moment venu, à la condition toutefois que monsieur de Sade daigne enfin se tenir tranquille. Un fol espoir que la Présidente entend bien voir se réaliser quitte pour cela à passer le reste de son existence à solliciter ses amis, voire le roi en personne. Le jeune Louis XVI, à l'instar de feu son grand-père, ne pourra demeurer insensible à ses suppliques. La Présidente ne cesse de le répéter.

Ceux qui œuvrent ici aux étages inférieurs surprennent de temps à autre des bribes de conversations qui leur permettent de suivre les affreux scandales provoqués par le marquis, et tous évidemment, à l'image de leur maîtresse, le méprisent au plus haut point et sont bien aises que les petits n'aient plus à subir son influence néfaste. À l'heure qu'il est, Louis-Marie, Claude-Armand et la petite Madeleine-Laure doivent encore dormir à poings fermés, lovés dans des draps de coton brodés[4]. Qu'il sera difficile pour Constance de les arracher à leurs rêves, mais il lui sera doux de voir ces chérubins lui sourire avant qu'ils ne lui souhaitent le bonjour une fois les rideaux tirés et leurs paupières levées.

D'un regard entendu, les femmes de chambre des héritiers de Sade se concertent en silence et donnent ainsi le signal du réveil. Comme chaque matin, Constance les suit et gravit avec impatience les escaliers qui la conduiront à ses petits. Un jour, elle aussi aura des enfants, mais en attendant, elle s'en va donner aux héritiers de Sade toute la tendresse dont leur innocence a grand besoin. Ce bien précieux qu'il faut célébrer comme un don de Dieu.

4 Louis-Marie de Sade (1768-1809), Claude-Armand de Sade (1769-1847), Madeleine-Laure de Sade (1771-1844). Des trois enfants du couple de Sade, seul Claude-Armand aura une postérité.

10

Paris. Rive gauche

Aude et Jeanne regardent avec pitié le vieux monsieur légèrement voûté sur lui-même, assis de l'autre côté de la table. Il râle plus qu'il ne respire. Un souffle rauque comme un voile qui se déchire, une pièce de chanvre que le moindre effort ferait rompre. Les yeux sont cernés, gonflés de larmes, chaque ride de sa peau parcheminée semble avoir été creusée par la douleur et le chagrin. Un prénom revient sans cesse sur ses lèvres fripées : *Julie*.

Les trois personnes réunies ici sont reliées par l'amour qu'elles portent à Julie Danière. Les deux amies viennent d'écouter religieusement le vieil homme raconter ses souvenirs. Non pas dans le but de ne pas froisser leur visiteur, mais simplement parce qu'elles le souhaitaient et qu'elles désiraient sincèrement connaître davantage l'absente, cette fulgurance venue croiser leur vie trop brièvement certes, mais avec une telle intensité.

— Julie, soupire-t-il une nouvelle fois.

Un silence s'installe, lourd, chargé de tristesse, habité par des images du passé où trône un visage que le temps, cruel complice, ne manquera pas d'en dissiper peu à peu les traits. Jeanne, que le sérieux de la situation met mal à l'aise, se dandine sur sa chaise en se frottant nerveusement les mains. Cela n'échappe pas à Aude qui préfère interrompre ce moment de recueillement et éviter ainsi que Jeanne ne le fasse avant elle de manière maladroite.

— Nous ne l'oublierons jamais, monsieur. Comme nous vous l'avons dit à votre arrivée, notre première rencontre avec Julie ne fut pas des plus heureuses. Elle était malade et nous l'avons recueillie ici même. Nous nous sommes apprivoisées avant de devenir amies.

— Et j'imagine que la chose ne fut pas aisée. Ma Julie était farouche et gagner sa confiance relevait du défi.

— Ah ça ! s'esclaffe Jeanne. Moineau n'était pas facile.

L'homme lève les yeux, regarde Jeanne avec tendresse et sourit pour la première fois depuis son entrée dans cet appartement aux meubles épars. Encouragée par cet apparent relâchement, Jeanne rajoute :

— Mais qui ne serait pas méfiante après avoir enduré les sévices de ce Sade ?

Aussitôt, une grimace déforme son visage poupin. Le vieil homme devine alors que la douce Aude est sortie de sa réserve et vient de pincer discrètement la cuisse de sa complice sous la table.

— Vous avez raison, Jeanne. Nulle ne peut se relever indemne de tant de cruauté. Vous avez accueilli Julie à un moment où elle était au plus mal et je vous en serai éternellement reconnaissant. Elle parlait souvent de vous. Vous avez énormément compté pour elle. Hélas, le souvenir de Sade était le plus fort. Julie semblait avoir trouvé auprès de vous l'amitié et l'amour aux côtés de Pascal Lefort, mais avant de se perdre dans le bonheur avec volupté, elle tenait plus que tout à se débarrasser de ses vieux fantômes. Sa nouvelle vie ne pouvait se construire sur cette peur qui la tenaillait de croiser à nouveau celui qui avait nié jusqu'à son humanité. Julie désirait par-dessus tout neutraliser cet individu et empêcher qu'il ne fasse subir à d'autres les horreurs qu'elle avait eues à endurer. Le fait de n'avoir pu sauver Rose Keller fut pour elle une véritable torture.

L'homme soupire, puis son regard se perd une nouvelle fois.

— Je me plais à croire qu'elle s'est sacrifiée pour que d'autres lui survivent. Elle n'y est peut-être pas parvenue tout à fait, la mort l'a fauchée trop tôt, mais elle est morte en voulant aider son prochain.

Le silence envahit à nouveau de sa lourdeur invisible le deux pièces de la rue Saint Dominique. Au bout d'un moment, les deux femmes se regardent, impuissantes devant tant de chagrin. Soudain, le visage blafard se tourne dans leur direction avec un je-ne-sais-quoi d'inquiétant dans le regard.

— Savez-vous où je puis trouver ce Sade ?

11

Paris

À deux pas du Palais de Justice, un homme marche d'un pas pressé sur les pavés de l'Île de la Cité que la pluie a rendu glissants. Un chapeau vissé sur une tête baissée et le col remonté jusqu'aux yeux, l'inspecteur Marais souhaite comme à son habitude passer inaperçu, aujourd'hui peut-être davantage que les autres jours, car le peuple est mécontent. Il gronde et tout ce qui représente l'autorité est considéré avec méfiance.

En effet, Turgot, le contrôleur général des finances du roi Louis XVI, vient de libéraliser le commerce des grains. Les Parisiens craignent, à juste titre ou non, que les prix augmentent au profit des seuls grands exploitants et que le pain vienne à manquer[5]. Dans la rue, cette décision est considérée comme pure folie, d'autant plus que la dernière récolte de céréales a été mauvaise. Tous s'attendent à ce que les spéculations aillent bon train et que la faim s'installe. Les premiers signes d'une révolte sont palpables pour celui qui y est attentif. Marais es-

5 Édit du 13 septembre 1774.

père simplement que le jeune roi qui n'est pas encore couronné, isolé sous les ors de Versailles et entouré de conseillers autoproclamés en tous genres, ne demeurera pas sourd aux plaintes de cette majorité de ses sujets trop souvent sacrifiée.

La longue silhouette noire longe les murs de la Conciergerie et tourne à droite au niveau de la Tour de l'Horloge. La rue de la Barillerie s'étend alors jusqu'au Pont Saint-Michel, encombrée de voitures à cheval ou à bras qui tentent péniblement de se frayer un chemin parmi les passants qui courent et se bousculent afin de se mettre à l'abri de ces trombes d'eau que le ciel semble décidé à verser sur la capitale. Marais traverse avec précaution puis presse le pas jusqu'à s'engouffrer dans le café Thémis.

L'inspecteur a l'impression désagréable d'avoir été suivi. Un sentiment qu'il n'avait pas ressenti depuis longtemps, mais qui est réapparu depuis quelques jours. Dieu sait pourtant qu'il est méfiant et que chacun de ses déplacements s'entoure de précautions infinies, cependant, et il en est presque certain, quelqu'un est à ses trousses.

Marais prend une profonde inspiration. Il est ici pour récolter des informations et non pour s'embarrasser d'une inquiétude susceptible de lui embuer l'esprit.

La foule est dense. Dense et humide. Les corps sont amassés les uns contre les autres et des effluves de toutes sortes se mêlent. Et quel parfum ! La pluie a cette fâcheuse tendance à intensifier, voire révéler à tous des senteurs corporelles dont les nez sensibles se passeraient volontiers. Marais a toujours comparé l'odeur de la pluie à celle qu'ont les chiens mouillés, mais pas n'importe lesquels, non ! Ceux abandonnés, qui traînent dans les rues, remplis de puces et dont personne ne veut. Nul doute que nombre de ceux qui sont ici sont des promeneurs sans le sou surpris par l'orage et en quête d'un abri. D'ailleurs le propriétaire des lieux ne s'en laisse pas conter et intervient.

— Si vous ne commandez rien, vous sortez ! hurle-t-il en tentant de se faire entendre dans ce brouhaha. C'est pas l'Arche de Noé ici !

Aussitôt le bruit cesse et laisse place aux murmures. On se dévisage, la mine coupable et le regard interrogateur. Les gens aux vêtements détrempés ne savent que faire. Le taulier insiste.

— Allez, allez ! Dehors !

La porte s'ouvre et lentement des silhouettes aux épaules ramassées sortent en silence du café, leur fierté en bandoulière. À l'intérieur, la gêne demeure palpable, mais après un instant, les conversations et les rires finissent enfin par reprendre, plus forts encore, comme si leurs éclats tapageurs suffisaient à conjurer un moment que tous désirent ardemment oublier.

Marais scrute l'intérieur de l'établissement. Il espère ne pas avoir fait le déplacement pour rien. Un groupe d'individus qui se tenait jusque-là devant l'inspecteur se déplace en direction du comptoir. À ce moment Marais aperçoit une main qui se lève, au fond de la salle.

Il est là !

Marais fend la foule et se dirige vers le jeune homme aux cheveux hirsutes.

— Ah ! Séraphin Dampierre ! Ce qu'il y a de bien chez vous, c'est qu'on ne vous attend jamais, ironise Marais en ôtant son chapeau avant de prendre place face à cette force de la nature.

— Et je suis souvent là où on ne m'attend pas, mais ça, vous le savez déjà !

Séraphin parvient à arracher un sourire à l'inspecteur de police d'ordinaire taciturne.

— Et c'est précisément la raison de notre rencontre, car vous m'êtes très utile, Séraphin.

De par sa profession, le rémouleur arpente les rues de la capitale accompagné de son étrange machine et personne ne lui porte intérêt. Il est ainsi en mesure de voir et entendre quantité d'informations très utiles à Marais. Sans être une de ces mouches chères à la police[6], Séraphin Dampierre, comme tant d'autres dans le royaume de France, permet à l'inspecteur de prendre le pouls de Paris.

Leur collaboration avait commencé, quatre ans plus tôt, au lendemain d'un événement qui, à défaut d'avoir arraché la vie au jeune rémouleur, lui avait coûté une jambe. C'était le 30 mai 1770. Des dizaines de milliers de personnes étaient venues place Louis XV afin d'assister au feu d'artifice tiré en l'honneur du mariage du Dauphin avec l'archiduchesse Marie-Antoinette. Les esprits étaient à la fête et s'enivraient aux différentes fontaines des environs d'où le mauvais vin coulait à

6 On appelait mouche les informateurs de la police.

flots. Après une longue attente, le ciel de Paris s'était enfin embrasé sous les bravos et les vivats d'une population en liesse. La nuit brillait de mille feux quand soudain une fusée mal dirigée alla se perdre dans la réserve où étaient entreposées des centaines d'autres destinées au bouquet final. Des ouvriers en flammes sortirent en hurlant de la carcasse incandescente et semèrent la panique dans l'assistance. Sous le poids de cette marée humaine cherchant à fuir, les échafaudages cédèrent et écrasèrent de nombreux spectateurs. La foule irraisonnée, mue par cette volonté instinctive de survivre, bouscula des corps qui tombaient par dizaines et les piétina, sourde à leurs cris de détresse étouffés par les siens déchirant les ténèbres, témoignage sonore de leur survivance. Séraphin s'en était sorti avec de multiples contusions et une jambe abîmée qui lui valait depuis une claudication qu'il traînait comme un mauvais souvenir encombrant. Comme tant d'autres, il avait été interrogé et Marais et lui avaient sympathisé.

— Vous avez quelque chose pour moi ? interroge Marais.

— Rien en particulier, mais quelque chose couve. La mesure de Turgot ne fait pas que des heureux. Votre seule chance réside dans le fait que, pour le moment, cette colère n'ait pas encore trouvé de meneurs.

Le visage de Marais s'assombrit. Les paroles de Séraphin ne font hélas que confirmer une intuition de plus en plus envahissante et qui pourrait devenir une réalité bien fâcheuse.

— Le jour où…

— Autre chose ? interrompt sèchement l'inspecteur de police.

Séraphin se passe la main dans les cheveux, se gratte la tête et, l'air embarrassé, reprend sur le ton de la confidence.

— Je sais que ce nom ne vous est pas très agréable, mais Sade…

Les yeux de Marais étincellent.

— Quoi Sade ?

— On dit que l'on ne devrait pas tarder à entendre parler de lui.

— Qui est ce *on* ?

— Certains domestiques chez les Montreuil. L'un d'eux a reçu une lettre d'un membre de sa famille vivant à Lyon. Il y a des rumeurs.

— De quelle nature ?

— Rien de bien précis. On parle de parents qui se plaignent d'avoir été abusés par les Sade. On leur aurait enlevé leurs enfants.

Marais se met à sourire.

— Balivernes ! Vous m'auriez parlé de jeunes femmes ou de prostituées, je vous aurais écouté d'une oreille attentive, mais des enfants ! Allons ! Décidément, la réputation de monsieur de Sade encourage les imaginations les plus fertiles à le salir davantage.

Séraphin hésite un instant, mais finit par se lancer.

— Je peux vous poser une question ?

— Évidemment ! Je vous écoute.

— Il y avait une jeune fille qu'il m'a été amené de croiser à plusieurs reprises non loin de chez les Montreuil.

Elle semblait s'intéresser à ce Sade d'ailleurs. Je ne la vois plus depuis longtemps. J'ai hésité à vous demander de ses nouvelles, mais...

— Comment s'appelle-t-elle ?

— Julie. Julie Follecuisse...

Marais se ferme, son regard se perd. Ce nom sonne à ses oreilles comme une défaite. Il ne l'avait plus entendu depuis des années.

— Vous savez ce qu'elle est devenue ? insiste Séraphin.

Marais se met à dévisager celui qui ose invoquer ainsi les fantômes.

— Elle est morte sur une route du sud, victime d'un mari ridiculisé et d'un de ses amis aux idées bien arrêtées sur le rôle que doit endosser une épouse bien comme il faut.

Séraphin est abasourdi. Il n'aurait pu imaginer qu'une simple question puisse engendrer chez lui pareille confusion de sentiments. Cette fille, il ne la connaissait pas vraiment, mais elle lui avait fait forte impression. Elle dégageait une telle force de caractère que rien n'aurait pu laisser imaginer une fin si atroce. Tout cela était injuste.

— Rassurez-vous, Séraphin ! Elle aura eu au moins la consolation de trouver l'amour avant de s'en aller. Un homme l'aimant si fort qu'il s'est donné la mort après avoir participé à l'arrestation des meurtriers de celle qu'il adorait. Selon sa volonté, leurs deux corps reposent dorénavant dans la même tombe dissimulée sous le pavage d'une église d'un village de Normandie.

Partagé entre tristesse et colère, Séraphin entreprend maladroitement un signe de croix en espérant que la belle Julie repose désormais en paix, loin des turpitudes d'une société que la candeur de sa jeunesse ne comprenait sans doute pas vraiment.

Désireux de se perdre dans ses souvenirs, Séraphin se lève afin de prendre congé. Il se penche à l'oreille de Marais avant de partir.

— Renseignez-vous tout de même sur cette affaire de Lyon ! Il ne faudrait pas que d'autres innocents perdent la vie en voulant se venger du marquis.

12

La Coste

La porte est close, le verrou fermé.

Dans une danse crépitante tendant vers les cieux, quelques bougies viennent lécher le mur de pierre du fond, le seul dénué de tentures. Les ombres de l'assistance s'allongent sur les drapés rouge et noir placés sur les parois latérales jusque derrière le fauteuil du marquis.

Sade a l'œil qui pétille, sa respiration s'accélère, devient plus sonore. La contemplation de ces petits êtres offerts est un spectacle délicieux. Sans même l'effleurer, d'un simple regard, leur peau se met à frémir et prend l'apparence de celle d'un poussin que l'on viendrait de déplumer. Ce n'est pas tant dû au froid qu'à l'appréhension, peut-être même à la peur. Cette seule idée suffit à tendre le tissu de son vêtement au niveau du bas-ventre. La chose n'échappe pas à Nanon qui, le regard appuyé et gourmand, échange un sourire mutin avec son maître qui passe et repasse entre les enfants alignés devant l'autel, une énorme table recouverte d'un drap immaculé.

— Les belles offrandes que voici ! soupire le dieu tout puissant de ce temple préfabriqué.

Le Bacchus des terres de La Coste s'arrête derrière une des petites filles. Amusé, il la voit tressaillir. Il sourit et prend entre les doigts une mèche de ses longs cheveux blonds. Il se penche et, les yeux fermés, se met à la respirer profondément. L'enfant émet un geignement à peine perceptible. Sade ne les voit pas, mais il sait que ses lèvres roses tremblent comme le feraient de fragiles pétales soumis à la violence soudaine d'un vent printanier. Le marquis fait mine de s'éloigner et surprend l'affaissement des épaules de la fillette, un mouvement de soulagement qui ne lui sied guère. Contrarié, mais sans conteste déterminé, Sade revient aussi discrètement que possible vers l'impudente, puis dénoue d'un coup sec l'unique lien basé au niveau de la nuque afin de faire tomber la tunique le long de ce corps qui se crispe aussitôt.

Sade avait beau s'attendre à un spectacle magnifique, cette nouvelle matérialisation de la peur le ravit au plus haut point, d'autant qu'elle semble s'être décuplée. Il observe la raideur des muscles, la contracture des fesses blanches et douces comme l'hermine. Il se garde bien de toucher cette chair qui semble pourtant l'appeler. Il y a un temps pour tout et celui des caresses n'est pas venu. Sade se connaît, les caresses en appellent d'autres puis d'autres encore, plus rudes, moins douces, celles qui font crier avant que ne soient utilisés de manière savante certains instruments, précédant eux-mêmes la possession ultime, l'apothéose. Non, ce n'est pas encore le moment. Sade contemple cette ébauche de femme un long moment avant de briser le silence.

— On a froid ?

Tête baissée, mains jointes sous le nombril, l'innocente n'ose répondre. Nanon leur a appris à ne jamais s'adresser à monsieur le marquis.

— Ou est-ce l'effroi ? se met-il à ricaner.

Nanon se met à rire, puis elle avance d'un pas avant de se raisonner pour ne pas aller se frotter à cet homme dont elle apprécie pourtant les nombreux talents. Son tour viendra, il lui faut attendre.

Le marquis passe entre les enfants et regagne son fauteuil sur l'estrade. Puis d'un ton solennel, il donne ses ordres, le regard autoritaire.

— Qu'on ôte leurs toges !

Les corps demeurent immobiles, les yeux se perdent sur le sol de terre battue qui s'étend sous les pieds nus. Seul André a la force de ne pas se réfugier dans une soumission trop affichée. Tandis que Nanon dénoue les vêtements un à un, lui observe cette pièce qui a tout d'un décor de théâtre. D'ailleurs, monsieur de Sade aime écrire des saynètes. En qualité de nouveau petit secrétaire du marquis, André l'a surpris maintes fois le dos courbé au-dessus de sa table à faire glisser frénétiquement sa plume sur des pages en désordre qu'on le chargeait ensuite de ranger. L'espace d'un instant, le garçon aurait pu croire que le marquis voulut que tous ici jouent un de ses textes, peut-être même en vue d'une représentation publique, mais à bien y réfléchir, tout cela n'avait aucun sens. Pourquoi les aurait-on préparés avec tant de minutie ? Et quelle pouvait être la raison de cette lente procession jusqu'à cette pièce, ce code frappé à la porte avant que quelqu'un ouvre à Nanon ? André avait remarqué l'excitation de monsieur de Sade, un œil furtif à son bas-ventre avait suffi à révéler ses intentions. S'ils avaient été convoqués ici, ce n'était pas pour jouer la comédie, bien au contraire. On attendait d'eux d'être le plus naturel possible et surtout, de ne point feindre.

André tourne aussi discrètement que possible la tête vers le mur à sa gauche. Il a remarqué tout à l'heure qu'une table y était adossée, chargée de quantité de choses. Leur entrée en scène l'avait hélas empêché de les détailler. L'espace d'un instant, le jeune garçon devient blême. Ses yeux l'ont trompé, il en est convaincu. On aura sans doute empoisonné le bol de lait servi un peu plus tôt, la seule chose d'ailleurs qu'on leur avait autorisé à avaler. André ferme les yeux l'espace d'un moment puis, lentement, le ventre serré, se décide à ouvrir les paupières. Non, il ne s'agissait pas d'hallucinations. Quantité d'outils sont disposés là et il y en a de toutes les tailles. Couteaux, pinces, cire et tant d'autres choses sur lesquelles André ne saurait mettre un nom. Tout cela ne leur est pas destiné, la chose est impossible. Pourtant, au fond de lui, il se doute qu'il peut difficilement en être autrement. Car quelle pourrait être la raison de la présence de tout ceci dans cette pièce préparée avec tant de minutie et où rien ne paraît être laissé au hasard ? André en viendrait presque à regretter le temps des attouchements indécents et des caresses appuyées.

Il sursaute. L'errance de ses pensées lui a fait oublier un moment la belle Nanon qu'il admire et craint à la fois. André la trouve jolie, autoritaire, mais jolie. Il peut sentir ses doigts glacés dénouer avec soin les liens de sa tunique.

— C'est le grand jour ! lui murmure-t-elle à l'oreille.

Le souffle chaud dans son cou le fait frissonner. Le jeune homme n'a pas le temps de profiter de l'instant que déjà Nanon s'en va prendre place près du fauteuil où trône fièrement le seigneur de La Coste.

À l'opposé, au fond de la pièce, immobile et silencieuse, Renée-Pélagie observe la scène.

— Allons, mes petits ! Levez la tête !

Les cinq fillettes et le jeune secrétaire s'exécutent mollement.

Un œil fermé, la mine hésitante et le nez retroussé, Donatien de Sade tend le bras et pointe l'index vers l'assistance. Tour à tour, le doigt s'arrête sur chacun des enfants gagnés à présent par l'appréhension.

Tous, hormis peut-être de Sade et Nanon, donneraient n'importe quoi pour que cesse ce petit jeu d'une grande perversité, mais le marquis prend un malin plaisir à le faire durer et à contempler ces visages terrifiés.

Un soupir émane du fond de la pièce. Les traits du marquis se figent. *Comment Renée-Pélagie ose-t-elle ?*

Il se lève. Sa langue claque pour marquer sa réprobation. L'épouse rabrouée incline la tête, docile et confuse. D'un coup de menton agacé, il désigne celle qui ouvrira la cérémonie. Une adolescente aux cheveux bruns légèrement bouclés.

— Toi ! Allonge-toi sur la table !

Le regard émeraude est traversé par une foule d'interrogations que des lèvres tremblantes ne parviennent à formuler, le sauraient-elles d'ailleurs qu'elles ne le pourraient pas. *On ne parle pas à monsieur !*

La jeune fille sort des rangs, hagarde. Elle jette un dernier coup d'œil inquiet à ses petits camarades qui, gênés, détournent les yeux. Personne ne lui viendra en aide.

— Ne crains rien ! lui dit le marquis tandis qu'il s'avance vers l'oisillon apeuré au bras de Nanon, vestale sulfureuse de ce temple où la chasteté n'a guère sa place.

— Qu'attends-tu ? lui demande-t-il d'un ton se voulant rassurant. Installe-toi !

Lentement, le corps nu prend place sur le drap blanc, allongé sur le dos, les yeux rivés sur ce plafond qui lui paraît soudain terriblement bas. Elle étouffe et décide de fermer les yeux.

— Bien, ma fille. Très bien !

Ces mots susurrés par le marquis sont pourtant loin de calmer la frêle silhouette dont la poitrine se soulève de plus en plus vite.

— Lors de votre arrivée ici, ne vous ai-je point déclaré que je prendrais soin de vous comme je le ferais pour mes propres enfants ? Comme chaque père sur cette Terre, je désire ardemment le bonheur de mes enfants. Et sur ce point, je veux être à l'abri de tout reproche. Je n'ai de volonté que celle de vous procurer joie et plaisir.

Renée-Pélagie serre les poings. Elle sait pourtant qu'il ne toucherait jamais un cheveu de leurs petits. Ceux-là sont plus âgés, mais surtout ils ne sont pas de son sang, de sa condition ou de son rang. Aux yeux de Donatien, ils ne méritent donc pas sa considération. Ils n'ont d'intérêt que celui qu'il consent à leur donner et devraient même être honorés qu'il les ait remarqués et autorisés à vivre ici.

— Nous pouvons commencer, proclame le marquis en écartant les bras.

Nanon, lascive et fébrile, se place derrière son maître et commence à le déshabiller tandis que Gothon et Carteron, en retard, font leur entrée, sourire aux lèvres.

La cérémonie est sur le point de débuter. C'est le moment précis que choisit Renée-Pélagie pour quitter la pièce aussi silencieusement que possible.

Sa gorge se serre. Serait-ce la culpabilité ?

Il lui faut écrire à ses enfants sur-le-champ.

13

La Coste.
Début janvier 1775

Une nuit blanche vient de tomber sur un village haut perché du Lubéron. La lune éclaire les maisons enneigées d'une lumière inquiétante. La peur et le froid ont dissuadé les plus braves et les bavards de s'attarder dans les rues pentues, étroites et glissantes de La Coste. Car si les journées de labeur empêchent les langues de déverser leur flot de suppositions, de conjectures plus ou moins fondées, tous pourtant brûlent d'envie de s'épancher sur les rumeurs enveloppant d'un voile nébuleux le château de la famille de Sade. Cela fait des jours que plus personne ne sort de ces murs sur lesquels se brisent avec fracas les vaines espérances d'une éclatante vérité. Les nombreuses questions demeurent sans réponse enfantant ainsi les pires accusations. Il y a peu encore, les villageois pouvaient compter sur les promenades de Rosette ou de la Du Plan et leurs rares confidences lorsqu'elles venaient aux provisions, mais toutes deux ont disparu.

Elles ont quitté La Coste aussi subitement qu'elles y étaient apparues et depuis, les portes de la forteresse demeurent closes. Tous se demandent ce qui peut bien se passer là-haut à l'abri des regards. La réputation de leur maître n'est plus à faire. Le tumulte des scandales est arrivé jusqu'ici, mais les Costains sont néanmoins reconnaissants au marquis de ne pas chasser sur ses terres et savent leurs femmes et leurs filles en sécurité. Il y a parfois des avantages insoupçonnés à vivre à proximité du mal.

Des sabots déchirent le silence des ténèbres glaciales de ces ruelles qui serpentent à flanc de montagne. Un cavalier monte à vive allure vers la demeure seigneuriale. Il ne remarque pas les têtes échevelées aux mines inquiètes qui l'observent derrière les fenêtres. Les couples échangent sur les raisons d'un tel empressement à une heure si tardive et aussitôt les spéculations reprennent. Tout le monde a encore en mémoire les perquisitions de janvier dernier qui provoquèrent la fuite de monsieur le marquis. C'était il y a tout juste un an. Madame de Sade en avait été profondément ébranlée. Son mari avait pris la chose avec un certain recul, voire avec désinvolture. À son retour, il ne manqua pas de raconter une anecdote qui lui était arrivée alors qu'il se rendait à Marseille pour fuir une nouvelle fois en Italie. Déguisé en curé, il traversait la Durance sur un bac quand tout à coup la corde se rompit et fit dériver un temps l'embarcation. Ses compagnons d'infortune pensèrent leur dernière heure arrivée et tous se jetèrent aux pieds de l'homme d'Église pour se confesser à lui. Monsieur de Sade ne pouvait s'empêcher de rire aux éclats à chaque fois qu'il narrait cette péripétie pour le moins cocasse.

Un vieux villageois remue la tête de réprobation en regagnant son lit.

— Pas sûr qu'il s'en sorte si facilement cette fois.

Il remonte la couverture et tente un rapprochement fugace. Son épouse sursaute, se pousse contre le mur et se met à hurler.

— Va mettre tes pieds froids ailleurs !

Le vieillard bougonne, puis, au terme d'un instant qu'il juge suffisant pour ne pas passer pour un faible, il poursuit le fil de sa réflexion.

— Tu verras qu'il va encore y avoir des histoires.

— Mais non, lui répond-elle un brin excédée. Il attendait peut-être un pli urgent pour ses affaires. Ou alors quelqu'un est mort.

La tête argentée se renfrogne.

— J'te dis que ça recommence ! Tu verras.

— C'est ça ! En attendant, bonne nuit !

14

Apt

— Ne t'avais-je pas prévenu, Gaspard ?

Élisabeth Gaufridy d'ordinaire si tendre ne décolère pas. Sa volonté de mener une existence aussi paisible que discrète se voit menacée. Pire ! Une intuition lui fait entrevoir que cette quiétude tant recherchée appartient désormais au passé.

— Dis-moi, que croyais-tu qu'il ferait de ces enfants ? La chose était prévisible. Tu n'aurais jamais dû accepter de servir ses intérêts.

Un visage blafard entre deux mains tremblantes cherche à dissimuler un regard perdu.

Gaspard Gaufridy sait que son épouse a raison tout comme il doit admettre d'ailleurs qu'il en est pratiquement toujours ainsi. Il pensait pourtant pouvoir faire confiance à son vieil ami, mais Donatien n'a hélas pas tardé à lui démontrer qu'il avait tort en provoquant un nouveau scandale dont il semble avoir le secret. À Lyon, des parents ont ouvert une procédure judiciaire contre le marquis. Ils ont déposé plainte *pour enlèvement fait à leur insu et par séduction*.

Des enfants !

De terribles images traversent alors l'esprit du notaire, affreuses et licencieuses, de celles que l'on s'efforce de chasser à l'aide de pensées plus innocentes, voire un peu niaises. *Comment Donatien a-t-il pu ?* hurle-t-il en dedans. La rage et la consternation s'emparent de l'homme de loi pourtant rompu à l'hypocrisie de ses semblables. Les limites de l'horreur semblent chaque jour poussées plus avant, au-delà du supportable. Quel plaisir peut-on éprouver dans la cruauté, dans cette démonstration plus ou moins volontaire que le genre humain a décidément bien du mal à gouverner ses pires instincts ? N'y a-t-il donc aucune limite à l'imagination perverse de ce triste sire ? Gaspard Gaufridy s'est demandé maintes fois ce qui pouvait pousser Donatien à agir de la sorte, de vaines triturations de l'esprit pour trouver, non pas des excuses, mais du moins des explications au comportement d'un vieil ami. De cette réflexion ne résulte que de trop nombreuses questions. Il avait d'abord mis en avant le rang de Donatien, son amitié avec les Condé, les prérogatives que leur conférait leur sang et le mépris pour ceux n'appartenant pas à sa caste. Gaufridy avait songé à cette mère terriblement absente, aux châtiments corporels dont il avait sans doute été victime chez les jésuites du collège Louis-le-Grand, ces religieux qui préféraient le fouet aux soufflets et prodiguaient peut-être aux jeunes pensionnaires des pénitences coupables.

— Que lui est-il passé par la tête ? peste Gaufridy. Son affaire était sur le point d'aboutir et la condamnation de Marseille n'aurait bientôt plus été qu'un lointain et mauvais souvenir.

— Mais là n'est pas la question ! tempête Élisabeth. Imagine, nos enfants ! Si...

Elle n'a pas le temps de poursuivre. Gaspard se lève, le visage dévasté par la douleur.

— Non ! Tais-toi ! Je ne veux rien entendre de la sorte.

Élisabeth hésite. Elle pourrait profiter de l'instant, faire en sorte que cet homme qu'elle aime au-delà du possible réalise la dangerosité de cette relation. Impliquer leurs enfants et envisager le pire serait un mal nécessaire afin que cesse enfin cette amitié dévastatrice. Elle pourrait, mais elle ne le fera pas. L'accablement qui frappe Gaspard lui serre le cœur. Elle ne souhaite pas le faire souffrir davantage.

Elle s'approche, le visage apaisé puis, d'une voix douce, se fait conciliante et, d'une simple question lui signifie qu'elle lui accorde sa confiance et s'en remet à lui.

— Que faisons-nous maintenant ?

Les traits de Gaspard Gaufridy se détendent, les mâchoires se desserrent. Il se calme. Sa colère n'est pas dirigée vers Élisabeth, mais contre lui-même et cette naïveté qu'il porte en lui pour ne pas sombrer. Il ne peut se figurer que l'on soit totalement mauvais. Il doit bien subsister en chaque homme cette part d'innocence et de bonté que tous possèdent pourtant en arrivant sur cette Terre !

— Ce que l'on attend de moi est la raison pour laquelle on me paie. Je vais défendre les intérêts du marquis, tenter de le raisonner, de lui soutirer de lâches repentirs afin de lui éviter le pire tout en espérant que les faits ne soient pas aussi graves que ce qui nous a été rapporté.

— Et les enfants ?

— Je présume, j'espère, qu'ils seront rendus à leurs parents au plus tôt.

Les regards se perdent. Le silence s'installe empreint d'un certain malaise. Les pensées sont dirigées vers ces petits dont on a volé l'insouciance et sacrifié l'innocence. Les séquelles seront profondes, leur être transformé à jamais.

15

La Coste

Un vent violent chahute de ses nombreuses bourrasques le château de la famille de Sade. Elles s'engouffrent dans la cour intérieure soulevant la poussière et emportant avec elles de menus objets laissés là dans une danse verticale et tourbillonnante. Les prémices de la tempête sont là. Elle enveloppera bientôt le château de toute se fureur. On a fermé portes et volets, ordonnant de ne les ouvrir sous aucun prétexte, et ce même en cas de visite d'une personne suffisamment inconsciente pour s'aventurer ici par ce temps apocalyptique. Les nuages noirs s'accumulent à l'horizon et surplomberont bientôt la forteresse. Les montagnes renvoient dans un fracas assourdissant l'écho de la foudre qui frappe un peu plus loin dans la vallée.

À l'intérieur règne le silence que procure l'inquiétude. Non pas qu'on ait peur de l'orage qui s'annonce, il suffit de rester à l'abri et attendre qu'il passe. Non, on craint plutôt le tonnerre que ne manquera pas de provoquer l'affaire dont tout le monde parle depuis que ce cavalier est arrivé en pleine nuit, apportant avec lui la mauvaise nouvelle. Dès lors, les rires, les gémissements et les plaintes lascives se sont tus. Les cœurs ne sont plus à la fête. Le marquis est soucieux et que dire de son épouse ! Elle ne cesse de se triturer l'esprit afin d'échafauder un plan dans le but de se sortir au mieux de cette histoire. Au terme de discussions interminables, il fut convenu qu'il n'était pas envisageable de renvoyer chez eux les enfants dans l'immédiat. En effet, leurs corps présentent sans équivoque les séquelles des tortures subies. Que diraient les parents, mais surtout la police à la vue des brûlures, des incisions et des lacérations ? Le temps doit faire son office et estomper les preuves de l'indicible avant de laisser partir les petites victimes. Dans l'attente de leur guérison, on a envoyé certaines d'entre elles dans différents couvents de la région et la petite Marie, la plus abîmée de toutes, a été confiée aux bons soins d'un abbé de Sade apeuré et récalcitrant.

Nanon, soupire, étendue tout habillée sur son lit, profondément dépitée. Tout se passait pourtant pour le mieux. À force de manigances et de ruse, elle avait enfin acquis une place privilégiée aux côtés du marquis. Rosette avait décidé de s'en retourner à Montpellier et la Du Plan avait pris la porte peu de temps après pour Marseille. Nanon n'était pas étrangère à son départ. Fine stratège, elle s'était plainte de la jeune femme à plusieurs reprises au détour de phrases où elle s'appliquait toujours à glisser un compliment pour que la chose ne paraisse pas grossière. Sournoisement, l'incertitude et le doute s'étaient ainsi immiscés dans l'esprit de son maître. Donatien fut à l'affût d'éventuels défauts dont il pourrait blâmer la danseuse. Nanon savait pertinemment qu'en cherchant bien, on finit immanquablement par trouver et c'est ainsi que Donatien, en proie aux doutes, demanda à la marseillaise de quitter le château.

Nanon est heureuse, Donatien est à elle. Gothon n'est à ses yeux qu'une pouliche qu'il aime à monter de temps en temps, Renée-Pélagie est son épouse certes, mais il n'éprouve pour elle que la tendresse que confère une habituelle proximité. Nanon est persuadée de tout cela, tout comme elle est certaine que le marquis éprouve pour elle des sentiments bien plus profonds qu'auparavant. Leurs destins sont liés et le seront bien plus encore dans quelques mois.

Le visage radieux, les yeux rivés au plafond, Nanon se caresse le ventre en esquissant un sourire. L'avenir sera merveilleux. La petite Auvergnate qui fuyait sa misérable condition comme on fuit la peste verra ses rêves de grandeur se réaliser. Elle possédera demeures, fortune et gens de maison. Ils lui obéiront comme elle a obéi pendant des années, de trop nombreuses années. Le sourire se fait plus large.

Nanon se lève, se dirige vers la psyché et admire son reflet. Sa silhouette est un peu plus épaisse. Personne ne le sait encore, mais elle a fait élargir deux ou trois de ses robes. Elle pivote doucement, se tient de profil, droite et fière, et vient lentement plaquer les mains sur le tissu de son habit. Elle admire l'arrondi de son ventre. Les yeux embués, Nanon se met à rire. Oui, elle en est persuadée, la vie sera différente désormais.

16

La Coste

Le petit salon vert est plongé dans la pénombre. Seuls deux chandeliers posés sur un guéridon éclairent d'une lumière vacillante une silhouette féminine ramassée dans un fauteuil et secouée par des sanglots. Les nerfs de Renée-Pélagie sont mis à rude épreuve depuis plusieurs jours. Les nouvelles de l'extérieur ne sont pas bonnes et le huis clos imposé à l'intérieur du château génère nombre de tensions dont madame de Sade se passerait volontiers. Pourtant, et comme si les choses n'étaient pas suffisamment compliquées, le coup de grâce fut porté ce matin par Donatien en personne. Il était arrivé dans sa chambre, l'air embarrassé, la bouche en cœur et avait lancé d'un air faussement enjoué :

— Je vais être à nouveau père. N'est-ce pas formidable ?

Renée-Pélagie n'avait pas compris ou craignait-elle au contraire que son imagination lui eût fait entrevoir l'espace d'un instant une réalité qu'elle préférait ignorer. Donatien enfonça davantage le poignard qu'elle venait de recevoir en plein cœur.

— Nanon est grosse. Elle porte mon enfant.

Ces mots raisonnent encore en elle comme la pire des tortures. Elle avait consenti l'impensable afin de garder près d'elle son époux et préserver sa famille. Elle savait que les jeux de Donatien n'étaient pas sans risque, mais elle n'avait jamais envisagé celui-ci. Une conséquence terrible qui aurait pu toutefois devenir désastreuse si elle avait frappé l'une des enfants de Lyon. Oui, Renée-Pélagie avait eu une certaine chance dans son malheur, mais cela ne suffisait pas à la consoler. Elle avait fait preuve d'un incroyable courage pour ne pas s'effondrer devant Donatien. Elle avait ainsi trouvé en elle des ressources insoupçonnées afin de garder la contenance nécessaire à ce genre de situations. En cela, l'éducation réservée aux gens de sa caste s'était révélée salutaire. Dans leur monde, on apprend à feindre les sentiments avec une facilité déconcertante. Un jour, on joue les femmes ravies de retrouver une vieille connaissance que pourtant l'on déteste ; l'autre, on fait mine de partager la peine d'une comtesse alors que, en réalité, on meurt d'envie d'applaudir le sort qui la frappe. Comme la solitude permet la sincérité des sentiments, Renée-Pélagie s'abandonne enfin à ce torrent de déceptions et se laisse emporter par le flot de ses sanglots. Son monde s'écroule, sa famille est menacée. Elle ne peut tolérer sous son toit le fruit de ces bacchanales, cette part de Donatien qui grandira sous leur toit et détournera son affection. Et que dire de Nanon ? Si Renée-Pélagie est résignée à admettre les femmes de petite vertu, voire d'éventuelles maîtresses, elle n'envisage pas une seconde la présence d'une concubine à La Coste.

Les solutions ne sont pas infinies, mais certaines illuminent soudain de leur évidence implacable l'esprit chahuté de la marquise. Les sanglots cessent. Une main tremblante vient essuyer les yeux rougis à l'aide d'un mouchoir de dentelle et révèle un regard habité par une incroyable détermination. Comment Renée-Pélagie a-t-elle pu oublier ce mari que Nanon a délaissé depuis des semaines pour mieux les servir[7] ? On lui fera porter la responsabilité de cette grossesse. On le persuadera d'accepter. Le passé a prouvé à Renée-Pélagie que l'argent est capable de surmonter bien des réticences et parfois même le déshonneur. Quant à Nanon... une fois accouchée, elle devra partir.

7 Le mari de Nanon était un certain Barthélémy Fayère.

17

Paris.
Le 11 Février 1775

Madame de Montreuil regarde avec tendresse ses petits-enfants par la fenêtre de son cabinet. Ils courent et sautent dans la neige sous l'œil bienveillant de leur gouvernante. Leur émerveillement teinté d'excitation réchauffe le cœur de leur grand-mère. Leurs cris rieurs ne l'agacent guère, au contraire, elle les écoute comme les notes d'une douce musique dont il lui faut à tout prix préserver la beauté que confère l'insouciance. Ils ne peuvent imaginer la chance que leur accorde leur jeune âge. Comment le pourraient-ils ? Louis-Marie, l'aîné de la fratrie, est à peine en âge de raisonner.

Elle doit préserver cela à tout prix. À défaut d'avoir été capable de protéger Renée-Pélagie et Anne-Prospère de cet odieux marquis, la Présidente se promet de veiller sur les héritiers de cette maison. Elle a eu la faiblesse de sous-estimer son adversaire, on ne l'y reprendra plus. La Présidente a peut-être perdu des batailles, mais elle est bien décidée à gagner la guerre et à neutraliser cet ennemi funeste.

Renée-Pélagie, soupire-t-elle.

Comment a-t-elle pu tomber si bas ? Si madame de Montreuil s'était doucement faite à l'idée d'être attaquée en justice par la chair de sa chair, elle peine toujours à porter crédit à ces rumeurs qui font les gorges chaudes de ces Parisiennes prêtes à tout pour être dans la lumière et devenir le centre d'intérêt dans les salons. Comment a-t-elle pu devenir la complice de telles monstruosités ? Une mère ne peut encourager, ni même consentir à de telles pratiques impliquant de jeunes adolescents. Et pourtant ! Ne vient-elle pas de recevoir un pli de sa fille l'implorant de l'aider ? Ce serpent de Sade aura sûrement inoculé son venin dans le cœur de Renée-Pélagie de manière pernicieuse durant toutes ces années de mariage. La sauver paraît cette fois impossible, seulement elle ne peut l'abandonner à son sort. Il s'agit tout de même de sa fille. Écarter Donatien permettrait peut-être à celle-ci de recouvrer la raison. Il va falloir mener cette bataille sur deux fronts à la fois en aidant sa fille tout en œuvrant pour l'incarcération de ce gendre qui devient de plus en plus dangereux. Son aînée mettra sans doute du temps à lui pardonner, mais elle finira par réaliser, un jour, que tout cela fut entrepris pour son bien et celui de ses enfants. Tous trois méritent un avenir bien différent de celui qu'on leur réserve.

Madame de Montreuil observe, attendrie, Louis-Marie qui vient aider sa petite sœur à se relever après une course effrénée sur ce tapis blanc alors qu'elle cherchait à attraper Claude-Armand. Quel charmant spectacle ! Elle resterait des heures à les regarder, mais il faut agir, car sans son intervention, cette affaire pourrait devenir très grave et l'avenir de ces enfants s'assombrir.

Marie-Madeleine de Plissay Cordier de Launay de Montreuil prend place derrière son bureau. Elle ouvre un tiroir, en sort une feuille de papier qu'elle place devant elle non sans l'avoir machinalement débarrassée d'un revers de la main d'éventuelles poussières, trempe sa plume dans l'encrier d'argent et commence à noircir le papier dans un crissement énergique. Si la veille elle a écrit au procureur de Lyon, Maître Gaufridy sera pourtant son interlocuteur privilégié. Il connaît le marquis et elle est convaincue qu'il fera au mieux pour défendre ses intérêts. Les lignes sont serrées, l'écriture décidée. Comment sa fille a-t-elle pu croire qu'un seul certificat de *bon état* serait suffisant à calmer les familles ? Décidément sa naïveté n'a d'égal que son total abandon à cet homme.

Il nous faut conduire les filles à leurs parents, en retirer décharges bonnes, valables et suffisantes pour n'être jamais inquiétés à ce sujet ; les leur remettre même en présence du procureur du roi à qui ces parents ont porté plainte comme d'enlèvement fait à leur insu et par séduction, devant les curés mêmes qui ont écrit à la dame pour les redemander ; faire donner devant eux le désistement des poursuites commencées, vu qu'on leur a remis ce qu'ils demandaient et qu'on n'a jamais prétendu retenir malgré eux. On a écrit hier d'ici à M. le procureur de Lyon en conséquence, disant que la dame était très fort dans l'intention de ne point retenir malgré leurs parents ces enfants qu'elle avait pris par charité, mais qu'elle désirait seulement les leur rendre avec sûreté et pleine décharge pour elle.

La Présidente se fait pensive. Elle lève la tête, le regard perdu dans ses réflexions.

Il faut faire au plus vite et le mieux serait que Gaufridy en personne se charge de la restitution des fillettes avec l'assurance que les poursuites seront abandonnées. Elle espère toutefois que le comportement hésitant et contradictoire de Renée-Pélagie ne leur sera pas préjudiciable. Il faut s'en ouvrir à l'homme de loi.

Elle a tergiversé, parlé de couvent, dit qu'on ne les leur rendrait que lorsqu'on lui aurait remboursé les pensions... puis convenu qu'on était chez elle. Tout cela a aigri, paru plus suspect, et fait un très mauvais effet.

Elle n'a jamais rencontré Gaspard Gaufridy, mais elle lui fait confiance. Leurs intérêts sont communs, même si les motivations sont quelque peu différentes, car l'un veut sauver son vieil ami tandis que l'autre désire avant tout sauver sa fille et préserver l'avenir de ses petits-enfants au détriment du marquis.

C'est une mission délicate, ne la confiez à personne qu'à vous, et une seule personne avec vous dont vous soyez sûr.

La Présidente signe, plie la lettre avec hâte, la cachète avant de sonner. La missive doit partir sans tarder.

18

La Coste

— Comment ? Mais te rends-tu compte ? En faisant cela, tu as signé ma perte !

Donatien peine à croire ce qu'il vient d'entendre. Comment son épouse a-t-elle pu demander de l'aide à celle qui précisément désire l'anéantir depuis tant d'années ?

— La situation est désespérée, mon ami. Nous n'avons ni argent pour oser tenter acheter leur silence, ni amis afin d'intercéder en notre faveur auprès de personnes influentes. Même votre oncle nous tourne le dos.

— Comment cela ?

Donatien a cessé de faire les cent pas et observe son épouse, médusé.

— Il ne cesse de m'écrire dans le but que nous reprenions la petite Marie. Sa présence à Saumane le gêne et il craint d'attirer l'attention et les commérages.

Le marquis est pris d'un rire nerveux.

— Depuis quand fait-il cas des ragots ? La Provence entière sait qu'il s'est détourné depuis belle lurette du chemin de la vertu. Et qui pourrait l'en blâmer ? Le paradis doit être si ennuyeux ! Au moins l'enfer lui procurera-t-il de bonnes compagnies.

Renée-Pélagie triture son mouchoir de dentelle.

— Je pensais bien faire.

Donatien tente de se calmer, il lui faut réfléchir. Il prend place dans le fauteuil situé face à Renée-Pélagie et, un coude sur l'accotoir et la tête posée dans la paume de la main, il observe les flammes dévorer les bûches dans la cheminée. L'une d'entre elles, incandescente, s'écroule sur elle-même en alimentant l'âtre de braises ardentes. À ce rythme, les autres suivront bientôt, l'une après l'autre.

— C'est cela ! s'exclame-t-il devant une Renée-Pélagie interdite. Il nous faut prendre les problèmes tour à tour et ne pas nous épuiser à vouloir tout mener de front. Le plus urgent est de substituer à la justice les preuves de nos forfaits. André est ici, il ne dira rien. On le soigne de sa vérole et j'ai toute confiance en lui. Quant aux filles, elles sont placées dans différents couvents et en cela vous avez bien agi. Les religieuses ont été prévenues que les pauvres enfants divaguaient. Nous sommes tranquilles les concernant. Mais il faut que la fillette demeure à Saumane. Elle ne peut réapparaître et offrir aux yeux du monde les stigmates de nos fureurs.

— Mais votre oncle s'y oppose, proteste Renée-Pélagie au bord des larmes.

Le marquis se lève et enjoint à son épouse de le suivre jusqu'au bureau placé près de la fenêtre.

— Vous allez écrire à cet esprit lubrique. Nous allons faire appel à sa mémoire et non à sa grandeur d'âme qui apparemment n'a rien de charitable.

— Pourquoi moi ? demande Renée-Pélagie tandis qu'elle s'assied devant le meuble en bois de rose dont la marqueterie fait l'admiration des rares visiteurs qui s'aventurent encore ici.

— Parce qu'il ne prendra pas la peine d'ouvrir la lettre s'il y reconnaît mon écriture et il rougira de honte en réalisant que vous êtes dans la confidence de choses qu'il s'évertue à cacher.

La colère de Donatien a laissé place à un visage détendu, le regard néanmoins traversé par le feu de la vengeance. Il pose les feuilles devant son épouse et s'apprête à dicter, les fesses posées sur le coin du bureau.

— Vous êtes prête ?

Renée-Pélagie fait un léger signe de tête.

— Bien, commençons ! dit-il en se frottant les mains.

Monsieur,

Lorsque l'année dernière passée la Provence retentissait d'une fille que vous receliez dans votre château de Saumane, créature, disait-on, dérobée à ses parents, à la recherche desquels votre secrétaire s'opposait par votre ordre le pistolet à la main, lorsque récemment encore deux Lyonnaises sont venues me trouver à Lyon pour se plaindre à moi de fort mauvais traitements reçus, disaient-elles, au château de Saumane, j'ai tout apaisé, tout fait taire, et détruit de tout mon pouvoir ces odieuses calomnies. J'espère que voudrez bien en faire autant dans ce cas-ci, anéantir les propos de cette fille, l'empêcher surtout de retourner à Vienne, comme il paraît que c'est votre projet de l'y faire conduire, ce qui serait dangereux, puisqu'elle dit partout mille horreurs, et la garder chez vous où elle sera plus heureuse parce qu'elle aura sa liberté, ce que j'étais obligée de lui refuser chez moi par des raisons de politique qui font de ma maison une espèce de prison, mais raisons très différentes de celle que vous semblez supposer et auquel ce neveu que vous vous plaisez tant à invectiver, à traiter de fou, etc., n'a nulle part[8].

Renée-Pélagie observe son mari, médusée.

— Eh oui, ma chère. Nous allons lui rappeler également qu'il a mis grosse une certaine Rose, il y a huit ans[9].

Et Renée-Pélagie d'écrire sans relâche sous la dictée de son époux les choses les plus abominables concernant cet oncle qui n'éprouva aucune gêne à faire des avances à Anne-Prospère quelques années plus tôt. Son poignet fatigue, mais Donatien reste sourd à ses plaintes.

— Écrivez !

Pardon si je cite les anciennes choses, mais comment ne pas être désespérée de l'acharnement que vous semblez toujours montrer contre votre neveu, lors même qu'il est le plus innocent ? Je n'ai rien à craindre de la fille évadée de chez moi ; tout ce qu'elle dit est mensonge et calomnie. Je puis donner les plus fortes preuves qu'elle est sortie intacte

8 Lettre appartenant à la collection de Gilbert Lely.

9 Ce passage compromettant a été caviardé par l'abbé.

de ma maison : on n'a qu'à la faire visiter. Il est vrai que je n'en réponds pas de même depuis qu'elle court les maisons des Carmes et autres...

— Comment ? s'offusque Renée-Pélagie que la foi n'a jamais quittée.

— Allons, mon amie ! Nous savons tous deux que ces lieux clos enferment bien plus de secrets inavouables qu'il n'y paraît. La perversion ne s'arrête pas au seuil de ces endroits prétendument voués à la prière. Les nuages cessent-ils aux frontières ?

Son épouse demeure interdite face à tant d'aplomb.

— Pouvons-nous reprendre ? demande-t-il légèrement agacé.

Face au mutisme de sa femme, il poursuit.

Quelles horreurs cette créature peut-elle dire sur moi ! Et comment avez-vous pu ajouter foi à tout ce que vous mandez ? Vous me traitez fort joliment dans votre lettre, et, à vous en croire, je serais donc la directrice des plaisirs de mon mari ? Non, Monsieur, cela n'est ni n'a jamais été, et, dans cette circonstance, comment cela serait-il, puisqu'il est très certain que mon mari n'a pas depuis un an mis les pieds à La Coste ?

— Je vous remercie de me disculper ainsi, mais aller dire que vous n'êtes pas ici depuis tout ce temps, il ne me croira pas. Le mensonge est trop gros.

Donatien éclate de rire.

— Mais cette lettre n'en est-elle pas remplie ? Allons, cessez de m'interrompre et reprenons ! Alors où en étais-je ?

Sourcils relevés, il jette un regard sur le feuillet.

— Ah oui ! Donc…

On peut y venir faire toutes les recherches qu'on voudra : on n'y trouvera ni lui ni aucune trace de ce que vous voulez dire. Je n'ai rien à craindre sur cela.

L'exercice continue durant des dizaines de minutes. Madame de Sade n'y tient plus. Sa main lui fait terriblement mal. Son époux l'encourage.

— Voici les dernières phrases. Je vous le promets.

Prenez bien garde, je vous en supplie, dans tout ceci, mon cher oncle, que cette fille, qui parle avec tant de franchise et d'ingénuité, ne soit soufflée par quelque ennemi secret, et que ce ne soit là le nœud de l'affaire.

Détourner l'attention. Voilà qui est subtil ! admet la marquise en signant le pli d'un élégant *Montreuil de Sade*.

19

Saumane

Le vieil abbé de bientôt soixante-dix ans enrage et déplace avec difficulté sa vieille carcasse de long en large dans le vestibule de son château tout en piétinant allègrement les feuillets d'une lettre qui jonchent le sol.

— Ah ! L'odieux chantage que voilà !

Un domestique alerté par les cris de son maître entre et fait face à l'homme rubicond, le front trempé de sueur.

— Sortez d'ici !

La stupeur le paralyse. Les cris redoublent.

— Allez-vous-en ! Vous m'entendez ?

L'homme réalise enfin ce qu'on attend de lui. Pire ! Son inaction pourrait être perçue comme un acte de désobéissance. Il s'empresse de tourner les talons quand l'abbé le rappelle.

— Prenez ces papiers et brûlez-les !

Désirant se racheter, le serviteur se penche sans tarder, ramasse les feuilles désignées et s'apprête à quitter la pièce à toute hâte lorsque la voix chevrotante se fait à nouveau entendre.

— Donnez-les-moi plutôt ! Je vais m'en charger.

Décontenancé, il obéit et s'en va, dubitatif.

L'abbé de Sade regarde avec colère ces pages qu'il désirait détruire. Tout bien considéré, il va les conserver. Cette lettre pourrait être très utile en temps voulu. Elle est la preuve de la bassesse de son neveu et de celle de son épouse. Il caviardera les passages les plus compromettants. Personne n'a à connaître les détails concernant la grossesse de cette fille. Si tout le monde se doute que rares sont les ecclésiastiques à respecter leur vœu de chasteté, il est toutefois malvenu de laisser derrière soi les témoignages de sa faiblesse.

Il ne désire pas non plus garder près de lui cette enfant que lui ont confiée les de Sade. Les gens pourraient jaser, car tout le monde sait que les secrets ne le demeurent jamais bien longtemps. Cette petite doit s'en aller avant que les pires rumeurs à son propos ne commencent à se répandre.

Les coups que l'on donne à l'instant à la porte cueillent l'abbé dans sa réflexion.

— Laissez Félicien, hurle-t-il. J'y vais.

L'abbé se rend à la porte toute proche et l'ouvre avec une vigueur surprenante.

— Ah ! C'est vous, dit-il en s'adressant à l'homme vêtu de noir qui se tient face à lui. Je vous attendais. Entrez !

La silhouette longiligne ne se fait pas prier et pénètre en reniflant dans le vestibule.

— Allons-y ! Elle vous attend, soupire l'abbé.

Le dos légèrement voûté, Jacques de Sade se dirige vers l'escalier qui mène aux étages, suivi de son visiteur.

— Comment se porte-t-elle depuis la dernière fois ?

Il hausse les épaules.

— Je ne trouve guère d'amélioration, je dois l'admettre. Votre médecine peine à la soulager. Son état m'inquiète et j'avoue pourtant qu'il me tarde de la voir quitter cette maison au plus vite.

L'homme de sciences a l'air contrarié.

— Lui appliquez-vous chaque jour l'onguent que je vous ai préparé.

— Oui et trois fois la journée comme vous l'avez dit, répond l'abbé essoufflé d'une voix rauque.

Le médecin s'enquiert aussitôt de sa santé.

— Vous allez bien, monsieur l'abbé ?

— Comme un charme. Ce sont simplement ces maudits escaliers qui me paraissent chaque jour plus hauts que la veille.

Le médecin a l'air soucieux, même s'il semble ne jamais se départir de cet air de circonstance au vu de sa profession.

— Vous me rappellerez tout à l'heure de vous écouter le cœur.

Jacques de Sade ne répond pas et se contente d'acquiescer d'un mouvement de la tête.

Au terme de cette incroyable ascension, ils s'enfoncent tous deux dans un sombre couloir jusqu'à parvenir devant une porte close. L'abbé écarte son col et tire sur une chaînette en or à laquelle est accrochée une énorme clef qu'il fait glisser sur les maillons serrés jusqu'au fermoir. La serrure hoquette deux grands coups avant que la poignée ne soit activée à son tour.

Elle est là étendue sur le lit, hâve, défaite. Ses yeux caves regardent avec crainte les deux hommes qui s'approchent. Elle les connaît, tout comme elle connaît les douleurs horribles qu'ils lui feront subir. Des souffrances que son corps et son âme rejettent en bloc pour ne plus les supporter. Les pommades lui brûlent les chairs et le contact des instruments du médecin lui en rappelle d'autres, plus terribles. C'était il y a des jours, elle ne saurait dire combien, dans une salle basse du château de monsieur de Sade.

Ils approchent. La fillette se met à trembler.

— Comment vas-tu aujourd'hui, Marie ? demande l'homme en noir.

Marie ne répond pas. Le silence est son unique défense. Elle ne le brise que pour implorer qu'on la laisse partir afin de rejoindre sa maman. De vaines prières qui n'attendrissent guère l'homme d'Église devenu geôlier.

— Je ne te veux aucun mal, tu le sais, n'est-ce pas. Allez ! Tourne-toi !

Marie sait ce qu'on attend d'elle. Dénouant les liens de sa chemise, la petite se met sur le côté, la tête vers cette fenêtre dont on a condamné les volets, le dos offert à la vue de ces deux hommes qui s'approchent encore un peu plus, faisant fi de sa pudeur.

On écarte délicatement les pans de tissus. Elle serre les dents. Malgré toutes les précautions prises, la souffrance est inouïe. Elle est couverte de brûlures, mais elle frissonne.

— Les incisions sont profondes et peinent à cicatriser, soupire le médecin. On n'a pas idée de faire pareille boutonnière ! Que lui est-il passé par la tête ?

— Personne ne le sait, mais je compte sur votre discrétion. Vous m'avez rendu quantité de services par le passé et je n'ai jamais eu à me plaindre de vous. J'entends qu'il en soit toujours ainsi Druon.

Charles Druon acquiesce en silence.

— D'après vous, il y en a encore pour longtemps ?

— Je le crains oui et une fois guérie, on verra hélas encore les preuves des forfaits commis par votre neveu.

L'abbé tempête. Marie jusqu'ici muette ne peut contenir davantage les sanglots qui lui serrent la gorge. Jacques de Sade qui ne s'attendait pas à pareille manifestation de sentiments est quelque peu désarçonné. Il se racle la gorge et tente de ne pas se laisser attendrir. Il se penche vers Charles Druon, puis dans un murmure :

— Faites au mieux, mais faites vite !

20

Sur une route de Provence

Une voiture vient de quitter les rues étroites, sinueuses et abruptes de La Coste pour prendre la direction d'Apt. Deux silhouettes à l'intérieur se font face, chahutées par les soubresauts de routes qui, dans cette partie du territoire, n'en possèdent que le nom. Pas un mot n'a franchi ces lèvres crispées depuis le départ du château et les regards troublés se fuient.

La femme a beau être en colère, elle n'en demeure pas moins impressionnée. Jamais elle n'aurait songé à entrer un jour dans une telle demeure, même si *entrer* est un bien grand mot, car elle n'en a pas encore dépassé le vestibule. C'est l'individu assis devant elle qui lui avait ouvert. Pas tout de suite, non. Il avait pris son temps. Peut-être était-ce à cause des personnes qui se trouvaient avec lui et qu'elle avait pu entendre du dehors. Elles n'étaient plus là pourtant quand on l'avait invitée à franchir le seuil. Son seul interlocuteur depuis son arrivée ici était celui qui se disait l'homme de confiance du marquis. Sa fille était absente, elle aussi. Des jours de voyage pour pas grand-chose, simplement pour s'entendre déclarer que son enfant n'était plus là, si elle désirait de plus amples réponses à ses questions, elle devait suivre chez lui cet inconnu, comme on suit une lueur d'espoir dans les ténèbres. Comment aurait-elle pu refuser ?

Gaufridy s'enfonce un peu plus chaque jour dans le mensonge et son vieil ami, loin de l'en dissuader ne cesse, au contraire, de l'encourager. Il revoit Donatien et Renée-Pélagie écouter, apeurés, cette femme frapper de toutes ses forces la porte de leur demeure. Ils l'avaient entendue crier son nom, Desgranges, et vociférer qu'elle ne partirait pas sans son bébé. Le tapage était devenu embarrassant. Il ne fallait pas alerter les villageois. Les époux avaient supplié le *bon Gaufridy* de s'en charger, de ne la faire entrer sous aucun prétexte, de mettre tout en œuvre afin de l'amadouer, puis ils étaient partis se réfugier dans la cuisine d'où ils avaient pu apprécier sans se montrer les efforts de leur ami.

— Elle est chez vous, c'est ça ?

Gaufridy s'est laissé surprendre par la soudaineté de la question. Son visage peine à dissimuler un certain malaise.

— Euh ! Non... non, balbutie-t-il.

— Mais enfin, où est-elle ?

Gaspard Gaufridy réalise que les 3 lieues[10] le séparant de chez lui vont lui paraître interminables.

— Nous l'avons mise à l'abri de toute cette agitation. Elle n'a pas le caractère nécessaire pour affronter la mé-

---

10 Environ 15 kilomètres.

chanceté des hommes. Vous conviendrez que des oreilles si chastes ne pourraient tolérer pareilles horreurs.

Les paroles sont sensées et trouvent un écho rassurant chez la mère de famille. Ainsi, elle n'est pas la seule à se soucier de son enfant. Se pourrait-il que tout ce qu'elle a entendu depuis des semaines ne soit qu'affabulation ? Le seul nom de Sade fait frémir, il est vrai, mais un homme de loi ne saurait mentir. Son désarroi lui dicte de faire confiance à ce Gaufridy pour ne pas sombrer davantage dans ce cauchemar. Sa santé mentale en dépend.

— Pourrais-je la voir ? ose-t-elle timidement.

Gaufridy se racle la gorge et écarte de son index le col de sa chemise.

— Je crains que ce soit impossible.

— Mais pour quelle raison ?

Gaspard Gaufridy préfère regarder les monts rocailleux du Lubéron qui défilent derrière la fenêtre plutôt que d'affronter le regard humide et implorant de cette femme.

— Vous rencontrer ne ferait qu'accroître sa tristesse. Les retrouvailles seraient belles, mais vos adieux déchirants, croyez-moi ! Mieux vaut attendre que les langues cessent leurs babillages, car après tout, c'est bien de cela qu'il s'agit, n'est-ce pas ? Ces personnes sont jalouses de votre fille et de ses compagnons de fortune. Elles regrettent que les largesses du marquis n'aient pu atteindre leur progéniture. Pensez donc ! Le gîte et le couvert dans une des plus anciennes et nobles familles du pays ! Sort des plus enviables s'il en est pour des gens sans le sou. Tous ne veulent que nuire à la réputation du marquis en contribuant à répandre les pires rumeurs. Ils devraient plutôt prendre exemple sur le grand Socrate avant de colporter de telles infamies et s'inspirer du conte des trois passoires.

Confronté au silence de la femme Desgranges, Gaufridy délaisse un instant le paysage rassurant de la Provence pour surprendre les sourcils froncés de sa compagne de voyage, apparemment peu sensible à la philosophie. Le notable se redresse sur sa banquette, fier de pouvoir partager son savoir et de calmer par la même occasion les doutes de cette visiteuse encombrante.

— Écoutez cette charmante histoire ! Un jour quelqu'un vient trouver Socrate. *Sais-tu ce que je viens d'apprendre sur ton ami ?* lui dit-il. *Un instant*, lui répondit Socrate. *Avant que tu me racontes, j'aimerais te faire passer un test, celui des trois passoires.* Son interlocuteur fut aussi surpris que vous l'êtes en ce moment. *Les trois passoires ?* demanda-t-il. *Mais oui*, reprit Socrate. *Avant de raconter toutes sortes de choses sur les autres, il est bon de prendre le temps de filtrer ce que l'on aimerait dire. C'est ce que j'appelle le test des trois passoires. La première passoire est celle de la vérité. As-tu vérifié si ce que tu veux me dire est vrai ?* Surpris, l'homme lui répond que non, qu'il en a simplement entendu parler. *Très bien. Tu ne sais donc pas si c'est la vérité. Essayons de filtrer autrement en utilisant une deuxième passoire, celle de la bonté. Ce que tu veux m'apprendre sur mon ami, est-ce quelque chose de bon ?* L'autre bombe le torse *Ah non ! Au contraire. Donc*, continua Socrate, *tu veux me raconter de mauvaises choses sur lui et tu n'es même pas certain qu'elles sont vraies. Tu peux peut-être encore passer le test, car il reste une passoire, celle de l'utilité. Est-ce utile que tu m'apprennes ce que mon ami aurait fait ?* Quelque peu gêné, son visiteur admet timidement *Non. Pas vraiment. Alors,* conclut Socrate, *si ce que tu as à me raconter n'est ni vrai, ni bien, ni utile, pourquoi vouloir me le dire ?*

Madame Desgranges esquisse un léger sourire. L'histoire est charmante. Elle se voit déjà attablée la raconter à son mari ainsi qu'à ses amis, fière de montrer à tous que toute femme qu'elle est, elle n'en est pas moins dépourvue d'intelligence.

— Vous comprenez, madame ? lui demande Gaufridy. Ces persiflages ne sont empreints ni de vérité, ni de bonté et encore moins d'utilité, excepté peut-être celle trouvée par ces menteurs pour atteindre les personnes qu'elles jalousent.

La femme acquiesce.

— Ne portez surtout aucun crédit à ces commérages. Nous avons pris soin de votre fille et continuerons à le faire le temps nécessaire. Croyez-moi sur parole, dès que ces vilaines attaques auront cessé, nous renverrons chez vous votre petite.

La mine peinée, mais tranquillisée de la femme Desgranges indique à un Gaufridy rassuré que la chose semble entendue. Arrivé chez lui, l'homme de confiance du marquis de Sade se montrera aimable, il offrira à cette mère inquiète quelques nippes, continuera de la cajoler un moment et la renverra chez elle, fier d'avoir obtenu un sursis qu'il espère suffisant.

21

Paris.
Mai 1775

Madame de Montreuil est installée face à son miroir. Elle observe avec bienveillance la jeune Henriette mettre la dernière touche à sa toilette en manipulant délicatement le fermoir d'un collier à trois rangées de perles se rejoignant sur la poitrine autour d'un splendide saphir serti de diamants. Un bijou magnifique offert par monsieur Cordier de Launay de Montreuil à la veille de leurs noces. C'était en 1740, elle n'avait pas encore 19 ans, mais était déjà pourvue du sens du devoir et d'une conscience aiguisée sur les réalités de ce monde. Dès l'enfance, elle s'était faite à l'idée qu'elle ne se marierait pas par amour. Elle serait comme tant d'autres avant elle, au centre de stratégies familiales afin de créer les meilleures alliances possibles pour leur maison. Elle s'était accommodée de cette union avantageuse pour tous, elle s'était même surprise à éprouver une forme de tendresse pour cet homme de cinq ans son aîné. Hélas, le temps avait fait son office, il avait eu raison de la fragilité des sentiments que l'affection avait désertée. Si encore Marie-Madeleine avait respecté son époux, mais la chose était impossible tant son manque de relief rivalisait avec une certaine mollesse qui l'insupportait au plus haut point. Très vite, elle avait pris l'ascendant sur ce mari qui, au moins, avait eu la délicatesse de lui donner de beaux enfants.

Madame de Montreuil jette un dernier regard à ce reflet plutôt indulgent pour une femme de bientôt 54 ans. Elle se trouve encore désirable et poserait volontiers sa tête sur une épaule robuste prête à la consoler de cette vie où elle se sent terriblement seule malgré le monde qui tournoie autour d'elle. Une foule qui ne se soucie guère de ses états d'âme tant elle n'est préoccupée que par ses seuls problèmes que la Présidente, à coup sûr, ne manquera pas de résoudre. Tout le monde compte sur elle, c'est ainsi. Marie-Madeleine voudrait se laisser aller à écouter son cœur et ses envies, ne pas s'oublier en tentant de régler la vie de chacun en limitant les maladresses voire les scandales. Après tout, quitte à s'épuiser pour préserver une réputation, autant que ce soit pour la sienne. Elle imagine les cris d'indignation si d'aventure elle se séparait de cet époux morose afin de partir loin de Paris en compagnie d'un homme pour lequel elle éprouverait de l'amour, de la passion même. Des sentiments exaltants et forts, bien loin de la tiédeur qui règne dans cette maison et du blizzard qui souffle entre ses draps.

Marie-Madeleine secoue doucement la tête, se pince les joues pour redonner un peu de couleurs à ce visage devenu pâle. Tout cela est un doux rêve. Il est temps de se réveiller. Ses enfants et ses petits-enfants ont besoin d'elle. Il lui faut redevenir la Présidente, une femme autoritaire, intelligente et, en apparence, aussi froide que la glace. Pour l'heure, elle doit se rendre à l'église et prier pour que Dieu lui donne la force de ne jamais décevoir les personnes qui comptent sur elle.

— Vous pouvez disposer Henriette.

La jeune femme entreprend une révérence timide et s'apprête à sortir de la pièce à reculons lorsque la porte s'ouvre brusquement derrière elle et manque de la faire chuter.

— Excusez-moi, Henriette, lance le visiteur confus de s'être ainsi fait remarquer.

— Mais enfin, Joseph ! s'exclame la Présidente en traversant la pièce afin de porter secours à celle qui a bien failli s'étendre de tout son long sur le parquet de la chambre. Ne pourriez-vous faire attention ?

L'homme en livrée se confond en excuses tentant de justifier une précipitation teintée de maladresse.

— C'est qu'une nouvelle m'est venue de La Coste, Madame.

À ces mots, le visage de la Présidente s'assombrit et ses yeux sont traversés d'une lueur inquiétante. Sans un mot, la maîtresse de maison signifie à Henriette de les laisser seuls.

Le souffle court, Joseph est sur le point de commencer son récit quand madame de Montreuil l'interrompt pour lui demander de fermer la porte.

— Merci, Joseph. Je vous écoute.

— On dit que monsieur de Sade est sur le point de devenir père pour la quatrième fois.

— Je... je vous demande pardon !

Marie-Madeleine ne s'attendait pas à pareille révélation, qui plus est provenant de la bouche d'un domestique. Ses lèvres tremblent. Il doit s'agir d'une autre de ces rumeurs qu'elle exècre.

Le pauvre Joseph hésite.

— Eh bien ! Expliquez-vous, je vous prie ! Il paraît invraisemblable que Renée-Pélagie ne m'ait rien dit.

Le domestique baisse la tête. La voix se fait moins assurée, il chuchote presque.

— C'est que... Madame votre fille ne porte pas cet enfant.

La Présidente vacille. D'une main hésitante, elle cherche à tâtons un meuble auquel se raccrocher pour ne pas tomber. Elle peut enfin sentir le contact du bois de rose et de tulipier de sa coiffeuse. Elle recule d'un pas peu assuré, le froid du bronze réhaussant cet îlot salvateur a pourtant la chaleur du réconfort. Ou est-ce la honte qui lui monte aux joues ? Madame de Montreuil se redresse, se met à toussoter et tente de retrouver une certaine contenance.

— Que me dites-vous là, Joseph ? tente-t-elle de plaisanter.

Le rire forcé ne fait hélas guère illusion. Le fidèle Joseph poursuit, gêné, comme jamais encore il ne l'a été.

— Il s'agit d'une certaine Nanon qui fut employée à Lyon l'année dernière. Elle serait sur le point de donner naissance à l'enfant.

Le sourire de façade s'est crispé et la voix se pare d'un ton de componction qui touche Joseph au plus profond de l'âme.

— J'aurais dû prévoir la chose, interroger ma fille en faisant fi de nos divergences. Je vous remercie Joseph. Il va sans dire que votre loyauté ainsi que votre discrétion me sont essentielles.

Pour seule réponse, le valet ferme les yeux, entreprend une révérence, la main sur le cœur avant de s'en aller et laisser la Présidente seule avec ses pensées.

La porte à peine refermée, Marie-Madeleine se laisse tomber sur la chaise qu'elle venait de quitter lorsqu'elle pensait se rendre à l'église, ce moment regretté où elle ne pouvait soupçonner que le destin puisse lui faire endurer pareille épreuve.

— Si tout ce qu'on dit est vrai, que ne peut-il arriver d'un moment à l'autre ! confie-t-elle à ce reflet moins flatteur que tout à l'heure dont elle observe les yeux rougis et la peau devenue grise. Renée-Pélagie est donc prête à endurer quantité de malheurs dans le seul but de ne point nuire à son époux pourtant excessif en tout. Tu as été sotte Marie-Madeleine ! lance-t-elle à cette autre portion d'elle, là dans le miroir, qu'elle voudrait tant être en mesure de gifler. Comment as-tu pu, ne serait-ce qu'espérer sauver ta fille de l'emprise de ce monstre ? Dans son château avec elle, il se croit trop fort, trop en sûreté, et se permet tout. Les maintenir ensemble revient à leur offrir la possibilité de sombrer un peu plus encore dans l'atroce.

La Présidente serre les poings. Il lui faut s'employer à le mettre hors d'état de nuire. Elle sera seule, une fois encore. Renée-Pélagie ne lui sera d'aucune utilité, car si elle l'appelle au secours, elle n'écoute guère les conseils avisés de celle qu'elle implore. Pire ! Elle tolère sous son toit l'inacceptable, la honte et l'infamie. Elle ne peut compter davantage sur le roi. Son approche du nouveau garde des Sceaux, monsieur de Miromesnil, concernant la cassation du jugement d'Aix s'était soldée par un échec. Elle se souvient mot pour mot de la réponse qu'il avait formulée prétextant protéger l'innocence de Louis XVI… *parce qu'on ne juge pas devoir salir l'imagination d'un jeune prince du récit des détails de cette procédure, qui d'ailleurs l'indisposerait trop contre celui qu'elle regarde. Il vaut mieux éviter de lui en parler si l'on peut.*

À défaut de faire enfermer sur le champ son gendre dans l'une des prisons du royaume, elle devait le persuader de fuir avant que les choses n'empirent. Elle prétexterait que son absence contribuerait à calmer les esprits et permettrait d'effacer de manière plus efficace les preuves de ce qu'on lui reproche. Secrètement, elle espère surtout que cette distance entre les époux permettra à la toute puissante Présidente de Montreuil de reprendre l'ascendant sur Renée-Pélagie et de préparer comme il se doit le retour du marquis de Sade.

22

La Coste.
20 juin 1775

La journée s'annonce radieuse. Les premiers rayons du soleil teintent le massif du Lubéron de quantité de nuances de doré, d'orange et de rose. L'été est bel et bien là. Il semble avoir pris ses quartiers, accompagné du bruissement des feuillages et des chants de toutes sortes d'oiseaux que l'hiver avait bâillonnés. Ce spectacle et cette douce musique devraient ravir Renée-Pélagie qui, assise sur un banc, semble observer le réveil de la vallée, mais son regard est perdu dans de sombres pensées et ses oreilles bourdonnent d'une colère qui ne cesse de déferler depuis le moment où Nanon lui a demandé de s'entretenir avec elle. C'était il y a quelques minutes, alors que Renée-Pélagie sortait de sa chambre. Elle était là, plantée devant elle, la bouche dédaigneuse et la poitrine gonflée par le lait bien en avant comme les trophées de sa réussite, comme pour lui signifier que désormais, elles partageaient bien plus que la couche de Donatien.

— Nous avons à parler, avait lancé Nanon en la toisant.

Madame de Sade avait tout fait pour garder son calme. Elle n'aimait déjà pas beaucoup Nanon auparavant, mais depuis qu'elle avait accouché d'une petite Anne Élisabeth le 11 mai dernier[11], la jeune femme avait changé, était devenue hautaine, ne supportait plus qu'on lui donne des ordres. Tout était prétexte au conflit désormais, Renée-Pélagie la haïssait. Elle devait accepter les recommandations de sa mère et tout faire pour mettre Nanon hors d'état de nuire. La Présidente œuvrait d'ailleurs en ce sens et tentait discrètement d'obtenir une lettre de cachet à son encontre.

À la requête de Nanon qui contenait davantage les accents d'un ordre que d'une éventuelle sollicitation, Renée-Pélagie s'était contentée de lui répondre de la rejoindre un peu plus tard dans le jardin. Il fallait gagner non seulement du temps, mais aussi une certaine contenance, voire de la retenue, car la rencontre n'aurait rien d'amical, il s'agirait d'une confrontation sans pareille.

— Me voici !

La bougresse n'avait pas tardé. Nanon se tenait derrière elle, immobile. Elle s'était approchée sans bruit, sournoisement, sans doute dans le but de surprendre Renée-Pélagie et de commencer cet entretien avec un certain ascendant sur sa rivale. La tentative avait échoué. Renée-Pélagie n'avait pas cillé, cette même Renée-Pélagie qui se lève avec grâce et pivote sur elle-même afin de faire face à la servante arrogante.

---

11 Nanon a accouché le 11 mai 1775 à Courthézon, à environ 50 km de La Coste. Il était environ 23h.

— Assieds-toi, Nanon !

Le tutoiement comme une gifle cinglante, négation d'une quelconque importance ou considération. Madame de Sade prend l'avantage.

Plus par contradiction que par réel défi, Nanon décide de demeurer debout. Renée-Pélagie observe, amusée, la petite effrontée. Il ne sert à rien de faire durer l'instant.

— Alors Nanon ! De quoi désirais-tu m'entretenir ?

La jeune femme lève le menton, hautaine, et lance, péremptoire :

— Nous ne pouvons continuer ainsi.

Renée-Pélagie ne parvient à contenir un sourire devant tant d'audace.

— Ainsi ? Qu'entends-tu par là ?

— Vous ne pouvez continuer à me mésestimer de la sorte. Je ne suis pas une simple servante, j'ai donné un enfant au marquis. J'ai le droit de...

Madame de Sade s'emporte.

— Tu n'as aucun droit ici à part ceux que l'on consent à t'octroyer ! Que croyais-tu ? Qu'enfanter une bâtarde t'élèverait au-dessus de ta condition ? Peut-être même t'es-tu arrangée pour tomber enceinte avec ce fol espoir chevillé au corps, n'est-ce pas ?

Nanon, dont la colère et la honte se disputent le rouge de ses joues, ne répond pas.

— Tu pensais pouvoir devenir mon égale ? Peut-être croyais-tu également être en mesure de me supplanter dans le cœur de mon mari et à la tête de ma maison. C'est cela, n'est-ce pas ?

Les lèvres de la domestique tremblent, mais sont bien incapables d'émettre le moindre son.

— Tu apprendras à tes dépens que le lien qui m'unit à Donatien est bien trop solide pour rompre au moindre coup de canif. Nous avons partagé plus que tu ne partageras jamais avec l'homme que tu tiens pour mari. Je suis désolée Nanon, mais tu ne parviendras pas à m'évincer de sa vie. D'autres ont essayé avant toi et ont échoué. Donatien ne peut se passer de moi. Je ne te parle pas ici d'amour, car si j'ai bien des défauts, la naïveté n'en fait heureusement pas partie. Je suis à la fois son épouse, son amante, sa confidente et parfois une figure maternelle, celle qui s'évertue à anticiper ses désirs et à effacer ses bêtises. Et nous savons toutes deux que les bêtises sont légion.

— Et vous n'êtes donc pas jalouse ? Toutes ces femmes, ces hommes et les enfants...

— La jalousie est une peur, celle de la perte, de l'absence et comme je te l'ai dit, je ne le perdrai jamais. Donatien est à moi, il a besoin de moi, bien plus qu'il ne l'imagine. J'ai appris à tolérer ses frasques, à les canaliser, à les diriger parfois et à en maîtriser les conséquences bien plus que lui-même n'en sera jamais capable. Le partager n'est rien, ce ne sont au pire que des relations éphémères auprès de quelques femmes de haut rang, quant aux autres, les servantes, les catins et les mendiantes, elles ne sont que des corps sans valeur qu'il aime à torturer et des esprits simples qu'il se plaît à effrayer. Rien n'est laissé au hasard. Même ta présence ici est un choix savamment étudié. Tout chez toi transpirait l'ambition. Tu étais prête à tout pour que l'on fasse appel à toi. Tu avais besoin de nous afin de t'aider à t'extraire de la fange dans laquelle tu te débattais. Nous étions une chance que tu ne pouvais laisser passer. Il était alors évident que tu nous serais redevable à bien des égards et que ta fidélité nous serait acquise pour longtemps.

Nanon avait sous-estimé son adversaire. La marquise était bien plus lucide qu'elle ne l'avait imaginé.

— Ce temps est pourtant révolu, objecte Nanon. Mon destin m'appartient et cet enfant en sera le garant. Anne Élisabeth est du sang des seigneurs et monsieur le marquis ne peut le nier. Il a le sens du devoir.

Dans un claquement bref traduisant une extrême dextérité, Renée-Pélagie ouvre son éventail, le place devant la bouche et fait mine de dissimuler maladroitement un rire moqueur.

Nanon s'insurge.

— Je n'ai que faire de vos railleries. Vos belles paroles ne sont que de grossiers mensonges. J'ai lu la tristesse dans votre regard à bien des moments tout comme j'ai vu des larmes de colère ou de honte y naître lors d'ébats qui semblaient vous révulser.

— Fâcheuse interprétation que voilà ! murmure la marquise.

— Vraiment ? Vous sembliez éprouver une certaine pitié pour ces enfants.

— Aucunement ! Nous les avons choisis comme nous l'avons fait avec toi. Tout cela était prévu.

— Les sentiments le sont rarement.

Un silence pesant s'installe dans le jardin de La Coste où un groupe d'hirondelles se met soudain à voler en rase-mottes dans l'indifférence générale. Renée-Pélagie ne peut se taire davantage.

— Écoute-moi bien, Nanon ! Ta fille n'est nullement une menace pour nous. Ton mari l'a reconnue comme la sienne. Le reste ne sera qu'élucubrations d'une ambitieuse pauvresse. S'il te prenait toutefois l'envie de faire circuler certaines rumeurs dans le seul but de nous nuire, sache que d'autres avant toi ont essayé, peut-être même disaient-elles la vérité et pourtant toutes ont échoué. Crois-moi, tu n'es pas plus maline qu'une Rose Keller ou qu'une Marguerite Coste. Il n'y a pas à réfléchir, fais ce qu'on te dit et tout se passera au mieux. Ose nous défier et il t'en coûtera.

Nanon ne peut se contenir davantage. Elle se met à hurler.

— Sont-ce là des menaces ?

La réponse se veut calme, mais on ne peut plus explicite.

— On ne menace que les personnes qui nous paraissent dangereuses et à qui nous daignons accorder de l'importance. Tu ne fais hélas partie d'aucune catégorie, Nanon. Prends plutôt mes paroles comme une ultime faveur que je t'accorde. Une occasion de t'éviter bien des ennuis.

L'apparente quiétude de madame de Sade ne fait qu'accentuer la colère de la domestique.

— Je n'ai que faire de vos conseils. Gardez-les pour ces gosses dont les meurtrissures sont devenues trop embarrassantes !

Renée-Pélagie remarque que des têtes curieuses ont fait leur apparition à certaines fenêtres du château et derrière les parapets. Il lui faut tenter de calmer cette furie au visage rubicond qui se tient devant elle si elle ne veut que tout le village gravisse les venelles de La Coste à la recherche de quelques ragots à partager.

— Rentrons !

L'intensité des cris se fait plus forte.

— Je n'ai que faire de vos ordres, vous m'entendez !

— N'oublie pas qui paie la nourrice pour ta petite, Nanon. Vous n'auriez pas les moyens de vivre tous les trois si nous décidions de te renvoyer. Tu quitterais donc une vie confortable pour une autre, plus miséreuse ?

La servante reprend des airs supérieurs, un sourire en coin.

— Il existe bien des moyens de mener une vie confortable.

Renée-Pélagie réalise que Nanon n'a pas compris. Le chantage ne mènera à rien. Il est hors de question qu'elle débourse la moindre piécette afin d'acheter un silence qu'elle obtiendra de toute façon. D'ici peu, la lettre de cachet sera délivrée et Nanon ne sera plus qu'un mauvais souvenir, un cauchemar dont madame de Sade a hâte de se réveiller. En attendant, il faut cesser de se donner en spectacle devant ce public indiscret penché aux croisées et qui, de surcroît, n'a pas payé sa place.

— Réunir de l'argent n'est pas chose aisée. J'enverrai un pli à monsieur Gaufridy afin qu'il me fasse parvenir une belle somme qui, j'en suis certaine, te fera passer l'envie de nous trahir. Peux-tu attendre quelques jours ?

Surprise par cette capitulation inespérée, Nanon consent à une trêve. L'avenir s'annonce radieux. Ses rêves de petite campagnarde se concrétiseront, bientôt elle mènera la vie dont elle a toujours rêvée.

Enveloppées d'un silence que Renée-Pélagie n'espérait plus, les deux femmes rejoignent le château, perdues chacune dans l'élaboration de projets réconfortants dont évidemment l'autre est exclue à jamais, quand soudain Nanon s'immobilise et se met à hurler.

— Vous mentez !

Renée-Pélagie, qui n'avait pas remarqué que Nanon ne se trouvait plus à ses côtés, se retourne et découvre, horrifiée, le regard accusateur de la domestique furibonde.

— Pardon ?

— De quel argent me parlez-vous ? Vous êtes sans le sou, submergés par les dettes, assaillis par les créanciers. Vous ne pouvez le nier. Tout le monde le sait.

Humiliée, madame de Sade rejoint Nanon, lève la main prête à frapper l'insolente, mais suspend son geste. On les regarde. Les curieux se délectent.

— Eh bien ! Qu'attendez-vous ? Allez-y ! Après avoir subi les fureurs charnelles du mari, je peux bien supporter celles méprisables de l'épouse honteuse.

— Tais-toi !

L'ordre est direct, aussi percutant que la gifle dont la joue droite de Nanon vient d'être gratifiée. Renée-Pélagie n'a pas le temps de regretter cette claque que déjà la domestique se met à hurler en serrant les poings.

— Vous me le paierez ! Cela, mais également le reste madame de... Fade !

Renée-Pélagie fulmine, se mord les lèvres, trépigne. Elle porterait bien un autre coup à cette petite garce qui ose ce que personne jusque-là n'a osé, mais la châtelaine se ravise. Elle ne peut ignorer les clameurs indignées qui sont montées des croisées jusqu'au jardin. La curiosité des domestiques leur avait fait entrouvrir les fenêtres dans le but de mieux entendre l'incroyable dispute. Ces mêmes domestiques qui, hier encore, détestaient Nanon et ses airs supérieurs, cette prétentieuse qu'ils considèrent pourtant aujourd'hui comme étant l'une des leurs. Madame de Sade ne peut s'empêcher de penser que l'audace est hélas ainsi, elle impose bien trop souvent le respect chez les gens dénués de courage.

— Tu n'auras rien ! Tu m'entends ? Pas un sou ! Nous saurons te faire taire.

Nanon s'esclaffe.

— Et qu'allez-vous faire ? Appeler maman une nouvelle fois à la rescousse ? Vous êtes pathétique, madame ! Tantôt menée par les ordres de votre mère, tantôt par les désirs de votre époux. Qu'à cela ne tienne ! J'y trouverai mon compte, car à trop vous oublier, un jour vous disparaîtrez et je prendrai alors votre place.

Renée-Pélagie se met à rire, d'un rire agaçant qui met les nerfs de celle à qui il est destiné à rude épreuve. Elle se moque de Nanon sans aucune ambiguïté.

— Cessez cela ! s'impatiente Nanon, rouge de colère.

Madame de Sade tente de se contenir afin de décocher une autre flèche.

— Nanon, ouvre les yeux ! Tu ne seras jamais marquise ou comtesse. Pour Donatien, tu n'es qu'une pauvresse dont il peut disposer à sa guise, une pourfendeuse de plaisirs, un morceau de viande dont il se repaît à l'envi. Tu n'es rien d'autre pour lui, pas même la mère de sa fille. Il ne portera aucun intérêt à ce vermisseau que tu pensais susceptible de te sauver. Cette enfant aurait pu être un mâle que cela n'aurait rien changé à ses yeux. Tu retourneras à cette vie misérable que tu détestes tant. Elle sera d'autant plus difficile que tu auras dorénavant à ta charge le fruit encombrant de tes désillusions. Le destin est parfois cruel, n'est-ce pas ? Tu pensais t'élever vers les cieux, bien plus haut que tu n'aurais osé imaginer et te voici jetée vers une condition encore moins enviable que la précédente. J'en rirais presque si ce n'était aussi tragique. Tout cela pour ça, Nanon !

La marquise de Sade remue lentement la tête de gauche à droite. Feint-elle le dépit ou le dégoût ? Nanon ne saurait le dire, mais cela ne fait qu'ajouter à la haine qu'elle éprouve déjà pour cette femme qu'elle méprise tout autant qu'elle la jalouse. Ébranlée, elle jette un coup d'œil vers les croisées où les domestiques se sont agglutinés, plus nombreux encore, à l'affût d'un bon mot ou mieux, d'une belle empoigne.

— Rentrons ! lui ordonne la marquise.

— Je ne mettrai pas les pieds dans ce château. Jamais plus je ne vous obéirai ! Vous regretterez ces vilaines choses prononcées aujourd'hui. J'en fais le serment, madame de Fade.

À ces mots, la jeune femme tourne les talons et traverse le jardin comme si le diable en personne était à ses trousses vociférant des noms d'oiseaux qui deviennent de moins en moins audibles.

Madame de Fade ? La petite a de l'esprit et Renée-Pélagie demeure interdite. Il y a un instant encore, elle pensait faire rentrer dans le rang une forte tête et la voici qui regarde s'enfuir, totalement désarmée, une âme revancharde bien décidée à causer la perte de ses anciens maîtres.

23

Au premier étage du château de La Coste.
Le 16 Juillet 1775

Renée-Pélagie est couchée depuis plus d'une heure, mais ne parvient pas à trouver le sommeil. Les pensées occupent cette tête qui aurait pourtant tant besoin de se reposer. S'il s'agissait seulement de pensées futiles ! Hélas, il n'en est rien ! Ce cortège d'ennuis ne cesse de défiler derrière des paupières qui peinent à demeurer closes. Des images horribles de grande désolation, des gens en armes forçant les portes du château, les emmenant Donatien et elle dans une geôle sinistre. Des juges pointant du doigt leurs méfaits, une foule plus avide de sang que de justice les couvrant d'injures et de crachats qui les accompagne jusqu'à la Place de Grève. Des cordes, des chevaux, un bourreau et ses aides. Leurs corps à tous les deux nus, offerts d'abord à l'infamie avant d'être livrés à une mort atroce.

Sa respiration se fait rapide. De ses mains tremblantes, elle remonte le drap à toute hâte sur son visage en sueur.

C'est alors qu'elle entend un bruit étrange qui la fait sursauter, un son effrayant qui prend sa source derrière la porte. On dirait des griffes s'enfonçant lentement dans le bois tendre ! Serait-ce Satan qui, impatient, vient déjà chercher son âme perdue ? La terreur s'empare de Renée-Pélagie qui se met à hurler.

— Allez-vous-en ! La mort ne m'a pas encore rendu visite.

La porte s'ouvre alors dans un énorme fracas.

Les poings de la marquise serrent de toutes leurs forces ce drap qu'on semble soudain vouloir arracher. Une puissance incroyable contre laquelle elle ne peut lutter. Combative, mais réaliste sur l'inégalité de cette ultime bataille, madame de Sade lance ses dernières forces dans un cri déchirant.

— Pitié !

Son bouclier de tissu lui est arraché avec une facilité déconcertante et voici qu'on lui secoue vigoureusement les épaules. Des larmes dévalent de ses joues. Elle va périr. Le Seigneur lui a envoyé son ange déchu afin de la punir pour toutes les horreurs dont elle s'est rendue complice.

— Allons ! Je t'en prie, regarde-moi ! Mon amie...

Le corps de madame de Sade soumis jusque-là à des soubresauts incontrôlables se calme tout à coup. Cette voix !

— Donatien ?

Ses yeux s'ouvrent peu à peu et découvrent le visage vaporeux de son époux. Au bout d'un moment, la vision se fait plus nette. Donatien est rongé par l'inquiétude.

— Qu'y a-t-il enfin ? Que signifie tout ceci ?

— Rien de grave. Un cauchemar, répond-elle confuse.

Comment pourrait-elle confier à l'homme qui la serre à présent dans ses bras les remords qui la rongent ? Le faire serait mettre son époux au banc des accusés et lui ôter un soutien dont il a grandement besoin. Le seul. Ce serait admettre également ce terrible sentiment de culpabilité qui s'est emparé d'elle depuis la conversation avec Nanon dans le jardin et la dernière chose que Renée-Pélagie désire est bien d'accorder la moindre importance à cette moins que rien. D'ailleurs, n'est-elle pas parvenue à se débarrasser d'elle. Après leur dispute, Nanon avait trouvé refuge dans un couvent duquel le marquis avait tenté, sans succès, de la faire enlever par trois de ses domestiques. Le prieur, convaincu que la marquise ne valait pas mieux que son époux, s'était plaint du procédé auprès de l'abbé de Sade et lui avait même conseillé de faire interner son neveu le marquis pour le restant de ses jours. Pour sa part, Donatien avait beau clamer à qui voulait l'entendre que la bougresse lui avait dérobé 40 livres, personne ne le croyait, car tous voyaient là un subterfuge pour tenter de décrédibiliser la parole de la pauvre Nanon. Le prieur était finalement parvenu à persuader la jeune fille de ne pas faire éclater le scandale. Elle était muselée pour le moment, mais pour combien de temps encore ?

L'étreinte de Donatien se fait plus forte. Cette tendresse inespérée qui se veut consolatrice ravive pourtant les pleurs de l'épouse déjà passablement agitée.

— Mais qu'as-tu donc ?

Les épaules remuent de plus belle et la réponse arrive enfin entre deux reniflements.

— J'ai besoin de repos.

— Veux-tu que je te fasse apporter quelque chose pour t'aider à dormir ?

Renée-Pélagie sourit malgré elle.

— Je ne te parle pas de ce repos-là, mais de celui de l'esprit. Les soucis m'épuisent, le fardeau devient bien trop lourd.

— Mais de quoi me parles-tu ? La lettre de cachet nous a mis à l'abri de Nanon, n'est-ce pas ? Une fois n'est pas coutume, la détermination de ta mère nous est favorable. Nanon a été emprisonnée à la maison de force d'Arles depuis le début du mois[12]. Les autres sont placées dans des couvents où on leur impose le silence tout en pansant leurs plaies. Tout cela sera bientôt oublié.

La marquise a soudain un mouvement de recul.

— Et que fais-tu de la mère du petit secrétaire qui est allée à Aix en faisant un carillon du diable ?

— C'est cela qui t'inquiète ? Ce n'est rien. Elle a certainement cru qu'en répandant les pires horreurs elle serait en mesure de nous soutirer de l'argent comme l'a fait jadis cette maudite Rose Keller. Fais-moi confiance ! Personne ne portera crédit aux divagations du petit André. À titre d'enfant et de domestique, il ne sera pas cru. Dans quel monde vivrait-on si tel était le cas ?

Donatien se met à rire bruyamment et, l'espace d'un instant, malgré elle, Renée-Pélagie observe avec curiosité et dépit cet homme pour qui tout semble si facile

12 La lettre de cachet parvient de Versailles le 5 juillet 1775.

et guère important. Qu'elle aimerait prendre les choses avec tant de légèreté ! Hélas, si tel était le cas, Dieu seul sait à quelle extrémité son couple serait réduit.

Le silence se fait dans la chambre. Donatien vient de remarquer la mine assombrie de son épouse.

— Qu'y a-t-il ? lui demande-t-il.

— C'est donc cela. Tu n'as décidément rien compris !

— Je te demande pardon ?

Les yeux de Renée-Pélagie se font étincelants de colère.

— N'a-t-on pas cru par le passé une mendiante amenée à Arcueil ? Les dires de prostituées ne furent-ils pas pris au sérieux à Marseille ? Il faut croire que les temps changent mon ami, les gentilshommes comme toi ne peuvent plus agir en toute impunité. La naissance, aussi haute soit-elle, n'arrête ni la police ni les magistrats. Tu en as fait les frais, me semble-t-il. Quant à la rumeur...

Donatien demeure silencieux et observe sa femme qui détourne le regard comme si la honte lui interdisait de plonger les yeux dans les siens. Sa respiration se fait profonde, ses mains tremblantes. Elle semble chercher le courage nécessaire afin de poursuivre. Elle prend une profonde inspiration et, sans même le regarder, lui assène le coup de grâce.

— Il te faut partir loin de La Coste. Il en va de ta survie. Cette affaire des petites filles, comme il leur plaît déjà à la nommer, nous vaudra sûrement de nouvelles perquisitions. Ils vont te chercher, Donatien. Nous avons été sots de penser que nous serions à l'abri en ces murs, que ce qui se passait dans ce château ne franchirait pas les murailles.

Le marquis de Sade ne dit mot. Il est abattu, mais conscient pourtant que Renée-Pélagie dit vrai. Fuir une nouvelle fois. Sa vie doit-elle donc se résumer à cela ? Plaisirs, fuites, prisons... Quand tout cela cessera-t-il ? Il est las de subir tout ceci, mais il n'est pas prêt à capituler afin de trouver le repos. Jamais on ne le musellera ! Ils peuvent bien lui mettre des chaînes, il s'échappera à nouveau, l'appétit encore plus grand pour cette liberté qu'il chérit tant. Il n'est pas un homme de compromis. On ne fera pas de lui un sujet insignifiant de sa très gracieuse Majesté Louis XVI, un gamin incapable d'honorer son mariage et de donner un héritier au trône. Les lèvres de Donatien esquissent involontairement un sourire. Il lui montrerait bien, lui, comment engrosser la petite Autrichienne.

— Tu partiras demain. Le plus tôt sera le mieux. Quant au reste, je me charge de faire taire tout ceci durant ton absence. Je commence à avoir une certaine expérience.

— J'emmènerai La Jeunesse. Il me faut un secrétaire.

Renée-Pélagie daigne le regarder enfin, désabusée.

— Soit, prends donc ce Carteron s'il te chante ! Gageons cependant que ce coquin ne t'entraîne vers d'autres abîmes.

Le marquis ne compte pas s'en aller avant d'avoir souhaité le bonsoir comme il se doit à son épouse. Il s'approche, le regard empli de convoitise.

— Il nous faut nous dire au revoir afin que tu te souviennes de moi durant ces longues semaines.

Renée-Pélagie se dérobe et le pousse de manière si vigoureuse qu'il en vient presque à tomber du lit.

— Tu ne comprendras jamais rien aux femmes, pas même à ton épouse. Quant à un éventuel oubli, sois rassuré ! Les tracas que tu me causeras durant ton absence seront là pour éventuellement y pourvoir. Bonne nuit !

24

Paris. Sur l'Île de la Cité.
Fin 1775

L'hiver a décidé de s'installer dans la capitale.

Un vent glacial souffle sur des silhouettes courbées face à cette bise quasi polaire, emmitouflées comme elles le peuvent, des anonymes à la démarche mal assurée et craintive tant la peur de glisser est grande. La moindre chute pourrait être lourde de conséquences pour la plupart de ceux qui sont dehors à cette heure si matinale. Ils ne peuvent manquer un seul jour de travail. Le pain est devenu si cher que chaque sou gagné leur est devenu vital. Non seulement pour ces pauvres hères, mais pour toute leur famille.

Oui, cette nuit, il a gelé à pierre fendre et pourtant, deux individus ont décidé de braver le froid eux aussi. Toutefois, ils ne s'en vont pas travailler. En tout cas, pas tout de suite. Ils attendent, silencieux, l'ouverture du café Thémis, les bras croisés sur le torse, les mains se frictionnant vigoureusement le dos. On ouvre à peine les portes du troquet que déjà ils s'y engouffrent afin de chercher une chaleur réconfortante, voire salutaire.

— Eh doucement ! s'insurge le patron que l'on vient de bousculer.

Le plus jeune s'excuse maladroitement en claquant des dents tandis que le plus âgé se dirige déjà vers une table au fond de la salle en hurlant sa commande.

— Deux chocolats bien chauds !

D'ordinaire peu enclin à se faire traiter de la sorte, Bazin ronge son frein et garde pour lui tous les noms d'oiseaux qu'il lancerait volontiers à ce cuistre. La seule chose qui l'en empêche est tout simplement que cet homme qu'il vient de reconnaître n'est pas n'importe qui. Il s'agit de l'inspecteur Marais. Tout le monde le craint et c'est précisément pour cela que personne ne le contrarie.

— Tout de suite ! se contente-t-il de répondre.

Séraphin n'est pas encore assis que Marais s'adresse à lui en fixant Bazin qui s'affaire derrière son comptoir.

— La prochaine fois, rappelez-moi de ne plus venir ici.

— Et pourquoi donc ? s'étonne Séraphin en prenant place face à un Marais aux lèvres pincées et à l'œil réprobateur.

— Nous ne sommes plus en sécurité ici.

— Si vous le dites...

Marais ne perd pas un instant et entre dans le vif du sujet.

— Qu'avez-vous appris du côté de la rue Neuve-du-Luxembourg ? Comment réagissent les Montreuil ? Quels sont les plans de la Présidente ?

Séraphin se recule dans son siège, mains en avant, protection dérisoire contre des salves qui l'amusent plus qu'elles ne l'affolent.

— Doucement, Marais ! Comme vous y allez ! N'auriez-vous pu commencer cet interrogatoire tout à l'heure tandis que nous attendions l'ouverture ?

— Dehors ? Vous n'y pensez pas ! Les gens écoutent aux fenêtres et vous êtes bien placé pour le savoir.

Touché ! Marais connaît le passe-temps particulier du jeune rémouleur. C'est d'ailleurs pour cette raison qu'il fait souvent appel à lui. Outre le fait qu'il côtoie nombre de domestiques de grandes maisons enclins à lui faire de savoureuses et utiles confidences, Séraphin aime à s'attarder dans la rue, le soir venu, afin de surprendre ses semblables dans l'intimité de leur foyer. Des tranches de vie, troublantes de sincérité. Séraphin n'a jamais vraiment expliqué à Marais les raisons de ces errances nocturnes. Comment le pourrait-il ? Il ne les comprendrait pas et d'ailleurs, cela ne l'intéresse pas, seuls comptent les renseignements que peuvent lui fournir les étranges occupations du rémouleur. Dans ces moments-là, Séraphin ne cherche pas à surprendre la nudité des corps, seule lui importe celle de l'âme, bien trop rare en public. Mais une fois seuls, les anonymes délaissent enfin les artifices affichés consciemment ou non en société. Ils se parent alors d'une sincérité et d'une fragilité déconcertantes, émouvantes même.

— Alors ? J'attends.

Séraphin obéit.

— Les Montreuil se font discrets ces derniers temps. Ils ne sortent presque plus de chez eux. La rumeur a gagné à nouveau les rues de Paris et la Présidente ne décolère pas. Les gens de maison des Montreuil se laissent parfois aller à quelques confidences, que ce soit à moi ou à certaines de leurs fréquentations qui s'empressent évidemment de les répéter à voix basse sous le sceau du secret. Il se dit que le courroux de la Présidente n'est pas dirigé seulement contre son gendre, cette fois c'est sa fille, madame de Sade, qui subit ses foudres.

— Eh bien, eh bien ! Que disent les domestiques ? s'impatiente Marais ne prêtant qu'un regard agacé à Bazin qui vient poser les boissons chaudes sur la table avant de s'en aller aussi rapidement qu'il était arrivé.

— Vous n'êtes pas sans savoir que l'affaire des petites filles a fait grand bruit et a provoqué la fuite du marquis en Italie. On dit que les enfants ont été rendus pour la plupart à leurs parents, mais que leurs corps portaient encore les stigmates des méfaits que Sade leur avait infligés. D'autres ont été envoyées en prison, enfin dans des couvents comme une parente de la fameuse Nanon qui travaillait également chez les Sade[13]. Nanon qui, au pas-

13 Nous avons trouvé ce document inédit aux archives départementales de Marseille à la cote C 2638 dans un dossier contenant des lettres de Claude-Louis de Saint-Germain, ministre de la Guerre.

Le 13 avril 1777, le nommé Sablonières demande que sa fille soit mise en liberté.

J'ai l'honneur de vous envoyer, Monsieur, la copie d'un placet par lequel le nommé Antoine Sablonières, laboureur de la paroisse d'Augerolles en Auvergne, demande que Benoite Sablonières, sa fille, soit mise en liberté du couvent des religieuses de Saint Paul à Arles, où il prétend qu'elle est enfermée par ordre du Roi à la réquisition de Monsieur de Sade, dont elle a été cuisinière. Je vous prie de faire vérifier incessamment les motifs de la détention de cette fille, et vous voudrez bien me marquer ce que vous en penserez, et s'il est vrai qu'elle soit détenue au couvent en vertu d'un ordre de Sa Majesté.

sage, a perdu sa petite l'été dernier. On l'avait confiée à une nourrice qui avait oublié de prévenir qu'elle était enceinte. Évidemment, elle n'avait pas assez de lait pour deux enfants et, hélas pour Nanon, la nourrice n'a pas hésité sur la créature innocente qu'il fallait sacrifier.

Consterné, Marais laisse échapper un soupir, mais ne se laissant en aucun cas émouvoir par le sort de la petite Anne Élisabeth, il revient aussitôt à la charge.

— Où en Italie ?

— Pardon ?

— Où est parti le marquis ?

Surpris par tant de froideur, Séraphin prend une gorgée de son chocolat brûlant et répond en grimaçant.

— Partout et nulle part. Rome, Florence, Naples… L'homme bouge tellement qu'on peine à le suivre.

Puis, l'humeur taquine, Séraphin demande en souriant :

— N'avez-vous donc aucun renseignement ?

Le visage de l'inspecteur de police s'assombrit. Une fois n'est pas coutume, il ne va pas se mettre en colère, il va même se montrer pédagogue.

— Cela est nettement moins facile. Si je possède des gens à Paris et aux quatre coins du royaume, des per-

---

Voici la réponse datée du 02 mai.
J'ai l'honneur de vous renvoyer le placet du nommé Antoine Sablonières de la paroisse d'Augerolles en Auvergne. Il demande la liberté de sa fille détenue par ordre du Roi dans la maison de Saint Paul de la ville d'Arles. J'ai fait demander à la Supérieure de cette maison, une copie de l'ordre en vertu duqyel cette fille y a été enfermée. Je la joins ici (hélas la copie a disparu). *À l'égard des motifs qui ont donné lieu à la détention de la nommée Sablonières, la Supérieure a répondu qu'elle n'en avait aucune connaissance. Monsieur de Senar était alors intendant de Provence. J'ai fait vérifier s'il y avait dans les bureaux quelques renseignements. Il ne s'en est trouvé aucun. Au moyen de quoi, je ne puis, monsieur, vous donner aucun éclaircissement sur ce qui regarde cette fille. La Supérieure a témoigné que depuis qu'elle était dans cette maison, elle a toujours été contente de sa conduite.*

sonnes qui sont mes yeux et mes oreilles, une fois passées les frontières, je suis pour ainsi dire aveugle et sourd. J'ai bien des informateurs ici ou là dans les Cours étrangères, mais il m'est quasiment impossible de recouper et vérifier les renseignements que l'on me donne. C'est pourquoi concernant le marquis de Sade, je dois me reposer sur vous qui comptez la maison des Montreuil parmi votre clientèle. Vos sources sont on ne peut plus fiables. On n'a encore rien fait de mieux que les domestiques qui écoutent aux portes.

La pertinence des propos de Marais provoque chez Séraphin un rire tonitruant qui surprend Bazin dans ses tâches matinales.

— Silence, mon ami ! La discrétion est gage de succès. Faut-il vous le rappeler ?

— Vous avez raison, confesse Séraphin qui tente maladroitement de recouvrer une certaine contenance en se raclant la gorge.

Marais remarque la gêne qui s'est emparée tout à coup du rémouleur. Aussi tente-t-il de lui faire quelques confidences qui ne lui coûtent pas grand-chose, mais lui permettront de rassurer Séraphin sur leur amitié.

— J'ai bien un danseur de la Comédie-Italienne, un certain Pitrot. Il m'avertit des déplacements du marquis. Sade voyagerait en se faisant appeler *comte de Mazan*, tout comme il le faisait du temps de son escapade transalpine avec sa belle-sœur.

Voyant le trouble s'emparer de Séraphin, Marais tente de le rasséréner.

— Oui mon ami, je savais qu'il était en Italie, mais comme je vous l'ai dit, il me faut recouper les informations afin d'en vérifier l'authenticité. On dit qu'il a renvoyé son laquais La Jeunesse chez lui, à La Coste, tout comme il se murmure que le marquis aurait de nombreuses maîtresses et se ruinerait en objets d'art.

— L'homme ne change pas.

Marais esquisse un sourire, se lève, visse son chapeau sur la tête puis, prêt à partir, il pose une main sur l'épaule de Séraphin.

— Et c'est précisément pour cela que nous l'arrêterons bientôt.

25

La Coste. Printemps.
Juin 1776

Il fait encore jour en Provence et pourtant tous les rideaux du château de La Coste sont tirés. La demeure est plongée dans une pénombre inquiétante, mais ô combien nécessaire. Madame de Sade est exténuée et souhaite par-dessus tout trouver le sommeil. Les nuits où elle peine à dormir succèdent aux jours où elle tente sans réel succès de résoudre un à un les problèmes qui la submergent. Le manque d'argent se fait de plus en plus ressentir, les murmures sur sa famille se font de moins en moins discrets. Les gens ne prennent plus la moindre précaution en sa présence. Ils ricanent, se moquent ou s'horrifient à voix haute. Renée-Pélagie ne sort maintenant de chez elle qu'en de rares occasions et jamais sans être escortée de deux ou trois fidèles domestiques. Les choses ont changé. Être aristocrate ne suffit plus à être respecté, encore moins à imposer le silence sur des comportements douteux que tous pourtant toléraient jadis. La noblesse n'est plus estimée. Renée-Pélagie en veut pour preuve ce voisin qui a tué six dindes appartenant aux Sade juste parce qu'il les a surprises sur ses terres.

Renée-Pélagie se tourne et se retourne entre les draps de ce lit devenu lui aussi un ennemi, mais bien moindre en comparaison de cette maudite Nanon !

Enfermée à la maison de la force d'Arles, la jeune femme se perd en injures afin d'attirer l'attention de tous sur l'injustice de son sort. Elle clame à qui veut l'entendre qu'elle est la plus malheureuse des femmes, qu'on veut la museler allant même jusqu'à lui refuser le droit d'écrire à ses parents. La fougue de Nanon a même décuplé depuis l'annonce de la mort d'Anne Élisabeth. Des mois d'un silence coupable et cruel sur cet événement tragique ont meurtri davantage la mère. Le deuil l'a transformée en louve, un animal à maintenir en cage à tout prix, car il est inconcevable que Nanon soit libérée de ses chaînes tant que Donatien n'aura pas obtenu sa réhabilitation. Elle pourrait tout compromettre alors même que les magistrats d'Aix se montrent favorables au pourvoi en cassation du jugement concernant l'Affaire de Marseille. Ils demandent toutefois des ordres de la Cour, mais l'entourage de Louis XVI refuse farouchement d'en parler au roi de peur d'offenser l'innocence inhérente à sa jeunesse. On a fait savoir à Renée-Pélagie que pour réviser le jugement, il fallait avant tout que son époux se constitue prisonnier. La chose est impensable ! Et pourtant la proposition est soutenue par l'abbé de Sade, cet oncle qui, tel l'apôtre Pierre, a renié celui qui prit jadis tant soin de lui. Un homme de foi, et donc de parole, qui n'a pas hésité à se débarrasser de la petite fille qui lui avait été confiée et qu'il a fait transporter à l'hôpital de L'Isle-sur-la-Sorgue. Madame la marquise, dans sa grande mansuétude, mais surtout plongée dans un profond embarras, a pris les frais à sa charge. Au moins les plaies ont été pansées et la petite guérie en quelques semaines. Hélas, une fois remise sur pied et confiée à Ripert, la petite s'est enfuie et s'est épanchée chez le juge d'Orange. Renée-Pélagie n'a désormais confiance en personne. Elle en vient même à soupçonner l'homme d'affaires des Sade d'être le complice malheureux de cette évasion.

Les choses se présentent très mal, car cette évasion fait suite à une autre. Une fillette placée au couvent de Caderousse s'est échappée elle aussi et s'en est retournée à Lyon où elle n'a pas été avare de révélations en tous genres. Il est certain que leurs témoignages ne seront pas sans conséquence.

Renée-Pélagie se tourne une nouvelle fois dans ce lit peu enclin à lui procurer le repos dont elle a pourtant grand besoin. Ces fillettes ne sont que source d'inquiétude. L'une d'elles, Marie, souffrait d'une rougeole. Le docteur Terris était venu la visiter une dizaine de fois. Sans succès. Afin d'éviter la contagion, Renée-Pélagie avait décidé de la faire porter hors du château. Deux jours plus tard, Marie était morte.

Nouveau mouvement nerveux entre les draps.

Il faudra acheter le silence des parents.

Acheter, dépenser encore et toujours. Plus l'argent vient à manquer et plus il en faut. Et Donatien qui en demande toujours davantage pour son quotidien en

Italie ! Renée-Pélagie peut évidemment compter sur les fonds que la Présidente met à sa disposition, mais un jour ou l'autre, la source va se tarir. Pour l'heure, la bourse déjà bien entamée est déliée. La nécessité de faire cesser les rumeurs de toutes sortes enjoint madame de Montreuil à venir en aide aux époux, mais Renée-Pélagie le sait : dès lors que Donatien sera mis hors d'état de nuire, la Présidente se montrera beaucoup moins généreuse, d'autant plus que les enfants sont en sûreté chez elle à Paris.

Des larmes d'une colère contenue depuis trop longtemps, mêlées à celles d'un découragement dans lequel elle se noie depuis peu, perlent sur ses joues diaphanes et laissent un goût salé entre des lèvres tremblantes.

Soudain des pas précipités se font entendre dans le couloir. Une bruyante cavalcade se dirige vers la porte de la chambre que l'on ouvre brutalement sans la moindre considération pour la maîtresse de maison qui s'acharne à trouver le repos.

— Te voilà enfin ! Mais que fais-tu donc ainsi plongée dans le noir à te morfondre ?

— Donatien ?

Monsieur le marquis ouvre les rideaux si violemment qu'il manque de les arracher. Renée-Pélagie, surprise, porte une main devant ses yeux mi-clos qui peinent à discerner les traits de celui qui lui a tant manqué. Les larmes coulent à nouveau, plus abondantes, témoignage de ce bonheur indicible provoqué par la joie de revoir l'homme qu'elle aime par-dessus tout. Cet être chéri qui sans perdre un instant saute sur le lit et vient se lover contre elle.

— Oh ! Tu m'as manqué, lui dit-il en déposant de gourmands baisers de son cou jusqu'à la naissance de cette voluptueuse poitrine dans laquelle il aime à se perdre.

— Toi aussi, lui répond Renée-Pélagie en le pressant fort contre son cœur. Ta présence ici est un cadeau du ciel.

— Dieu n'a rien à voir avec mon retour. Toi et tes bondieuseries, se moque gentiment Donatien avant de se perdre dans un éclat de rire.

Blessée par la remarque du déserteur, Renée-Pélagie se ferme et pousse hors de ses bras le renégat qui manque de tomber hors du lit. Loin de s'en offusquer, Donatien rit de plus belle et tente de tempérer ce mouvement d'humeur.

— Allons, mon amie ! Tu sais mieux que personne que Dieu ne me dicte rien. Je n'ai toujours vécu que pour mes désirs et par ma volonté. Si je suis ici, c'est que je mourais d'envie de te revoir.

— Balivernes ! Tu manquais d'argent une fois encore. Voilà tout !

L'homme se fait cajoleur, s'approche doucement de la femme offensée, risque une main sur une cuisse apparemment offerte et, ne rencontrant aucune résistance, embrasse tendrement celle qui n'envisage désormais plus de lui résister.

— Mes lèvres avaient-elles le goût âpre de la pauvreté ou la saveur délicieuse de cette convoitise que vous m'inspirez ?

Renée-Pélagie minaude. Donatien continue de plus belle.

— Est-ce là un sourire que je perçois sur cette bouche que je viens de quitter ? Ne me provoque pas ainsi ou je m'en vais de ce pas te la baiser à nouveau.

Immanquablement le sourire se fait plus grand.

— Viens là ! Je m'en vais te montrer à quel point tu m'as manqué !

Renée-Pélagie rêvait de ce moment, pourtant elle se dérobe.

— Nous avons à parler.

Tel un enfant que l'on vient de gronder, Donatien fait la moue.

— Comme tu es grave, lui reproche-t-il.

— C'est que, pendant que tu te prélassais sous le soleil italien, j'ai passé mon temps à gérer La Coste, mais également les nombreuses répercussions de cet hiver où les jeunes filles...

Donatien se précipite et presse ses lèvres contre celles qui s'apprêtaient à gâcher la joie de cet instant.

Renée-Pélagie le repousse une nouvelle fois.

— Il en va toujours ainsi avec toi. Tu n'écoutes personne, tu prends du plaisir comme tu l'entends et une fois la chose terminée, tu ne veux plus en entendre parler. Les conséquences de tes actes t'importent peu. Tu en laisses la gestion à d'autres, bien trop bêtes de t'aimer au point de s'oublier et de tout faire pour te sauver la vie.

— Comme tu y vas, ma douce ! Me sauver la vie pour quelques fessées et des jeux de lames et de bougies...

Furieuse, la marquise sort du lit.

— Oublies-tu la peine de mort rendue contre toi à Aix suite à l'affaire de Marseille ?

Le visage de Donatien se fige.

— Nanon s'est enfuie et menace de tout révéler. Pour l'heure elle est enfermée à Arles, mais la mort de sa petite fille l'a rendue plus féroce encore. Ajoute à cela la fuite d'autres filles qui ont colporté toutes sortes de choses à qui voulait bien tendre l'oreille.

Renée-Pélagie est soudain embarrassée. Elle semble chercher ses mots.

— Donatien, l'une d'elles a parlé à un homme de loi…

Sade se lève à son tour et se dirige vers la fenêtre. La vue est splendide, mais son regard se perd sur ce paysage qu'il n'a pas admiré depuis des mois.

— Tout cela ne finira donc jamais ? murmure-t-il.

Renée-Pélagie aurait envie de lui crier au visage qu'il est le seul responsable de tout ceci. Sans ses excentricités ils n'auraient pas à se séparer, leurs trois enfants grandiraient à leurs côtés, la vie serait facile en somme. Elle le veut, mais elle se tait. Elle l'aime trop pour le blesser davantage et puis, cette fois plus qu'aucune autre, elle a été la complice silencieuse de ces folies. La culpabilité lui serre la gorge, l'empêche de se révolter. On ne l'y reprendra plus.

— Combien veulent-elles ? demande-t-il un brin désabusé.

— Trop. Je ne sais pas encore, mais ce sera toujours trop. Nous n'avons plus rien. J'ai demandé à ma mère si…

Le marquis fait soudain face à son épouse, furieux.

— Cette vipère ? Un monstre qui ne songe qu'à me mettre en cage et à en jeter la clef ?

— Je t'en prie, Donatien. Elle seule peut nous prêter l'argent nécessaire.

Monsieur le marquis serre les poings. Il aimerait hurler, s'opposer de toutes ses forces à cette nouvelle intrusion de sa belle-mère dans sa vie. Hélas, il ne le peut pas. Renée-Pélagie est la voix de la raison et il lui faut se résoudre à l'écouter.

— Fais comme il te plaira, se contente-t-il de lancer en sortant de cette chambre glaciale qui aurait pourtant dû abriter d'ardentes retrouvailles.

Impuissante, Renée-Pélagie est le témoin de la fuite de monsieur son mari. Une nouvelle fois, il ne veut ni ne peut faire face aux conséquences de sa conduite. Il en sera hélas toujours ainsi. Résignée, elle se dirige vers son miroir. Elle observe le reflet de ses yeux rougis par le feu de la colère, noyés dans un torrent de larmes qui déferlera bientôt sur sa peau blanche et froide comme le marbre.

26

Paris. Rue Neuve-du-Luxembourg. Octobre 1776

Les premiers rayons du soleil déchirent peu à peu les ténèbres d'une nuit automnale propice aux rêveries, ces refuges où la rudesse du quotidien est bâillonnée par d'infinis possibles.

La jeune Constance est levée depuis un moment. Il lui tarde de monter dans la chambre des enfants de Sade, voir les plus beaux des sourires l'accueillir une fois les rideaux tirés. Les petits l'aiment beaucoup et ne se privent pas de le lui montrer dès que la Présidente a le dos tourné. Madame de Montreuil n'est pas favorable aux effusions, et ce d'autant plus lorsqu'elles se manifestent entre des êtres de classes différentes. Chacun doit rester à sa place et bien se garder de franchir une barrière érigée depuis la nuit des temps et, pourtant, de plus en plus fragile.

Constance recouvre ses épaules d'un châle, ouvre la porte de service et, un sac à la main, se dirige vers la venelle qui commence à s'animer. Une légère brise venant de la rue Saint-Honoré amplifie encore la sensation de froid.

— Où est-il ? murmure Constance en soufflant dans ses mains jointes qu'elle frotte l'une contre l'autre. Elle piétine, se frictionne les bras, rien n'y fait. Ce vent matinal est de moins en moins supportable.

Le bruit qu'elle espérait se fait soudain entendre, débouchant de la rue des Capucines, suivi aussitôt de cette ritournelle qu'elle n'espérait plus.

— Couteaux ! Ciseaux ! Le vieux devient nouveau. Le laid devient beau.

Séraphin, enfin !

Constance lève le bras afin de signaler sa présence, peut-être aussi son impatience. L'effet escompté ne se fait pas attendre, le rémouleur presse le pas.

— Ah ! Te voilà, dit-elle en s'emparant du petit sac qui était à ses pieds et duquel elle sort une douzaine de couteaux. Tu es en retard, lui reproche-t-elle.

Le rémouleur se met à rire.

— Comme tu y vas, Constance ! Étais-tu donc si pressée de me revoir ?

— Ne va pas t'imaginer des choses ! Ta déception serait grande. Je te rappelle que je suis là pour toi. Tu as besoin de moi, pas moi !

Séraphin ravale sa fierté et s'empare des couteaux.

— Toi peut-être pas, mais eux oui, dit-il en examinant les lames. Dis-moi ce que tu as appris.

Constance patiente. Elle attend que la meule se mette en marche afin que le bruit de la besogne du rémouleur vienne couvrir les confidences qu'elle s'apprête à faire et qu'elle tient d'une cousine lyonnaise. Les étincelles ne tardent pas à illuminer l'aurore parisienne et les lames se mettent à chanter.

— Des enfants ont réussi à s'échapper et sont rentrés chez eux. Ils ont raconté d'horribles choses à leurs parents et des hommes de loi les ont entendus. Ton Sade ne va pas s'en tirer à bon compte.

— Il est toujours en Italie ? demande Séraphin en ne quittant pas des yeux son ouvrage.

— Non. Il est rentré au début de l'été et s'est mis à travailler sur un livre relatant son voyage en Italie, paraît-il.

— Autre chose ?

Aucune réponse.

Seule la stridente complainte des couteaux se fait entendre.

— Constance ?

— Des rumeurs simplement.

Au tour de Séraphin de s'impatienter.

— Lesquelles ?

— On dit qu'il s'en est allé à Montpellier.

— Dans quel but ?

— Je ne sais pas. Il s'ennuyait, paraît-il. Madame son épouse l'a écrit à sa mère. Tu as fini ? J'ai froid.

Séraphin lui tend les couteaux affûtés. Constance veut les lui prendre, mais le rémouleur les tient fermement.

— C'est tout ? Tu en es sûre ?

— Oui. Donne-moi ça que je rentre me mettre au chaud. J'ai à réveiller les enfants.

Séraphin capitule à contrecœur. Il doit prévenir au plus vite Marais que Sade est de retour chez lui. La jeune fille s'en va précipitamment sans même prendre congé laissant le rémouleur pantois poursuivre sa tournée.

La machine se met en branle et Séraphin reprend aussitôt la litanie.

— Couteaux ! Ciseaux ! Le vieux devient nouveau. Le laid devient beau.

Soudain une silhouette fond sur Séraphin qui manque de tomber.

— Qu'est-ce qu'elle t'a dit ? Dis-moi ce qu'elle t'a dit ?

— Vous êtes fou ! Vous allez nous faire prendre. Je vous ai déjà prévenu. Vous avez oublié que l'inspecteur Marais a bien failli vous surprendre l'hiver dernier quand vous l'avez suivi jusqu'au Thémis ?

Le vieil homme se confond en excuses.

— Je sais. Vous me l'avez dit maintes fois. Je fais très attention maintenant. La preuve, vous n'aviez même pas décelé ma présence ce matin, n'est-ce pas ?

Séraphin préfère ne pas répondre et se contente de hausser les épaules.

— Vous étiez où pendant tout ce temps ?

— Chez moi, en Normandie. J'ai compris que ma présence n'était pas nécessaire à l'époque, que le marquis n'était pas à Paris et que vous n'en saviez pas plus que moi.

— Les choses n'ont pas réellement changé, vous savez monsieur Danière. Votre présence ici ne ramènera pas votre fille. Sade est dans le Sud. Vous devriez rentrer dans le pays de Caux et vous occuper des terres du château appartenant à votre maître. Ceux qui ont tué Julie sont morts. Elle repose en paix dorénavant.

— Mon maître n'est plus. Charles-Pierre de Bailleul est mort deux jours avant Noël[14], son fils Nicolas a pris la succession. Il me fait toute confiance, m'autorise des déplacements ici ou ailleurs. Il vit la plupart du temps à Rouen où il préside le Parlement. Seule la tenue de son domaine lui importe. Quant à Julie, elle ne reposera en paix que lorsque ce Sade sera mort. Si elle n'avait eu à subir ses perversités, jamais elle n'aurait cherché à se venger. Elle serait toujours parmi nous.

— Et votre marquis connaît-il la raison de ces déplacements ? Monsieur Danière, voyez où ce désir de vengeance a mené votre fille ! Retournez chez vous et chérissez vos souvenirs.

Le père de Julie serre le pommeau de sa canne. Ses souvenirs... Comment expliquer que ce sont précisément eux qui le maintiennent en vie ? Le visage de sa petite Julie, les éclats de son rire, l'espoir qui enfin se reflétait à nouveau dans son regard parce que, peu de temps avant de mourir, elle avait autorisé son cœur à aimer à nouveau.

La ténacité de ce vieil homme force l'admiration de Séraphin tout comme elle l'irrite et le gêne. Le désir de vengeance empêche tout discernement chez Nicolas Danière. Le rémouleur désire empêcher un nouveau drame. Il se sent pourtant impuissant face à tant de détermination chez ce père qui ne parvient pas à faire son deuil. Il capitule.

---

14 Charles Pierre de Bailleul est décédé en son château le 23 décembre 1775.

— Constance m'a confié que Sade était rentré d'Italie. Il a pris depuis peu la route pour Montpellier. Faites de ces informations ce que vous voulez, mais soyez prudent !

Un léger sourire vient illuminer le faciès parcheminé du normand. Il n'ira pas en Provence, les rhumatismes inhérents à son vieil âge le lui interdisent. Néanmoins, il profitera de son retour à Angerville-Bailleul pour récolter quantité de renseignements, la haute fonction de son nouveau maître lui ouvre des portes insoupçonnées. Puis, dans quelque temps, Nicolas Danière reviendra à Paris pour concrétiser ce projet de vengeance qui le ronge. Le marquis revient toujours ici, dans cette ville où les plus sombres desseins et les moindres désirs ont l'opportunité de prendre vie. La confrontation aura bien lieu. Elle n'est que repoussée.

27

Montpellier. Fin octobre 1776

Dans sa chambre de l'hôtel du Chapeau Rouge[15], Donatien de Sade s'impatiente et tourne en rond. Son rendez-vous tarde à venir et met à rude épreuve le peu de patience qu'il possède. Son séjour ici avait pourtant bien commencé. Il avait retrouvé Rosette. Ils avaient parlé de ses semaines passées à La Coste. Fort heureusement, l'évocation de souvenirs, pas si anciens d'ailleurs, ne s'était pas éternisée. Monsieur le marquis avait pu disposer sans aucune difficulté de ce corps totalement offert, s'en remémorer les contours et en admirer les contorsions, et ce à maintes reprises depuis son arrivée.

De la chair fraîche, voilà ce qu'il attend depuis d'interminables minutes sous le couvert de l'embauche d'une nouvelle cuisinière.

On frappe enfin à la porte. Donatien se rajuste avant d'inviter ses visiteurs à entrer.

15 Les vestiges de cet hôtel de Montpellier se trouvent au n° 27 de la rue Pila Saint Gely.

La voici donc la future reine des casseroles, celle qui sera chargée de satisfaire les papilles et le ventre du maître de La Coste ! Le voilà donc le réceptacle des plaisirs à venir, auréolé d'une chevelure blonde comme les blés !

Après un long silence qu'impose la contemplation, Donatien brise la glace.

— Quel âge as-tu, mon enfant ?

— Vingt-deux ans, messire, répond-elle timidement, le regard baissé sur ses souliers crottés.

Le marquis l'aime déjà. Son apparente soumission lui déforme déjà la culotte de soie couleur soucy.

— Comment t'appelles-tu ?

— Catherine, messire. Catherine Trillet.

Monsieur de Sade adresse un regard satisfait au Père Durand venu accompagner la jeune fille. Le franciscain, grandi de cette marque de contentement, esquisse un léger sourire.

— L'on t'a dit ce que j'attendais de toi ?

— Oui, messire.

— Et que t'a-t-on dit au juste ?

Les mains de la jeune fille se crispent et se frottent nerveusement l'une contre l'autre devant une jupe grossière couleur boue de Paris.

— Je dois faire la cuisine pour monsieur le marquis dans son château.

— Oui, ce sera là ta principale besogne.

Catherine Trillet rougit. Se doute-t-elle que celui qui est sur le point de devenir son maître attend d'elle bien plus qu'un bon plat chaud ? Si oui, ce ne peut être du fait du Père Durand qui a juré ses grands dieux que l'homme est des plus honnêtes, qu'elle ne pouvait rêver meilleure place, car les mœurs du seigneur de La Coste sont irréprochables. Le père de la petite, tisseur de couvertures de son état, après quelques réticences, avait fini par accepter quand le récollet lui avait promis que le château était un véritable couvent.

Donatien de Sade ne peut détacher son regard de Catherine. Il s'amuse à surprendre les coups d'œil furtifs de la donzelle derrière sa frange mal coupée qu'elle pense à tort être en mesure de la protéger de ses yeux inquisiteurs. Il admire ce décolleté à la limite de l'indécence qui tente de contenir la poitrine généreuse de celle qui, craintive, se met à respirer de plus en plus fort. Il se voit déjà plonger entre ces deux seins qui le narguent et semblent l'appeler. L'invitation est trop belle et il ne pourra s'y soustraire bien longtemps.

Donatien déglutit d'envie avant de s'adresser à celle qu'il meurt d'envie de trousser.

— Quel est ton prix ?

La jeune fille s'étonne, s'offusque presque.

— Pardon ? dit-elle en relevant la tête.

— Combien veux-tu pour venir à La Coste.

— C'est que je gagne 40 écus à Montpellier. Votre emploi m'oblige à quitter les miens.

Donatien s'impatiente.

— Combien ? Je ne...

— 50 écus ! coupe-t-elle, pressentant qu'à trop tergiverser, elle risquerait de tout perdre.

— Tu les auras et même davantage si je n'ai à me plaindre de toi.

Catherine Trillet sourit, heureuse d'avoir finalement suivi le Père Durand chez cet homme qui, loin de vouloir l'exploiter, est parvenu à museler sa peur tant il semble disposé à améliorer son quotidien.

28

Paris.
Novembre 1776

Madame de Montreuil est immobile dans cette chambre lambrissée qui n'abrite rien d'autre que son sommeil depuis plusieurs années. Celle du Président se trouve à l'autre bout du couloir, suffisamment éloignée pour que Marie-Madeleine n'ait pas à subir les épouvantables ronflements ainsi que les innombrables levers nocturnes du vieil homme. Avec le temps, les vessies masculines deviennent les véritables ennemies des épouses bien mariées. Les rivales de la Présidente ne manquent pas. Les rumeurs ont circulé et continuent à faire les gorges chaudes du Tout-Paris. Elles l'ont coupée des amies d'antan. Les Montreuil sont devenus peu fréquentables, un couple à éviter absolument excepté pour les plus téméraires désirant des informations de première main concernant leur célèbre gendre, un homme qui sent le soufre et fait se vendre les gazettes par centaines. Oui, s'il y a bien un ennemi qu'exècre madame de Montreuil, c'est ce marquis de Sade, le cher, trop cher époux de sa fille aînée, Renée-Pélagie. Or, voici justement que ce gendre, jadis idéal, vient quémander une fois encore de l'argent, pas directement non, mais par l'intermédiaire de sa docile épouse. Douze cents livres, rien que ça ! Madame de Sade, se voulant persuasive, ne s'est pas privée de sombrer dans le pathos. Elle manque de bois, paraît-il !

Assise devant un miroir, madame Cordier de Launay de Montreuil observe son reflet qui lui sourit.

— Avouez, madame, que la chose est des plus graves ! Surtout si, comme le dit madame votre fille, les fenêtres de sa chambre sont dépourvues de carreaux et que, mal vêtue pour la saison, celle-ci a pris froid et s'est vue contrainte de garder le lit.

Madame de Montreuil fronce les sourcils et s'adresse à cette extension d'elle-même d'un ton réprobateur.

— Encore faut-il que la chose soit avérée. Vous n'êtes pas sans savoir que les Sade aiment à dramatiser la réalité afin d'obtenir de l'argent. Surtout le mari. N'oubliez jamais qu'il se croit homme de théâtre !

Madeleine ne peut contenir un rire qui vient troubler la quiétude de cette nuit qui débute. C'est qu'elle s'amuse beaucoup à ce petit jeu solitaire auquel elle aime se livrer de temps à autre. Madame de Montreuil tente de reprendre son calme, puis, après une profonde inspiration, elle s'adresse à nouveau à l'autre, cette partie gentille d'elle-même qui se permet d'éprouver de l'empathie pour ses semblables.

— Ensuite, renseignements pris, nous avons découvert que les difficultés financières de ces chers enfants n'ont pas empêché monsieur le marquis de se rendre à Apt et de dépenser sans compter pour des travaux d'encadrement et de reliure.

— Oh !

— Comme vous dites ! J'ai cependant décidé d'envoyer la somme qu'ils demandent. Je dis *ils*, car nul doute que monsieur le marquis a dicté à son épouse cette nouvelle demande de prêt. Si on peut toutefois dénommer ainsi un pécule que l'on ne nous rendra jamais.

— J'avoue ne plus rien y comprendre, répond le reflet.

Le visage de la Présidente se fige, puis la bouche s'étire peu à peu dans un sourire carnassier que la flamme de la bougie rend plus menaçant encore. Et, d'une voix plus grave :

— Allons, allons ! Pour qui me prenez-vous ? La somme sera envoyée à Gaufridy avec l'ordre de ne la distribuer qu'au fur et à mesure à ces désœuvrés et uniquement pour des dépenses liées à la subsistance du château.

Le reflet ne se dépare pas du sinistre sourire et s'adonne avec délectation à la flatterie.

— Vous êtes machiavélique, mon amie.

Un *merci* se fait entendre, empli de fierté.

29

La Coste.
Décembre 1776

— J'ai depuis bien longtemps appris à composer avec cette part de vous qui vous gouverne et vous pousse aux pires excès. J'ai mis de côté ma jalousie, ma fierté et cette naïveté que je possédais au début de notre mariage, celle qui me poussait à espérer qu'un jour peut-être vous me reviendriez. Hélas, apparemment, je n'ai pas ce pouvoir ! Même Dieu ne parvient pas à vous ramener à lui ! Mais pourquoi vous acharnez-vous à détruire les uns après les autres ces remparts que je m'évertue à dresser autour de vous et, censés vous protéger de vous-même ? Dans ces moments-là, vous perdez même la notion de danger qui devrait pourtant vous enjoindre à vous contrôler.

Monsieur le marquis ne dit mot. Il connaît son épouse. Renée-Pélagie est au comble du désespoir et le vouvoiement dont elle le gratifie lui intime l'ordre tacite de garder ses distances. Voici de longues minutes qu'elle fait les cent pas dans la salle à manger, entre la cheminée de marbre et la table de trictrac, s'agitant sans même poser les yeux sur cet homme qui finira par lui faire perdre la tête.

— Que vous a-t-il pris ? Cette Catherine Trillet qu'il vous plaît elle aussi à nommer Justine ne vous suffisait-elle pas ? Non ! Bien sûr que non ! Il vous fallait faire venir ici un nouveau secrétaire, une fille de chambre, un perruquier et une aide de cuisine. Le manque d'argent aurait pourtant dû vous faire renoncer à cette folie. Si le fonctionnement de cette maison vous concernait un tant soit peu, nous ne serions jamais parvenus à de pareilles extrémités. Qu'allons-nous faire à présent ?

Elle daigne enfin le regarder, exhibant des yeux rougis par la honte et une certaine impuissance.

— Pourquoi vous être introduit dans leur chambre et leur demander qu'ils se soumettent à vos désirs en leur promettant une somme rondelette ? Vous avez précipité leur départ et Dieu sait ce qu'ils vont colporter, eux aussi, une fois arrivés dans leurs foyers. Vous vous êtes jeté sur ces gens dès la première nuit.

— Ils ne sont pas tous repartis. L'aide-cuisinière a choisi de rester, me semble-t-il. Je ne dois pas être un si mauvais maître après tout.

La timide galéjade de Donatien n'arrache pas même un sourire à Renée-Pélagie qui cesse net sa marche infernale afin de faire face à ce mari pour lequel décidément tout paraît dérisoire et sujet à plaisanterie.

L'épouse se fait plus proche afin d'attendrir cet époux insouciant.

— Mon ami, je t'en prie. Il faut tenter de te maîtriser. Si ce n'est pour toi-même ou pour ces enfants qui éveillent chez toi les passions les plus ardentes, fais-le pour moi qui t'aime tant. Je m'épuise. Une affaire en chasse une autre sans me laisser le moindre répit. Ma santé défaille, tu finiras par me perdre. Qui s'occupera de toi quand je ne serai plus là ? Dis-moi, Donatien, qui te protégera de toi-même ? Je suis prête à tout subir, même les pires accusations. Pourtant nous savons tous deux que je ne suis coupable que d'une chose : t'aimer. Oui, l'amour que je te porte est mon seul tort.

Peu à peu, le sourire du marquis se dissipe dans un trouble qu'il peine à dissimuler. Il tente une diversion.

— Ta mère ne me protégera pas, c'est certain ! Elle ne pense qu'à me nuire. Souviens-toi de cet argent prêté au compte-gouttes et uniquement sur présentation de facture. Elle préférerait me voir mort plutôt que de m'aider.

Renée-Pélagie s'agenouille face à cet homme que rien ne semble pouvoir toucher.

— Et tu ne tarderas pas à lui donner entière satisfaction si tu continues ainsi. Oublies-tu justement cette condamnation à mort concernant l'affaire de Marseille ? L'affaire des petites filles de Lyon et celle-ci ne resteront pas sans conséquence, je le crains.

Donatien prend le visage de son épouse entre ses mains, lui baise le front, puis pose délicatement sa tête sur ses cuisses avant de lui caresser ses longs cheveux noirs.

Il se met à lui parler avec douceur comme il le ferait à un enfant qu'il tenterait d'apaiser.

— Rassure-toi ! Je suis toujours parvenu à m'extraire des situations les plus épineuses. Ton mari possède de la ressource, un nom et un esprit bien plus vif que ne le sera jamais celui des personnes qui cherchent à le détruire.

Quelques jours plus tard.

À Montpellier, un tisserand enrage tandis qu'il prépare son cheval. Il est humilié, on s'est joué de lui, mais pire que tout, il est inquiet. Sa fille est en danger. Sa petite Catherine, qu'il pensait avoir confiée à un homme respectable, est aux prises avec un être abject de la pire espèce. Les enfants engagés par le marquis de Sade sont revenus précipitamment en ville et se sont présentés chez lui afin de le mettre en garde. Ils ont raconté les pires horreurs sur ce qu'il leur était arrivé au château de La Coste, une demeure dont on lui avait pourtant vanté les mérites, n'hésitant pas même à la comparer à un couvent.

Monsieur Trillet s'en était bien sûr allé demander des comptes au Père Durand, celui-là même qui n'avait pas tari d'éloges sur l'aristocrate. Le franciscain s'était évidemment confondu en excuses et avait juré ses grands dieux qu'il pensait l'aristocrate repenti et à nouveau éclairé par la lumière de Dieu. N'avait-il pas d'ailleurs rencontré le pape lors de l'un de ses séjours à Rome ?

Le tisseur de couvertures n'a plus le temps de chercher d'éventuels responsables. Pour le moment, son unique préoccupation est de sauver sa fille.

30

Château de La Coste.
Vendredi 17 janvier 1777. Peu après midi

Une sonnette retentit dans la cour du château, mais demeure sans effet. Des coups à la porte brisent l'apparente quiétude de la demeure des Sade. Personne ne bouge davantage à l'intérieur. On s'observe, s'interroge. Se peut-il que l'on vienne déjà arrêter monsieur le marquis ? Un domestique est chargé de s'en assurer, mais ordre lui est donné de le faire sans précipitation aucune. Il faut laisser le temps à monsieur de se préparer au départ.

Les coups deviennent plus forts, impatients. Une voix se fait entendre au-dehors.

— Ouvrez ! Je sais que vous êtes là.

Le pauvre hère en livrée regarde de tous les côtés ne sachant que faire. S'il ne répond pas dans la minute, il risque de décupler la colère de celui qui attend et en subir les conséquences lorsqu'il se décidera enfin à lui ouvrir. Sa loyauté a des limites, aussi décide-t-il de se diriger vers la porte qu'il entrebâille timidement.

— Vous désirez ?

L'homme face à lui est menaçant, rubicond et le cheveu hirsute.

— Ce que je désire ? Parler au propriétaire de ces lieux. Voilà ce que je veux ! Où est-il ?

— Monsieur le marquis n'est pas là.

— Et ma fille ! Elle est là ?

— Votre fille ? Mais qui êtes-vous ? ose celui à qui on a expressément demandé de faire durer les présentations.

— Monsieur Trillet, voilà qui je suis ! Eh bien ! Qu'attends-tu ? Fais venir ta maîtresse.

La peur se lit sur le visage de celui qui se cache derrière la porte. Une voix féminine vient sauver le domestique en péril qui recule de deux pas essuyant d'un mouchoir les gouttes de sueur perlant sur le haut de son visage et laisse avec joie sa maîtresse aller au front.

— Je suis madame de Sade. Que se passe-t-il ?

— Je suis le père de Catherine Trillet et je désire la voir.

L'embarras succède bientôt au soulagement sur le visage de Renée-Pélagie. Après un instant de réflexion, Trillet aperçoit madame de Sade murmurer quelque chose à l'oreille de son valet, mais il ne parvient pas à entendre la moindre parole prononcée.

— Je vous demande de patienter ici. Nous revenons.

Et aussitôt le père de Catherine voit les deux silhouettes s'éloigner, le laissant devant une porte entrouverte dont il n'ose, malgré sa colère, franchir le seuil. Après quelques minutes, apparaît enfin celui qu'il meurt d'envie d'attraper par le col. L'homme qui s'avance ne paraît pas inquiet. Il est droit comme un piquet, le torse bombé, le nez haut, le regard dédaigneux posé sur l'importun qui s'invite ainsi chez lui. Trillet se retient. Il veut voir sa fille. Il tente de le lui dire, mais voici que le marquis se met à l'insulter.

— Faites venir Catherine ! proteste celui qui arrive tout droit de Montpellier. On m'a dit qu'elle n'était pas en sûreté ici. D'ailleurs, il est dangereux, paraît-il, d'avoir moins de vingt-deux ans entre vos murs.

Le marquis sourit de toute sa hauteur.

— Vous voulez avoir la preuve que votre enfant se porte bien ? Soit ! Justine ! Viens ici ! Qu'on aille me chercher Justine !

Justine ! Monsieur Trillet se demande alors si les deux hommes parlent bien de la même personne. Arrive enfin celle qui occupe toutes ses pensées depuis des jours et habite ses pires cauchemars lors de ces nuits où le sommeil se fait rare.

— Mon papa, lance-t-elle en se précipitant dans ses bras.

— Vous voyez ! Votre enfant se porte le mieux du monde. Personne ne l'a insultée ou ne lui a demandé de faire quelque démarche qui soit contraire à son honnêteté.

— Elle vient avec moi ! Tout de suite !

Catherine essaie de faire entendre raison à ce père qu'elle ne reconnaît plus.

— La chose est impossible, répond le marquis. Elle s'est engagée pour une année. Vous ne le savez sûrement pas, mais les bonnes domestiques se font rares.

Renée-Pélagie essaie de faire entendre raison à ce visiteur de plus en plus envahissant. Elle se montre câline, mais ferme. Il ne peut en être ainsi. Il faut cesser de croire toutes les vilaines choses que des personnes jalouses et mal intentionnées se plaisent à faire circuler. Aidée de son mari, elle le mène à la grande porte. Une fois ouverte, sur le seuil, monsieur Trillet semble fouiller dans une de ses poches.

Un bruit épouvantable retentit soudain entre les murs du château de La Coste.

Une détonation qu'un cruel écho ne cesse de démultiplier à l'infini dans une odeur de poudre et de fumée âcre.

Survient aussitôt la peur, soudaine comme l'éclair et terrifiante d'intensité.

L'âme même s'en trouve bouleversée. La mortalité n'est plus une notion lointaine que l'on peine à envisager, elle se fait présente, possible. L'homme se met à hurler. Il vacille.

Tout cela ne peut être réel.

Il porte la main droite à son épaule. Il émet un cri.

Ce n'est pas un cauchemar. Il est bel et bien éveillé.

Courageux, il décide de baisser la tête. Il observe alors cette main qui quitte une chemise qu'il imagine rougie par le sang, liquide vital dont la simple vue a le pouvoir de le faire défaillir.

Il ne peut croire en la véracité de l'image que ses yeux lui font parvenir.

L'esprit s'affole, la pièce virevolte.

Il tente de se tenir au mur, à une chaise, à sa femme, à n'importe quoi.

Tout, mais pas le vide.

Il recule. Le dos se plaque contre la rampe de l'escalier dans un grand fracas métallique.

La vision devient moins nette jusqu'à s'obscurcir totalement. Il sent que ses jambes ne le portent plus.

On a voulu assassiner le marquis de Sade.

31

Apt

Gaspard Gaufridy est à sa table, dodelinant de la tête tout en retirant ses lunettes. La lettre posée sur son bureau et dont il vient de terminer la lecture le contrarie au plus haut point. Mais n'en est-il pas ainsi de toutes les nouvelles qui arrivent de La Coste ?

Élisabeth pénètre dans l'antre de son époux apportant avec elle la lumière qu'elle s'applique à distribuer à toutes les bougies de la pièce.

— Tu vas t'esquinter les yeux à travailler ainsi dans la pénombre, lui reproche-t-elle avec toute la douceur dont elle est capable.

— Je n'ai pas vu les heures passer. Excuse-moi.

Madame Gaufridy fait mine de réfléchir un instant puis capitule.

— Pour cette fois seulement, monsieur mon mari.

Elle pose près de la fenêtre toute proche la chandelle qu'elle avait amenée et passe les doigts dans cette chevelure masculine que peu à peu le gris envahit. Elle surprend alors par-dessus de l'épaule de Gaspard la signature de l'homme dont le simple nom la fait tressaillir. Elle suspend son geste. La tendresse fait place à l'inquiétude.

— Que veut-il encore ?

Gaspard Gaufridy ne comprend pas et tourne légèrement la tête. Élisabeth lui désigne du menton la lettre qui se trouve devant lui.

— Il se plaint comme à son habitude.

— Eh bien ! S'il est mécontent de toi, donne-lui l'adresse d'un de tes confrères. Tu y gagneras la paix et lui un autre bouc émissaire à tous ses malheurs. Quelle opportunité que voilà ! Ne trouves-tu pas ?

— C'est plus sérieux cette fois. On a tenté de le tuer.

— Qui est donc l'être assez stupide pour rater une si belle occasion de mettre fin à tant de souffrances ?

Gaspard Gaufridy fronce les sourcils afin de feindre une réprobation somme toute relative. Il est même amusé par la répartie de son épouse.

— Un père de famille est venu de Montpellier avec l'intention de reprendre sa fille qui était entrée au service du marquis quelques semaines plus tôt. Le ton est monté très vite, monsieur Trillet s'est montré menaçant et a tiré sur celui que tu détestes tant.

— Et il a manqué son coup ! Que d'injustices dans ce bas monde, tu en conviendras.

— Je le cite : « À l'instant, sans répliquer et sans s'agiter, il m'a lâché un coup de pistolet à deux doigts de la poitrine, dont heureusement pour moi l'amorce seule a pris, et il s'est évadé aussitôt. ».

— J'espère que l'on n'a causé aucun souci à cet homme courageux.

— Pas le moins du monde. Il est retourné au château le soir même et a tiré un coup en l'air puis s'en est allé chez lui non sans avoir pris le temps de déposer plainte à Aix. Sade désire que j'engage une action contre ce Trillet afin de jeter le trouble sur la déposition de ce père vengeur.

Élisabeth s'adosse au bureau et observe son époux, plus déterminée que jamais.

— Tu ne feras rien, tu m'entends ! Une telle bravoure est à saluer plutôt qu'à punir. Ce marquis a de la chance que pareille chose ne se soit pas produite plus tôt et avec un tireur plus habile de surcroît.

Gaufridy observe le feu qui traverse le regard de cette femme qu'il aime plus que tout.

— J'envisageais justement de ne rien faire. Je lui dirai qu'attenter une action contre Trillet serait dangereux car cela démontrerait qu'il le craint. Je vais l'enjoindre à rendre la fille.

— Il ne la rendra pas, avertit Élisabeth.

Les mains de l'homme de confiance du marquis s'emparent de celles de son épouse.

— Il y sera contraint. J'ose espérer que, pour une fois, la raison l'emportera chez lui. J'insisterai sur le fait que cela est dans son intérêt et nous savons tous deux que pour lui, seuls comptent ses intérêts.

32

Paris. Chez les Montreuil. Janvier 1777

Une silhouette féminine que le temps a quelque peu épaissie est assise dans un fauteuil, à deux pas d'une cheminée chargée avec générosité. Le jour décline, mais la Présidente a insisté pour qu'on ne vienne la déranger sous aucun prétexte. Nul besoin de chandelles ! Elle en allumerait à l'âtre si besoin. L'impatience non dissimulée de lire la longue lettre envoyée par sa fille aînée avait laissé les domestiques à la porte.

Dix pages !

La Présidente trépigne. Qu'a-t-il bien pu se passer encore à La Coste pour justifier un tel épanchement ? Dans quelle nouvelle affaire s'est fourvoyée Renée-Pélagie ?

La flambée éclaire ses traits transformés par la crainte et l'excitation mêlées.

Peu à peu les mimiques se succèdent sur ce visage marqué au rythme d'émotions qui déferlent et envahissent son cœur de mère sans accorder le moindre répit à la lectrice. Les feuillets se mettent à trembler entre ses doigts richement ornés. Des pierres apparemment bien plus précieuses que cette fille exilée en Provence.

Madame de Montreuil tourne les pages de cette diatribe dont le réel auteur ne peut être celle qui en a pourtant signé la dernière page. À n'en pas douter, ce gendre infâme a dû dicter chaque mot de ce pli ordurier où se succèdent menaces et invectives.

Que d'injustice et d'infamies dans ces lignes qu'elle s'empresse de jeter au feu !

La femme de tête est vexée, la mère, elle, l'est cruellement.

Marie-Madeleine serre les dents pour ne pas hurler. Si elle n'était pas aussi forte, peut-être même se mettrait-elle à pleurer. Elle n'en fera rien bien sûr, car elle échafaude déjà sa vengeance. On ne peut traiter ainsi la Présidente sans s'attendre à des représailles.

— Si l'on m'attaque comme on m'en menace, j'ai de quoi répondre, et ne crains rien sur quoi que ce soit dans le monde. Mais comment ma fille peut-elle être aveugle à ce point ? murmure-t-elle. Car enfin, elle a dû voir, savoir, être convaincue d'elle-même que tout n'est pas calomnie ![16]

Soudain, les traits se font moins crispés, le visage se détend enfin.

Une idée brillante vient de traverser l'esprit machiavélique de la Présidente donnant du répit à un cœur gonflé de ressentiments et de colère.

Pourquoi n'y avait-elle pas songé plus tôt ?

16 Réflexions que se fait madame de Montreuil dans des lettres adressées à Gaufridy en ce début d'année 1777 et relatées dans Correspondance inédite du marquis de Sade, de ses proches et de ses familiers, Paris, Librairie de France, 1929.

Qu'il est bon de parer la plus impitoyable cruauté d'un acte transpirant une bonté totalement désintéressée !

33

Apt

L'orage menace. Les nuages s'amoncellent au-dessus de la cité de Provence, tout comme ils se concentrent au-dessus de la tête du marquis de Sade.

Gaspard Gaufridy est au désespoir. Les nouvelles que l'on vient de lui envoyer d'Aix ne sont pas bonnes du tout. L'avocat Mouret ne cache pas son pessimisme quant au sort de Donatien. Le procureur général ne veut rien entendre. Il semble peu enclin à prendre le parti du marquis.

Des phrases écrites par Mouret se télescopent dans l'esprit de l'homme de confiance du Seigneur de La Coste.

Les seuls motifs qui ont porté le père à venir la réclamer exigeaient qu'elle lui fût remise sur-le-champ. Lui seul a des droits légitimes sur sa fille.

La fin de la missive ne laisse guère d'espoir. Gaufridy en relit les dernières lignes.

Cette affaire qu'on désirait étouffer fait déjà le plus grand éclat, et peut avoir les plus grandes suites. Je vou-

drais bien aussi que vous m'assuriez par votre réponse que cette fille a été conduite par des gens sûrs à son père à Montpellier, car je ne vois plus que ce prompt remède, pourvu toutefois qu'il soit fidèlement exécuté, qui puisse tempérer l'agitation où en sont les choses.

Il soupire.

Point de remède ici, le mal gagne.

Le marquis est parti pour Paris afin de se rendre au chevet de sa mère que l'on dit au plus mal. Il a emmené avec lui sa femme, son fidèle valet La Jeunesse, mais aussi, et surtout la fameuse fille Trillet, sa précieuse Justine.

Non seulement celle par qui le scandale est arrivé voyage avec lui, mais en plus, il se rend dans la capitale, là même où se trouvent le trop appliqué inspecteur Marais ainsi que l'acharnée madame de Montreuil et ses nombreuses relations.

Paris ! Un piège certainement tendu par ses ennemis et dans lequel pourtant il se précipite, malgré les craintes émises par certains, dont la fidèle Gothon qui l'a supplié de rester à La Coste. Rien n'y a fait ! Subitement habité par un sens du devoir peu ordinaire, le marquis avait balayé d'un revers de la main les craintes et les doutes formulés par ses proches.

Les prochains jours s'annoncent décisifs pour l'avenir du marquis de Sade, un avenir pour lequel Gaufridy, hélas, n'est pas très optimiste.

34

Paris. Hôtel de Danemark, rue Jacob.
Le 13 février 1777
Neuf heures du soir[17]

Donatien fulmine. Tout semble se liguer contre lui. Tous ici paraissent enclins à lui nuire. Arrivé cinq jours auparavant chez l'abbé Amblet, son ancien précepteur, le marquis a appris la mort de sa mère, décédée le 14 janvier. Trois semaines durant lesquelles personne n'a jugé bon de le prévenir. Certes, il n'a jamais été proche de celle qui l'a mis au monde, d'ailleurs il l'a à peine connue, mais ce manque de délicatesse l'a profondément blessé. On ne lui a pas laissé l'opportunité de choisir d'accompagner ou non la défunte lors de son inhumation organisée à la hâte dès le lendemain du trépas.

— Traite-t-on ainsi un marquis ? Un représentant d'une des plus anciennes familles de Provence ?

Renée-Pélagie ne dit mot. Elle est assise face à son miroir manipulant avec mollesse une brosse à cheveux nacrée tout en contemplant le reflet de celui qui la

17 À l'emplacement de l'actuel n° 39 de la rue Jacob.

questionne ainsi depuis de longues minutes alors que tous deux savent pertinemment qu'aucune réponse n'est attendue. La marquise aspire à aller se coucher. Demain, elle se rendra de l'autre côté de la Seine, chez les Montreuil. Elle se languit de serrer très fort ses trois enfants contre son cœur. Elle espère secrètement que ces longs mois de séparation n'auront pas eu raison de leur attachement pour elle. Renée-Pélagie ne fait pas part de ses craintes à Donatien. Il ne les comprendrait pas. Pire ! Elle est certaine qu'il ne pourrait s'empêcher de se moquer d'elle. Son silence la protège au moins de cette terrible humiliation.

— Ta mère aurait dû insister sur l'état de santé préoccupant dans lequel elle se trouvait. Elle aurait dû nous écrire plus tôt.

Des pas précipités se font entendre en haut de l'escalier. On perçoit la voix de La Jeunesse s'opposant vainement à pareille intrusion.

Renée-Pélagie se retourne en direction de la porte qui s'ouvre subitement dans un grand fracas.

Donatien n'a pas le temps de houspiller celui qui ose ainsi l'interrompre au cours de lamentations dans lesquelles il aime tant à se perdre avec délectation. Son regard se fige sur celui qui, entouré de deux hommes de haute stature, vient de pénétrer dans la pièce.

— Vous !

— Moi-même ! Comme on se retrouve, monsieur le marquis !

Donatien regarde stupéfait l'inspecteur Marais qui s'avance vers lui, sourire aux lèvres, brandissant au-dessus de la tête une feuille de papier telle une précieuse relique offerte aux regards médusés des fidèles.

— J'ai ici une lettre de cachet, monsieur. Veuillez me suivre !

Madame de Sade se précipite en pleurs au cou de son mari qui, interdit, demeure totalement hermétique à cet élan de tendresse. Les pleurs se mêlent bientôt aux cris dans un incroyable chant de désespoir qui se met à retentir dans une chambre à l'atmosphère devenue glaciale.

Nullement touché par l'abattement de ceux qui se trouvent face à lui, Marais fait un signe de tête à ses deux comparses. Les hommes s'avancent sans tarder et séparent sans ménagement les époux afin de se saisir de Donatien.

— Où l'emmenez-vous ? questionne Renée-Pélagie entre deux sanglots.

Marais, qui se trouve déjà à la porte, observe le prisonnier qui vient à lui sous bonne escorte. Il accorde enfin un regard plein de mépris à celle dont le comportement manque cruellement de courage.

— Un endroit, madame, où il sera sous bonne garde et dont cette fois il ne s'échappera pas.

35

PARIS. FIN D'APRÈS-MIDI DU 15 FÉVRIER 1777

Une voiture tirée par deux chevaux parcourt le faubourg Saint-Antoine de long en large pour terminer sa course à chaque fois au même endroit, tel un chien fidèle qui, après de multiples errances, revient toujours vers son maître. Un endroit qui fascine et répugne à la fois. Un lieu déchaînant d'incroyables passions et les fantasmes les plus fous. Personne ne sait vraiment ce qu'il se passe derrière ses murs alors les Parisiens imaginent, extrapolent et racontent de terribles histoires aux enfants qui ne sont pas sages. S'ils n'obéissent pas à leurs parents, ils finiront là, honnis de tous avant de sombrer dans l'oubli !

Un oubli dans lequel précisément la passagère de la berline n'entend pas laisser celui pour qui elle est ici. Renée-Pélagie scrute à tour de rôle les huit tours des forteresses de la Bastille. Elle ne cesse de prier Dieu pour qu'il lui accorde de reconnaître la silhouette de Donatien à l'une des ouvertures. Des heures qu'elle fait tourner le cocher dans le quartier avec ce fol espoir chevillé au corps. Mais le jour décline et il est de moins en moins aisé de discerner les rares personnes se montrant aux croisées. La marquise a bien tenté de s'arrêter ici afin d'apercevoir son époux. Hélas les gardes empêchent l'arrêt des voitures et les ponts sont toujours levés.

Renée-Pélagie désespère de croiser le regard azur de Donatien. Elle n'est même pas certaine qu'il se trouve ici d'ailleurs. Personne n'a voulu la renseigner, pas même le ministre qui, sous le feu de ses questions, s'est contenté de répondre que Donatien se porte bien et qu'il a tout ce qu'il peut désirer. En un mot, il n'y a pas matière à s'inquiéter. Fin de non-recevoir !

Non content de l'avoir éloignée physiquement de son mari, il semble que la Terre entière veuille à présent la tenir le plus à l'écart possible de tout ce qui le concerne. La Présidente a beau nier toute participation dans ce nouveau coup du sort, Renée-Pélagie n'est pourtant pas dupe. Certaines coïncidences sont trop belles pour en porter le nom. Attirer ainsi un fils à Paris en se servant de l'agonie de sa mère afin de le faire arrêter ! Voilà qui n'est assurément pas pour rapprocher mesdames de Sade et de Montreuil ! Une trahison de plus à mettre au compte de cette femme aux intérêts si éloignés des siens et de son bonheur.

Le regard de Renée-Pélagie se perd sur ces sombres silhouettes, des anonymes dont la nuit a effacé les traits, des vies simples si éloignées de la sienne, des couples qui entreront dans leur foyer partager un repas et peut-être même une folle étreinte sans toutefois apprécier cette douce opportunité que leur octroie l'existence.

Le cocher frappe sur le toit. Renée-Pélagie sursaute.

— La nuit tombe, madame. Nous devrions rentrer.

Rentrer ? Se retrouver seule, abandonnée de tous, sans Donatien ! Cela serait plus supportable si au moins il lui était donné l'opportunité de l'apercevoir entre ces barreaux ou l'entendre crier de sa cellule que tout va bien.

— Encore un tour, s'il vous plaît. Encore un tour…

36

Paris. Chez les Montreuil.
Rue Neuve-du-Luxembourg.
Mars 1777

Le grand salon de la demeure des Montreuil résonne de rires d'enfants tout à la joie de faire le spectacle devant leur mère. Confortablement installée dans son fauteuil, Renée-Pélagie demeure cependant impassible. Certaines prises de conscience sont terribles, douloureuses et peuvent vous assommer. Le regard qu'avait porté sur elle sa progéniture avait dissous ses doutes. Ses deux fils et sa fille l'aiment certes, mais l'éloignement des corps n'a fait que renforcer celui des cœurs. La Présidente seule est destinataire de toute leur affection et chaque marque de tendresse envers leur grand-mère devient pour Renée-Pélagie une profonde blessure. Le trouble se fait grandissant, la mâchoire se serre, les lèvres tremblent doucement, la vision se fait moins nette, troublée par des larmes que la mère de ces enfants tente de contenir à tout prix. Il ne faudrait pas que, de surcroît, ces chérubins éprouvent pour elle de la pitié.

Madame de Montreuil n'a pourtant rien perdu du pathétique et touchant spectacle offert par sa fille. D'un claquement de mains, la Présidente fait savoir à ces chenapans qu'il faut quitter la pièce. Les trois angelots, toujours prompts à lui obéir, sont sur le point de partir quand ils se font rappeler à l'ordre par leur grand-mère.

— Allons ! Qu'en est-il de vos bonnes manières ? Dites au revoir à votre mère !

Sans délai, une file se forme devant la dame en robe noire dont la tête vient se baisser afin que ses joues viennent récolter des baisers dépourvus de tendresse. Renée-Pélagie voudrait les serrer dans ses bras, respirer leur peau, sentir leur petit cœur battre contre le sien. Elle voudrait, mais ne le fait pas, incapable de se maîtriser elle fondrait aussitôt en larmes.

Elle les regarde franchir la porte du grand salon. Peut-être l'un d'eux se retournera afin de venir se blottir dans ses bras. Accessible, mais pourtant vain espoir qu'aucun d'eux ne viendra concrétiser. Coup de grâce irréfléchi, porté en toute innocence.

— Il faut leur pardonner, ma fille. Leur innocence leur fait manquer à tous leurs devoirs.

Renée-Pélagie ne prend pas la peine de répondre à ce qu'elle considère davantage comme une provocation qu'une réelle preuve de compassion. Tout le monde sait que l'empathie est un sentiment qui ne sied guère à la Présidente. Madame de Sade préfère ne pas prolonger ces marques de politesse dont personne n'est dupe.

— Où en est notre affaire ?

Madame de Montreuil ne s'attendait certainement pas à des amabilités, mais tout de même ! Une telle entrée en matière est quelque peu déconcertante et des plus malvenues.

— Si vous faites allusion au retour en grâce de votre époux, sachez qu'il suit son cours. La justice est lente et ne souffre qu'on la précipite et la chose est d'autant plus vraie concernant la cassation d'un jugement.

— Lente ? C'est peu de le dire ! Des mois et des mois que cela dure. Pourtant vous m'aviez juré que son arrestation précipiterait les choses. N'est-ce pas ce que vous m'écriviez à La Coste ? Un argument que vous m'avez servi une nouvelle fois afin de me calmer après l'arrestation de Donatien ?

La Présidente se mord les lèvres afin d'éviter tout esclandre. Il ne faudrait pas que les enfants surprennent une dispute entre elles. Délicatement, elle se saisit de la main de sa fille. Un accès de tendresse ou simplement une volonté de calmer cette fille qu'elle ne reconnaît plus, cette épouse si dévouée à un homme qui, madame de Montreuil en est persuadée, n'a pourtant pour elle aucune considération.

— Tout s'arrangera, vous verrez. Et avouez d'ailleurs que cet emprisonnement joue en sa faveur. Les murs de sa cellule l'empêcheront de se fourvoyer dans de nouveaux scandales qui ne pourraient que desservir notre cause.

Renée-Pélagie retire d'un coup sec la main que la Présidente s'était mise à caresser puis se lève sans plus de précautions manquant de renverser la bonbonnière d'argent qui se trouve sur le guéridon à côté d'elle.

— Je préfère m'en aller. Si je vais m'évertuer à regagner l'affection de mes enfants, je me passerai toutefois de la vôtre qui semble tout à fait perdue. Vous avez pu tirer un temps les ficelles de la docile marionnette que j'étais, mais sachez que ce temps-là est révolu. Quant à Donatien, peut-être est-ce justement le fait de n'avoir jamais été en mesure de le contrôler qui vous insupporte. J'ai une information de la plus haute importance à partager avec vous, mère, vous ne pourrez jamais dicter quoi que ce soit à monsieur mon époux. Sachez que la force et la contrainte ne vous feront rien obtenir de Donatien là où la douceur et les caresses n'y parviennent que rarement.

La Présidente se lève et tente en vain de barrer la route à celle qui s'enfuit déjà.

— Attendez ! Je ne suis pas votre ennemie.

Un cri de désespoir qui se perd dans une pièce désertée par la personne à qui il était destiné.

Madame de Sade s'apprête à monter dans sa voiture quand une voix masculine lui parvient.

— Couteaux ! Ciseaux ! Le vieux devient nouveau. Le laid devient beau.

Curieuse, Renée-Pélagie délaisse le marchepied et s'avance dans la rue Neuve-du-Luxembourg. Elle aperçoit alors un homme de haute stature, aux épaules larges, un visage taillé à la serpe surplombé d'une chevelure brune hirsute. Leurs regards se croisent. Il lui sourit.

Touchée par cette marque de sympathie aussi spontanée qu'inattendue, Renée-Pélagie sourit à son tour à cet inconnu capable de lui témoigner plus d'intérêt qu'une mère dénuée de toute empathie pour la chair de sa chair.

Encouragé par l'attention que lui porte la dame, Séraphin se perd dans une révérence grandiloquente et volontairement ridicule qui provoque un éclat de rire chez madame de Sade.

— Ah ! Voilà qui me ravit. Le bonheur vous va si bien.

Le compliment n'a guère l'effet escompté, car aussitôt la mélancolie s'invite sur des traits trop peu habitués à tant d'abandons.

— Vous ai-je offensée ? demande le rémouleur.

— Vous n'y êtes pour rien, monsieur, tente de rassurer Renée-Pélagie. C'est que le bonheur m'a quelque peu délaissée ces temps-ci. Il se pourrait même qu'il m'ait oubliée définitivement.

— Allons ! Ne dites pas cela ! Nous avons tous droit au bonheur. Tenez ! Regardez cette jambe ! dit-il en désignant le membre meurtri. On m'avait dit que je ne remarcherais plus jamais et pourtant je me tiens là devant vous. Qu'y a-t-il de si grave, dites-moi ?

Madame de Sade hésite un bref instant, mais quelque chose chez cet homme invite à la confession.

— J'ai perdu mon mari.

Séraphin demeure impassible, mais jubile en son for intérieur. Se pourrait-il que tout soit terminé ? Plus aucune victime ! La belle Julie pourrait enfin reposer en paix et son père ne chercherait plus à venger cette mort terriblement injuste.

— Monsieur le marquis est mort ?

Le visage de Renée-Pélagie se ferme, son corps se raidit.

— Qui vous a dit… ? Je ne vous connais pas.

Séraphin s'en veut. Il aurait dû réfléchir.

— Ne craignez rien ! Madame votre mère est une de mes clientes et je vous ai vue sortir à plusieurs reprises de cette maison. Les gens d'ici m'ont dit que vous étiez madame de Sade. Je suis navré d'apprendre la mort de votre mari.

Renée-Pélagie oublie sa bienveillance envers ce jeune homme. Le ton se fait cinglant.

— Je suis au regret de vous décevoir, le marquis n'est pas mort. Un malentendu l'a envoyé à Vincennes, mais une fois la méprise mise au jour, nous repartirons en Provence. Allez colporter la nouvelle ! Il ne faudrait pas que le peuple de Paris soit trompé et célèbre la mort d'un homme dont le cœur bat pour celle que son absence précipite chaque jour un peu plus aux portes du désespoir.

Séraphin demeure interdit.

— Allez ! Eh bien ! Qu'attendez-vous ? Ah mais non ! Suis-je sotte ! Seuls les mensonges sont dignes de se répandre dans les rues de cette ville puante pleine d'immondices.

Renée-Pélagie toise le rémouleur avec mépris.

— Au plaisir de ne jamais vous revoir, monsieur.

La stupeur empêche Séraphin de bouger. Tout juste a-t-il le temps de se pousser afin de ne pas se faire renverser par une voiture qui s'en va à toute allure vers la rive gauche de la Seine.

Dans le silence de l'Hôtel de Danemark, dans cette chambre même où Donatien a été sommé par l'inspecteur Marais de le suivre ce fameux soir où tout a basculé, Renée-Pélagie lit la lettre qu'un domestique lui a remise à son retour. Les mains tremblantes, elle avait tout de suite reconnu l'écriture de Donatien et s'était empressée de s'enfermer ici afin de lire, sans être dérangée, ces lignes qu'elle n'attendait plus.

Je sens qu'il m'est absolument impossible de pouvoir endurer aussi longtemps un état aussi cruel. Le désespoir s'empare de moi. Il est des instants où je ne me connais plus du tout. Je sens que mon esprit s'égare. Mon sang est trop bouillant pour tenir à une gêne aussi terrible. C'est sur moi que je veux tourner les effets de ma fureur, et si dans quatre jours je ne suis pas dehors, rien n'est plus certain que je me briserai la tête contre les murs. Ma résolution est bien prise et je satisferai en cela ta mère qui a dit à Amblet que ma mort était le meilleur moyen qui pût s'offrir pour finir mon affaire. Je suis fâché d'être obligé de te parler comme cela, ma chère amie. Je sais le chagrin que va te donner une telle résolution, mais elle est bien prise et je te permets de me regarder comme un lâche si je ne tiens pas parole. Si ma vie t'est encore chère, va te jeter aux pieds du ministre, du roi s'il est nécessaire, et redemande-leur ton mari. Pourront-ils te le refuser ?

Renée-Pélagie ne peut se contenir davantage. Des larmes coulent en abondance de ses yeux qui ne parviennent plus à lire. En a-t-elle d'ailleurs besoin ? Elle connaît Donatien. Il doit certainement se perdre en chantage de toutes sortes et autres menaces d'attenter à sa vie. Tout est si excessif chez lui, point de demi-mesure ou de tiédeur. Dieu sait à quelle extrémité le désespoir le pousserait. Elle ne le pense pas si courageux, mais madame de Sade s'en voudrait toute sa vie de n'avoir pu empêcher la mort de l'homme qu'elle aime, même si celui-ci l'accuse d'une inaction purement fantaisiste. Mais comment pourrait-il avoir connaissance de toutes les démarches dans lesquelles elle se jette à corps perdu en ne ménageant pas ses forces ?

Renée-Pélagie ne s'est jamais sentie aussi seule. Tout le monde lui tourne le dos, famille, amis, hommes de confiance. On la considère comme une pauvre folle. Elle s'épuise pour un époux qui lui en demande toujours un peu plus. Qu'à cela ne tienne ! Elle en fera davantage encore pourvu qu'elle n'ait jamais rien à se reprocher.

37

Donjon de Vincennes. Début du mois de janvier 1778

La chambre numéro 11 est étrangement calme. Aucun cri ni supplique n'émanent de cette cellule où le marquis de Sade est enfermé depuis bientôt un an. D'ordinaire toujours enclin à se lamenter et à hurler son innocence de jour comme de nuit, Donatien a décidé cette fois d'affronter l'injustice qui le frappe de manière silencieuse. La présentation des vœux pour cette nouvelle année qui commence lui offre une opportunité qu'il se devait de saisir.

Donatien ne peut s'empêcher de sourire tandis que sa plume vient griffer le papier en le rougissant. Quel mauvais tour sublime ! Il imagine déjà la tête de la Présidente lorsqu'elle recevra cette missive écrite avec des lettres de sang, son sang ! La lâchera-t-elle de dégoût ou la lira-t-elle avec délectation ?

Donatien trempe à nouveau le calamus dans l'encrier écarlate.

Oh ! vous que je nommais autrefois ma mère avec tant de plaisir, vous que j'étais venu réclamer comme telle, et qui ne m'avez donné que des fers au lieu de consolations que j'attendais, laissez-vous attendrir par ces larmes et ces caractères sanglants dont j'ai voulu tracer cette lettre. Songez qu'il est le vôtre, ce sang, puisqu'il anime aujourd'hui des créatures que vous chérissez, qui vous tiennent de si près, et au nom desquelles je vous implore.

Le sourire se fait plus franc. Même une femme du caractère de la Présidente ne pourra que succomber à l'évocation des enfants, pense-t-il.

Je le puiserai jusqu'à la dernière goutte s'il le faut, et jusqu'à ce que vous m'ayez accordé la faveur que je vous demande, je ne cesserai de m'en servir pour vous le demander. Hélas ! grand Dieu, voyez-moi à vos genoux, fondant en larmes, vous suppliant de m'accorder à la fois et le retour de vos bontés et votre commisération. Oubliez tout, oubliez tout, pardonnez-moi, secourez-moi, et s'il reste au fond de votre âme qui n'est point insensible, je le sais, s'il reste, dis-je, le plus léger sentiment de pitié, dites-moi mon arrêt sans me tromper. C'est la seule grâce que je vous demande. Tirez-moi de l'exécrable état d'inquiétude où je suis, et vous ne verrez plus en moi qu'un malheureux confondu de vos bontés, honteux de les avoir si peu méritées, qui ne respirera plus que pour vous...

Donatien ne peut contenir un rire éclatant dont les parois nues démultiplient l'intensité.

... pour effacer les maux que ses égarements vous ont causés, et payer, s'il est possible, par ce sang même...

— Tiens garce ! dit-il en allant noyer une nouvelle fois la plume dans le précieux liquide.

... qu'il entreprend de faire passer jusqu'à vous, toutes les larmes qu'il vous a fait répandre et dont vous n'êtes que trop vengée par ses remords.

De Sade

38

APT. JUIN 1778

Les époux Gaufridy profitent des rayons de la douce chaleur de ce début d'été. Tous deux ont décidé de prendre leur repas sous les feuilles d'un platane tandis que les enfants sont à l'intérieur à faire la sieste.

En attaquant la première bouchée de son melon, Gaspard Gaufridy pose soudain sa cuillère et porte la main à l'estomac. Ses traits sont déformés par la douleur qui lui ravage les entrailles.

— Maudit ulcère ! tempête-t-il avant de boire un grand verre d'eau pensant éteindre ainsi le feu qui le ronge.

— J'en ai assez !

L'espace d'un instant, la douleur est oubliée. Ces mots, déclamés avec tant de fermeté par une femme d'ordinaire si douce, ont surpris Gaspard qui dévisage celle dont le teint a soudain blêmi.

— Condamne plutôt la cause que la conséquence. Ce n'est pas ton estomac le responsable de tes maux, le coupable est ce Sade. Ses affaires t'empoisonnent l'existence et le sang. Ce marquis te détruit peu à peu. L'amitié que tu lui portes ne doit pas causer ta perte. Il ne t'entraînera pas dans sa chute, je m'y oppose et m'y opposerai toujours avec ardeur.

— Les choses s'arrangent, je t'assure. Donatien est sous les verrous et madame de Montreuil s'occupe de tout. Enfin, avec mon aide bien entendu, ajoute-t-il dans un clin d'œil qui n'amuse pas du tout son épouse.

— Belle équipe que voilà ! Tôt ou tard, les de Sade auront connaissance de cette trahison et que crois-tu qu'il se passera ?

Gaspard Gaufridy tente de calmer son épouse.

— Rassure-toi, ils n'en sauront rien. Madame de Montreuil brûle nos lettres. Et puis, comme elle aime à le dire, qui pourrait nous reprocher quoi que ce soit. Ne sommes-nous pas des médecins œuvrant à guérir ?

Gaspard Gaufridy commence à rire, mais le visage d'Élisabeth demeure fermé.

— J'en suis certain, le pire est derrière nous. Nanon a été libérée, mais la Présidente lui a fait promettre de ne plus évoquer le passé. Et comme elle n'est pas femme à accorder facilement sa confiance, elle a prié les autorités de continuer à la surveiller[18]. Madame de Montreuil est assurément l'être le plus rusé de cette famille, elle tente de convaincre sa fille de faire plaider la folie à Donatien. Pour l'instant, celui-ci s'y refuse, mais la Présidente n'est pas femme à se décourager. D'ailleurs, et toujours

18 Nanon fut libérée au début du mois de février 1778 avec interdiction de se rendre à Lyon. Elle toucha 320 livres pour solde de ses gages et se vit offrir une place chez monsieur Catelan, un négociant de Marseille.

pour la révision de la sentence, elle est prête à faire pression sur les filles de Marseille afin d'obtenir des témoignages plus favorables à son gendre. Pour les adoucir, elle n'a pas hésité à prendre en charge les soins dont a encore grand besoin Marguerite Coste et elle veille à ce que ces gourgandines ne manquent de rien ni à Marseille ni à Aix où leur voyage sera organisé par la Présidente.

Élisabeth paraît dépitée. La tête se baisse et le regard se perd sur cette part de melon qu'elle ne parviendra pas à terminer. Gaspard s'inquiète.

— Qu'y a-t-il ?

— Je suis consternée, voilà tout ! Des femmes ont la possibilité de neutraliser un homme coupable des pires atrocités envers elles et tant d'autres de leur sexe et malgré cela, contre de menues piécettes et quelques considérations intéressées, voici qu'elles renoncent à ce pouvoir qu'elles ne se verront plus jamais offrir. Les choses ne changeront-elles donc jamais, Gaspard ? Nous, les femmes, sommes-nous donc condamnées à ne jamais devenir vos égales ? Dis-moi Gaspard, les hommes de pouvoir et d'argent auront-ils toujours ce droit séculaire de nous piétiner en monnayant ensuite notre honneur ? Ton Sade est l'un d'entre eux et de la pire espèce. N'a-t-on pas trouvé une salle secrète dans son château ? N'a-t-il pas fait subir les pires atrocités à quantité de femmes et d'enfants ? Cette marquise, qui n'a de noble que le titre, ne s'est-elle pas adressée à toi afin d'échafauder un plan afin de faire évader son époux lors de son transfert à Aix ? Cette famille se complaît dans la fange et tôt ou tard nous en serons éclaboussés.

Personne ne les respecte plus, même la fidèle Gothon restée à La Coste reçoit bon nombre de messieurs et fait les pires déclarations contre ses maîtres.

Monsieur Gaufridy se lève et fait le tour de la table afin de rejoindre son épouse dont les lèvres commencent à trembler. Est-ce de la colère ou le signe que des larmes ne vont pas tarder à couler ? Il se doit de la rassurer, elle qui le somme depuis des mois de renoncer à s'occuper des affaires du marquis de Sade.

— Je ne m'oublierai pas. Notre vie est trop importante pour laisser quiconque la menacer, fût-il un ami. Tant que madame de Montreuil sera là, nous n'avons rien à craindre. Sa farouche volonté de préserver l'honneur des siens est notre salut. En demeurant à ses côtés, nous nous mettons également sous la protection de ses relations. Crois-moi, elle est notre seule alliée possible dans toute cette agitation.

Élisabeth caresse la main réconfortante que Gaspard vient de poser sur sa joue. Si seulement tout cela pouvait être vrai, si madame de Montreuil était en mesure de mettre fin à ce terrible cauchemar. Pourtant Élisabeth mesure le danger de la situation. Une seule personne ne peut incarner à elle seule la totalité de vos espoirs et aspirations. Au mieux, elle ne sera pas à la hauteur et vous décevra, au pire, elle les trahira et vous blessera.

La maladresse de Gaspard interrompt ce moment de tendresse. Une phrase censée la rassurer, mais qui au contraire éveille chez elle les pires craintes.

— Donatien refuse de plaider la démence, mais il a insisté pour que La Jeunesse l'accompagne à Aix. « Il serait indécent et malhonnête d'arriver en prison sans domestique », déclame Gaspard en tentant de singer le marquis.

Cela ne fait pas rire Élisabeth. Le pire reste à venir, elle en est certaine. Si le fidèle domestique est du voyage, il est plus que probable que les projets d'évasion mûris par la marquise se concrétisent une fois encore.

39

Rue Neuve-du-Luxembourg

Madame de Montreuil pousse un profond soupir tandis que se ferme la porte du grand salon. Les rares visites de Renée-Pélagie sont autant d'épreuves qui l'épuisent. Il lui faut peser chaque mot, feindre et mentir chaque fois plus que de raison. La chose pourrait paraître simple tant sa fille est crédule, mais il faut sans cesse se remémorer ce dont elle est avisée, ce qu'elle soupçonne et donc, soulever en conséquence légèrement les pans du voile de la vérité, mais surtout ne pas oublier ce qui doit demeurer caché.

Une fois de plus, la Présidente a le sentiment du travail bien accompli. Renée-Pélagie ne se doute pas un instant que son mari est arrivé à Aix pour la révision du procès. En le croyant toujours à Vincennes, au moins ne tentera-t-elle pas de le soustraire à la justice par une évasion qui risquerait de tout compromettre ! Est-ce de l'amour ou un excès de principe du devoir ? Peut-être craint-elle que son époux ne lui reproche un jour son manque de zèle à le faire libérer et ne la punisse pour cela d'une manière ou d'une autre. Ne voit-elle pourtant pas que dans cette multitude de lettres envoyées de sa geôle et dans lesquelles il clame son innocence tout n'est fait qu'à dessein ? Le marquis sait pertinemment qu'elles seront lues par le censeur de la prison, mais qu'y a-t-il de plus convaincant qu'un homme jurant sur Dieu, sur son honneur et sa vie qu'il n'est pour rien dans tout ce dont on l'accuse précisément dans une lettre des plus intimes destinée à sa seule épouse ? L'homme est habile, mais la Présidente n'est pas dupe, contrairement à tant d'autres.

Une chose est certaine, le marquis est persuadé d'être libéré après la cassation du jugement de 1772, et ce malgré les mises en garde que madame de Montreuil lui a faites par l'intermédiaire des avocats envoyés à ce gendre si borné. Il ne peut espérer recouvrer sa liberté alors que d'autres événements fâcheux sont survenus depuis l'affaire de Marseille. Événements hélas connus des magistrats et peu propices à son élargissement.

La Présidente décide de prendre une gorgée de cette eau-de-vie sortant des alambics de son domaine d'Echauffour, en Normandie. Le liquide translucide au goût de pomme lui arrache une grimace tandis qu'il s'écoule dans sa trachée. Renée-Pélagie a eu tort de refuser un peu de cette liqueur tout à l'heure. Ses idées seraient peut-être devenues un peu plus claires concernant son mari qui ne cesse de se plaindre et la somme de lui faire parvenir livres, papier, nourriture et quantité d'autres choses sans jamais prendre de ses nouvelles ni même lui adresser un mot aimable. Quelle ingratitude !

Une nouvelle preuve éclatante que seule sa petite personne est au centre de ses préoccupations. D'ailleurs s'est-il inquiété de savoir qui finance son transfert de Vincennes à Aix ? Se demande-t-il quelle est l'âme charitable qui paie pour la moindre de ses exigences ? Le voyage en Provence pour la révision du procès coûtera 4200 livres aux Montreuil, mais de cela Donatien de Sade n'a que faire.

Les doigts de la Présidente s'agitent sur l'accotoir de son fauteuil comme si elle jouait de la musique. Pourtant, elle n'a pas le cœur à jouer une mélodie ni même à chanter. Elle est inquiète. Elle espère que les courriers envoyés aux magistrats d'Aix seront lus et suivis d'effets. Il ne faut surtout pas que le marquis soit libéré. Il ne saurait se tenir tranquille et les scandales se succéderaient encore avec leur cortège de petits et de grands soucis.

Madame de Montreuil trempe une nouvelle fois ses lèvres dans cette eau-de-vie normande décidément très goûteuse, mais qui commence sérieusement à lui tourner la tête.

Pendant ce temps à Aix, au couvent des Jacobins où le Parlement tient ses séances, Donatien savoure son bonheur devant ses juges dont il n'écoute guère les interminables discours. À en croire les bruits de la rue, tout le monde est certain que le jugement sera cassé et personne ne doute de sa future libération. Pour une fois, le marquis s'est montré pondéré et, pour qui ne le connaît pas bien, on aurait pu croire à de l'humilité. D'ailleurs, depuis son arrivée ici, il n'a de cesse de répéter qu'il s'est présenté à la prison royale d'Aix dans le seul but d'obéir à la justice et purger sa contumace. Une apparente docilité bien éloignée de l'image sulfureuse véhiculée par une rumeur souvent hostile. Donatien exulte. Il en est certain, la Provence entière est derrière lui. Et que dire des présents expédiés par Gothon ? Quelle surprise de découvrir cet énorme bouquet de fleurs provenant de la terrasse du château de La Coste accompagné de confiture et d'abricots du domaine ! Elle avait su trouver les mots et la parfaite attention capable de réchauffer son cœur et conforter ses espoirs[19].

Des espoirs que tous s'évertuent à concrétiser. Donatien l'ignore, mais il y a quelques jours, Gaufridy a été reçu par le premier président et le procureur général. Tous deux lui ont suggéré de rencontrer les jeunes filles de Marseille afin de leur faire retirer l'accusation de sodomie, à elle seule passible de la peine de mort. Un conseil que l'homme attaché à la maison de Sade s'est empressé de suivre et peut-être salvateur à en croire l'audition faite par les prostituées.

Donatien est arraché à ses rêveries. On vient de prononcer son nom.

— ... ordonne que Louis Aldonse Donatien de Sade sera admonesté derrière le bureau, présent le procureur du roi, de mettre à l'avenir plus de décence dans sa conduite...

Le marquis s'efforce de prendre l'air affligé qui sied aux repentants.

---

19 La lettre de Gothon est datée du 27 juin 1778.

— … défense audit de Sade d'habiter et fréquenter la ville de Marseille pendant trois années sous plus grande peine, le condamne à une aumône de cinquante livres applicable à l'œuvre des prisons et aux frais de justice…

Donatien se retient pour ne pas sourire. Il lui semble que c'est précisément la somme qu'on l'avait condamné à payer suite à l'affaire Rose Keller. Le destin est parfois farceur.

— … celle-ci payée, les prisons lui seront ouvertes et son écrou sera barré…

Donatien n'écoute plus le délibéré. Ses jambes peinent à le porter, son esprit est déjà ailleurs. Libre ! Il est libre ! Enfin ! Il pourra voir à nouveau son cher La Coste, ce château duquel il surplombera bientôt le village et le Lubéron tout entier.

On demande à monsieur le marquis de regagner sa cellule ? Donatien ne s'y oppose pas. Il est bien placé pour savoir que les choses de l'administration prennent du temps. Une journée de plus ne sera pas mortelle.

Demain enfin, il se réveillera de ce terrible cauchemar. Il pourra alors se rendre où bon lui semble, mais surtout au grand air et sans surveillance.

Le lendemain, 15 juillet 1778. 3 h du matin.

Le bruit de la clef dans la serrure réveille Donatien en sursaut. Soudain, la lumière se fait dans la geôle. Dans un premier temps, ses yeux peinent à distinguer les personnes qui se tiennent dans l'embrasure, puis, peu à peu, les silhouettes se font moins diffuses et les visages se dévoilent. L'un d'eux lui est familier. Il s'agit de celui de l'inspecteur Marais. Marais qui s'adresse à lui, un sourire aux coins des lèvres.

— Debout !

Enfin ! Le moment tant attendu est arrivé.

— L'heure de la délivrance ! Bien matinale, mais ô combien trop tardive !

Monsieur le marquis se lève, se rajuste et se dirige vers la porte de son réduit en tapant d'une frappe amicale l'épaule de l'inspecteur de police.

— Et vous allez devoir attendre encore, je le crains, lance fièrement Marais. Je vous ramène à Vincennes.

Donatien perd pied, se rattrape à la paroi avant de balbutier des mots incompréhensibles. Après un instant, la voix, bien que murmurée, devient compréhensible.

— Vous devez vous tromper. Je... je..., mais enfin, vous les avez entendus tout comme moi hier. Ils l'ont dit. Je suis libre.

Marais lui tend une feuille de papier.

— La lettre de cachet du mois de février à votre encontre a été renouvelée par ordre du roi.

Donatien ne parvient pas à lire la feuille qu'on lui tend, mais il reconnaît la signature royale.

— Vous le saviez depuis quand ? demande-t-il.

Silence de l'intéressé.

— Répondez enfin ! Cet ordre du roi est en votre possession depuis quand ?

Marais consent à répondre. Après tout, le marquis le saura tôt ou tard.

— Le papier est dans ma poche depuis bientôt deux jours.

— Donc hier, alors que je me réjouissais, que je croyais... vous saviez ?

L'inspecteur opine du chef. Oui, il savait. Bien sûr qu'il savait.

— Vous êtes un monstre, Marais ! Aussi odieux et perfide que cette hyène de Montreuil.

40

Aux abords de Valence. Le 16 juillet 1778

La lourde berline a quitté Valliguières au petit matin en direction de Paris. De longues heures, assis en compagnie du sinistre Louis Marais flanqué de son frère Antoine et de deux agents de police, que Donatien passe à ressasser ses malheurs, le regard perdu sur un paysage qui défile et auquel il ne porte aucun intérêt. Les paroles sont rares, mais l'esprit du marquis bouillonne.

Il est hors de question de passer le reste de sa vie enfermé dans les prisons du royaume ! Tout cela pour calmer les craintes d'une belle-mère égoïste prompte à enchaîner un homme avide de liberté qu'elle ne comprend pas et ne comprendra jamais. Les Montreuil représentent cette noblesse molle, emperruquée et confortablement enfermée dans des principes d'un autre temps. À quoi sert de vouloir montrer l'exemple quand votre naissance vous donne le droit de tout ? Pourquoi craindre la justice des hommes alors qu'elle s'achète pour peu qu'on veuille y mettre le prix ? Quant à la justice divine et cette peur séculaire d'un jugement dernier, Donatien préfère en sourire. Pour qui croit aux fables, la bête du Gévaudan serait bien plus terrifiante que celle à cornes dressée sur des pieds de bouc. Au moins les victimes du monstre du Gévaudan étaient bien réelles, elles !

Oh non ! Il ne passera pas une journée de plus dans une geôle royale. S'évader hier était impossible. Ce soir, Donatien est bien décidé à tenter le tout pour le tout.

La voiture ralentit.

— Il est plus de neuf heures et demie, nous allons nous arrêter pour la nuit, lance Marais.

— Quelle bonne idée ! lui répond Donatien en se tenant les reins. Je n'en peux plus. Un peu de repos nous fera à tous le plus grand bien.

Les cinq individus descendent de voiture. Tandis que le cocher emmène les chevaux à l'écurie, Donatien jette un œil à l'enseigne *Logis du Louvre*... Ce n'est pas un palais, mais il s'en contentera. De toute manière, il est résolu à ne pas y rester bien longtemps[20].

Il pénètre dans la bâtisse, monte à l'étage où on le conduit à sa chambre.

— Faites-nous monter un repas ! ordonne Marais au bonhomme qui les a précédés ici. Nous le prendrons ici !

Donatien s'étonne. Ici ? Dans sa chambre ? Voilà qui ne va certainement pas lui faciliter la tâche ! Il décide de s'accouder à la fenêtre donnant sur la grande route.

Il doit réfléchir et vite !

---

20 Cette auberge n'existe plus aujourd'hui. À sa place se trouve le centre commercial Victor Hugo. La même année, en décembre, un petit garçon de neuf et demi, accompagné de son père Charles et de son frère Joseph, dormira également dans cette auberge. Cet enfant se nomme Napoleone Buonaparte. Plus tard, lorsqu'il sera empereur, il vouera une haine farouche au marquis de Sade.

Les hommes s'activent autour de lui. On monte des malles, on bouge des meubles afin que tous puissent prendre place autour de la table. Les minutes passent et voilà qu'arrivent enfin les premiers plats. Donatien, contrarié, décline l'invitation que lui fait Marais de se joindre à eux. Il prétend ne pas avoir faim. Ses quatre compagnons de voyage s'attablent et commencent leur souper, serviette autour du cou et sourire aux lèvres tandis que Donatien fait les cent pas. L'heure tardive sera son alliée.

Au bout de quelques instants, il s'adresse au frère de Louis Marais.

— J'ai un besoin pressant.

L'autre bougonne.

— Cela peut bien attendre la fin du souper, non ?

— Assurément non, monsieur. Comme je vous l'ai dit, c'est pressant.

Antoine Marais s'essuie la bouche, se lève en soufflant et accompagne le marquis dans le couloir où se trouvent les commodités, près de l'escalier.

— Et que cela ne traîne pas ! Ça va refroidir, tempête-t-il.

Marais ne le voit pas, mais Donatien de Sade qui lui tourne le dos sourit en fermant la porte.

Deux minutes. Antoine Marais soupire.

Quatre minutes. La semelle de ses chaussures tapote d'impatience le plancher.

Cinq minutes. Le voici qui tambourine à la porte.

Enfin le voici ! Le huis s'ouvre, le marquis apparaît et s'avance vers son gardien, mais le voici qui simule un faux pas et qui se précipite dans l'escalier qu'il dévale à grandes enjambées. Antoine Marais est médusé. L'espace d'un instant, il demeure immobile, mais se ressaisit très vite tant il mesure la gravité de la situation. Il appelle à l'aide.

Aussitôt son frère et les deux agents de police le rejoignent. On fouille dans chaque recoin du bâtiment, on ouvre toutes les portes, même celles des meubles. Rien. On se rend aux écuries, dans la grange. Toujours rien.

Ordre est donné à l'aubergiste de faire appel à la maréchaussée.

— C'est impossible.

— Mais pourquoi donc ? hurle Louis Marais.

— C'est qu'à cette heure, les portes de la ville sont fermées.

Marais enrage. Il ne pourra compter sur des renforts que le lendemain matin. Excédé, il décide de se rendre sur les routes menant à Montélimar et à Tain. Sade s'est bien joué de lui.

À un quart de lieue de la ville[21], un homme se cache dans une petite baraque en bois, non loin de l'endroit où les paysans viennent d'ordinaire battre le blé. Il entend des pas qui se rapprochent et la voix de deux hommes. Donatien essaie de contenir sa respiration et c'est alors qu'il entend parler les intrus.

Ils ont l'accent provençal !

Tout n'est peut-être pas perdu.

21 Environ un kilomètre.

Le marquis s'empresse de sortir de sa cachette et demande l'aide de ces deux individus que la Providence lui envoie. Ne se sentant pas d'humeur à refuser une récompense substantielle, tous deux ne tardent pas à accepter la mission qui leur est donnée et s'empressent de faire descendre le fugitif à Avignon.

Au terme de plusieurs heures, on trouve une embarcation et, contre un louis, Donatien de Sade est emmené vers la cité des papes où il ne manque pas d'amis.

Au soir du 17 juillet, l'un d'eux, Quinault, le recueille. Étonné tout d'abord, il l'invite à se joindre à lui et son épouse pour partager leur souper. Donatien accepte volontiers. Il a l'humeur joyeuse et mange de bon appétit. L'heure avance et les Quinault lui proposent de rester pour la nuit.

— C'est bien aimable de votre part, mais non. Il me tarde de rentrer chez moi. D'ailleurs, oserais-je abuser de votre générosité ?

— Mais faites mon ami, faites ! implore presque l'homme demeuré pourtant sans nouvelles depuis fort longtemps.

L'air faussement gêné, Donatien demande d'une voix à peine perceptible :

— Auriez-vous la gentillesse de me fournir une voiture ?

Le lendemain, à Apt, Gaufridy est à son bureau quand Élisabeth vient lui remettre un pli, la main tremblante.

— On vient de nous apporter ceci, lui dit-elle en tendant la lettre. C'est lui ! Lis-la à haute voix, je te prie. Je veux savoir.

Gaspard chausse ses lunettes, décachète la feuille de papier et déchiffre l'écriture hâtive d'un homme apparemment exalté.

J'arrive excédé, mourant de fatigue et de faim ; j'ai fait une peur horrible à Gothon. Je vous conterai tout ; c'est un roman. Venez, je vous en prie, me voir le plus tôt possible. Envoyez, je vous prie, par le retour de l'exprès, des citrons, et toutes les clefs. Vous m'apporterez, je vous prie, les deux paquets de papiers que je vous avais remis en dépôt, principalement le gros. Je vais manger et me coucher, et vous embrasse de tout mon cœur.

— Il s'est échappé, articule difficilement Élisabeth, incrédule.

41

La Coste.
Août 1778

Dans les jardins du château, installés sur un banc de pierre placé à l'ombre d'un feuillage luxuriant, un homme et une femme devisent sur les choses de l'amitié et de l'amour. Le marquis est littéralement tombé sous le charme de Marie-Dorothée Rousset placée là, à La Coste, par Renée-Pélagie dans le but de gérer la maison durant son absence. Cette fille de notaire n'est pas d'une beauté à faire chavirer les cœurs, mais elle possède un esprit vif. Elle est enjouée et n'est pas dénuée d'un sens certain de la répartie qui n'est pas pour déplaire à Donatien. Mieux, elle se refuse à lui, malgré une cour assidue. Quand Donatien pense être parvenu à franchir les défenses de la demoiselle, celle-ci se dérobe davantage. Ce petit jeu le grise. Elle dit préférer une belle amitié, longue et sincère à une relation charnelle, éphémère et à dessein.

Le spectacle de leurs minauderies amuse les domestiques et les rares visiteurs qui s'aventurent encore ici. Il plane sur La Coste un parfum peu habituel de légèreté propice à l'oubli, voire au pardon. Et si le pire appartenait au passé ? Et si les voies de l'avenir étaient jonchées de douces espérances, comme d'innocentes promesses offertes à un marquis apparemment enfin décidé à les cueillir.

— Ah, Milli ! Je le concède, votre entêtement à me résister de la sorte renforce l'admiration que je vous porte. Vous m'êtes une amie des plus chères. Votre respectabilité force l'admiration.

Marie-Dorothée feint l'émotion devant tant de compliments. Elle penche la tête et observe derrière ses longs cils la mine enamourée de Sade qui ne tient plus en place. Il se dandine tel un chat prêt à sauter sur sa proie. Après une brève hésitation, il s'empare délicatement de la main de la jeune femme.

— Votre âme honnête et sensible est bien faite pour faire délicieusement goûter tous les charmes du sentiment d'une pure amitié. Je lui suis et lui serai toute ma vie attaché[22].

— Que de belles flatteries que voilà ! Souhaitez-vous donc me voir rougir ?

La pression sur la blanche main se fait plus forte.

— Les circonstances actuelles ne me sont point favorables et pourtant, vous demeurez auprès de moi. Dans tout ceci, vous vous conduisez comme une bonne et franche amie, et sachez que la reconnaissance a toujours eu de grands droits sur mon âme.

Marie-Dorothée prend soudain un air affligé.

22 Sade écrira ces mots pour parler à Gaufridy de mademoiselle Rousset dans un courrier en date du 1er septembre 1778.

— Ces mots me touchent au plus haut point et c'est pour en être digne que je me dois de vous faire part de mes doutes concernant les réelles intentions d'un individu de votre entourage le plus proche.

Donatien blêmit. L'étreinte amicale est interrompue et aussitôt le marquis se replie sur lui-même, poings serrés sur les cuisses. Les visages se succèdent à un rythme fou dans son esprit. Lequel d'entre eux pourrait être le traître ?

— Je vous en prie Milli, je suis au supplice. Qui est cette personne que vos confidences désintéressées ont d'ores et déjà rangée du côté de mes ennemis ?

Mademoiselle Rousset semble hésiter. Elle le sait, certaines vérités peuvent heurter, mais passée l'amertume des premiers instants, vient le temps de la vengeance, savamment mûrie et nourrie par cette envie irrésistible de se jouer à son tour d'individus qui se sont gaussés de votre ignorance, comparée souvent à de l'imbécillité.

— Parlez ! Par pitié.

— Il s'agit de votre notaire, votre régisseur et je ne sais quel autre titre donné par vous à cet homme sournois.

Milli scrute la réaction de l'ami dorénavant averti. Étonnamment, il demeure étrangement calme.

— Vous vous sentez bien ? s'inquiète-t-elle.

Donatien soupire de soulagement, un léger sourire au coin des lèvres.

— On ne peut mieux, ma chère Milli. Vous venez simplement confirmer des soupçons qui ne me quittaient plus. Pour ne rien vous cacher, certains habitants de La Coste m'ont également fait part de leurs doutes sur Gaufridy. J'ai découvert qu'il entretient une correspondance avec ma chère belle-mère. Or, vous conviendrez qu'un homme ne peut se réclamer de vos amis alors que, sans mot dire, il fait une cour assidue à vos ennemis. Je soupçonne même ce scélérat d'avoir poussé Nanon à déposer contre moi.

— Et vous ne faites rien ? s'étonne Marie-Dorothée.

— Bien sûr que non ! Vous apprendrez Milli qu'il vaut mieux maintenir les félons dans l'ignorance de votre lucidité, ainsi vous aurez toujours un coup d'avance sur eux et leurs basses manœuvres. Néanmoins, je vous remercie. Vos confidences ne font que renforcer l'idée que je ne puis me fier à personne.

Milli feint l'indignation.

Donatien s'en amuse.

— À personne, excepté à vous, mon amie. D'ailleurs, vous venez de me prouver, s'il était encore nécessaire, que je ne me suis pas trompé sur votre compte. Vous êtes et serez toujours une fidèle alliée.

Et Donatien de lui baiser la main avec une infinie tendresse tandis qu'un léger vent fait frémir le feuillage de l'arbre séculaire.

— Rentrons voulez-vous ? Nous demanderons à Gothon de nous faire une flambée et je vous narrerai mon voyage en Italie.

Le marquis de Sade se lève et offre son bras à cette femme délicieuse qu'il respecte décidément plus que nulle autre.

À Paris, la Présidente ne décolère pas.

Les tensions avec Renée-Pélagie ont atteint, elle le craint, un point de non-retour. La dernière visite de sa fille fut ponctuée de plaintes, de cris et de menaces. La marquise de Sade, avisée du jugement en révision de son époux, mais du maintien en détention de celui-ci s'était emportée contre sa mère tenue pour seule responsable de cette cruelle décision. Sa colère avait redoublé lorsqu'elle sut que Donatien se trouvait à La Coste. Comment avait-on pu lui cacher tant de choses concernant son mari ? La prenait-on encore pour une enfant ? Renée-Pélagie voulut s'en aller rejoindre Donatien. Madame de Montreuil s'y opposa de toutes ses forces et menaça Renée-Pélagie de la faire arrêter si elle s'entêtait dans cette folie. Heureusement, la fille connaissait la férocité de la mère.

— Au moins se tient-elle tranquille pour le moment dans son appartement du couvent des Carmélites, rue d'Enfer ! murmure Marie-Madeleine en contemplant de son cabinet la magnifique palette de couleurs que lui offrent les fleurs de son jardin.

Au loin, une canne heurte le plancher d'un rythme lent et régulier. La Présidente se hâte. Elle dissimule la bouteille d'eau-de-vie et le verre sans pied derrière les lourds rideaux cramoisis, en replace minutieusement l'embrase puis tente de défroisser sa robe bleu barbeau d'un revers de main aussi rapide qu'inefficace.

Le voilà !

— Eh bien, mon ami ! Que me vaut l'honneur de cette visite ? Le médecin ne vous a-t-il pas demandé de garder la chambre ?

— Vous n'êtes pas sans savoir que les médecins ne sont pas toujours de bon conseil. Ce léger malaise n'était dû qu'à la chaleur accablante de ces derniers jours, voilà tout ! Je ne vais tout de même pas rester cloîtré à l'abri de mes volets et de tout ce qui se passe ici.

Marie-Madeleine fait mine de ne pas comprendre l'allusion de son mari.

— Croyez-vous que votre dispute avec notre fille, hier, peut demeurer secrète ? Il m'aurait fallu être sourd ! Dites-moi, quelle était la cause de ce tapage ?

— À votre avis ?

— Notre cher gendre, je présume, murmure le président de la Cour des Aides en s'affalant dans un fauteuil placé entre deux fenêtres.

Madame de Montreuil jette un œil inquiet au rideau et se place aussitôt entre la preuve de ce petit plaisir solitaire et son mari.

— Figurez-vous qu'elle désirait se rendre auprès de lui à La Coste ! Un fugitif ! Il n'est pas envisageable qu'elle s'expose à être encore avilie et compromise comme elle l'a été, en rejoignant son mari. Croyez-moi ! Si sa tendresse ou son aveuglement l'y entraîne, le gouvernement nous prêtera tout secours pour une cause aussi honnête et aussi juste. Qu'elle lui rende service, soit. Mais qu'elle reste à Paris. Qu'elle le veuille ou non, son honneur appartient à notre famille.

Monsieur de Montreuil laisse échapper un soupir.

— Il semble pourtant qu'elle ait perdu la notion même d'honneur tant elle s'évertue à satisfaire les moindres caprices de cette âme damnée et ce, en oubliant jusqu'à ses enfants.

— Et c'est précisément pour cela que ce Sade doit être capturé au plus vite. Elle ne peut l'accompagner davantage dans cette folie dévastatrice.

Le vieil homme se lève avec tant de difficulté que son épouse ne peut que lui prêter un bras secourable.

— Bien, dit-il. Je vous fais confiance pour que cesse au plus vite cette sinistre plaisanterie.

La Présidente gonfle la poitrine. D'une simple phrase, non seulement son époux concède enfin qu'elle incarne l'autorité de cette maison, mais voilà qu'il lui donne tous les pouvoirs afin de les sortir une fois de plus d'une situation infamante qui n'a que trop duré.

Elle savoure cette victoire en regardant l'homme voûté sur sa canne quitter la pièce quand tout à coup il se retourne et la toise.

— Vous demanderez à la bonne de défaire l'ourlet des rideaux de votre cabinet. Il ne faudrait pas que d'autres que moi surprennent vos penchants solitaires.

42

La Coste.
Soirée du mercredi 19 août 1778

— Allez-vous-en ! Vite !

Donatien sursaute. Le garde Sambuc vient de surgir du petit bois, la mine effrayée. À bien le regarder, il semble avoir la tête un peu prise par le vin, aussi le marquis ne prête-t-il d'abord que peu de considération à la mise en garde. Une chose est cependant certaine, il punira sévèrement celui qui vient d'interrompre sa charmante promenade dans le parc en compagnie de sa petite Milli.

— Je vous en conjure, fuyez ! Le cabaret commence à se remplir de figures suspectes.

Milli observe le visage de Donatien soudain paré du masque de la gravité. La simple idée de retourner derrière les barreaux le terrifie. Son amie se doit d'intervenir.

— Demeurez ici ! Je m'en vais de ce pas au village afin d'approfondir ceci. Ne sortez du château sous aucun prétexte avant mon retour !

Donatien ne répond pas. Il en est incapable, cependant le regard qu'il adresse alors à Milli se suffit tant il en émane une profonde gratitude qui n'a pas échappé à celle qui s'en va déjà. Il la regarde s'éloigner dans sa robe fleurie assortie à cette ombrelle qu'il ne parvient bientôt plus à distinguer. Sans perdre un instant, il regagne le château à grandes enjambées. Les domestiques le voient monter précipitamment l'escalier et se réfugier dans son cabinet de travail situé au fond du couloir, près de la chambre d'hiver.

La porte fermée à clef, prostré dans un fauteuil à haut dossier, Donatien est à l'affût du moindre bruit. Sans le vouloir, son regard revient immanquablement sur cette horloge à cadran doré, ennemie cruelle, assassine qui martèle peut-être les derniers instants d'une liberté chérie, mais ô combien trop éphémère. Les minutes s'égrènent bien trop lentement.

Une heure...

Voici que Donatien se met à craindre également pour la vie de son amie. Il s'apprête à quitter son refuge quand Milli cogne à la porte.

— Ouvrez ! Il n'y a rien à craindre.

Donatien se précipite. Un tour, puis deux. Il baisse la poignée. Elle est là, essoufflée, légèrement échevelée, mais toujours aussi rayonnante.

— Rassurez-vous ! Il ne s'agit que de marchands de soie.

— En êtes-vous certaine ?

— Soyez tranquille ! Ces hommes ne sont pas ici pour vous, mais uniquement pour le commerce de la soie. Il paraît que la région fourmille de vers à soie.

Donatien est en proie au doute. Rester ici peut s'avérer dangereux. Il a d'ailleurs reçu il y a quelques jours une lettre anonyme provenant de Paris lui enjoignant de se tenir sur ses gardes.

— Je vais aller à Oppède, chez le chanoine Vidal. Il est de mes amis. On ne viendra guère me chercher là-bas. Je compte sur vous pour m'envoyer des nouvelles deux fois par jour afin de me tenir au courant de la situation. Nous laisserons passer deux ou trois jours, et si nos craintes sont dissipées, je reviendrai ici.

Marie-Dorothée Rousset ne cache pas sa déception.

— Soit ! S'il vous faut fuir afin de mieux nous retrouver, dégagé de toute inquiétude et le cœur prompt à goûter sans modération votre liberté, qu'il en soit ainsi !

Donatien ne perd plus un instant, il embrasse tendrement son amie, rassemble quelques affaires et quitte La Coste à cheval pour cet asile qu'il espère salutaire.

43

Paris. Rue d'Enfer

Dans son appartement chichement meublé au sein du couvent des Carmélites, Renée-Pélagie, mains jointes, implore le Seigneur de lui venir en aide. Sa souffrance est insupportable. L'absence de Donatien à ses côtés est une réelle torture. Elle ne comprend pas pourquoi le sort s'acharne à lui ôter cette part d'elle-même. Donatien lui est devenu essentiel malgré ses défauts, les nombreuses blessures infligées. Ce mariage n'est assurément pas celui dont elle rêvait petite fille, mais, et contre toute attente, l'amour est né de cette union dictée par d'autres. Un sentiment profond, fruit d'un attachement pourtant consenti en premier lieu par le seul sens du devoir.

Donatien est ainsi, capable de se faire aimer à en perdre la raison et l'instant d'après s'attirer une haine des plus farouches. Quels que soient les sentiments que vous portez à cet homme, ils ne peuvent être tièdes, car seule l'intensité de toutes choses le caractérise. Hélas, sans y paraître il vous isole tant il est exclusif, en état de demande perpétuel et votre dévouement suscite chez les autres de l'incompréhension, voire du dégoût. On vous évite, on vous raille et vous juge. Votre silence est coupable et votre docilité complice. L'amour que vous lui portez vous associe à ses crimes, à tout jamais. Car il en va souvent ainsi de la rumeur, elle naît d'un claquement de doigts pour mettre des années à se taire.

— Seigneur ! Pourquoi les gens préfèrent-ils le mensonge à la vérité ? chuchote Renée-Pélagie.

— Simplement parce que le mensonge est souvent moins fade que la vérité.

La marquise sursaute et se lève d'un bond. La mère supérieure se trouve devant elle, visage parcheminé et transpercé d'une paire d'yeux d'un bleu si clair qu'ils en paraissent translucides.

— Les méchants peuvent y mettre leur part la plus sombre et laisser s'exprimer leur jalousie. Je suis navrée si je vous ai fait peur, mais votre porte était ouverte. J'ai pensé que...

— Ce n'est rien, coupe Renée-Pélagie. Je ne vous ai pas entendue entrer. Je vous offre quelque chose ? Du thé ? Une douceur achetée ce matin près du Luxembourg ?

La mère supérieure fronce les sourcils.

— Ma fille, je ne laisse guère de place dans ma vie aux « douceurs ».

Renée-Pélagie se confond en excuses aussi inutiles que maladroites qui parviennent à décrocher un sourire à l'austère vieille dame en habit brun. Consciente de ce rictus qui lui a échappé, la mine retrouve aussitôt la gravité qui sied à une carmélite.

— Votre mère demande à vous voir.

La femme redevient petite fille.

— Elle... elle est ici ? balbutie-t-elle.

— Oui. Nous l'avons installée au parloir.

Renée-Pélagie a un mouvement de recul, ses traits se crispent sur un visage blême.

— Ma requête va certainement vous paraître singulière, mais pouvez-vous lui dire que je suis sortie ?

Cette fois la mère supérieure n'a plus le cœur à rire.

— Me demandez-vous de mentir ? Est-ce bien cela ?

— Oui, enfin non ! Je... je ne veux pas la voir, voilà tout !

— Eh bien ! Je m'en vais lui dire cette vérité.

Et la religieuse de s'en aller aussi rapidement qu'elle est venue, non sans lancer une petite pique sous couvert d'un conseil bien avisé.

— Vous apprendrez, madame de Sade, qu'on ne peut s'alarmer dans ses prières des mensonges proférés par les autres et en user soi-même quand cela nous arrange. Bonne journée.

La marquise demeure interdite. La petite fille vient de se faire gronder. Quelle sera sa punition ? Va-t-on lui demander de quitter les lieux ?

Renée-Pélagie enrage. Sa mère continue à lui causer soucis et tracas même en ces murs derrière lesquels pourtant elle se sentait à l'abri, protégée de sa méchanceté et de sinistres manigances destinées à nuire à son couple. Quel était le but de cette visite ? Renée-Pélagie pensait pourtant avoir été claire. Elles n'ont plus rien à se dire. Dans l'immédiat, le pardon est impossible. Pourtant cette étrange tentative n'est pas sans alarmer l'épouse esseulée. La Présidente n'est pas du genre à faire des visites de courtoisie. Sous cette apparente politesse se cache une de ses manœuvres dont elle seule a le secret. Quelque chose se prépare.

Il faut prévenir Donatien.

44

La Coste.
Mercredi 26 août. 4 heures du matin

Donatien est paisiblement endormi dans sa chambre, au premier étage de son château. Il est rentré chez lui dimanche dernier, contre l'avis de tous. Les nouvelles venant du village étaient si mauvaises qu'on lui avait même conseillé de changer de cachette. Chose à laquelle il consentit en se terrant dans une vieille grange à l'écart d'Oppède. Impatient, le marquis n'avait pas tenu quatre jours loin de chez lui, à se terrer là comme le dernier des brigands. Il désirait rentrer chez lui, coûte que coûte. Devant son extrême agitation, le chanoine Vidal avait rendu les armes et l'avait accompagné jusqu'ici. Il fut convenu d'attendre le lendemain pour tenter de le raisonner et le supplier de regagner sa tanière. Peine perdue ! Contre tout espoir, même son amie Milli ne parvint à lui faire entendre raison.

Soudain, Donatien change de position dans ce lit où il est désespérément seul. Un tour à droite, un autre à gauche. Son sommeil devient agité.

— Sauvez-vous !

Sade se réveille en sursaut, ouvre péniblement les yeux. Gothon se tient devant lui, en tenue d'Ève.

— Sauvez-vous, Monsieur ! Vite !

D'un bond, il se précipite en chemise au second étage et s'enferme dans un réduit. Recroquevillé, disparu au fond de lui-même, le marquis se demande qui est entré ici en provoquant un tel affolement chez la fidèle Gothon, elle d'ordinaire si peu impressionnable. Des cris lui parviennent, tout proches.

— Au meurtre ! Au feu ! Au voleur !

Ils sont là, dans le couloir ! On assène maintenant de grands coups à la porte du débarras qui menace de céder. Sade tremble de peur. Se peut-il que l'on soit venu jusque chez lui pour l'égorger ?

Cette voix ! Il l'a reconnaît, c'est celle de Marais. Ils l'ont retrouvé. Ils vont le prendre et le jeter à nouveau en prison.

L'huis a fini par céder. Des hommes envahissent ce petit espace dans lequel il était confiné, abri dérisoire face aux dix hommes qui se tiennent désormais face à lui, armes à la main, une épée contre son cœur et un pistolet collé à sa tempe. On se saisit de lui sans aucun ménagement.

— Parle, parle, petit homme ! hurle Marais. Parle, toi qui vas être enfermé pour le restant de tes jours ! Nous avons trouvé des ossements dans une chambre noire du château. Qui as-tu tué ? Parle !

Sonné, Donatien ne répond pas. Il n'a tué personne. Il est incapable d'expliquer à Marais que ces ossements ne sont pas ce qu'ils semblent être. Ils sont là depuis que la Du Plan les a amenés ici pour les cérémonies avec les enfants de Lyon. Tout cela n'était que mise en scène destinée à effrayer les enfants et les rendre plus dociles.

On le bouscule, le ligote fermement. L'inspecteur n'a plus le moindre respect pour Donatien ou son rang. Il continue à le tutoyer.

— Cette fois, tu ne t'enfuiras pas ! lance Marais.

On l'emmène sous bonne escorte jusqu'à la voiture de police qui attend dans la cour du château. Donatien, tête basse, sent se poser sur lui le regard de ses domestiques, celui affligé de Gothon et un autre débordant de compassion, celui de sa douce Milli. Milli qui lui promet qu'elle mettra tout en œuvre afin de le sortir de ce mauvais pas. Il fait mine d'y croire pour ne pas l'offenser, mais Donatien sait pertinemment que seule sa belle-mère pourrait éventuellement intervenir en ce sens. Il écrira à Gaufridy pour intercéder auprès d'elle.

On le pousse dans la voiture en lui maintenant la tête vers le bas pour éviter qu'il ne se cogne, première et unique action témoignant une considération qu'il n'attendait plus.

— C'en est fini de toi ! Tu t'es joué de moi et tu paieras pour cela !

Si Donatien pensait que le pire était derrière lui, le voici prévenu. Les treize jours de voyage jusque Paris risquent d'être des plus éprouvants.

La voiture se met en branle.

Solidement calé entre deux exempts, le marquis de Sade contemple, impuissant, son château qui peu à peu s'éloigne. Son magnifique château de La Coste, son chez lui, son refuge. Une bâtisse séculaire qu'il s'est appropriée, qu'il a transformée à grands frais afin de concrétiser ses rêves les plus insensés. Quand reverra-t-il ce refuge accroché en haut de cette montagne d'où dévalent ces sinueuses venelles flanquées de maisons en pierre ? Un terrible pressentiment lui fait penser que ce ne sera pas avant fort longtemps. Dieu qu'il aimerait se tromper !

45

Paris.
Le 7 septembre 1778

Renée-Pélagie est bouleversée. Étendue sur son lit, elle ne cesse de sangloter, la bouche au creux de son coude pour étouffer ses cris de rage et de désespoir. Un pli a annoncé plus tôt dans l'après-midi l'arrestation de Donatien à La Coste. Ses pressentiments étaient donc fondés. Sa mère n'envisage pas de les laisser tranquilles. Renée-Pélagie lui a aussitôt écrit qu'elle ne voulait plus jamais la revoir, l'a assurée de sa haine éternelle et qu'elle n'aurait pas assez d'une vie pour se venger si elle ne lui obtenait pas l'autorisation de rejoindre son mari sous les trois jours.

La marquise de Sade pense chaque mot de cette vénéneuse missive. Non, la colère n'est pas seule responsable de ce déversement de fiel, la rancune l'est bien plus. Ces quinze ans de mariage furent surtout quinze années de petits mensonges et de grandes trahisons. Des blessures profondes causées par des membres d'une famille apparemment unie, des êtres portant en eux ce même sang qui coule dans leurs veines. Des coups qui pourraient anéantir Renée-Pélagie lorsqu'elle pense que tous font partie d'une stratégie élaborée notamment dans l'esprit machiavélique de cette mère qui l'a portée neuf mois au creux de son ventre. Une femme qui lui a donné la vie, mais semble pourtant vouloir la lui reprendre tant elle lui cause de chagrin. Peut-être que la Présidente regrette d'avoir enfanté une femme comme elle, à ses yeux bien trop faible pour se réclamer de sa chair. Une femme de caractère n'éprouve aucune fierté devant une enfant qui s'efface et s'oublie au profit d'un mari qui, selon elle, ne mérite pas la moindre considération tant il est nuisible à tous.

Renée-Pélagie ne peut rester seule à endurer tant de déceptions. Il lui faut près d'elle une personne de confiance, capable de la réconforter et susceptible de la comprendre. Une femme ayant côtoyé la part d'humanité de Donatien et entraperçu les mille bontés dont il est capable pour les siens et les personnes qu'il affectionne.

La marquise quitte cette couche bien froide et trop sage.

— Donatien ! murmure-t-elle en essuyant les dernières larmes s'échappant de ses yeux.

Elle prend place à la petite table de chêne posée contre l'un des murs de cette chambre décidément bien trop austère comparée à celle occupée à La Coste.

La Coste…

Une plume vient gratter le papier sorti du tiroir central, placé sous le plateau massif.

Marie-Dorothée Rousset est cette personne providentielle dont elle a tant besoin.

Mon Dieu ! Quel coup pour moi ! Dans quel abîme de douleur me voici replongée ! Comment en sortir, à qui se fier, quoi croire ? Il m'est absolument impossible, sur tout ce que l'on m'a dit et sur tout ce que l'on a fait, d'asseoir un jugement et une solution. Les contrariétés, les faussetés, l'air de bonne foi sur de certains chefs qu'il n'est pas dans la nature de jouer, tout cela m'absorbe, sans que j'entrevoie les moyens d'en sortir.

Si vous avez écrit à ma mère le détail, vous avez très bien fait, mais si vous êtes en route, c'est encore mieux. Depuis cet évènement, je ne la vois plus et lui ai juré par écrit une haine et vengeance éternelles, si sous le terme de trois jours, elle ne m'obtenait de rejoindre mon mari, quelque part où elle le fait transférer.

Je suis fatiguée d'être jouée par tout le monde depuis dix-huit mois. Les ministres sont de vraies murailles. L'on voudrait peut-être que je me contente de lui écrire de misérables billets ouverts par la police. Je ne veux plus retomber dans les mêmes inconvénients que par le passé : j'ai trop souffert. J'ai grand besoin de vos conseils et de vos lumières pour me débrouiller de l'affreux chaos où je suis. S'il m'est permis de lui écrire, je lui ferai entendre votre arrivée ici ; cela le tranquillisera. Adieu, mademoiselle. Ma reconnaissance égale tout ce que vous faites pour nous ; c'est vous en faire assez connaître l'étendue.[23]

23 Lettre de Madame de Sade à Melle Rousset, 7 septembre 1778. Paul Bourdin, Correspondance inédite du Marquis de Sade, Librairie de France, Paris, 1929.

46

Vincennes

Dans une cellule semi-circulaire éclairée par une fenêtre à deux vantaux barrée de fer, inaccessible tant elle est haute, un prisonnier a le regard perdu sur un plafond voûté de pierres qui jadis devaient être blanches. Un plafond gothique garni de huit ogives dévalant de la clef de voûte le long des murs, une forêt de pierre portant sur de multiples ramifications le poids de cet édifice d'un autre temps. Des parois nues, sans artifices, d'une tristesse infinie identique à celle de ces journées qui se succèdent, s'étirent avec mollesse et lourdeur.

Monsieur de Sade est tout de même gratifié de certains privilèges consentis aux personnes de son rang. Il a reçu autorisation de faire venir des livres, et certains meubles dont le magnifique fauteuil Louis XIII à haut dossier sur lequel il est installé. Un fauteuil dont le dossier est recouvert d'une tapisserie représentant une scène biblique, Sainte Suzanne aux prises avec deux vieux messieurs qui, alors qu'elle se baigne, lui font des propositions malhonnêtes. Que Donatien aime ce fauteuil !

Les bras posés sur les accotoirs, le prisonnier se remémore le désarroi et la honte éprouvés durant le long trajet qui l'emmena de son magnifique château de La Coste à cette maudite et sinistre cellule numéro 6 du donjon de Vincennes. Marais n'avait pris aucune mesure pour préserver l'anonymat de celui qu'il emmenait ici. Ainsi, à Cavaillon et à Avignon, des villes où le marquis possède de la famille, des centaines de personnes, témoins privilégiés de sa déchéance, s'étaient amassées le long des routes afin de regarder passer ce convoi qui transportait un homme dont les méfaits avaient terrorisé les âmes les plus sensibles. Donatien avait entendu les murmures, il avait observé les regards lourds de reproches tout comme il avait surpris deux ou trois spectateurs cracher tandis que la voiture passait devant leurs portes. Donatien avait maudit Marais de lui faire subir tel déshonneur. Cependant Sade est persuadé que la Présidente fera payer à l'inspecteur de police un tel comportement. Certainement pas pour venger Donatien dont elle n'a que faire, mais plutôt afin de montrer à tous qu'on ne traite pas ainsi un membre de sa famille, fût-il une pièce rapportée. Marais sera puni pour ça, d'autant plus qu'agissant de la sorte, il a insulté le ministre qui lui avait, à n'en pas douter, prescrit d'user de modération dans l'exécution des ordres du roi.

Pourtant, Donatien en est certain, Marais devait avoir un complice à l'intérieur du château. Sinon, comment expliquer que les portes n'aient pas été forcées pour entrer comme Goupil l'avait fait de son temps ? Il fulmine. Tout le monde désire sa perte, car tous finissent par le trahir tôt ou tard. Ajoutez à cela Renée-Pélagie qui tarde à envoyer les choses dont il a grand besoin et qu'il ne cesse pourtant de lui réclamer. Plus les semaines passent et moins il aime cette femme dont il se détache chaque jour un peu plus. Pourquoi s'entête-t-elle à lui mentir ? Pourquoi ne daigne-t-elle pas l'informer sur la durée de son incarcération ? Il n'y a rien de pire que d'être enfermé sans connaître la date de votre libération. Chaque matin apporte avec lui une nouvelle espérance que le soir vient décevoir. Chaque réveil devient alors une torture.

Donatien se frotte les épaules. L'humidité de cette geôle aura raison de lui bien avant qu'on ne daigne le libérer d'autant plus qu'on lui interdit de faire du feu. Tout comme on lui interdit de posséder un chat qui pourtant lui serait bien utile afin de chasser les innombrables souris qui grouillent ici. À bien y réfléchir, il préférait sa précédente cellule, la 11. De surcroît, son emplacement, plus haut dans la tour, lui apporterait davantage de lumière que ce tombeau.

Un frisson lui parcourt l'échine. Son regard se fige, les yeux rougissent.

Et si la cellule numéro 6 devenait sa dernière demeure...

47

Chez les Montreuil.
Novembre 1778

La porte à double battant du petit salon s'ouvre et surprend madame de Montreuil, occupée à lire un passage du Livre de Daniel. Son valet de pied se tient devant elle, raide comme un i.

— Mademoiselle Rousset demande à vous voir, Madame.

Que vient faire ici cette amie des Sade ? La Présidente la pensait à La Coste à administrer le château en l'absence de sa fille et de son gendre.

— Faites-la entrer, Jacques !

La Présidente referme sa bible, la pose bien en vue sur le guéridon situé près d'un fauteuil dans lequel elle prend place. Après un bref instant, une femme un peu plus grande que Renée-Pélagie fait son entrée. Elle n'est pas très belle et tellement mince qu'elle paraissait malade. La Présidente demeure immobile. Il est impensable qu'elle se lève pour accueillir cette femme qui, à plus de trente ans, n'est toujours pas mariée et entretient une relation des plus ambiguës avec ce gendre qui porte en lui tous les vices de la terre.

La dame se confond dans une révérence maladroite et ridicule. Madame de Montreuil se contient pour ne pas rire, mais ne peut laisser échapper un sourire que l'autre prend pour un signe d'amabilité. En tout cas, la Présidente ne l'invite pas à s'asseoir et la presse déjà de s'expliquer sur les motifs de cette visite.

— Je viens vous parler des souffrances endurées par monsieur de Sade dans sa prison de Vincennes.

— Vous l'avez vu ?

Milli s'étonne de la question.

— Non, pas précisément.

— Eh bien quelle idée précise pouvez-vous vous faire de ce que vous avancez ? Je suppose qu'il s'agit de propos recueillis par ma fille dans l'une des nombreuses lettres à elle adressées par son époux. Sachez que monsieur le marquis est bien mieux traité que la dernière fois ; il a de la société, la plus grande facilité d'écrire et toutes les douceurs possibles lui sont accordées[24].

Milli se frotte nerveusement les mains. La partie s'avère moins facile que prévu. Elle savait la dame combative, cependant celle qui loge au couvent des Carmélites, chez madame de Sade, n'a pas dit son dernier mot.

— Mais que faire afin d'adoucir davantage encore ce quotidien pour lui si pénible ?

— Cela ne dépend pas de moi, répond sèchement la maîtresse des lieux.

---

24 Le dialogue entre les deux femmes est basé sur la description de cette première rencontre entre les deux femmes racontée à Gaufridy par Marie-Dorothée Rousset elle-même.

— Je le sais bien, madame. Je ne m'adresse à vous que pour vous demander des moyens. Depuis tout ce temps, j'ai perdu de vue mon Paris, vous le connaissez mieux que moi ; il me faut quelque consolation et où peut-on mieux la trouver que chez une mère tendre ?

La Présidente est étonnée devant tant de détermination. Comment cet individu s'y prend-il pour susciter tant de compassion et d'abnégation chez certaines femmes. Il faut confronter cette naïveté à quelques réalités.

— Vous conviendrez, reprend madame de Montreuil, que l'homme possède tout de même quelques torts.

Milli tente de rassurer la Présidente.

— Il en convient lui-même, mais il ne les réparera pas où il est.

La dame admire l'effort, mais elle contre-attaque.

— Oh ! Si vous saviez, mademoiselle, tout ce qu'il m'avait promis autrefois ! Voyez dans la pièce ici où nous sommes, quels serments n'a-t-il pas faits !

— Je le crois et je suis certaine qu'il était dans l'intention de tenir ses promesses. Mais l'homme est faible, madame, vous le savez ; l'âge et ses malheurs ont produit de grands changements.

Madame de Montreuil sourit. Cette petite ne connaît assurément pas Donatien aussi bien qu'elle le croit. L'homme ne lui a sans doute montré que ses bons côtés en omettant cette part obscure pourtant bien réelle.

— Je le souhaite, mademoiselle. Je le souhaite. Mais, dites-moi, répondriez-vous de lui ?

La riposte se fait attendre. Confuse et quelque peu décontenancée, Milli regarde le bas de sa robe, puis, sans trop de vivacité ni de lenteur elle répond, le regard toujours baissé.

— Oui, madame.

Madame de Montreuil se réjouit déjà de l'estocade qu'elle s'apprête à porter. Elle regarde sans pitié l'oiseau blessé qui va recevoir le dernier coup de griffe.

— Pourtant, sa famille est contre lui ; aucun de ses membres n'a encore entrepris la moindre démarche pour demander son rappel. Pas même ses chères tantes de Provence qui l'ont jadis tant choyé quand il était enfant.

C'est alors que Milli relève la tête et gonfle la poitrine.

— Justement, madame, j'ai entrepris certaines démarches auprès de ces dames et toutes m'ont assuré vouloir sa libération.

La Présidente perd patience.

— Elles sont parfaitement en droit de la demander. Je ne m'y oppose pas, mais ma fille l'a réclamée plusieurs fois, et toujours en vain. Quant aux raisons du gouvernement d'en agir ainsi, si je les connaissais, ce ne serait certainement pas à moi de les discuter. Je crois que c'est une sage précaution contre les écarts par lesquels mon gendre s'est compromis si souvent. Sa liberté ne peut être que le prix de sa bonne conduite. On ne peut le rendre à la société sans certitude morale. Voici un raisonnement que seules dictent la prudence et la nécessité et je suis certaine que ces dames sont de mon avis. Il en va de leur tranquillité et de l'honneur de leur famille.

Mademoiselle Rousset ne trouve plus à redire. Apparemment, il n'y a rien à espérer du côté de la Provence, pas plus qu'à Paris.

La Présidente toise sa visiteuse. Elle est déçue par cette femme qu'elle pensait plus combative. Se peut-il donc qu'elle ne trouve jamais adversaire à sa taille ?

— Sur ce, je vous souhaite une excellente fin de journée, mademoiselle. Saluez ma fille pour moi. Votre visite aura au moins mérité. Grâce à elle, je comprends mieux dorénavant, l'amitié que vous porte Renée-Pélagie. Vous partagez les mêmes idées sur cet homme. Peut-être même entretenez-vous d'ailleurs ma fille dans certaines dont elle devrait pourtant se défaire au plus tôt.

Et madame de Montreuil d'agiter une clochette à laquelle répond aussitôt le fidèle Jacques qui raccompagne sans tarder une Milli médusée et désenchantée.

48

Paris.
Décembre 1779

Au petit matin, volontaire et enthousiaste, un homme parcourt la rue Neuve-du-Luxembourg laissant derrière lui la trace de ses pas dans la neige immaculée, empreintes irrégulières posées de part et d'autre d'un long sillon noir.

— Couteaux ! Ciseaux ! Le vieux devient nouveau. Le laid devient beau.

Séraphin Dampierre pousse sa machine à remouler faisant craquer à chaque enjambée le tapis blanc de cette claudication, fidèle et encombrante compagne qui l'escortera jusqu'à la fin de ses jours. Elle ne sera pourtant plus la seule désormais à partager son avenir. En effet, Séraphin a épousé la belle Nicole l'année dernière. Une fille blonde, enfant de fripier, d'une douceur infinie et d'une bonté à en faire pâlir les saintes du paradis. L'amour les a réunis, aidé en cela par la Providence. Leurs regards s'étaient croisés lors d'une tournée du côté de l'Île de la Cité, le courage du rémouleur avait fait le reste. Non pas que la tâche eut été ardue, au contraire, la jeune fille était très vite tombée sous le charme de ce grand gaillard aux larges épaules. Mais Séraphin dut prendre sur lui et combattre sa timidité et ce peu d'estime qu'il avait pour lui-même. Il était en effet persuadé qu'une aussi belle femme ne pouvait désirer un homme comme lui, un boiteux sans le sou dont la seule qualité, pensait-il, était le cœur qu'il mettait à faire correctement son travail. Il hésita un temps tout en multipliant ses passages sur cette île de Paris où résidait celle dont il était épris. Puis un jour, bien décidé à provoquer le destin, il lui ouvrit son cœur. Un jour béni qu'il ne cesse de chérir. Depuis ce matin-là, Séraphin, le rémouleur boiteux, l'infirme sans le sou sur lequel parfois les gamins jetaient des cailloux en riant, l'homme recroquevillé, disparu au fond de lui-même, écrasé par le regard des autres, s'est levé et a décidé de devenir l'acteur de sa propre vie, de ne plus la subir tout comme il refuse dorénavant la moindre raillerie. Gare à celui qui s'y hasarde, car aussitôt Séraphin le menace de la canne à pommeau d'argent que lui a laissée son père et de laquelle il ne se sépare jamais.

— Couteaux ! Ciseaux ! Le vieux devient nouveau. Le laid devient beau.

La jeune Constance attend devant la demeure des Montreuil, impatiente de discuter avec cet homme aussi friand d'indiscrétions qu'elle de livrer ses petits secrets.

— Bonjour Constance, des lames à affûter ?

— Oui, tiens ! lui dit-elle en lui tendant trois longs couteaux à viande.

Séraphin les examine et se met à rire.

— Mais ils sont très bien ces couteaux !

— Prends-les et fais-les chanter sur ta machine ! À trop être honnête, tu ne deviendras jamais riche.

La pierre se met à tourner et les couteaux se mettent à cracher leur poussière d'étoiles dans une nuit sans lune.

La jeune femme n'y tient plus. Elle a tant de révélations à faire sur ce marquis auquel semble beaucoup s'intéresser le rémouleur. Peu importe ses raisons, elle ne veut pas les connaître. Constance aime rendre service, bien plus encore quand son altruisme lui procure cette importance que ne lui offre guère sa condition de domestique.

— Tu sais que le gendre de mes maîtres est à Vincennes, n'est-ce pas ?

— Oui.

— Eh bien, ce que tu ne sais pas, c'est qu'il est odieux avec sa femme et tous ceux qui tentent de le réconforter sur son sort.

Séraphin tend le premier couteau aiguisé à Constance et s'empare d'un autre.

— Mais comment tu sais ça ? Il me semblait que la marquise ne voyait plus sa mère et qu'elles étaient fâchées.

— Ah, j'en étais certaine ! Tu ne sais pas tout. Madame de Sade vient ici de temps à autre. Moins souvent qu'auparavant, certes, mais elle revient. Elle en veut toujours terriblement à sa mère, mais elle s'est rendu compte, une fois encore, qu'elle ne pouvait faire sans son argent et ses relations. Je l'ai surprise plusieurs fois en pleurs tandis qu'elle se plaignait de l'ingratitude de son époux. Il semble que quoi qu'elle fasse, ce ne soit jamais assez pour le marquis. Elle lui fait pourtant parvenir tout ce qu'il demande : pâtisseries, livres, marmelades, marrons glacés, chocolat, vêtements et souliers. Rien n'y fait ! Ses lettres ne sont que reproches et crises de jalousie. Il craint que son épouse ait un amant. Lui ! Tu entends ? Cet homme qui n'est que vice appelle à la vertu, s'insurge la jeune servante, les mains sur les hanches et le regard incrédule.

Séraphin boit avec avidité les paroles émanant de cette bouche que jadis il lui aurait plu d'embrasser.

— Même sa Milli ne trouve plus grâce à ses yeux. Ils ne cessent de se chamailler. Leurs querelles amusent d'ailleurs beaucoup madame de Montreuil qui n'a jamais pu souffrir cette fille-là.

La rotation de la meule se fait plus lente, le chant des lames devient moins strident et les étoiles n'illuminent le matin qu'avec parcimonie. Séraphin veut faire durer le moment. La petite semble bavarde et prête à révéler tout ce qu'elle sait. Hélas, Marais ne sera pas le destinataire de ces confessions. Depuis l'arrestation musclée survenue à La Coste et les terribles insultes et accusations qui y ont été proférées, l'inspecteur a disparu, écarté de toute enquête et Séraphin ne l'a jamais plus croisé dans les rues de la capitale[25].

— L'esprit de monsieur le marquis est dérangé. Ses jours sont régis par des chiffres imaginaires. Le nombre de lignes contenues dans une lettre, le nombre de pois

25 Louis Marais meurt à Paris le 17 janvier 1780, à l'âge de 56 ans.

dans son assiette ou de souris qui viennent le visiter en une journée… Il pense pouvoir ainsi prédire la date de sa sortie en tenant compte de ces signes du destin et réprimande madame de Sade si jamais il ne trouve pas dans ses lettres les chiffres qu'il espérer y trouver. La pauvre en est toute retournée.

Soudain Constance éclate de rire.

— Pourtant, je peux t'assurer qu'il n'est pas prêt de sortir. Il aura bon compter toutes les taches d'encre et les légumes qu'il voudra, rien n'y fera. Le roi lui-même n'a aucune idée de la date à laquelle le marquis sera libéré, c'est dire ! Puis ma maîtresse n'a que trop attendu cette tranquillité offerte par la détention de son gendre pour le laisser dans la nature.

Séraphin en informera le père de Julie. Il sera certainement enchanté d'apprendre que celui qui fit tant de mal à sa fille, le pervers qu'elle poursuivit de sa haine jusqu'à y laisser la vie, est hors d'état de nuire, et ce pour très longtemps.

Constance perd soudain son air bravache et se fait plus douce.

— Tu sais, Séraphin, il m'arrive d'avoir des soirées de libres. Madame de Montreuil est peut-être femme de caractère, mais elle traite très bien ses gens et je me disais…

Le rémouleur avait toujours éludé les allusions de la jeune et belle servante, mais le jour était apparemment venu de faire de la peine à celle qui ne manquait jamais de raconter avec force détails les dernières nouvelles concernant le marquis de Sade.

— Constance, je te trouve très jolie, mais...

— Mais ?

Gêné, Séraphin lui tend les derniers couteaux.

— Je me suis marié il y a quelques mois.

Les mains serrées sur les lames tendues par le rémouleur, la jeune femme ne ressent pourtant aucune douleur, pas plus qu'elle ne se rend compte que du sang commence à s'écouler doucement de ses paumes.

— Elle a de la chance, se contente-t-elle de lui répondre avec componction en tentant de garder une certaine prestance. J'espère qu'elle le sait.

Séraphin ne s'est jamais senti aussi idiot. Il voudrait consoler celle qui vient de lui ouvrir son cœur, mais il ne trouve pas les mots capables de la réconforter. S'il avait un peu d'instruction, peut-être parviendrait-il à exprimer ce qu'il ressent. Ce mélange de gêne et de tristesse ajouté à la joie pourtant d'avoir suscité de tels sentiments chez une fille aussi belle. À trop être convaincu de sa transparence, il n'avait jamais osé saisir sa chance. La venue de Nicole avait tout changé et malheureusement pour Constance, Séraphin était l'homme d'une seule femme.

— Il me semble. Je suis désolé.

Constance tourne les talons, désireuse d'écourter l'instant ; soucieuse de ne pas paraître davantage ridicule.

— Je pense que nous n'aurons plus rien à aiguiser avant le printemps. Toutes les lames de la maison sont passées entre tes mains, Séraphin. Je te souhaite le meilleur. Adieu.

La silhouette légèrement ramassée s'éloigne déjà derrière un rideau de flocons que déverse la nouvelle aube.

49

Vincennes.
Début janvier 1780

Le marquis est aux anges. Il vient de recevoir une lettre d'un être cher à son cœur. Une personne qui lui rappelle ses bonnes heures sur les routes de France et des frasques irrésistibles dans les maisons où il s'offrait des filles peu farouches. Des aventures qui semblent appartenir à un autre temps tant elles sont éloignées de son quotidien. Oh oui ! Quel bonheur de lire ces quelques lignes de Carteron, son fidèle valet qu'il aime à affubler du nom de « chevalier don Quiros ». Un jeu de rôles comme il les aime tant et qu'il a souvent pratiqué par le passé comme cette fois à Marseille où Latour jouait les marquis et lui son valet. Marseille... une cité qui lui a apporté bien du malheur et contribue pour beaucoup à cette humiliation carcérale. Maudites catins qui, à coup sûr, se gargarisent d'avoir mis en prison un marquis, et pas des moindres ! Un noble que toutes les femmes du royaume exècrent tout en étant fascinées par cette légende noire qui nourrit les imaginations les plus audacieuses d'images dégradantes.

Donatien s'empresse de prendre sa plus belle plume afin de répondre à celui qu'il considère davantage comme un ami qu'un être inférieur faisant partie de sa domesticité.

Je saisis avec bien de l'empressement, monsieur Quiros, l'occasion de ce renouvellement d'année pour vous la souhaiter des plus heureuses, à vous et à tout ce qui peut vous intéresser. Enfin mes peines et mes malheurs s'abrègent, monsieur Quiros, et grâce aux bontés et à la protection de Madame la Présidente de Montreuil, j'espère, monsieur Quiros, de pouvoir vous la souhaiter en nature d'après-demain en cinq ans. Vive le crédit, monsieur Quiros ! Si ma funeste étoile eût lié mon sort à quelque autre famille, j'en avais pour ma vie, car vous savez, Monsieur Quiros, qu'en France on ne manque pas impunément de respect à des putains. On peut mal parler du gouvernement, du roi, de la religion : tout cela n'est rien. Mais une putain, Monsieur Quiros, ventrebleu ! Une putain, il faut bien se garder de l'offenser, car, dans l'instant, des Sartine, des Maupeou, des Montreuil, et autres suppôts de bordel, vous viennent soldatesquement soutenir la putain et vous enferment intrépidement un gentilhomme douze ou quinze ans pour une putain. Aussi n'y a-t-il rien de si beau que la police française. Si vous avez une sœur, une nièce, une fille, Monsieur Quiros, conseillez-lui d'être putain ; je lui défie de trouver un plus beau métier. Et, en effet, où peut être mieux une fille que dans un état où, à côté du luxe, de la mollesse, d'une continuelle ivresse de débauche, elle peut encore trouver autant de soutien, autant de crédit, au-

tant de protection que la plus honnête bourgeoise ? Voilà ce qui s'appelle encourager les mœurs, mon ami ; voilà ce qui s'appelle dégoûter les honnêtes filles de la crapule. Vive dieu ! Comme c'est senti ! Oh ! Monsieur Quiros, qu'on a d'esprit dans ce siècle-ci ! Pour quant à moi, je vous en donne ma parole d'honneur, Monsieur Quiros, mais si le ciel ne m'eût pas fait naître d'état à pouvoir donner du pain à ma fille, je vous jure sur tout ce que j'ai de plus sacré au monde que je la ferais putain dans l'instant.[26]

Et Donatien de passer de longues minutes à noircir le papier de sa plume frénétique avant que sa lubie des chiffres ne le rattrape.

Si je n'avais pas tenu mon gendre en prison, vous dira la Présidente de Montreuil, aurais-je pu marier des 5, des 3 et des 8 ? Aurais-je pu faire cadrer des 23 et des 9 ? Disposer les choses de façon qu'à la première visite que ma fille fera à son mari, à sa dernière et à celle où elle l'ira chercher, plus quatre-vingts chiffres se trouveront les mêmes ?

Donatien prend un instant afin de calmer une respiration devenue bien trop rapide. Il ferme les yeux pour tenter de chasser de son esprit tous ces nombres qui apparaissent tour à tour et s'entremêlent jusqu'à en devenir totalement illisibles.

S'il n'y prend garde, Vincennes aura raison de sa santé mentale.

---

26 Arsenal, ms.12455, folio 565.

50

Vincennes. Le 28 Juin 1780

Le prisonnier de la cellule numéro 6 gère très mal sa détention. Monsieur 6, comme il aime à s'appeler, ne décolère pas. Il a le sentiment que le monde s'est ligué contre lui afin de faire de son existence un véritable cauchemar. Il a l'horrible impression que tous se moquent de lui et que personne ne lui accorde de cet intérêt qu'il aime tant à susciter chez les autres. Tout n'est que brimades et vexations dictées par une irréversible volonté de prendre l'ascendant sur cet aristocrate à la réputation sulfureuse. On veut le mater, il en est convaincu. Ils auront beau faire pourtant, car si le corps est bien contraint à l'enfermement, l'esprit lui demeure libre et il envisage de laisser divaguer le sien aussi souvent que possible. On veut le museler, l'ôter de la surface de la Terre ? Grand bien leur fasse à tous ces dévots ! À défaut de laisser exulter le corps, il mettra à contribution son imagination et transcrira sur papier ce que ses désirs lui dictent. Le monde n'a pas fini d'entendre parler des travers du marquis de Sade. Donatien entend bien bousculer cette apparente pudibonderie. Les bigotes se rueront encore longtemps dans les églises, exécutant à la hâte un signe de croix avant de confesser du bout des lèvres leurs péchés parmi lesquels figurera celui d'avoir entrouvert un ouvrage du marquis de Sade. Il n'en a pas fini avec tous ces hypocrites. Mais pour l'heure, il doit prendre soin de lui. Son état ne fait qu'empirer. Les pommades au beurre de cacao et les onguents à la térébenthine paraissent inefficaces pour le soulager des douleurs infligées par ses hémorroïdes. Même le coussin, creux en son centre, que lui a envoyé Renée-Pélagie ne lui est d'aucune aide.

Donatien, appuyé contre la paroi de son cachot, face à l'unique fenêtre, pousse un soupir tandis qu'il croit apercevoir un nuage passer lentement dans ce ciel d'été sous lequel il doit être bon de musarder. Il lui tarde d'être à demain et de pouvoir contempler cette voûte azur lors de sa promenade, ce privilège durement gagné et qu'on menace de suspendre dès que le prisonnier de la cellule numéro 6 devient ingérable.

Soudain, Donatien se frotte les yeux avec énergie. Des mois que ce regard bleu qui déstabilisait jadis la plus prude des donzelles se fait trouble et s'enflamme devant la moindre poussière. Ce feu terrible lui fait craindre le pire. Il est inenvisageable qu'il perde un jour la vue, lui qui ne cesse de lire et d'écrire jusqu'à des heures indues. Cette crainte le tenaille et lui a imposé de demander l'aide du chirurgien oculaire du roi, le grand Henri Grandjean qui s'occupait déjà par le passé de feu

Sa Majesté Louis XV. L'homme de sciences lui a fabriqué une visière en verre montée sur un demi-masque de cuir, originales bésicles qui lui épargnent bien des maux. Si la douleur persiste, il apposera tout à l'heure un cataplasme sur ces maudites paupières.

Un cliquetis de clefs au loin arrache Donatien à ses préoccupations. Des bruits de pas se rapprochent. Il lui semble entendre deux personnes dans le couloir. On déverrouille la porte et apparaît dans l'embrasure le porte-clefs accompagné de monsieur de Valage, capitaine de la garde.

Le militaire observe avec dédain le prisonnier. L'instant est grave. L'avant-veille, le marquis a eu un comportement des plus déplacé, pour ne pas dire condamnable, envers les membres du personnel. Sans raison apparente, il s'en était pris violemment à son geôlier l'accusant de tous les maux en lui assénant des coups. La colère de Sade fut si terrible qu'il s'en évanouit et cracha du sang jusqu'au lendemain. L'incident ne peut demeurer impuni.

— Le lieutenant de police Lenoir a été avisé de votre comportement. Je vous informe par conséquent que monsieur de Rougemont, gouverneur du Donjon, vous interdit dorénavant toute promenade. Vous resterez dans votre cellule jusqu'à nouvel ordre.

Les traits de Donatien se crispent, les muscles de sa gorge roulent sous sa peau écarlate laissant apparaître des veines qui semblent prêtes à exploser. Les lèvres serrées se mettent à remuer, puis la bouche s'ouvre en grand et une déferlante d'injures s'abat sur le militaire dans un torrent de postillons.

— Quoi ? On se moque ? Mais qui es-tu sombre bouse pour oser t'adresser à moi de la sorte ? Jean-foutre ! Idiot, imbécile, pleutre incapable de penser par toi-même, tout juste bon à transmettre des ordres dont tu ne mesures pas l'importance. J'en ai maté des plus féroces que toi lorsque j'avais un régiment sous mes ordres. Tu ne tarderas pas à le savoir, car je ne ferai qu'une bouchée de toi dès que je sortirai d'ici. Tu m'entends ? Tout ceci pour quelques coups distribués à un insignifiant porte-clefs envers lequel j'ai fait preuve de bien trop de clémence. J'aurais dû le tuer sur-le-champ.

Donatien se rue vers la porte entrouverte, mais sa course est aussitôt stoppée par le capitaine de la garde qui le saisit violemment par les épaules. Le marquis résiste et tente même de pousser le militaire, mais celui-ci reste solide sur ses appuis. Le torse en avant, les pieds de Donatien glissent sur le dallage. Pas après pas, il recule sous l'air amusé de monsieur de Valage qui semble pour sa part ne fournir aucun effort. La colère de Donatien ne fait que croître. Jamais il ne s'est senti aussi ridiculisé. Il tente de reprendre du terrain, mais n'y parvient pas. Il se met soudain à crier, prônant l'insurrection.

— Mes frères, quel traitement horrible on nous fait subir ici. Soulevez-vous ! Le temps de la révolte a sonné. C'est le marquis de Sade, maître de cavalerie qui vous parle. Nous devons nous soutenir les uns les autres. Aidez-moi !

C'en est trop ! Monsieur de Valage pousse le marquis avec vigueur au fond de sa cellule. Il sort sans perdre un instant avant de laisser le porte-clefs refermer la porte derrière lui. Donatien traverse la pièce d'un bond, tambourine à la porte et se met à hurler sa haine autant qu'il le peut. Il harangue ses compagnons d'infortune. Il faut se lever contre l'injustice qui le frappe. Hélas, aucun des prisonniers ne se rallie à sa cause, au contraire, la plupart le raillent. Donatien est médusé. Leurs malheurs communs ne devraient-ils pas encourager la solidarité ? Leur bêtise lui prouve, s'il le fallait encore, qu'il est définitivement bien au-dessus de ces êtres insignifiants.

De sa fenêtre qu'on a eu la délicatesse d'ouvrir ce matin afin d'aérer un peu sa cellule, Donatien croit entendre soudain la voix de Mirabeau. Lui le comprendra, ils ont tant en commun. Le libertinage pour commencer, les enfermements par lettres de cachet ensuite, toutes obtenues par des membres de leurs familles soucieux de préserver une réputation mise à mal par leurs comportements outranciers. Ce même comte de Mirabeau, défiguré par la petite vérole, époux d'une femme sans saveur, qui choisit pour maîtresse une femme mariée avec laquelle il prit la fuite pour les Provinces-Unies avant d'être arrêté à Amsterdam.

Une fois encore, Donatien déchante. Mirabeau, pourtant son semblable en bien des points, paraît se balader en toute liberté au sein de la forteresse. Il l'entend même demander de l'eau fraîche à un porte-clefs. Donatien sent la rage le submerger, ses mains se mettent à trembler. Pourquoi donc ce vaurien est-il autorisé à déambuler ainsi où bon lui semble alors que lui est enfermé et contraint à le rester sans même pouvoir bénéficier de ses promenades ?

— Toi, se met-il à hurler ! Vieille citrouille confite dans du jus de punaise, troisième corne de la tête du diable, savate de maquerelle. Tu n'es rien d'autre que le giton du commandant. Va-t'en donc baiser le cul de ton protecteur !

Contre toute attente l'attaque demeure sans riposte. Donatien le défie.

— Mais foutu bougre, réponds donc ! Dis-moi ton nom si tu l'oses afin que je te coupe les oreilles aussitôt que je serai dehors.

Une voix calme lui répond.

— Mon nom est celui d'un homme d'honneur qui n'a jamais disséqué ni empoisonné de femmes, qui vous l'écrira volontiers sur les épaules avec sa lame, si vous n'êtes pas roué avant qu'il le puisse. Un homme à qui vous ne pouvez inspirer qu'une crainte, celle que vous le mettiez en deuil à la Grève.

Étonnamment, Donatien demeure silencieux. Il préfère se taire pour ne pas être ridiculisé une nouvelle fois. Non, le marquis de Sade ne sera pas exécuté place de Grève. Il a déjà échappé une fois à une condamnation à mort et si ce Mirabeau veut en découdre une fois dehors, grand bien lui fasse. Donatien sera prêt à défigurer un peu plus le faciès de ce cuistre. Pour l'heure, le marquis de Sade décide de trouver dans le silence un peu de repos de l'esprit et préserver peut-être ce qu'il lui reste d'honneur.

51

Paris.
Printemps 1781

— Mais enfin, Madame ! Pourquoi pleurez-vous ? s'enquière Milli Rousset en se précipitant vers le lit de Renée-Pélagie.

La marquise est étendue là, sur le ventre, le visage enfoui dans le creux de ses bras, les épaules soumises à des soubresauts accompagnés de gémissements ne laissant planer aucun doute sur la détresse éprouvée par cette femme à la silhouette devenue si fine. La santé de Renée-Pélagie inquiète grandement Marie-Dorothée.

Madame de Sade ne répond pas, pas plus qu'elle ne cherche à dissimuler cette peine qui la dévore chaque jour un peu plus. Tricher ne sert à rien, surtout quand la personne qui se tient près de vous est une amie, et probablement la seule qu'il vous reste. Pour l'heure, les sanglots empêchent toute confession. À peine parvient-elle à tendre, mains tremblantes, une feuille de papier que ses pleurs ont légèrement détrempée.

Milli parcourt ces lignes écrites par Donatien. Un simple coup d'œil lui a permis de reconnaître l'écriture serrée et penchée vers la droite. Une succession de mots, certains composés de lettres déliées et d'autres, au contraire, savamment liées entre elles.

Non, je ne crois pas qu'il soit possible de trouver dans le monde une créature plus abominable que votre indigne mère. L'enfer n'en vomit jamais de pareilles, et je suis persuadé que ce n'est que sur des femmes de ce caractère-là que l'imagination des prêtres enfanta les Furies. Non, madame, non, on ne m'a point rendu mes promenades. Cela est absolument nécessaire à ma santé, je vous le répète pour la millième fois, et il m'est absolument impossible de dormir ni de manger quand je ne prends pas l'air. J'imagine bien que ce doit paraître un phénomène à votre cul-de-jatte de mère qui n'a jamais su déglutiner ses vilaines fesses de dessus un fauteuil, mais heureusement que tout le monde ne lui ressemble pas. Ah ! Le monstre ! Oh ! L'abominable créature ! Que je la hais ! Que ne peut-elle voir mon cœur à découvert ? Et pourquoi faut-il qu'il n'y ait aucune expression assez forte pour lui peindre à quel point je l'abhorre ? Eh quoi ! Le ciel ne se lasse pas de laisser si longtemps une pareille Furie sur terre !

Milli n'en croit pas ses yeux, la missive n'est que reproches, injures et accusations insensées. L'homme n'est que plaintes et fureur. La liberté des siens lui est insupportable, il imagine le pire, complots et tromperies, inaction quant à son sort voire un renoncement coupable alors que lui n'est évidemment coupable de rien.

Ma façon de penser, dites-vous, ne peut être approuvée. Eh, que m'importe ! Bien fou est celui qui adopte une façon de penser pour les autres ! Ma façon de penser est le fruit de mes réflexions ; elle tient à mon existence, à mon organisation. Je ne suis pas le maître de la changer ; je le serais, que je ne le ferais pas. Cette façon de penser que vous blâmez fait l'unique consolation de ma vie ; elle allège toute ma peine en prison, elle compose tous mes plaisirs dans le monde et j'y tiens plus qu'à la vie. Ce n'est point ma façon de penser qui a fait mon malheur, c'est celle des autres.

— Il ne changera jamais, Milli.

La jeune femme regarde cette épouse aux yeux rougis et à la chevelure ébouriffée, appuyée sur ses coudes, le regard perdu.

— Alors, pourquoi vous obstiner à le défendre envers et contre vous ? Il fait de votre vie un véritable enfer et pourtant vous continuez à vous lamenter sur son sort et à lui trouver des excuses auxquelles personne, pas même vous, ne croit. Et comme si cela ne suffisait pas, vous cédez au moindre de ses caprices et lui obéissez comme un brave petit chien répondant à la voix de son maître, le confortant ainsi dans cette domination qu'il aime à exercer sur vous.

À ces mots, les pleurs de Renée-Pélagie reprennent, cette fois de manière silencieuse, car provoqués par la honte et un certain dégoût d'elle-même. Les paroles de

Milly sont empreintes d'une vérité assassine qui pourrait s'avérer salvatrice si seulement Renée-Pélagie daignait les écouter. Elle les entend, mais ne désire en tenir compte pour le moment. Elle ne se sent pas le cœur d'abandonner son époux, si cruel soit-il, alors qu'il est aux fers. Cela tuerait Donatien à coup sûr.

— Je pensais qu'il était votre ami.

— Vous avez raison, il l'était, répond Milli. Cette amitié était belle, mais je ne suis pas de ces femmes qui vivent dans leurs souvenirs. Je ne m'acharne pas à raviver une flamme que les années se sont chargées d'étouffer. Nous ne partageons plus rien lui et moi. Il ne m'écrit que dans le seul but de se plaindre de ses conditions de détention, de ses hémorroïdes et de moi. Je suis trop ceci, pas assez cela, mais inévitablement toujours coupable de tout. Je songe de plus en plus à retourner à La Coste. Ma santé décline, l'air sec de la Provence me fera le plus grand bien.

— Vous me laisseriez seule ? s'inquiète la marquise.

— Ici, je fane, je dépéris. Il m'accusera certainement de l'abandonner, mais je n'en ai cure. L'être le plus à plaindre n'est pas celui que vous vous plaisez à servir. Il se tient devant moi.

Et Milli Rousset de s'asseoir sur le lit aux côtés de son amie dont elle se met à caresser le visage.

— Séchez vos larmes et cessez, je vous prie, de vous compromettre comme vous le faites. Si un jour, ceux qui lisent vos échanges à Vincennes surprennent vos messages secrets à l'un et l'autre, écrits entre les lignes au jus de citron, vous pourriez à votre tour connaître les prisons de Sa Majesté. Prenez garde, mon amie !

La marquise se jette au cou de cette femme qui va décidément lui manquer bien plus qu'elle ne l'aurait envisagé.

— Et de grâce ! Cessez instamment les envois de ces godemichets dont votre mari est si friand et qu'il vous réclame à cor et à cri.

Renée-Pélagie a un mouvement de recul. Honteuse, elle observe Milli qui se met aussitôt à rire devant le teint rubicond de son amie. Soulagée, la marquise sourit.

— Ah ça ! Mon bon petit en est fou, je vous le concède. Il en souhaite de toutes tailles. Certains capables de tenir dans une poche, d'autres plus grands afin de se distraire la nuit venue. Figurez-vous que le dernier envoi en bois de rose était insensé : six pouces de circonférence sur huit ou neuf de hauteur[27] !

Milli écarquille les yeux, hébétée, ne sachant si elle doit être admirative ou choquée.

— Insensé, en effet ! répète-t-elle avant de rire à nouveau.

Après cet instant de légèreté savouré avec gourmandise par Renée-Pélagie, Milli se met à froncer les sourcils en tenant entre ses doigts le menton de la marquise qui devient sérieuse à son tour.

— Savez-vous ce qui l'est tout autant ?

Renée-Pélagie fait non de la tête.

— C'est que vous l'appeliez « mon bon petit ». Cessez donc de le traiter comme un enfant capricieux !

---

27 Soit environ 15 cm de circonférence pour 20 à 23 cm de longueur.

En agissant de la sorte, vous ne faites qu'encourager ses coups de sang et entretenez ainsi votre malheur.

Renée-Pélagie baisse à nouveau la tête. Tout cela elle le sait, mais hélas elle est incapable d'agir différemment. Bientôt vingt ans de mariage, d'abnégation, de précautions multiples afin de ne pas froisser l'extrême susceptibilité d'un époux hors du commun que Dieu a mis sur sa route. Ce Dieu devant lequel elle s'est unie à Donatien et pour qui elle est prête à tout afin de ne pas rompre les engagements formulés un jour de 1763.

52

Vincennes.
Début de l'été 1781

— Vous avez de la visite, dit le porte-clefs en ouvrant la porte de la cellule numéro 6.

De la visite ? Renée-Pélagie, enfin ! Elle ne l'a pas abandonné. Donatien s'apprête à fondre en larmes et à se ruer vers son épouse, son seul soutien, lorsqu'il aperçoit le porte-clefs accompagné d'un vieux bonhomme jamais croisé auparavant. La déception est grande pour celui qui se faisait déjà une joie de presser contre lui sa femme et lui faire sentir à quel point elle lui avait manqué. Hélas, aujourd'hui ne sera pas ce jour béni où il pourra tenir une silhouette féminine dans ses bras. Voilà que pour toute visite on lui apporte un vieillard, élégant certes, non dénué d'une certaine prestance même, mais rien néanmoins susceptible de raviver la flamme du désir pour un corps à corps torride.

Le marquis, méprisant, tourne les talons non sans taquiner son souffre-douleur qui porte encore les stigmates de la correction reçue quelques jours auparavant.

— Alors, nabot ! Ta mâchoire ne te fait pas trop mal ? En tout cas, le bleu autour de tes yeux est devenu violacé. La couleur pourrait être belle si elle n'était posée sur un visage aussi répugnant.

Résigné, l'employé de prison ne répond pas. Défier un homme comme le marquis de Sade n'est pas sans danger, surtout que l'aristocrate le tient pour responsable de sa privation de promenades.

Donatien entend la porte se refermer derrière lui. On le laisse donc seul en tête-à-tête avec cet inconnu venu d'on ne sait où. L'homme doit avoir de l'importance pour avoir obtenu une telle prérogative. Il est certainement un agent de Lenoir. Depuis que Marais a cessé ses activités, Donatien n'a plus vraiment d'interlocuteur privilégié au sein de la police. Quoi qu'il en soit, Sade ne fait pas cas de l'importun et continue à lui tourner le dos.

— Alors, cet enfermement ? Pas trop pénible ?

Donatien n'apprécie guère le trait d'humour. Il pivote sur ses talons avec un équilibre parfait et, une fois face à cet étranger qui a l'inconscience de se moquer de lui de la sorte, fait claquer ses semelles sur le dallage de pierre.

— Apprenez monsieur, que l'enfermement m'est moins pénible que certaines compagnies que je n'ai pas choisies. Monsieur… ?

— Danière. Mais ce nom ne vous dit probablement rien. Sachez toutefois que je viens expressément de Normandie afin de vous visiter, monsieur le marquis.

— Dois-je en être flatté ? Si oui, laissez-moi un instant afin de me parer du masque d'une joie que je n'éprouve nullement. Mais soyez rassuré, vous ne remarquerez rien. Les gens de théâtre dont je fais partie ont des facultés que vous ne soupçonnez pas.

Monsieur Danière se met à sourire. Un sourire qui désarçonne quelque peu le marquis. L'homme continuerait-il à se moquer de lui ? À bien considérer celui qui se tient devant lui, le dos légèrement voûté et le regard habité par une lueur inquiétante, ce Normand n'est pas un aristocrate. Ses mains parcheminées, sillonnées par d'épaisses veines bleues sont calleuses. Il doit certainement travailler la terre ou, du moins, exercer un travail manuel.

Quelle bien piètre première visite, pense le marquis.

— Et par quel miracle êtes-vous parvenu à vous introduire ici ? Vous n'êtes aucunement policier, encore moins ministre et je doute fort qu'un vieil homme de Normandie connaisse suffisamment de monde à Paris pour se glisser dans cette prison.

— Figurez-vous que derrière les grands hommes, il y en a toujours des plus petits dans l'ombre, qui servent ceux censés remplir de grandes fonctions. La vie est ainsi faite, monsieur le marquis, derrière chaque homme puissant se trouve toujours des plus faibles qui s'évertuent à faciliter la vie de ceux de votre caste. J'ai la chance de servir un de ceux-là, un être bon qui, contrairement à vous, ne considère pas les plus pauvres telles des marchandises dont on peut disposer à sa guise.

Donatien fait un pas vers celui qui vient de l'insulter. S'il ne se retenait pas, il lui montrerait ce qu'il en coûte de se frotter à lui de la sorte. Ses poings se serrent.

— Il suffit ! Qui êtes-vous ?

À la surprise de Donatien, le vieil homme avance à son tour d'un pas.

— Je vous l'ai dit, je suis monsieur Danière, mais je conçois que ce nom ne vous dise rien. Peut-être que celui de ma fille vous rafraîchira la mémoire. Elle s'appelait Julie.

Soudain le regard du visiteur s'embue à l'évocation de ce prénom que pourtant il n'a de cesse de murmurer jour après jour. Donatien ne peut que surprendre alors le trouble chez son interlocuteur. Il entend pourtant ne pas se laisser émouvoir.

— Julie Danière, dites-vous ? Désolé, mais je ne connais pas.

La colère alors succède à l'apparente tristesse sur les traits marqués de Nicolas Danière.

— Les hommes comme vous l'appelaient Julie Follecuisse.

Donatien se met à rire.

— Oh ! Je vois ! Monsieur vient laver l'honneur perdu de sa fille.

Le vieil homme fait un pas de plus en direction de Donatien qui, surpris, se met à reculer.

— Taisez-vous ! Ma fille n'a jamais perdu son honneur. Bien au contraire ! Elle fait ma fierté... faisait, car hélas je ne la reverrai jamais puisque vous l'avez tuée.

Le marquis se met à hurler.

— Vous êtes fou ! Je n'ai jamais tué personne. D'ailleurs, voilà peut-être la seule chose dont on ne m'ait jamais accusé.

— Peut-être parce que vous êtes suffisamment intelligent pour ne pas vous être fait prendre. En tout cas, même si vous ne teniez pas entre vos mains la pierre qui l'a frappée, vous n'êtes pas moins responsable de sa mort.

Les larmes se mettent à couler le long des joues que le temps et le chagrin ont creusées. Les lèvres tremblent, les jambes chancellent. Pourtant Donatien, loin d'éprouver de la compassion pour ce Normand, le presse de lui donner des explications.

Appuyé sur sa canne, monsieur Danière rassemble ses forces.

— Elle était belle comme un cœur. Elle déambulait dans Paris et subvenait comme elle le pouvait à sa malheureuse existence. Hélas, un jour ma Julie a eu le malheur de croiser votre route, rue Mouffetard. Vous l'avez emmenée dans l'une de vos tanières et lui avez fait subir les pires outrages, allant même jusqu'à employer des objets de culte que vous détourniez de leurs fonctions premières. Elle n'a eu de cesse de chercher à se venger de vous. C'était devenu une véritable obsession. Elle ne vivait que dans ce but et celui d'empêcher que d'autres comme elle aient à endurer un tel déferlement de violence. Hélas, elle est arrivée trop tard pour sauver Rose Keller, puis on l'a assassinée à coups de pierre dans une forêt bourguignonne alors qu'elle avait enfin retrouvé votre trace. Ma pauvre fille est partie sans avoir trouvé la paix.

En pleurs, monsieur Danière scrute le visage de celui qui se tient face à lui. Il n'y trouvera évidemment pas de réconfort. Les traits du marquis de Sade n'expriment rien, ses yeux bleus demeurent impénétrables. Pire ! La bouche semble même esquisser une moue dédaigneuse avant de laisser passer des paroles terribles.

— Vous me faites des reproches auxquels je n'entends rien. J'ai un peu malmené votre fille ? Soit, admettons ! Mais, dites-moi, vous qui me faites la morale, un père ne devrait-il pas tout faire justement afin que sa fille chérie ne soit pas la fille à tout le monde ?

Danière serre les dents. Ce reproche il se l'est fait des centaines de fois, et ce avant même que Julie ne perde la vie. Il la savait avide de liberté et peu réceptive aux conseils des hommes, pas même à ceux de son père. Après un mariage raté, elle avait quitté sa Normandie pour Paris. Là, elle avait pris sa vie en mains avec les armes que Dieu lui avait données. Nicolas Danière avait découvert cette terrible vérité bien des années plus tard. Là encore, il n'avait voulu interférer dans sa vie de peur qu'elle ne s'échappe encore. Julie était comme ça : nul ne pouvait se placer entre elle et ses choix. Et pourtant son désir de vengeance lui fut fatal.

— Avez-vous des enfants, monsieur de Sade ?

— Trois, répond Donatien avec fierté.

— Vous les élevez ?

Le visage du marquis laisse enfin transparaître de l'émotion. Monsieur Danière croit même y lire de l'embarras.

— Ils sont à Paris, chez leur grand-mère, répond le marquis à voix basse.

— Évidemment. Pouvait-il en être autrement d'un homme qui a toujours fui ses responsabilités ?

Le marquis tente de prendre la parole, mais il s'arrête net et prend peur. Son visiteur vient de passer la main sous son veston. Donatien recule sous le poids de la menace. Cela ne fait aucun doute, l'homme est venu de Normandie dans le but de venger sa fille. Donatien voudrait crier, demander de l'aide, mais la terreur qui s'est emparée de lui l'en empêche. Pas le moindre son ne sort de cette bouche d'ordinaire si prompte à haranguer ses congénères et à insulter ses geôliers. Les mains ouvertes devant lui, rempart ridicule face au pistolet qui ne manquera pas de le toucher, le marquis ferme les yeux et espère simplement que la douleur ne sera pas insupportable pour lui qui ne cesse de se trouver tous les maux de la terre.

Le silence devient assourdissant. L'individu semble désirer faire durer l'instant et se nourrir de sa peur. Un vice d'une imparable cruauté qu'il connaît bien pour l'avoir exercé lui-même à l'excès, une véritable torture mentale, un art qu'il maîtrise mieux que quiconque même si le père de cette Julie Follecuisse semble posséder lui aussi une certaine connaissance de la discipline.

— Regardez !

Quoi ? La perversité de cet homme irait-elle jusqu'à l'obliger à affronter la mort en face, à observer son bourreau tenant l'arme qui lui arrachera la vie ? Incrédule, Donatien entrouvre lentement les paupières. Étrange !

Il ne voit ni lame ni pistolet. Aucune menace. Un bras est tendu vers lui. Un bras au bout duquel une main tremblante tient un médaillon en argent.

— Ouvrez-le !

Donatien avance avec crainte et saisit avec grande précaution la chaîne aux maillons resserrés. Il demeure un instant à observer le bijou finement ciselé, un travail d'orfèvre portant au dos des armoiries qu'il ne connaît pas, partis d'hermines et de gueules.

— Mon maître, le marquis de Bailleul, me l'a offert quelque temps après la mort de ma Julie. Le pendentif lui appartenait, mais ouvrez-le ! Vous verrez ! Il ne pouvait me faire plus beau cadeau.

De ses doigts légèrement bouffis et tachés d'encre, Donatien ouvre le bijou et découvre le portrait d'une jeune fille au teint nacré, un visage d'une grande beauté entouré d'une chevelure blonde savamment coiffée en diadème. Il a beau interroger ses souvenirs, il ne se souvient pas clairement de cette Julie. Si les traits lui disent vaguement quelque chose, il ne parvient pas à se remémorer les circonstances de leur rencontre. Néanmoins, une chose est certaine, si Donatien avait la chance de croiser une nouvelle fois le chemin de cette petite, nul doute qu'il tenterait de la mener à sa couche tant elle rassemble nombre de critères de beauté auxquels il n'est pas insensible.

— Alors ? Vous souvenez-vous d'elle maintenant ?

— Je... je ne sais pas, répond Donatien sans chercher à dissimuler la gêne qui l'étreint. De manière assez confuse, oui. J'en ai rencontré tant des filles comme elle, mais je vous accorde volontiers qu'elle était très belle.

Les yeux rougis, monsieur Danière arrache le pendentif des mains du marquis.

— Non, monsieur ! Vous n'avez jamais eu la chance de rencontrer une femme comme Julie. Elle avait encore tant de choses à vivre, tant de combats à mener ! La condition des personnes de son sexe la préoccupait au plus haut point. Elle se battait au quotidien pour ne pas être considérée comme quotité négligeable. Elle désirait par-dessus tout faire de ce monde le sien, devenir actrice de sa propre vie au lieu de regarder les années défiler sous ses yeux à préparer la soupe pour un époux, un homme stupide, mais forcément supérieur en tout. Vous l'avez brisée dans son élan. Votre rencontre l'a transformée à jamais et a fini par causer sa perte.

— Dois-je vous le dire à nouveau ? Je ne l'ai pas tuée, hurle Donatien.

— Peu importe ! Nombre de créatures que vous avez rencontrées ont vu leur vie changer à jamais depuis cet instant maudit. Ma petite Julie, Rose Keller et Marguerite Coste ne sont que les représentantes de tant d'autres martyres dont on ne connaîtra jamais le nom. Des femmes qui, contrairement à vous, n'auront jamais la chance d'oublier. Ces années de prison qui vous attendent ne sont que bien peu de choses comparées à ces âmes dévastées.

Le marquis de Sade se précipite vers la porte et se met à la frapper de toutes ses forces.

— À moi !

Nicolas Danière regarde avec mépris cet homme qui s'époumone face à un morceau de bois qui ne s'ouvrira pas. Il se met à rire tout en essuyant ses larmes.

— Criez ! Faites donc ! Agissez comme toutes celles qui vous ont supplié jadis de les laisser partir, ces demoiselles que vous mainteniez chez vous contre leur volonté. Elles aussi espéraient être délivrées par une âme charitable, elles priaient de toutes leurs forces que quelqu'un vienne ouvrir la porte de leur cage. Eh bien ! Comment vous sentez-vous, monsieur le marquis ? Vous plaît-il d'être une proie à votre tour ?

Les coups se font plus fort. Les rires aussi.

— À moi ! Ouvrez ! Mais ouvrez donc !

— Tout cela est inutile, mon cher. Mon maître a écrit au gouverneur de Vincennes et vous n'êtes pas sans savoir que les hommes de pouvoir possèdent certains privilèges. On m'a ainsi accordé de bonne grâce cet instant avec vous. Il a été ordonné qu'on ne nous dérange sous aucun prétexte. Le pouvoir, monsieur le marquis. Le pouvoir.

Donatien se sent mal. Il a l'impression d'étouffer. Il défait son col avec hâte. Il vacille et se tient au dossier de son fauteuil pour ne pas tomber.

— Vous êtes le diable, monsieur. Le diable ! se met-il soudain à hurler.

— Et vous savez de quoi vous parlez, il va sans dire ! Vous savez, je me suis longtemps demandé ce que je vous ferais le jour où je vous rencontrerais. Je dois bien l'admettre, j'ai songé un temps à vous tuer. On a tenté de m'en dissuader, mais je n'entendais rien à ces donneurs de leçons. Qui étaient-ils pour m'interdire votre assassinat ? Aucun d'entre eux n'avait subi pareille perte. Et puis, le temps aidant à la réflexion, je me suis dit que l'enfermement n'était pas mauvaise chose pour un homme épris de liberté comme vous l'êtes, un homme à qui on ne refuse jamais rien, un être qui a la faiblesse de croire que l'argent peut tout acheter. Sur ce point on m'a rassuré, car sachez monsieur que vous êtes ici pour longtemps. Les personnes désireuses de vous garder derrière les barreaux sont légion. Vous ne ferez désormais plus de mal à qui que ce soit et aurez tout loisir de penser à celles et ceux que votre orgueil a mis à mal.

Les mains du marquis se serrent davantage sur le bois du fauteuil. Se peut-il que cet étranger dise vrai ? Renée-Pélagie lui aurait donc menti ? Celle qui ne cesse de le rassurer sur sa libération prochaine ne serait donc qu'une traîtresse. Peut-être même est-elle de ceux qui souhaitent le maintenir en prison à tout prix. Et si son épouse apparemment si dévouée profitait de cette incarcération pour le tromper avec d'autres hommes plus ternes, mais enclins à lui offrir cette vie tranquille et paisible à laquelle elle aspire depuis toujours.

Les pires pensées s'emparent alors une à une de son esprit. Il se projette dans un avenir sinistre, se voit cocu, raillé, vieux et mourant dans une geôle, mari abandonné que sa femme ne vient plus visiter, un être oublié de tous enseveli à la hâte dans un trou, sans cercueil ni autre formalité, tel un tas d'ordures dont on voudrait se séparer en se pinçant le nez de dégoût.

Les jambes de Donatien ne le portent plus. Le marquis de Sade essaie de se rattraper à sa table de travail, mais il tombe et emporte dans sa chute ce fauteuil qu'il aime tant. Sa tête vient heurter le sol dans un bruit sourd.

Dans un sourire satisfait, Nicolas Danière enjambe le corps inerte, puis frappe trois coups brefs à la porte qui ne tarde pas à s'ouvrir. Il se précipite alors à l'extérieur avant même que le huis ne s'ouvre entièrement, soucieux de refermer aussitôt derrière lui afin que nul n'aperçoive le marquis à terre.

— Le marquis a demandé à ne pas être dérangé, lance Nicolas Danière aux porte-clefs en coiffant son chapeau.

— Tant mieux ! répond l'employé de prison. Un peu de calme à cet étage ne sera pas malvenu.

Lentement, la silhouette voûtée du père de Julie Danière disparaît dans les boyaux sombres de la forteresse, un père ployé sous le poids d'une terrible tristesse, mais transporté par l'incroyable satisfaction du devoir accompli.

53

Vincennes.
Le 13 juillet 1781

Dans la pénombre du donjon, le marquis de Sade descend avec précaution les marches qui le mèneront à la salle du Conseil, un endroit où, paraît-il, un visiteur l'attend. La joie qu'il devrait éprouver est quelque peu entachée par le mauvais souvenir laissé par ce Normand. Les nerfs de Donatien avaient été soumis à si rude épreuve qu'il était resté plusieurs heures étendu sur le dallage de sa cellule après s'être évanoui. De cela il ne dit mot à personne. À quoi cela aurait-il servi ? L'homme s'était introduit à Vincennes à la connaissance de tous. Se plaindre lui aurait attiré nombre d'inimitiés et l'aurait desservi davantage encore.

Voilà que la marche cesse. La lumière provenant de la salle du Conseil inonde l'escalier où se tiennent immobiles le marquis et son escorte. Le commis de police Boucher fait son apparition dans l'embrasure, un être détesté de tous tant sa position en ces murs fait de lui le détenteur de nombre de secrets qui ne le demeurent qu'à coup de cadeaux et autres gratifications en nature.

— Entrez !

Sade obéit, mais avance vers la pièce à pas lents tant il craint une nouvelle mauvaise surprise. C'est alors qu'il aperçoit le bas d'une robe faite d'une passementerie de soie crème et vert. Il lève les yeux et apparaît soudain le visage de celle qu'il n'espérait plus : Renée-Pélagie, cette épouse qu'il n'a pas vue depuis plus de quatre ans. Il la contemple un instant. Ses traits sont tirés, le visage fatigué et marqué par des soucis dont il se sait responsable. Une certaine culpabilité, bien plus que l'amour, guide ses pas vers cette silhouette malingre qu'il s'empresse de serrer contre lui.

— Te voici enfin, colombe de Vénus, âme de mon âme ! lui dit-il en couvrant ses joues de baisers avec la fougue d'un adolescent. Je me désespérais de te revoir un jour, ma douce.

Renée-Pélagie serre dans ses bras l'époux à l'embonpoint naissant qui porte désormais perruque. Ces longs mois d'incarcération ont transformé le beau jeune homme qu'il était. S'il a quelque peu épaissi, l'expression de son visage est devenue plus dure et ses yeux bleus semblent même avoir pâli rendant ce regard, jadis magnifique, étrangement pénétrant, voire inquiétant.

Les mains de Donatien se font inquisitrices, les caresses appuyées. Le voici qui baise la poitrine de sa femme débordant de ce décolleté qui le rend fou.

— Cette gorge, madame ! Cette gorge !

Boucher se met alors à toussoter dans le but de rappeler sa présence. Renée-Pélagie rougit.

— Laissez-nous ! ordonne Donatien.

— La chose est impossible, monsieur. Cette visite doit se faire sous surveillance.

Sade s'emporte. Il repousse son épouse et se dirige vers celui qui ose à nouveau le défier. Aussitôt, les murs de la cellule résonnent de cette colère qu'il ne peut contenir davantage.

— Je vous ai connu moins regardant, Boucher, mais que pouvais-je attendre d'autre de celui qui prend un malin plaisir à lire mes lettres et à les caviarder, n'est-ce pas monsieur le censeur, monsieur l'abréviateur ?

L'homme ne se laisse guère impressionner et menace.

— Je vous conseille de garder votre calme, monsieur le marquis. Si cette première visite venait à mal se passer, je crains fort qu'elle ne devienne la dernière.

Donatien demeure interdit. Il sait la menace sérieuse. On l'a déjà privé maintes fois de ses promenades, l'inhumanité de ses geôliers n'est plus à prouver.

Renée-Pélagie fait un pas vers son époux, pose une main rassurante sur son épaule. Elle le sait capable de bondir au cou de celui qui se tient devant lui, un sourire de contentement dessiné sur une bouche entrouverte laissant apparaître une dentition aux couleurs mal définies.

— Nous vous remercions, monsieur Boucher. Rassurez-vous ! Nous ne ferons rien pour en arriver à de telles extrémités, n'est-ce pas mon ami ?

Renée-Pélagie observe, inquiète, son époux qui ne répond pas. La pression sur son épaule se fait alors plus forte.

— N'est-ce pas, Donatien ?

Le marquis se ressaisit, se redresse et affiche un sourire forcé.

— Absolument ! Tout cela n'est qu'un terrible malentendu.

Boucher sourit à son tour et sort de sa poche un morceau de papier jauni.

— Comme le fut certainement cette prose affichée par vous sur le mur du jardin où vous effectuez vos promenades.

— Un *jardin*, dites-vous ?

— Donatien, je t'en prie, supplie Renée-Pélagie.

Aussitôt le marquis se calme et songe à ces mots placardés par lui sur la muraille et qui lui valent les remontrances de Boucher.

Ci-gît le geôlier de Vincennes,
Petit, vilain, cocu, hargneux,
Qui fit ses délices des peines
Et des larmes des malheureux.
La terre entière le réclame.
Passant, tu vois tout ici-bas :
Ne t'informe pas de son âme,
Car ce jean-foutre n'en eut pas.

On l'avait sévèrement puni pour cela et privé de promenades pendant trente-six semaines, jusqu'au 9 mars 1781.

Sade s'adresse à Boucher avec fierté.

— Avouez que la prose est jolie !

Le commis de police préfère se taire, non pour satisfaire l'amour-propre du marquis, mais dans le seul but d'épargner son épouse qui ne cesse de multiplier les efforts afin que sa visite se passe le mieux possible.

Boucher recule et se place le long de la muraille, raide comme un piquet, les mains croisées derrière le dos. Il se terre dans un profond silence. Renée-Pélagie n'est pas dupe et le remercie d'un léger mouvement de tête juste avant que Donatien ne se tourne à nouveau vers elle et ne la presse furieusement contre son cœur.

— Tout doux, mon ami, dit-elle dans un rire de petite fille. Moi qui m'inquiétais de l'amour que tu me portais.

Donatien cesse de parcourir son cou laiteux de mille baisers et regarde, les yeux interrogateurs, cette femme qu'il désire follement.

— Je crains toujours que tu ne m'aimes pas. Cette crainte a toujours été mon tourment dans tous les temps. Tu m'envoies des lettres où tu me demandes quantité de choses dont tu as besoin, et dans lesquelles tu ne mets pas, mon tendre ami, le plus petit mot d'amitié pour moi[28].

— Pardonne-moi, je t'en prie. Mais, dit le marquis en observant Boucher, on me prive souvent de mes promenades et tu sais que l'exercice m'est pourtant absolument nécessaire. Il en résulte des maux de tête affreux qui ne me quittent point et qui m'absorbent, des douleurs de nerfs épouvantables, des vapeurs et une abstrac-

28 Les dialogues sont inspirés des lettres que le couple a échangées durant de longues années alors que Donatien était captif à Vincennes.

tion totale de sommeil, qui ne peuvent me conduire tôt ou tard qu'à une maladie sérieuse. Mais qu'importe pourvu que la Présidente soit contente, et que son épais mari dise bien : « C'est bon, c'est bon, ça lui fait faire des réflexions ! » Ton seul amour est capable d'adoucir mes maux.

Et Donatien de se réfugier à nouveau dans ces bras et au creux de cette gorge qu'il n'espérait plus.

— Les enfants t'embrassent. L'aîné est fluet ; il se porte bien, mais il est d'une vivacité et d'une pétulance dont rien ne s'approche. Quant à l'autre, s'il continue, du caractère dont il est, ce sera un commandeur fort sensé qui n'agira que par poids et mesure. Quant à notre petite Laure, elle m'assure politiquement qu'elle est bien aise de me voir, mais je t'assure qu'elle aime infiniment mieux les religieuses que moi[29]. Elle t'embrasse et...

— Ne me parle plus de ma grosse servante ! D'abord tu me l'as dite laide : on s'arrange sur cela, on s'en console par la possibilité d'un culte plus certain de sa part aux autels de la vertu. À présent, la voilà jolie et par conséquent putain ! Cette petite ne cessera de me tourmenter.

Voici Renée-Pélagie fixée ! Donatien ne changera jamais sur certains points. Son esprit virevolte et passe d'un état à un autre sans prévenir. L'amour qu'il porte à ses enfants n'a d'égal que le peu d'intérêt que trop souvent il leur accorde. Cependant, tant que ces mots

29 Le caractère des enfants est ainsi défini par Renée-Pélagie dans une lettre adressée à son mari en 1777.

blessants, voire insultants, ne seront prononcés qu'en leur absence, la mère qu'elle est s'en accommodera.

— Dis-moi plutôt comment se porte la charmante Milli.

Le visage de Renée-Pélagie s'assombrit soudain.

— Quoi ? Qu'y a-t-il ?

— Marie-Dorothée est partie pour la Provence vers la fin mai. Il lui arrivait de cracher du sang.

Loin de s'en émouvoir, Donatien questionne la marquise.

— Est-elle à La Coste ?

— Elle n'y tenait pas trop, répond Renée-Pélagie embarrassée. Elle s'est installée à Avignon pensant le château peu propice à son rétablissement.

— Comment ça, elle n'y tenait pas trop ? Je la préférerais pourtant là-bas à surveiller mes gens et mes terres. Il ne faudrait pas que Gothon et son mari jouent aux seigneurs. Je lui écrirai en ce sens.

Renée-Pélagie sent bien la colère qui s'est emparée de son époux, aussi, et pour ne pas le contrarier davantage, elle décide de changer sans plus tarder le sujet de la conversation. Il ne faudrait pas qu'il se décide à prendre des nouvelles d'Anne-Prospère. Renée-Pélagie ne veut l'affliger de la nouvelle de sa mort. Une mort survenue deux mois plus tôt, jour pour jour[30]. La jeune femme a rendu son dernier souffle dans de terribles douleurs. Comme si la petite vérole n'était pas suffisante à son mal, une inflammation au bas-ventre l'avait torturée jusqu'au dernier instant. La marquise est persuadée

30 Anne-Prospère s'éteint à Paris le 13 mai 1781.

que Donatien n'aura pas l'indélicatesse de s'enquérir de celle qui fut sa maîtresse, mais dans l'incertitude, l'épouse préfère prendre les devants et passer à un sujet, pense-t-elle, plus léger.

— Je vais m'installer dans un ou deux mois au couvent de Sainte Aure, rue Neuve-Sainte-Geneviève. J'y aurai un appartement au premier étage, du côté de la boulangerie. Je disposerai d'une grande chambre, d'une petite antichambre et d'un cabinet. Je prendrai avec moi La Jeunesse et ma fidèle servante, Agathe.

Sade s'éloigne de sa femme et prend place dans un fauteuil qui se met à gémir sous son poids.

— Et combien va nous coûter cette nouvelle folie ?

— 200 livres de loyer et 300 de nourriture.

— Comment ? Pour un logement dans un endroit où séjourna naguère une putain, fut-elle royale ! Les prix ont certainement dû s'envoler depuis que le monde entier sait que la Dubarry y a séjourné.

Donatien se serre contre Renée-Pélagie, lui presse un sein d'une main tandis que de l'autre il s'empare de son menton.

— Mais toi, tu n'es la putain de personne si ce n'est celle de ton mari, n'est-ce pas ?

La tête en arrière tentant de se libérer de la douloureuse emprise de son époux, Renée-Pélagie fait mine d'acquiescer.

— Et il me tarde de le devenir à nouveau.

Donatien la considère un instant et la repousse violemment au point qu'elle manque de trébucher.

— Fadaises que cela ! Tu me mens. Je suis certain que tu me trompes.

La marquise qui avait bien failli tomber se redresse lentement en se frottant le bas du visage afin d'essayer d'en atténuer la douleur.

— Mais non, je t'assure ! tente-t-elle de protester en vain.

— Balivernes ! Crois-tu que je sois assez sot pour te penser fidèle ? Tu pars peut-être vivre dans un couvent, mais tu n'en es pas nonne pour autant. Voici des années que nous ne nous sommes vus. À défaut d'être belle, tu n'es pourtant point laide et tu dois certainement attiser la convoitise de mâles voulant s'enorgueillir d'avoir baisé la femme du célèbre marquis de Sade.

Renée-Pélagie lance un regard désespéré à Boucher qui détourne aussitôt la tête. Il ne désire pas s'interposer dans cette dispute de couple pleine de promesses. Elle lui apportera sans nul doute de précieuses informations dont il pourra se servir plus tard à titre personnel ou, pourquoi pas, les révéler à ses supérieurs dont il cherche désespérément des compliments tel un chien craintif quémandant sans cesse une caresse de son maître.

— Avoue que tu t'es acoquinée avec Lefèvre !

— L'ancien valet de ton oncle l'abbé ? C'est une plaisanterie ! Ce paysan ? Je l'ai pris en pitié à la mort de ton oncle qui lui avait appris à lire et à écrire. Il est depuis à mon service en effet, mais cela s'arrête là. Ne vas pas imaginer pareilles chimères. Elles ne font qu'empoisonner ton esprit déjà bien trop gâté par de légitimes tourments. Cet homme n'est en charge que de l'achat de mes livres et de ceux réclamés par toi en grandes quantités. Oh ! Mon tendre ami, que tu me connais mal si tu me soupçonnes d'une pareille horreur. Tranquillise-toi, je t'en conjure. Il n'y a pas le plus petit fondement à tes soupçons. Tu peux examiner et faire examiner ma conduite tant que tu voudras.

— Tu es une imbécile. Peut-être même que des êtres qui te sont proches encouragent tes aventures adultères dans le seul but de t'éloigner définitivement de moi. Puissiez-vous, vous et votre exécrable famille, et leurs bas valets, être tous mis en sac et jetés au fond de l'eau. Ensuite, qu'on me l'apprenne bien vite, et je jure le ciel que ce sera le moment le plus heureux que j'aurais goûté de ma vie.

Renée-Pélagie est terrassée par cette pique assassine. Elle recule, une main derrière le dos à tâtonner le vide pour ne pas tomber jusqu'à trouver une chaise sur laquelle s'asseoir face à ce cruel époux qui affiche même à n'en pas douter une certaine satisfaction de la voir ainsi vaciller.

— Comment croire en votre fidélité ? Depuis mon incarcération ici, vous ne cessez de mentir me promettant à l'envi une libération prochaine. Seuls les enfants et les ivrognes disent toujours la vérité.

— Et vous n'êtes ni l'un ni l'autre ! répond fermement Renée-Pélagie qui entend bien ne pas subir davantage les folles élucubrations de Donatien.

Le sourire teinté de mépris qu'arborait le marquis s'efface net.

— Ces mensonges que vous tenez pour vérités sont autant de flèches plantées dans un cœur qui pourtant ne bat que pour vous. Je préfère m'en aller, dit-elle en se levant péniblement.

Il lui saisit le bras.

— Attends ! Ne pars pas déjà ! Nous ne nous sommes vus depuis une éternité et tu décides de partir ainsi ?

Renée-Pélagie plante un regard décidé dans celui implorant de Donatien.

— La faute à qui, monsieur ? Lâchez ce bras qui tout à l'heure encore vous étreignait !

Le marquis, sonné, obéit.

— Adieu !

Elle s'éloigne déjà quand Donatien la conjure de ne pas tarder avant de lui rendre à nouveau visite. Aucune réponse. Sans se retourner, la silhouette de Renée-Pélagie se dirige vers Boucher qui lui ouvre la porte avec empressement avant de la refermer aussitôt la visiteuse partie.

Renée-Pélagie s'adosse au mur de pierre, puis s'effondre en larmes, plaquant les mains sur ses oreilles afin de ne pas entendre les cris de désespoir de Donatien qui la supplie de toutes ses forces de revenir.

54

LA COSTE.
LE 25 JANVIER 1784

Milly est couchée sur un matelas de la cuisine de ce si cher La Coste où les souvenirs de jours heureux peinent à la réconforter. La fin est proche. La sienne, mais également celle de ce château qu'elle a trouvé dans un état de délabrement indéfinissable à son arrivée ici au printemps 1782. Des fenêtres étaient arrachées et la pluie s'infiltrait dans certaines chambres aux toits effondrés, notamment dans la sienne. Quelques réparations ont été entreprises après l'hiver rigoureux qui s'en suivit, mais ô combien insuffisantes pour empêcher l'inéluctable. Nul n'échappe à son destin, que l'on soit de pierres ou de chair et de sang. Le château part à vau-l'eau, la fidèle Gothon est morte d'une fièvre puerpérale, huit jours après avoir donné naissance à un fils et Anne-Prospère, la jeune sœur de Renée-Pélagie s'est éteinte elle aussi.

Il semble qu'un monde ancien, fait d'insouciance et de légèreté, ait décidé de disparaître peu à peu. Finies les longues conversations dans le jardin ou au coin du feu entre *Milli Printemps* et *Monsieur le fagot d'épines*[31]. Terminés les projets sur un avenir devenu trop incertain. Le marquis avait beau la traiter par moment de putain dans ses missives des mauvais jours, Milli n'avait pourtant jamais cessé de se battre aux côtés de Renée-Pélagie afin d'obtenir la libération de Donatien. Son ingratitude l'avait blessée, mais son amitié pour lui avait su triompher d'une rancune à laquelle elle avait évidemment songé, mais dont elle se sentait bien incapable.

Un frisson parcourt le bas du dos de Milli qui se cramponne à sa couverture comme on se cramponne à la vie. Elle déglutit à grand-peine avant de se mettre à tousser bruyamment. Aussitôt, un feu violent parcourt sa poitrine, puis se propage jusqu'à sa gorge. Une nouvelle quinte de toux finit de lui déchirer les entrailles. Le mouchoir qu'elle vient de porter à sa bouche est maculé de sang. Le lait d'ânesse qu'elle prend depuis cinq ans ne sera pas suffisant cette fois[32].

Tout prendra fin aujourd'hui. Avec cette vie qui s'étiole un peu plus à chaque respiration, cesseront également les tourments et les mensonges dont elle s'est rendue coupable. Le Seigneur lui en tiendra-t-il rigueur quand Il aura à choisir entre accueillir son âme au paradis ou au contraire la précipiter dans les flammes de l'Enfer ? Milli se défendra face au Tout-Puissant de n'avoir menti que par charité chrétienne. Ses contre-vérités n'étaient que des procédés destinés à empêcher une amie de souffrir et, par ricochet, de ne point accabler da-

31 Ces surnoms étaient donnés pour l'un par Donatien et pour l'autre par Marie-Dorothée Rousset.

32 Dans une lettre du 3 mars 1780 adressée à Gaufridy, Milli annonce qu'elle commence le lait d'ânesse dès le lendemain.

vantage un second. Car quoi ? Pouvait-elle dire ouvertement à Renée-Pélagie que des motifs graves lui faisaient craindre une longue captivité pour son époux ? Devait-elle lui confier que monsieur et madame de Maurepas[33], deux princesses et quelques autres avaient dit, après avoir vu et lu les motifs de cet emprisonnement : « Il est bien où il est ; sa femme est folle ou coupable comme lui pour oser demander sa liberté. Nous ne voulons pas la voir. »[34] Non. Décemment non. Comment avouer à un être cher, qui plus est en détresse, que son combat est vain ? Les différents exempts qui ont été au château ont fait des dépositions abominables. Ces gens-là sont crus. Toute la vie du marquis de Sade est écrite sur un in-folio. L'homme est à pendre dit-on. Quelques particularités que Milli croyait n'être sues que de peu de personnes sont mises au grand jour et beaucoup d'autres encore, grand Dieu ! qui exigent le plus profond silence.

Parvenue là-haut, Milli suppliera le Seigneur de donner force et courage à la marquise et son mari. Les années à venir seront effroyables et les lézardes apparues sur les sentiments qui unissaient jadis les deux époux risquent de se transformer en larges crevasses que leur seul amour ne suffira à combler, à l'image de ce château éventré que le temps se chargera bientôt de changer en un immense champ de ruines. Monsieur le fagot d'épines ne voit-il pas que Renée-Pélagie est sa seule alliée dans cette bataille que beaucoup considèrent comme perdue d'avance ? D'autres qu'elle auraient déjà rendu les armes. Le marquis ne mesure pas sa chance. Au lieu de

33 Monsieur de Maurepas fut ministre d'État de Louis XVI. Il eut une grande influence sur Louis XVI et eut l'idée de rappeler les Parlements, suspendus par Maupeou en 1771.
34 Milli s'était ouverte de cela à Gaufridy dans une lettre du 23 octobre 1780.

cela, il ne cesse de l'insulter et de l'accabler de tous les maux de la terre. Un jour, son ingratitude aura raison de la patience de cette femme si dévouée.

Le froid vient mordre à nouveau le corps affaibli de Milli. Un regard vers la cheminée suffit à en connaître la raison. Les flammes ont disparu de l'âtre. Seules des braises bien pâles subsistent luttant elles aussi pour ne pas s'éteindre. Milli esquisse un sourire. Elle ne quittera pas des yeux le foyer. Un ultime défi. Qui d'elle ou de ces reliques d'un brasier jadis virevoltant quittera ce monde le premier ?

Les yeux de la belle Milli se ferment peu à peu sur un visage devenu blafard. Les lèvres pâles s'entrouvrent et laissent échapper un soupir rocailleux tandis que les cendres se mettent à rougeoyer de nouveau.

Marie-Dorothée Rousset vient de mourir sur le sol de la cuisine du château de La Coste où seul résonne dans le lointain le faible écho des jours heureux[35].

---

35 Milli est emportée à 40 ans par une tuberculose pulmonaire. Elle sera inhumée deux jours plus tard dans le cimetière de la paroisse.

55

Apt.
Février 1784

Les Gaufridy se rendent chez un bourrelier de leurs connaissances capable, selon Gaspard, de lui fabriquer un magnifique harnais en cuir de Hongrie, le meilleur qui soit. Son nouveau cheval vaut bien cela ! Même si madame n'est pas tout à fait de l'avis de monsieur et rechigne à la dépense.

Le soleil bas de l'hiver éblouit les promeneurs, les démarches sont mal assurées et le couple Gaufridy ne voit pas immédiatement la dame s'avançant vers eux.

— Ça alors ! Si je m'attendais à vous croiser en ville !

La voix de crécelle qui vient de les apostropher sans retenue ne laisse aucun doute sur l'identité de sa propriétaire. Une fouine parvenue à piquer par la même occasion la curiosité des badauds présents autour de la cathédrale Sainte-Anne.

— Madame Colin ! Alors ? Toujours à travailler pour cette si belle faïence qui fait la réputation de notre ville ? demande poliment le notaire.

— Ah ça ! On ne peut se passer de mes petites mains expertes.

Madame Gaufridy s'empresse de poser son châle devant une bouche rieuse. Il ne faudrait pas offusquer la Colin, une mégère qui a plutôt tout d'une morue. Gaspard connaît bien son épouse. Il se racle la gorge, tentant de garder son sérieux.

— Vous ne travaillez pas aujourd'hui ? s'étonne-t-il.

— De vilaines engelures m'empêchent de tenir le pinceau.

Élisabeth Gaufridy ne peut se contenir davantage, à ces mots elle se met à pouffer, et, pour que rien n'y paraisse, feint une quinte de toux.

— Un coup de froid ? s'enquiert la Colin, l'air suspicieux.

Pour toute réponse dont elle serait bien incapable pour le moment, madame Gaufridy émet un petit bruit plus proche d'un miaulement de chaton que d'une réponse intelligible.

La Colin n'est pas bien futée, mais elle a la vague impression qu'on se moque d'elle. Piquée au vif, elle lance sans y mettre les formes l'interrogatoire pour lequel elle s'est avancée vers les notables.

— Vous avez toujours à charge les affaires du marquis de Sade m'a-t-on dit.

Les visages se ferment.

Le sourire a changé de camp.

— On vous aura bien renseignée, consent un monsieur Gaufridy visiblement mal à l'aise.

— Vous avez bien du courage, ou alors êtes totalement dépourvu de discernement pour vous occuper d'un pareil coquin ! se met-elle à hurler en articulant chaque syllabe.

Gaspard Gaufridy blêmit, mais s'efforce de garder son calme. Il ne faudrait pas créer d'esclandre devant les quatre ou cinq personnes qui, curieuses et avides de révélations scabreuses, se sont approchées du trio.

— Les coquins font partie du paysage depuis la nuit des temps et le monde s'en est toujours accommodé. Pourquoi en serait-il différemment pour celui-là ?

— Mais celui-ci ne cherche pas uniquement la gaudriole. Avouez-le ! C'est un monstre coupable de tant d'horreurs. Il enlève, torture et scarifie la veuve et l'orphelin, empoisonne en secret la fille de petite vertu tout en humiliant sur la place publique famille et épouse.

Élisabeth croche le bras de son mari, lui signifiant ainsi son désir de quitter au plus vite la compagnie de la Colin. Hélas, comme si elle s'y attendait, Gaspard n'y donne pas suite et s'élance dans la défense de ce marquis qu'elle exècre, mais que son époux considère naïvement comme son ami.

— Êtes-vous juge, madame Colin ?

— Nul besoin de l'être pour condamner de tels actes !

— Vous avez donc eu connaissance de tous les faits, de tous les témoignages et de tous les rapports des médecins ?

— Bien sûr que non !

— Alors, soulagez ma curiosité, sur quels faits basez-vous le jugement que vous portez sur cet individu que vous n'avez probablement jamais croisé ?

La Colin se met à rire.

— Eh quoi ! On aurait donc enfermé un innocent ? demande-t-elle, les mains calées sur des hanches trop fortes.

— La chose est plus compliquée qu'il n'y paraît, je vous l'assure.

— Mais dites-moi, Gaufridy ! Avez-vous eu entre les mains toutes les choses dont vous me reprochez ne pas avoir connaissance ?

La gêne se lit sur le visage du notaire.

Élisabeth le tire en avant.

— Partons ! lui ordonne-t-elle.

L'assemblée s'écarte afin de laisser passer le couple aux têtes baissées qui endure la dernière pique de la Colin.

— C'est bien ce que je pensais. Les choses sont peut-être compliquées, je n'en doute pas, mais elles le sont d'autant plus lorsque l'on désire être aveugle en toutes circonstances pour ménager une longue amitié.

Des rires à peine étouffés se font entendre parmi l'assistance. Les Gaufridy pressent le pas et tournent à la première intersection qui se présente à eux.

— Je t'avais dit que ce n'était pas une bonne idée, tempête Élisabeth. Je mettrai ce maudit harnais au cou de cette maudite Colin la prochaine fois que je la croiserai ! Et qu'as-tu toujours à vouloir le défendre. Nous aurions dû partir dès que cette poissarde a ouvert son bec en cul de poule pour déverser sa fiente. Sans doute est-ce d'ailleurs la raison de cette haleine fétide qu'elle impose aux autres.

Le menton enfoui dans un col de velours cramoisi, la bouche de Gaspard se fait fumante dans le froid hivernal. Il bougonne, jurant ses grands dieux qu'on ne l'y reprendra plus.

— Vaines promesses, mon ami et tu le sais. Tu as déjà suffisamment à faire avec les biens du marquis de Sade dont tu as la charge, sans vouloir y ajouter cette bataille perdue d'avance pour la défense de son honneur.

Gaspard Gaufridy déteste ces discussions à propos de Donatien tant sa femme et lui ne sont jamais d'accord le concernant. Quand l'une vomit tout ce qu'il représente, l'autre éponge et complimente. De rares et houleuses discussions que tous deux, et de manière tacite, ont décidé d'éviter soigneusement. Une stratégie plutôt bonne quand elle n'est pas mise à mal comme aujourd'hui par des importuns avides de révélations scandaleuses.

Non, il ne leur a pas dit et ne leur dévoilera jamais que Renée-Pélagie a été reléguée au grenier du couvent de Sainte-Aure, car les religieuses ont décidé de transformer les appartements en cellules. Si tous ces gens savaient que la marquise, honteuse, reçoit dorénavant ses visiteurs au parloir afin que nul ne soit témoin de cette déchéance ! Tout comme personne ne saura que cette mère aimante n'a pas dévoilé à ses enfants l'incarcération de leur père. À leurs questions insistantes, elle oppose toujours la même réponse : « Votre père est en voyage. Il reviendra bientôt. Écrivez-lui ! Je suis certaine qu'il se fera une joie d'avoir de vos nouvelles. » Ce mensonge est une preuve d'amour. Plus tard, ses trois petits lui pardonneront.

La boutique du bourrelier apparaît au loin. Les Gaufridy pressent le pas. Ils scrutent de tous côtés et observent avec méfiance les quelques badauds situés entre eux et cet atelier, promesse d'une paix passagère. Ces gens ne savent rien. Certes, il défend Sade comme il le peut, mais comment pourrait-il en être autrement ? Il le connaît de longue date, mais surtout, peut-il s'enorgueillir de gérer les affaires d'un homme dont il se méfie comme de la peste. La chose semblerait à juste titre paradoxale. La découverte d'une lettre que Donatien a envoyée à Milli peu de temps avant qu'elle ne meure a fini de creuser le fossé entre lui et l'ami d'autrefois. Sade avait mis le doigt sur la duplicité de son homme de confiance et s'en était ouvert à sa confidente. Il repense à ces lignes qui l'avaient fait frémir : « C'est un traître qui sachant mon sort, venait manger ma soupe, s'enivrer de mon vin — vous l'avez vu — sans m'avertir de la foudre suspendue sur ma tête... c'est un vilain gueux. » Les rares moments de clairvoyance du marquis sont à craindre autant que ses colères. Nul doute que Renée-Pélagie a été la confidente de si terribles suspicions. Gaspard Gaufridy s'est mis à l'abri des foudres du couple Sade. Du moins le pense-t-il. Après le décès de mademoiselle Rousset et la lecture de cette lettre, il s'est empressé de fouiller La Coste et de s'emparer de documents et autres choses compromettantes susceptibles de museler de légitimes désirs de vengeance.

L'avenir proche de Gaufridy s'annonce des plus calmes, car l'énergie du couple Sade sera bientôt détournée de toute cette rancune. Dans quelques jours le tumulte des rumeurs les plus folles reprendra. Tout le monde saura alors que le marquis de Sade a quitté le château de Vincennes, que l'on a décidé de fermer, pour la Bastille où il continuera de purger sa peine.

Registre de la Bastille, 29 février 1784

Le sieur Surbois, inspecteur de police, a amené de Vincennes, à neuf heures du soir, le sieur marquis de Sade. L'ordre du roy, contresigné de Breteuil[36]*, est daté du 31 janvier. Il est logé à la deuxième Liberté.*

Le greffier lève le nez de son registre, considère un instant celui dont la réputation n'est plus à faire. À le regarder ainsi, cet homme décrit partout comme un monstre n'a pas l'air bien méchant, mais il en va ainsi des pires criminels, songe-t-il. Le danger est sournois et se pare bien souvent du masque de l'ordinaire, du banal, quand il ne prend pas les traits du courtois, du gracieux, voire de celui que l'on pensait être un proche, un ami ou un mari. Les années passées à la Bastille et dans quantité de prisons de la capitale lui ont appris à se méfier des apparences.

— Vous avez entendu ? Emmenez-moi ça au deuxième étage ! se met-il à beugler en direction des porte-clefs qui encadrent les trois prisonniers venus de Vincennes. Le cortège sort du greffe et s'enfonce dans la forteresse. Sade ne s'occupe guère de ses deux comparses. Le peu

36 Louis Auguste le Tonnelier de Breteuil (1730-1807), ministre de la Maison du roi du 18 novembre 1783 au 26 juillet 1788.

qu'il a entendu les concernant ne l'incite pas à vouloir les connaître davantage. L'un se nomme Whyte de Malleville. Il est comte, mais surtout, il est fou. L'autre aussi est comte, mais Solages, lui, est enfermé à la demande de sa famille. Celui-ci pourrait être sympathique à Donatien, car, ajouté à la haine que tous deux doivent éprouver pour leur famille, Solages fut lui aussi enfermé à Pierre-Encize, mais cela serait se perdre en considérations inutiles. Pour le moment, seul son devenir lui importe et, à mesure que la sinistre procession progresse dans cette énorme masse de pierres, Donatien ne peut qu'espérer que son avenir ne soit pas aussi sombre et lugubre que ces boyaux malodorants.

56

Paris.
Début mars 1784

Le deuxième étage de la tour Liberté murmure.

Le caractère bouillonnant de Donatien tergiverse. Il tangue sans cesse, passant d'une rage volcanique à un abattement mortifère en l'espace de quelques minutes.

Il se parle à voix haute pour ne pas sombrer dans la folie.

— On m'a transféré de force, sans être prévenu de rien, avec tout ce mystère, tout cet incognito burlesque. Et me voir enlever pour où ? Pour une prison où je suis mille fois plus mal et mille fois plus gêné qu'au malheureux endroit que je quitte[37].

Monsieur le marquis examine cette pièce octogonale aux murs et plafonds blanchis à la chaux qu'éclaire une fenêtre à triples barreaux. Combien de prisonniers ont marché sur ce sol de brique ? Combien de pauvres hères a-t-on enfermés ici pour avoir déplu au roi ou à leur famille ?

---

37 Basé sur une lettre de Sade à sa femme du 8 mars 1784.

— Une chambre moitié grande comme celle que j'avais et dans laquelle je ne puis me tourner. On ne me mène que rarement dans une cour resserrée où l'on ne respire qu'un air de corps de garde et de cuisine, et dans laquelle encore on me conduit à la baguette au bout du fusil, comme si j'avais voulu détrôner Louis XVI.

Le poing du marquis vient frapper l'épaisse muraille. Comment peut-on le traiter de la sorte, lui, le descendant de l'une des plus anciennes familles de Provence ? Il a quitté Vincennes sans vêtements, sans même le coussin pour son croupion qui lui est pourtant si nécessaire. Il lui est interdit d'utiliser la moindre lame. Adieu couteaux et ciseaux. Que craint-on à la fin ? Qu'il attente à sa vie ? Si tel est le cas, la cruauté de tous est évidente. Ils préfèrent donc le maintenir en vie et éterniser ainsi souffrances et humiliations. Qui sont ces gens pour lui ordonner de balayer et de faire son lit chaque jour ?

Le monde entier lui est hostile, Donatien en est convaincu. Tous travaillent à sa perte. Tous, même Renée-Pélagie.

Des larmes perlent sur des joues que la colère a embrasées et se perdent au bord de lèvres tremblantes. Il ne peut rester dans un tel dénuement. Donatien se jette sur une des feuilles de papier que l'on a consenti à lui donner avec un encrier rempli à moitié.

Je vous prie de m'apporter sans faute, à votre première visite, deux chemises, deux mouchoirs, six serviettes, trois paires de chaussons, quatre paires de bas de coton, deux bonnets de coton, deux serre-tête, un bonnet de taffetas noir, deux cravates de mousseline...

La liste s'allonge à n'en pas finir. Une liste à laquelle le marquis ne manque pas d'ajouter le fameux *coussin pour croupion*.

Donatien se veut piquant.

… une pinte d'eau de Cologne meilleure que la dernière qui ne valait rien du tout. La réponse aux objets demandés par cette lettre, que je puisse dire au moins qu'une fois vous m'ayez été utile à quelque chose dans ma détention…

Ses yeux laissent échapper à nouveau cette rage qui le consume et ses doigts se font belliqueux.

Eh bien ! ma très chère et très aimable et surtout très franche épouse, me trompiez-vous joliment quand vous me promettiez, à chacune de vos visites, que ce serait vous qui viendriez me chercher, que je sortirais libre et que je verrais mes enfants ! Était-il possible d'être plus bassement plus indignement fourbe et menteuse ? Et dites-moi maintenant si vous croyez qu'ils travaillent au bonheur de votre vie, ceux qui vous autorisent à tromper si crapuleusement votre mari ? Ma chère amie, s'ils vous le disent, ils vous trompent : dites-leur que c'est moi qui vous en assure.

Le soir même, de l'autre côté de la Seine, dans un grenier qu'éclaire péniblement un bout de chandelle, une femme meurtrie, une mère esseulée, une épouse bafouée parcourt les dernières lignes écrites par une plume trempée dans le fiel.

Je vous salue bien humblement, madame, vous supplie de faire quelque attention à ma lettre, à mes demandes et à mes commissions, d'autant plus qu'il entre dans mon nouveau plan de vie de ne vous adresser absolument que des listes, moyen en quoi voilà ma première et dernière lettre.

57

Rue Neuve-du-Luxembourg. Automne 1785

La Présidente observe sans l'écouter ce vieux mari qui, du bout de la table, joue au seigneur, regain d'orgueil risible d'un homme sans épaisseur. Que la vie doit être belle pour celui-ci ! Un individu qui n'accorde d'importance à rien, qui ne s'inquiète principalement que de ce qu'on lui servira au prochain repas et dont l'oisiveté ferait pâlir de jalousie les chats du quartier. S'il se rend encore parfois à la Cour des Aides, il ne croule cependant pas sous le poids du travail. Il fait acte de présence et cela suffit. Oh oui ! Elle l'envie, elle qui peine à se relever du décès de sa fille chérie. Anne-Prospère lui manque infiniment. Les années passent, mais son absence se fait pourtant de plus en plus cruelle. L'avoir auprès d'elle aurait été d'un réel réconfort en ces temps où l'esprit de madame de Montreuil est accablé de tourments. Si Sade est embastillé, il n'en demeure pas moins dangereux. Elle sent bien que le marquis tente d'éloigner Renée-Pélagie des siens. Il juge les Montreuil sans doute nuisibles à sa cause. De cela, elle ne blâme pas son gendre tant il est évident qu'ils désirent ardemment qu'il demeure en prison, pour le bien de tous. Mais là où cette méfiance légitime devient nocive est quand elle incite à détruire une relation filiale. Madeleine a perdu une fille, il n'est pas question qu'une deuxième lui échappe, de quelque manière que ce soit.

— N'est-ce pas, madame ? demande de manière excédée ce mari ennuyeux qui, joignant le geste à la parole, a agrippé la table et s'est mis de côté afin de ne pas être gêné par les deux immenses chandeliers qui le séparent du regard perdu de sa femme.

Madeleine sort de sa torpeur, non sans garder un certain aplomb dont elle ne se sépare qu'en de rares occasions.

— Absolument, monsieur. Vous avez raison, comme toujours.

Les yeux s'écarquillent.

— Raison ? Et sur quel fait ?

— Concernant les propos que vous teniez à l'instant, enfin ! répond la Présidente d'un ton qui ne souffre aucune contestation. Pourtant monsieur de Montreuil s'y risque.

— Vous ne m'écoutiez pas comme à votre habitude.

— Cessez ces enfantillages, je vous prie ! Terminez votre soupe et, si vous y tenez tant, bavardons sur ces futilités qui encombrent votre esprit. Alors ? Je suis tout ouïe. Avez-vous eu à subir la pluie aujourd'hui ? Les pâtisseries de ce midi étaient-elles à votre goût ?

Monsieur de Montreuil, flegmatique, se contente de se tamponner les lèvres à l'aide d'une serviette qu'il avait jusque-là sur les genoux, puis se lève.

— Je vous laisse à vos rêveries égoïstes. Bonne nuit, madame.

La Présidente observe cet homme tandis qu'il fait le tour de la table. Il passe à sa hauteur sans lui adresser le moindre regard. La porte se ferme laissant une madame de Montreuil on ne peut plus contrariée.

— Égoïste, moi ? se met-elle à murmurer. Moi qui consacre toutes mes saintes journées à tenter de sauver cette famille en préservant du mieux que je peux ce qu'il en reste. Nul ne se doute des efforts inouïs que cela implique.

Dieu merci, les enfants sont préservés. Louis-Marie a fait son entrée au régiment d'infanterie de Soubise, malgré l'opposition de son père qui souhaitait qu'il soit dans la cavalerie comme lui ; Claude-Armand, dont on a omis de mentionner qu'il portait également le prénom de son géniteur, a été admis dans l'ordre de Malte et la petite Laure est d'une docilité désarmante. Les bonnes sœurs l'ont rendue à sa mère en ne tarissant pas d'éloges à son propos et en occultant judicieusement la paresse qu'elle met à exécuter toute chose. Peu importe si à quatorze ans, elle peine à écrire. L'essentiel est qu'elle soit douce, obéissante et ne possède rien de l'odieux caractère de son père.

Madeleine soupire.

Le temps est cruel quand il se rappelle à nous et tarit une jeunesse trop vite passée. Mais il est également un allié. Il fait son œuvre et fauche les mauvaises herbes du passé. Peu à peu, les témoins des méfaits du marquis disparaissent. Gothon est morte, Langlois, le valet racoleur d'Arcueil a passé un petit séjour à la prison de la Force. Trop vieux à sa sortie, Sade ne put le reprendre à son service, mais on lui paie pension. Cette apparente générosité est surtout un moyen de s'assurer du silence de l'ancien domestique qui garde à ses heures perdues le château de Mazan. Latour, le complice de l'affaire de Marseille s'en est allé aux îles afin d'échapper à la condamnation à mort dont il faisait l'objet. Carteron, dit La Jeunesse s'est éteint il y a peu.

Il demeure les victimes qui, si toutes ne sont pas mortes, ont pour la plupart bénéficié de sommes substantielles afin de garder un précieux silence. On les surveille avec angoisse, mais le plus à craindre est Gaufridy. Il connaît beaucoup trop de secrets, a eu accès à quantité de papiers à La Coste et surtout aux salles du château que le marquis tenait toujours fermées à clef. Si la Présidente ménage l'homme de « confiance » et le gratifie parfois de quelques compliments courtois, elle n'en demeure pas moins lucide sur sa capacité de nuisance.

Quant à Renée-Pélagie, les relations sont d'une complexité extrême. Méfiance et reproches à peine voilés planent comme une chape de plomb sur leurs trop rares rencontres. La Seine qui les sépare est désormais devenue une infranchissable douve. Son aînée est plus isolée que jamais et les souffrances infligées par son mari ne suffisent pas à la détourner de sa sainte croisade : libérer son tortionnaire. Tous sont conscients de la cruauté du marquis. Tous sauf elle. Pourtant, même le lieutenant général de police Lenoir a interdit un temps les visites de Renée-Pélagie afin de la préserver, tant il avait été choqué de ce qu'on lui avait rapporté du comportement de Sade envers sa femme lors de la première rencontre des deux époux à Vincennes. Lenoir est parti, remplacé par Louis Thiroux de Crosne[38] et les esprits semblent s'être apaisés. La Présidente sait que Renée-Pélagie se rend environ deux fois le mois à la Bastille. Elle lui apporte linge, cahiers et plumes. Le bougre s'est mis à écrire des pièces de théâtre et d'autres textes qu'il confie secrètement à son épouse pour les faire passer au-dehors, car madame de Sade est toujours aimante et soumise. La Présidente se remémore le contenu d'un billet que sa fille fit passer au prisonnier en juillet dernier.

Il n'y a pour moi qu'un véritable bonheur dans le monde, c'est d'être avec toi et que tu sois content et heureux. Tu me verras toujours d'accord avec tes volontés, pourvu qu'elles ne puissent te nuire. Nous vivrons et mourrons ensemble.

Que de stupidités énoncées en quelques lignes ! À elle seule, sa fille balaie d'un coup de plume les efforts d'une mère qui s'est toujours opposée à cette docilité séculaire attendue des femmes par cette société patriarcale. D'ailleurs, l'homme de cette maison, c'est elle et monsieur de Montreuil l'a fort heureusement bien compris.

38 Louis Thiroux de Crosne, né le 14 juillet 1736, succède à Lenoir vers le mois d'août 1785.

Madeleine se serre un nouveau verre de vin. Au moins si elle parvient à atteindre l'ivresse, son esprit bénéficiera d'un bref moment de répit. Elle n'en peut plus de prévoir, d'anticiper, de feindre ou d'élaborer. Elle souhaiterait simplement vivre, profiter et rire. Hélas, l'arrivée du marquis de Sade au sein de cette famille a signé la fin d'une certaine insouciance. Vingt-cinq ans bientôt que cet homme est entré dans leur vie pour la transformer à jamais. Un quart de siècle de tromperies, de craintes et d'humiliations dont personne ne se relèvera totalement rétabli. Si seulement la peur n'était dirigée que vers ce gendre impie ? Les temps changent et l'équilibre de cette société séculaire est menacé. Les pamphlets sur le couple royal pleuvent. Marie-Antoinette surtout est la cible de quolibets outranciers. Certains demandent à mots à peine voilés sa répudiation et son renvoi en Autriche tant on avait eu la certitude que son ventre était stérile. Sept années, sept longues années avant qu'elle n'offre au royaume de France un héritier, et encore, ce fut une fille ! Il fallut attendre encore trois années supplémentaires pour que naisse enfin un garçon et que le peuple soit ainsi rassuré sur l'avenir du trône et par là même sur celui du pays. Ce même peuple qui aujourd'hui murmure, complote et conteste un pouvoir jadis craint et respecté.

Les Français sont furieux et l'affaire du collier n'a fait que croître la défiance envers le pouvoir royal, un Louis XVI qui, dit-on, pour laver l'honneur de son épouse, a fait arrêter le cardinal de Rohan dans la galerie des Glaces au milieu de courtisans médusés. Marie-Antoinette avait-elle réellement demandé au cardinal de lui offrir ce somptueux bijou que Louis XV envisageait d'offrir en son temps à madame du Barry ? Nul ne le sait, mais, aux yeux de tous, la reine est déjà coupable. L'occasion est en effet trop belle pour tenter de faire vaciller celle que l'on accuse de tous les maux. Cependant, la Présidente n'est pas dupe. Elle se doute que ces attaques viennent avant tout de courtisans frustrés de ne pas appartenir au cercle d'intimes de cette reine qui fuit la lourdeur de l'étiquette tant elle n'aspire qu'à la légèreté réclamée par son insouciante jeunesse. Les jaloux sont capables de tout, allant même jusqu'à détruire l'objet de leur convoitise. Quelle que soit l'issue du procès qui se tiendra devant le Parlement de Paris, le mal est fait et madame de Montreuil craint grandement pour l'avenir des souverains et celui du royaume.

Pour l'heure pourtant, seul compte ce qu'il adviendra à sa famille et à ce gendre infâme dans les prochains mois. Un gendre qui doit se gausser qu'un cardinal, et qui plus est un Rohan, soit enfermé avec lui à la Bastille.

58

La Bastille.
Le 28 Novembre 1785

Une ombre immense se découpe sur la muraille, une silhouette aux formes mal définies et dansantes, voûtées, à la tête penchée se balançant au rythme de la plume qui vient gratter le papier.

Donatien est si concentré qu'il n'entend pas les bruits et les cris provenant du faubourg Saint-Antoine, des témoignages d'un quotidien qu'on lui refuse et qui d'ordinaire lui agressent les oreilles. Non, Donatien n'entend rien de tout cela. L'exaltation est trop forte. Des semaines qu'il travaille sur ces feuillets. Des soirées passées à la lueur des chandelles à s'esquinter un peu plus des yeux pourtant déjà si fragiles. Ce soir la mise au propre de cette œuvre qui, il l'espère, restera dans les annales, sera terminée.

Point de théâtre ici ! À quoi bon s'obstiner à gâcher encre et papier quand nul ne veut de vos pièces ? Le marquis reviendra probablement un jour à ses premières amours, mais pour l'heure, tous ses espoirs reposent sur ces centaines de pages réunies bout à bout qu'il lui faudra cacher avant de pouvoir les faire passer à l'extérieur. Il ne faudrait pas qu'un gardien trouve le manuscrit et le lui confisque, ou pire, qu'il le détruise !

Ce livre, *Les 120 journées de Sodome*[39], sera son chef-d'œuvre. Donatien en est convaincu. À défaut de plaire, il ne laissera personne indifférent, le titre et son auteur seront bientôt sur toutes les lèvres du royaume et bien au-delà des frontières. Personne n'y percevra les allusions à Rose Keller, aux filles de Marseille ou aux petites filles de Lyon. Par exemple, comment le quidam saurait-il que Rose Keller avait emménagé, après l'affaire d'Arcueil, dans cette rue Soli qu'il mentionne dans le chapitre consacré à la deuxième journée[40] ? Souvenirs ou fiction ? Les deux ? Qui saurait le dire en effet ? Une chose est cependant certaine, ces années d'enfermement auront développé l'imagination de Donatien afin de tenter de compenser un tant soit peu quantité de frustrations. Les visites de Renée-Pélagie, que l'on autorise maintenant à se rendre directement dans la cellule de son mari, et ce sans personne pour y assister, ne suffisent pourtant pas à rassasier l'appétit dévorant du marquis.

Ce livre sur lequel il s'apprête à apposer le point final est un ouvrage dans lequel seront détaillées toutes les perversions possibles et imaginables, des plus inno-

39 Le manuscrit se présente sous la forme d'un rouleau qui mesure plus de 12 mètres de long sur 11,5 centimètres de large. En 2017, il fut classé trésor national par l'état français qui espère le racheter à un collectionneur contre plusieurs millions d'euros.

40 « Cette héroïne demeurait rue Soli, dans un appartement fort propre, au premier, qu'elle partageait avec six grandes demoiselles de seize à vingt-deux ans, toutes très fraîches et très jolies. » *Les 120 journées de Sodome ou l'école du libertinage*, page 111. Préface de Jacques Ravenne, avant-propos de Gilbert Lely, éditions 10/18, 2016.

centes aux plus coupables, des plus insignifiantes aux plus crasses.

Cette œuvre est un exutoire. Ses ennemis sont parvenus à l'enfermer, mais son esprit lui est libre. Nul ne peut l'empêcher d'explorer les méandres de l'âme humaine, ses désirs, ses inhibitions dues à une morale imposée. Les contradictions chez ses semblables sont autant de blessures sur lesquelles Donatien est impatient de jeter du gros sel. S'il paie pour le moment pour ces hypocrites qui n'ont pas le courage de leurs envies, eux bientôt paieront pour se procurer cette bible écrite par lui sur leurs inavouables désirs. La revanche est souvent facétieuse.

Sade sourit et soupire.

Il se concentre une dernière fois sans prêter la moindre attention au son de la harpe mal accordée de madame de La Motte, ni aux couinements de l'insolente Oliva qui se fit passer pour la reine dans un bosquet du château de Versailles afin de tromper Rohan, ce même cardinal qui passe dorénavant ses journées et ses nuits à geindre en ces murs.

Donatien trempe lentement le calamus dans l'encrier puis, d'un geste empreint de la plus grande solennité, il forme un point noir sur le dernier feuillet.

59

Paris.
Le 7 Juillet 1786

Monsieur de Launay[41], gouverneur de la prison de la Bastille, fait les cent pas dans ses appartements situés après le pont-levis. Lui, que l'on dit inconséquent et dont on se moque à mots à peine voilés, enrage. Oui, il l'admet, il a omis de faire tonner le canon il y a bientôt huit ans pour la naissance du premier enfant des souverains[42]. Pourtant il n'y est pour rien, il n'a cessé de le dire et le répète encore à qui veut. Il attendait des ordres qui ne sont pas venus. À qui la faute ? Hélas, les erreurs sont souvent des marques indélébiles, des blessures sur lesquelles adorent appuyer en souriant ceux qui désirent vous nuire.

Non, l'objet de son agacement n'est pas le fruit d'un manquement du passé ou les bavardages malveillants de commères ou de jaloux. Le responsable de cette colère

41 Bernard-René Jourdan de Launay (1740-1789) occupe le poste de gouverneur de la Bastille depuis 1776. Il y est né en 1740, son père était également gouverneur de la Bastille en son temps.

42 Madame Royale est née le 19 décembre 1778.

qu'il tente de réprimer est un prisonnier. Un individu qui prend plaisir à le provoquer sans cesse, un être au comportement frondeur, outrancier et cruel n'ayant aucune considération pour ses semblables, pas même pour son épouse !

Si de Launay accepte volontiers les critiques, d'autant plus qu'il n'y porte que peu d'intérêt, tolère les insultes à son endroit, jamais il ne supportera qu'un homme ne manque de considération pour une femme, d'autant plus lorsqu'il s'agit de la sienne. Comment ce Sade peut-il se comporter de la sorte avec la marquise, une créature à laquelle il s'est uni devant Dieu, qui lui est dévouée corps et âme, et se saignerait aux quatre veines dans le seul but de lui plaire ? Chaque tour de clef marquant la fin de ses visites est un coup de poignard planté dans le cœur meurtri de madame de Sade. Non pas qu'elle pleure sur le sort de celui qui reste ici, elle s'y est résignée, mais elle se lamente sur ses espoirs déçus. Les disputes entre eux sont de plus en plus fréquentes et gagnent en violence. À ce qu'il en sait, Sade ne la frappe pas encore, mais a-t-on besoin de cogner pour blesser ?

Monsieur de Launay est incrédule. Pourquoi la marquise s'obstine-t-elle à visiter son époux ? Et pourquoi a-t-elle écrit au lieutenant général de Crosne dans le but de lever certaines restrictions et lui permettre ainsi de voir davantage le prisonnier ? Cet homme lui est nocif. Ne le voit-elle pas ? Si madame de Sade est trop aveuglée par l'amour qu'elle porte à son époux pour s'en rendre compte, de Launay se doit, comme ses prédécesseurs avant lui, de la protéger.

Il se dirige vers la petite table où se trouve la lettre adressée à monsieur de Crosne qu'il a commencée tout à l'heure. Il se relit, puis poursuit.

Les bureaux de police sont remplis de lettres pleines d'horreur sur sa femme, sur sa famille et sur nous[43]. *Lorsqu'il se promenait, il insultait à propos de rien les sentinelles. C'est en raison de sa méchanceté, qui semblait augmenter lorsqu'il avait reçu des visites de sa femme, que M. Lenoir avait jugé à propos de l'en priver, au moins pendant quelque temps. Je pense, Monsieur, que c'est un service à rendre à sa femme et à sa famille de n'accorder cette permission que pour une fois par mois. S'il n'en abuse pas, on pourrait par la suite rendre les visites plus fréquentes. Depuis qu'il ne voit plus personne, il est plus sage. La bonté et l'honnêteté de Mme la marquise de Sade lui font demander de le voir, mais presque toujours elle ne recevait que des torrents d'injures et des sottises.*

La vérité est qu'elle craint pour sa vie, s'il venait à avoir un jour sa liberté. Voilà, Monsieur, ce que j'ai eu lieu d'observer, ainsi que l'état-major[44].

De Launay soupire avant de reposer sa plume, satisfait d'avoir fait son devoir. Si Renée-Pélagie de Sade n'est pas apte à se protéger elle-même d'un être aussi nocif, lui, Bernard René Jourdan de Launay, s'en chargera pour elle.

---

43 Toutes les lettres de Sade étaient lues et caviardées avant de les envoyer à leurs destinataires. Les plus véhémentes étaient purement et simplement confisquées.
44 Arsenal, ms.12456, f°748.

60

Angerville-Bailleul. Automne 1787

La campagne cauchoise est balayée par une pluie abondante et un vent d'une telle force que monsieur Danière n'hésiterait pas à s'en amuser en le qualifiant, comme à son habitude, de vent à décorner les cocus s'il n'était au plus mal. Voilà dix jours qu'il est alité au premier étage de sa maison non loin des grilles de ce château qu'il aime tant. Dix jours à attendre avec angoisse la visite quotidienne du médecin que le marquis de Bailleul lui envoie à son chevet. Un homme de sciences en qui l'ancien garde-faune n'accorde que peu de confiance. Saignées et lavements se multiplient sans la moindre amélioration de son état. Monsieur Danière passe de suées abondantes en frissons les plus glaçants. Le médecin pourrait en perdre son latin s'il avait un tantinet de recul sur lui-même et ses sacro-saintes connaissances qui semblent bien impuissantes face à ce mal qui l'étreint. Là où le docteur accuse la vieillesse, l'Angervillais remercie le chagrin de mettre enfin un terme à une vie devenue trop longue, sans saveur et dénuée de sentiments.

Un père ne devrait jamais avoir à subir la mort de son enfant. Le décès de Julie l'a anéanti, asséché. Il a jeté ses dernières forces dans cette confrontation avec ce marquis qui lui a arraché sa fille. Une rencontre espérée depuis de longues années, mais qui l'a laissé totalement exsangue. À bien y réfléchir, l'attente de cette discussion le faisait tenir, le maintenait probablement en vie. Monsieur Danière se demande comment il est parvenu à vivre encore six longues années depuis son voyage à Vincennes. La volonté de ne décevoir personne probablement, et surtout pas son maître. Pourtant, aujourd'hui il n'a plus la force de combattre, pas plus qu'il ne désire continuer à vivre pour les autres. Ce soir, il sera égoïste, il mourra pour lui.

Dans un instant il s'en ira rejoindre sa Julie. Cette fille qu'il lui semble entendre souvent de l'autre côté du mur. Parfois il croit entendre son rire dans la chambre qu'elle occupait à côté de la sienne. Certaines nuits même, elle l'appelle d'une voix lointaine. Ou est-ce la fièvre qui lui joue de mauvais tours ? À vrai dire, peu lui importe tant il lui tarde de la retrouver.

Ce monde n'est pas pour lui. Il ne le reconnaît plus. Ce pays n'est plus le sien. Un royaume où on ne désire plus de roi, où on ne respecte plus le deuil d'un souverain qui vient de perdre sa fille. Louis XVI et Marie-Antoinette se retrouvent critiqués de toutes parts alors qu'ils pleurent la mort de leur dernier enfant, Madame Sophie, qui n'avait que onze mois et souriait déjà tant à la vie. Ce n'est pas seulement le peuple qui gronde, mais une partie des nobles également qui fait obstruction au sein du Parlement. Ils prétendent défendre l'intérêt général alors que seul leur importe le leur. Le pays frôle la banqueroute, mais au lieu de s'unir autour de leur souverain, la guerre des clans continue de plus belle quitte à mettre un pays au bord du précipice.

Nicolas Danière peine à garder ses paupières ouvertes.

Le souffle se fait court.

Loin de s'en affoler, le vieil homme au contraire se met à sourire, tout heureux de jouer un mauvais tour à ce maudit médecin venu jusqu'ici pour lui pomper le sang. Il le voit déjà se gratter la tête en maudissant ce malade qui n'aura pas eu la courtoisie de l'attendre avant de mourir et l'avoir fait ainsi perdre le fruit de sa saignée quotidienne. Le sang... Monsieur Danière tente de chasser de sa tête l'image du crâne fracassé de sa Julie. Les coupables sont morts eux aussi et l'homme qu'elle pourchassait sur les routes de France est en prison pour avoir fait subir à tant d'autres les abominations que Julie avait subies avant elles.

Monsieur Danière peut partir tranquille. Tous ont payé et l'immonde marquis de Sade ne quittera pas sa geôle de sitôt. Séraphin Dampierre, le rémouleur, est catégorique à ce sujet. Le prisonnier a beau protester chaque ordre qu'on lui donne et se comporter comme le dernier des égoïstes, il restera en prison. Le gouverneur de la Bastille lui retire ses promenades pour le punir et, si les visites de la marquise ont été un temps rétablies, il arrive encore aux autorités de les supprimer parfois afin de rappeler à l'indiscipliné qui est le maître.

Nicolas Danière sursaute. Il ouvre les yeux et tend l'oreille.

Il jurerait avoir entendu Julie l'appeler *papa*.

Rien.

Les paupières se ferment à nouveau, lentement. Ses yeux ne verront plus ce monde auquel il n'appartient déjà plus.

La poitrine devient immobile, désireuse de ne plus se soulever afin d'insuffler la vie dans ce corps flétri que la chaleur a abandonné.

Les lèvres s'entrouvrent et laissent échapper l'expiration ultime.

— J'arrive.

61

PARIS.
FIN JUIN 1789.

Séraphin Dampierre ne cesse d'interpeller les gêneurs avec plus ou moins de courtoisie. Il aimerait bien continuer sa tournée, mais il piétine et pousse péniblement sa machine dans les rues fourmillantes de la rive droite. Depuis quelques jours, les habitants des faubourgs de Paris profitent de la moindre occasion pour sortir de chez eux afin de discuter avec des voisins ou des passants de la situation politique qui agite le pays tout entier. Nul ne parle de la mort du dauphin survenue le 4 juin. Un enfant de sept ans qui laisse des parents lourdement éprouvés à un moment déjà si difficile. On ne les laissera pas faire leur deuil au calme. La tempête gronde.

La convocation des États-Généraux semble avoir rendu la parole à une quantité de pauvres hères contraints au mutisme depuis bien trop longtemps. Si les classes les plus miséreuses ne sont guère représentées, leurs espoirs pourtant demeurent. Ils reposent désormais sur ces hommes du Tiers-Etat, les moins privilégiés face aux membres de l'aristocratie et du clergé. Devant le peu de volonté du monarque d'engager de réelles réformes politiques, les représentants du Tiers, suivis d'une poignée de députés de la noblesse et du clergé, se sont déclarés Assemblée nationale et se sont réunis dans la salle des Menus Plaisirs le 17 juin. Louis XVI a bien tenté de museler les séditieux en interdisant l'accès à leur lieu de réunion, mais ceux-ci, déterminés, se sont emparés de l'une des salles du Jeu de paume en se promettant de ne pas se quitter avant d'être parvenus à doter la France d'une constitution.

Le pouvoir royal est contesté. Nul ne peut prédire de quoi sera fait l'avenir. Les Parisiens sont excités et apeurés comme on peut l'être face à l'inconnu garant de belles promesses, mais à la fois force de destruction d'un passé dont on se plaint tout en craignant de le quitter.

— Vous pouvez faire place, s'il vous plaît ?

Le ton employé par Séraphin ne laisse guère le choix. Il s'agit plutôt d'un ordre que d'une demande polie. L'un des deux individus sollicités par le rémouleur s'avance vers celui-ci, l'air hébété.

— Sais-tu ce qu'a dit Mirabeau hier au grand-maître des cérémonies, le marquis de Dreux-Brézé ? Te l'a-t-on dit ?

Devant le mutisme du rémouleur, l'inconnu poursuit.

— Le roi, excédé, a exigé la dispersion de l'Assemblée, mais personne n'a bougé, en tout cas pas les députés du Tiers. Dreux-Brézé s'est avancé et leur a demandé s'ils avaient entendu l'ordre du roi. C'est alors que Mirabeau a pris la parole et a dit : « Oui, monsieur, nous avons entendu les intentions qu'on a suggérées au Roi ; et vous qui ne sauriez être son organe auprès des États généraux, vous... » Oh ! J'ai oublié. Dis-lui, toi ! implore le bonhomme en donnant du coude à son voisin.

Excité par la réponse du député Mirabeau et à la fois fier de montrer l'étendue de sa prodigieuse mémoire, le comparse de l'autre bombe le torse et tente d'imiter le grand orateur de Versailles.

— « Oui, monsieur, nous avons entendu les intentions qu'on a suggérées au Roi ; et vous qui ne sauriez être son organe auprès des États généraux, vous qui n'avez ici ni place, ni voix, ni droit de parler, vous n'êtes pas fait pour nous rappeler son discours. Cependant, pour éviter toute équivoque et tout délai, je vous déclare que si l'on vous a chargé de nous faire sortir d'ici, vous devez demander des ordres pour employer la force ; car nous ne quitterons nos places que par la puissance des baïonnettes. »

Aussitôt pleuvent les hourras et les applaudissements des badauds devenus spectateurs de cette page d'histoire à laquelle ils n'ont pu assister, mais qu'ils ont vécue à travers cet homme porté à présent en triomphe sous les fenêtres de Parisiens émus aux larmes qui l'acclament.

Séraphin décide de s'engouffrer dans une ruelle à sa gauche et de quitter ce cortège qui, il ne sait pour quelle raison, le rend si mal à l'aise. Comme une peur, la peur du vide que l'on doit sûrement ressentir lorsque l'on se trouve au bord d'un précipice.

62

La Bastille.
Le 1er juillet 1789

Donatien arpente sa cellule de long en large en bougonnant. D'importants événements ont lieu en ce moment même et il ne peut y prendre part. Renée-Pélagie n'a pas caché son inquiétude lors de sa dernière visite. Paris bouillonne. L'autorité royale vacille. Le peuple a besoin de meneurs et pourtant d'autres que lui deviennent leur guide. Mirabeau ! Cet homme qu'il ne peut souffrir et auquel il s'est opposé alors que tous deux étaient emprisonnés à Vincennes... Donatien le jalouse et le maudit. Pourquoi un homme de Provence comme lui, emprisonné comme lui, par lettre de cachet de surcroît, pourquoi donc les Provençaux ont-ils élu Mirabeau député et pas Donatien de Sade ? S'il n'était sous les fers, nul doute que lui aussi aurait siégé aux États généraux. Un destin se joue souvent à si peu de choses.

Donatien doit sortir d'ici à tout prix. Il ne peut rester le spectateur dubitatif de ces journées où tout semble possible, des instants peut-être éphémères, mais durant lesquels d'autres que lui s'arrangent à récolter trop aisément des lauriers qui siéraient davantage à sa tête qu'à la leur. Mais comment faire ? S'évader de cette forteresse paraît impossible d'autant plus maintenant, car après de multiples demandes de sa part, le voici enfin en haut de la tour Liberté, dans une pièce certes beaucoup plus lumineuse et aérée, mais trop élevée pour espérer s'en échapper. Une chambre portant le numéro 6. Le destin est parfois farceur.

On monte les escaliers. Donatien s'immobilise et fixe la lourde porte qui ne tarde pas à s'ouvrir. C'est alors que le geôlier Lossinote fait son apparition, le souffle court et le front suintant.

— Alors, l'ami ? Quelle nouvelle m'apportes-tu ? Ma femme a-t-elle enfin fait livrer les fruits que je lui ai demandés ?

— Non monsieur. C'est le gouverneur de Launay qui m'envoie. Il vous signifie que votre promenade sur les tours est suspendue jusqu'à nouvel ordre.

Le marquis devient rubicond et s'emporte contre le messager.

— Oiseau de mauvais augure, jean-foutre ! Tu diras à ton maître que s'il ne revient pas sur le champ sur cette décision aussi ridicule qu'injuste, je me charge de lui faire passer une très mauvaise journée. Le peuple de Paris sera le témoin de sa cruauté.

— Mais vous n'êtes pas sans savoir qu'en ces temps troublés, nous devons redoubler de vigilance. Cette mesure concerne tous les prisonniers, tout le monde.

— Je ne suis pas tout le monde, ne le savez-vous pas encore ? Va prévenir de Launay ! Si je n'ai pas ma promenade, les Parisiens sauront de quelle drôle de manière vous nous traitez ici.

Lossinote ne répond pas. Il se contente de contempler longuement la cellule où se côtoient meubles, tapisseries et autres tableaux que le marquis a fait venir ici ou a réclamés à son épouse.

L'inventaire terminé, l'employé siffle d'admiration, sourit et se retire sans attendre de peur de subir le courroux de l'aristocrate.

Donatien est agacé. Tout se perd en cette fin de siècle, même le respect dû à son rang. Lossinote paiera pour son audace et il ne sera pas le seul à rendre des comptes. Lorsqu'il sera libre de ses actions, sa mémoire servira sa vengeance.

Donatien regarde de tous côtés et profite de l'absence de l'intrus pour s'approcher de sa table de travail. Il en ouvre délicatement l'un des tiroirs, la main tremblante. Son cœur cogne si fort dans sa poitrine que le tissu de sa chemise en trahit chacun de ses battements. Le voici rassuré. Son étui est toujours à sa place. Il se saisit avec mille précautions de l'instrument que sa femme a fait faire chez un menuisier. La taille de l'objet avait fait sourire l'artisan qui n'avait pas manqué de regarder étrangement la marquise. Des godemichets de si belle taille, la chose n'était pas banale ! Renée-Pélagie avait pris sur elle, comme toujours, et puis ce n'était pas la première fois qu'elle en commandait en suivant scrupuleusement les mesures extravagantes données par son époux.

Il admire l'olisbos. Lentement, son index le parcourt de haut en bas, s'attarde sur la base avec convoitise. Donatien scrute à nouveau les alentours et se met à dévisser à toute hâte le fondement de cette belle pièce de menuiserie. Il jette un coup d'œil à l'intérieur de l'objet. Le voilà soulagé ! Son manuscrit des *120 journées de Sodome* y est toujours bien caché des regards indiscrets et à l'abri si on venait à fouiller sa cellule. Sans perdre un instant, il ferme l'improbable contenant, le dépose avec la plus grande délicatesse dans le compartiment de son bureau et s'assied sur son lit, pensif.

Les lecteurs comprendront-ils tout le sens de ce travail derrière cette longue liste de toutes les perversités ? Ce livre se veut avant tout un hymne à la liberté sous toutes ses formes, une liberté qui fait cruellement défaut à son auteur. Oh ! Il y aura bien des personnes scandalisées face à tant d'audace, des fines bouches jurant leur grand Dieu que la lecture seule de ses lignes obscènes leur donne la nausée. Néanmoins, ces bigots ne pourront prétendre avoir été surpris par le contenu de ce texte. Sade les aura prévenus au travers des avertissements donnés à celles sur le point de subir les pires dépravations de ses héros. Il se remémore ces quelques lignes écrites dans la partie consacrée au règlement du lieu de dépravation, théâtre inquiétant de son œuvre.

Il sera peu d'excès, sans doute, où nous ne nous portions : qu'aucun ne vous répugne, prêtez-vous sans sourciller, et opposez à tous la patience, la soumission et le courage.

Le prisonnier, qui se veut homme de lettres, en est convaincu : on parlera encore longtemps après lui de cet ouvrage qui ne souffre aucune comparaison. Sade a inventé un genre, un style. Si Donatien est prisonnier, Sade, lui, sera éternel.

Donatien se perd dans des rêveries où on le porte en triomphe, où son talent est encensé et son comportement libertaire montré en exemple.

Un sursaut.

Lossinote réapparaît, la mine défaite, les yeux perdus sur le dallage.

— Alors ? Qu'a dit de Launay ? Ne me dis pas qu'il s'entête à me priver de mes promenades ?

Pas un mot. Seulement ce silence embarrassé, coupable, témoignage appuyé d'une criante impéritie.

— Sait-il seulement à quel point je suis en mesure de lui nuire ?

Lossinote sort de son mutisme.

— Oh ! Il le sait, rassurez-vous ! C'est pour cela qu'il me fait vous rappeler de vous tenir tranquille. Il ne voudrait pas utiliser la force contre vous.

— La force ! Me menace-t-il ?

Ce nouveau silence agace au plus haut point Donatien. De Launay envoie un sous-fifre et n'a même pas l'audace de venir l'affronter. Quel manque de considération pour son pensionnaire et de courage vis-à-vis de lui-même. Donatien de Sade n'est pas du genre à courber l'échine et à attendre le fouet. Pas dans ces conditions en tout cas. Sade ne se soumet que lorsqu'il le décide et uniquement avec un homme derrière lui.

Il se rue près de la fenêtre et se saisit d'un long tuyau de fer blanc muni d'un entonnoir à l'une des extrémités qu'on lui avait fait faire pour déverser ses eaux dans le fossé. Sans plus attendre, il harangue la populace du faubourg Saint-Antoine sur lequel donne sa croisée.

— À l'aide, mes amis ! Je suis Donatien de Sade. Venez à mon secours ! Le gouverneur de Launay désire m'égorger. Il ne traiterait pas des animaux de la manière dont il traite les prisonniers. De Launay est un pleutre qui masque son incompétence par les mauvais traitements qu'il nous inflige. À moi, peuple de Paris ! Délivrez-moi de ce monstre.

L'effet attendu ne s'est pas fait attendre. Une foule s'est amassée aux pieds de la muraille et écoute avec curiosité les vociférations du malheureux qui pourtant fait une pause.

— Je continue ?

Lossinote se mure à nouveau dans un mutisme lâche, mais ô combien pratique et sort avec précipitation de la chambre du marquis qui reprend aussitôt sa véhémente et non moins pathétique diatribe.

Quelques étages plus bas, de Launay, bien décidé à se débarrasser une bonne fois pour toutes de son encombrant prisonnier, prend sa plume et adresse une missive à Villedeuil, ministre de la Maison du Roi.

J'ai l'honneur de vous rendre compte qu'ayant été obligé hier, à cause des circonstances actuelles, de suspendre la promenade sur les tours, que vous aviez eu la bonté d'ac-

corder au Sr de Sade, il s'est mis hier midi à sa fenêtre, et à crier de toutes ses forces, et a été entendu de tout le voisinage et des passants, qu'on égorgeait, qu'on assassinait les prisonniers de la Bastille, et qu'il fallait venir à leur secours. Il a récidivé ses cris et ses plaintes bruyantes. Il est tel moment où cet homme serait très dangereux à avoir ici et où il nuirait au bien du service. Je crois devoir vous présenter, Monseigneur, qu'il serait bien nécessaire de transférer ce prisonnier à Charenton ou dans quelque maison de ce genre, où il ne pourrait pas troubler l'ordre, comme il le fait ici sans cesse ; ce serait le moment de nous soulager de cet être que rien ne peut réduire, et sur qui aucun officier major ne peut rien gagner. Il est impossible de lui rendre la promenade sur les tours, les canons sont chargés, cela serait du danger le plus éminent. Tout l'état-major vous sera infiniment obligé si vous voulez bien lui accorder de faire transférer très promptement le Sr de Sade.

De Launay

PS On l'avait prévenu qu'il ne pouvait pas aller sur les tours, qu'il se promènerait matin et soir dans la cour ; ce qu'il a fait et ce qui ne l'a pas satisfait, et il promet de recommencer ses cris[45].

45 Archives nationales, F7 4954

63

Le 17 juillet 1789

Agenouillée sur le plancher du grenier du couvent de Sainte Aure, la tête inclinée et les mains jointes, madame de Sade implore le Seigneur de lui venir en aide. Se trouver sous les toits de cette maison lui permettra-t-il peut-être de se faire entendre plus aisément du Ciel. Renée-Pélagie l'espère sans toutefois trop y croire.

Voilà plus de vingt-cinq ans que Dieu semble avoir déserté le foyer des Sade, jeté à la porte à coups de reins sous un torrent d'injures. Pourtant, contrairement à Donatien, Renée-Pélagie a toujours la foi. La Bible fait partie intégrante de son éducation et les origines espagnoles de la Présidente n'ont qu'accentué sa dévotion envers le Très-Haut. Hélas ! Son mari est parvenu à l'en détourner un temps, mais pour quel résultat ? Renée-Pélagie se retrouve éloignée de ses enfants qu'elle n'a pas vus grandir, elle est mise à l'écart par sa mère qui s'en méfie, et exilée des terres provençales de son époux, se retrouvant seule, isolée dans une chambre bien en deçà de sa condition. L'argent manque et les affaires des

Sade ne sont pas florissantes. Les dettes s'accumulent et pourtant Donatien, qui semble perdre le sens des réalités, lui a signifié son mécontentement quand il a su que son épouse venait lui rendre visite non pas en voiture, mais à pied comme une vulgaire fille du peuple.

Plus d'un quart de siècle mariée à cet homme dont l'inconstance et la vivacité du caractère lui sont préjudiciables. Cette volonté de ne se soumettre à rien ni à personne le dessert au plus haut point. S'il s'était tenu tranquille à la Bastille, de Launay ne l'aurait pas transféré à Charenton et Donatien serait à présent libre comme les autres prisonniers de la forteresse libérés par la foule le 14 juillet[46]. Cette révolution pourtant si destructrice a bien failli réunir les époux, mais le comportement impétueux et égoïste du marquis en a une nouvelle fois décidé autrement. Quelle belle occasion de perdue que voilà !

Renée-Pélagie n'est en rien certaine que ce coup du sort ne calme Donatien. Bien au contraire. On l'a humilié et son ressentiment n'en sera que plus fort. Six hommes, pistolets à la main, l'ont extirpé de son lit au milieu de la nuit du 4 juillet, à moitié nu, et l'ont jeté dans un fiacre pour Charenton, avec les aliénés, les imbéciles et les débauchés enfermés là par lettres de cachet. Un hospice tenu par les frères de la Charité, devenu prison par nécessité.

46 « Du 4 juillet 1789, M. Louis Aldonce Donatien, comte de Sade, âgé de 48 ans, natif de Paris, paroisse St Sulpice, fils de M. François, comte de Sade et de Éléonore de Maillé, ses père et mère, marié à dame Renée-Pélagie de Montreuil. Entré ledit jour, en vertu d'ordre du roi donné à Versailles le 3 juillet 1789. Signé Louis, et plus bas : Laurent de Villedeuil. Madame de Sade paye sa pension » Archives départementales du Val-de-Marne, AJ2 95, f°61.

— Dix jours, Seigneur ! Dix petits jours et mon mari m'était rendu. Pourquoi ?

Des larmes quittent des yeux que le manque de sommeil a creusés. Il en est hélas souvent ainsi lorsque les problèmes du quotidien envahissent peu à peu des nuits devenues trop courtes.

— Laissez-le-moi ! Vous m'en avez privé si longtemps, Seigneur. À bien y réfléchir, je me demande même s'il ne s'est retrouvé plus d'années loin de moi qu'à mes côtés. Je ne suis rien, ni épouse ni mère. J'en suis réduite à porter un mari à bout de bras, un homme que ma famille m'a choisi et dont vous m'imposez les cruautés. Est-ce là la vie que Vous me réservez, mon Dieu ? Est-ce là mon rôle sur cette Terre ?

Le visage inondé de pleurs, Renée-Pélagie poursuit sa prière, lèvres tremblantes. Une supplique au Très-Haut, comme un dernier recours, une demande en grâce.

— Il n'est pas si mauvais homme pour qui sait le comprendre, mais à trop le priver de liberté, il en devient excessif en tout. Davantage encore que lorsque nous étions à La Coste. Si je suis ici-bas pour aider Donatien, alors permettez-moi dans Votre grande miséricorde de remplir mon rôle. Faites que je me trouve au plus vite près de lui, mon Dieu. Sinon, permettez que je commence à vivre pour moi et mes enfants.

Renée-Pélagie se signe d'une main lente, lourde de cet égoïsme dont elle se sent coupable pour la première fois.

Plus rien ne dépend d'elle désormais.

64

Charenton.
Fin juillet 1789

Le tumulte du dehors est couvert par les hurlements de ces fous qui pullulent en ce lieu que l'humanité même semble avoir déserté. Les conditions de détention sont des plus déplorables. Vermines, plaintes et désespoir emplissent ces cachots où le jour ne pénètre quasiment pas. Les relations humaines sont réduites au strict nécessaire et on ne distribue les repas qu'au travers de portes à guichet que l'on ne maintient ouverts que le temps de dire *ouf* !

Les frères de la Charité ne dirigent plus vraiment cette maison. Leurs actions sont plutôt régies par le personnel de prison que par le Seigneur, mais ils bénéficient en contrepartie d'une portion confortable sur les pensions versées par les familles de ceux enfermés ici par lettres de cachet. Il en va souvent ainsi des séjours en prison : certains perdent tout souvent au profit d'autres que les scrupules ne semblent guère étouffer.

— Mes livres ! geint une voix rauque et lugubre.

Plus de 600 volumes ont été détruits lors de la mise à sac de la chambre qu'il occupait à la Bastille. La foule n'a pas fait de quartier. La vague vengeresse a tout emporté sur son passage, bibliothèque, meubles, manuscrits. Des hommes ont été massacrés, de Launay a eu la tête tranchée à coups de canif, sa tête fut portée au bout d'une pique jusqu'à l'Hôtel de Ville dans une liesse à faire peur. Seuls les quelques prisonniers de la forteresse ont eu les honneurs des Parisiens, ils furent portés en héros le long du cortège. Le peuple les avait libérés de la tyrannie. Ces pauvres bougres étaient devenus des symboles malgré eux.

Donatien est prostré dans un coin de cette cellule où il ne cesse de ressasser les événements qui l'ont mené ici pour en venir toujours à la même conclusion : s'il s'était tenu tranquille, il serait libre à présent. La liste des remords et des regrets s'allonge à chaque réflexion. Une le tenaille en particulier, presque aussi forte que cette libération manquée. Pourquoi Renée-Pélagie ne s'est-elle pas empressée de faire chercher ses affaires après son transfert ici ? Pourquoi a-t-elle attendu le matin du 14 juillet pour désirer se rendre à la Bastille ? Dix jours ! Dix jours à tergiverser pour arriver à un tel drame. Non seulement la bibliothèque est perdue, les tableaux aussi, mais ses œuvres le sont également. *Les 120 journées de Sodome* ne rencontrera jamais son public et Sade ne sera jamais célébré pour son talent. Oh bien sûr, il écrira d'autres histoires, mais il est persuadé que rien n'égalera jamais ce chef-d'œuvre en devenir.

— Maudite bonne femme ! peste-t-il. Tout est lacéré, brûlé, emporté, pillé, sans qu'il me soit possible d'en retrouver un fétu ; et tout cela par la pure négligence de madame de Sade. Elle avait eu dix jours à elle pour retirer mes effets ; elle ne pouvait douter que la Bastille, farcie pendant ces dix jours d'armes, de poudre, de soldats, ne se préparât soit à l'attaque, soit à la défense. Pourquoi donc ne se pressait-elle pas d'enlever mes effets ?... mes manuscrits ?... mes manuscrits, sur la perte desquels je verse des larmes de sang !... On retrouve des lits, des tables, des commodes, mais on ne retrouve pas des idées[47].

Donatien est morose. Au-delà de la perte inestimable de ses manuscrits, il sent que son épouse s'éloigne. Renée-Pélagie n'est pas encore venue lui rendre visite depuis qu'on l'a enfermé à Charenton. Elle ne peut l'abandonner maintenant alors qu'il est au plus mal.

Sade se ressaisit. Jamais, ô grand jamais, elle ne ferait cela. Renée-Pélagie est incapable de vivre sans lui. Il est l'air dont elle se remplit les poumons, le rôt dont elle se nourrit, la fontaine à laquelle elle vient s'abreuver. Sans lui, elle n'est rien.

Ragaillardi par ces douces pensées, Donatien se lève d'un bond et se met à frapper à la porte de sa cellule.

— Qu'on m'amène à manger. J'ai faim !

47 Lettre de Donatien à Gaufridy datée du mois de mai 1790.

65

Apt.
Début octobre 1789

Gaufridy est troublé. Les nouvelles provenant de Paris sont inquiétantes. Le peuple gronde, son désir de faire table rase du passé semble le plus fort. Le sang a déjà coulé et il ne tient qu'à peu de choses qu'il ne se transforme en torrent et vienne entacher du sceau de la barbarie de doux rêves de liberté et d'égalité.

L'autorité royale n'est un frein à rien. Le monarque n'inspire guère la crainte. Pire ! Il est l'objet de moqueries infâmes. Marie-Antoinette est devenue la femme la plus détestée d'un royaume prêt à s'embraser et l'affaire du Collier n'a fait qu'accentuer un désamour devenu une haine des plus farouches.

— On vient d'apporter ce pli.

Élisabeth, anxieuse, tend à son époux le message sur lequel elle a reconnu l'écriture de madame de Sade. Postée derrière son époux, les mains sur les épaules de cet homme envahi par le doute et les grandes incertitudes, Élisabeth lit avec Gaspard les nouvelles de ce couple qui ne leur apporte que tracas et chagrin.

8 octobre 1789

Je me suis sauvée de Paris avec ma fille, une femme de chambre, sans laquais, suivant le flot général dans une voiture de remise pour n'être pas entraînée par les femmes du peuple qui prenaient de force dans les maisons toutes les femmes pour aller enlever le roi à Versailles et les faire marcher à pied par la pluie, la crotte, etc. Je suis arrivée à bon port ; j'ai filé par les derrières et suis arrivée ici. Le roi est à Paris ; on l'a mené à la ville, les deux têtes de gardes du corps sur des piques en avant, de là au Louvre. L'on est à Paris dans l'ivresse de la joie parce que l'on croit que la présence du roi va donner du pain. Que va faire la province ? Elle ouvrira les yeux et verra les suites comme tout le monde. Dieu seul sait ce qui arrivera, car l'esprit humain ne peut combiner rien !

Les mains de madame Gaufridy se cramponnent aux trapèzes de Gaspard qui, contraint par la douleur, se lève et fait face à Élisabeth dont les yeux se sont gorgés de larmes.

— Qu'adviendra-t-il de nous Gaspard ?

Gaufridy enserre de ses bras son épouse affolée.

— Il n'est pas encore temps de nous inquiéter. Rassure-toi ! Tout cela ne concerne que Paris pour le moment. Gardons espoir ! Tout va s'arranger. Je te le promets.

66

Charenton. Le 18 mars 1790

— Père !

Des années que Donatien n'avait entendu ce mot prononcé par l'un de ses enfants. Ému, il les surprend venir vers lui le pas pressé, un sourire radieux barrant leur visage. À n'en pas douter, ils sont heureux de le revoir, même si d'après leurs mines, ils doivent le trouver fort changé. Ces années de prison ne l'ont pas épargné. Le manque d'exercice l'a rendu énorme et son teint jadis de porcelaine que fendaient deux yeux bleus est devenu grisâtre et le regard plus délavé encore que ne le leur avait décrit leur mère.

Le jardin résonne de la joie éprouvée par ces retrouvailles aussi soudaines qu'inattendues. Les embrassades succèdent aux accolades, puis les premiers mots sont enfin échangés dans des trémolos que nul ne parvient à contenir.

— Les frères de la Charité m'ont autorisé à me promener avec vous sans surveillance. N'est-ce pas là une bonne nouvelle, mes fils ?

Louis-Marie et Claude-Armand se regardent à la fois complices et impatients d'illuminer davantage la journée de leur père. L'aîné n'y tient plus et se décide à prendre la parole.

— Ce n'est cependant pas la meilleure nouvelle de la journée, père. Mais asseyez-vous, je vous en prie.

Fébrile, Donatien avance vers le banc que son fils vient de lui désigner.

Les confidences se font attendre. Donatien trépigne.

— Désirez-vous donc que je vous implore ?

Aussitôt, l'un et l'autre prennent place de part et d'autre de ce père dont l'absence a nourri leurs rêves.

— Vous fêterez votre anniversaire libre, entouré de votre famille.

Le cœur de Donatien s'emballe, la tête bourdonne, la mâchoire se crispe. Il ne peut prononcer une parole. Ses yeux s'écarquillent. Pour peu, on le prendrait pour un de ces aliénés qui déambulent dans ces bâtiments.

Claude-Armand ôte un papier de sa veste et se met à lire les quelques lignes qu'il a pris soin de recopier.

— Il s'agit d'un décret de l'Assemblée nationale. L'article dix stipule ceci : « Les ordres arbitraires emportant l'exil et tous les autres de même nature, ainsi que toutes les lettres de cachet, sont abolis, et il n'en sera plus donné à l'avenir. Ceux qui ont été frappés sont libres de se transporter où ils jugeront à propos. »

Claude-Armand marque une pause et observe le marquis qui demeure immobile et silencieux. Seules des larmes témoignent que les paroles prononcées par le fils sont bien parvenues aux oreilles du père.

Louis-Marie se doit d'apporter quelques précisions afin de tempérer une joie qui pourrait être trop grande et nourrir ainsi par la suite de grandes déceptions. L'aîné s'empare de la feuille que tenait son frère.

— Il va pourtant falloir vous armer encore d'un peu de patience. Il y a quelques démarches à effectuer avant que vous ne soyez en mesure de recouvrer parfaitement votre liberté.

Les traits de Donatien se détendent. Un sourire vient même éclairer ce visage que des larmes ne cessent d'inonder. Les lèvres se mettent à frissonner.

— Peu importe. Quelques jours ne changeront rien à cette belle promesse d'un avenir radieux à vos côtés mes enfants.

Les bras de Donatien se déploient et l'une et l'autre main attirent à lui ces enfants qui n'en sont plus vraiment, mais qui ne pouvaient lui offrir plus beau cadeau.

67

PARIS.
AVRIL 1790

Séraphin Dampierre pousse sa machine non loin de la Place des Victoires. Il n'est pas ici par hasard. Il a appris que le marquis de Sade était libre depuis le Vendredi saint et qu'il habitait dans les parages.

Incroyable coup du sort que de libérer un tel homme un jour saint et le faire loger proche du lieu où tout commença vingt-deux ans plus tôt, un dimanche de Pâques 1768 avec une certaine Rose Keller. Cette affaire Rose Keller qui permit à Séraphin de rencontrer la belle Julie Follecuisse.

Le rémouleur cherche à rencontrer ce marquis qu'il n'a pourtant jamais croisé comme on chercherait à rencontrer l'affreuse bête du Gévaudan. Un monstre dont on a beaucoup entendu parler, mais que personne ou presque n'a jamais vu. Et pourtant les rumeurs sur le compte du marquis de Sade sont nombreuses. Séraphin a entendu que la marquise n'a pas voulu recevoir son mari au couvent de Sainte-Aure. Certains prétendent même qu'elle ne souhaite pas le revoir. On dit que l'embastillé a trouvé refuge chez une vieille connaissance qui gérait ses affaires à Paris, un certain Milly, procureur au Châtelet, qui ne sort pratiquement plus préférant la compagnie de ses livres à celle de ses semblables.

— Couteaux ! Ciseaux ! Le vieux devient nouveau. Le laid devient beau.

Les Parisiens n'ont guère le cœur à faire aiguiser leurs lames, ou alors peut-être des piques ou des sabres dans un but belliqueux. Guère optimiste quant au succès de sa petite entreprise, Séraphin cesse de chercher d'éventuels clients et préfère prêter l'oreille aux conversations

— Vous avez entendu ? Le Pape n'a pas perdu de temps. Il a condamné le texte de la Déclaration des Droits de l'Homme et du Citoyen.

— Et vous vous attendiez à quoi ? Que le berger de Rome allait laisser son troupeau défier son autorité en prenant la poudre d'escampette ?

— Tiens ! En parlant de brebis égarées, regardez celle qui vient là !

Séraphin suit le regard des deux individus dont il suivait la discussion. Il discerne de l'autre côté de la place un gros bonhomme à la bedaine débordant des culottes, le double menton brinquebalant au rythme de pas mesurés telle la caroncule d'un dindon.

— Qui est-ce ? ose Séraphin.

— Tu ne le reconnais pas ? Remarque ! Il a perdu de sa superbe le marquis.

Séraphin est stupéfait.

— Comment ? C'est lui, Sade ?

— En chair et... en chair.

Et les deux amis de rire aux éclats tandis que Séraphin détaille celui qui n'est plus qu'à quelques enjambées du trio. Il semble fuir le regard de ses semblables, perdu dans cette faune qui lui est étrangère. Douze années de prison, dans des cellules où le temps est en suspens, où seul compte le petit monde que vous vous êtes créé fait de lectures, d'écritures de pièces, de récits de voyage et autres œuvres littéraires. Un quotidien morne et que rien ne vient bouleverser.

Pour peu Séraphin le prendrait en pitié s'il ne connaissait son passé et les crimes dont il s'est rendu coupable. Mais, le voici qui approche. Aussitôt les rires des deux hommes cessent avant qu'ils ne quittent les lieux sans prendre congé auprès du rémouleur.

— Je ne pensais pas provoquer tant de peur chez mes congénères, blague Donatien.

À bien le considérer, Sade devait être beau dans sa jeunesse, pense Séraphin quelque peu pris de cours par cette rencontre qu'il espérait pourtant ardemment.

— Vos amis craignaient donc tant de me parler ?

— Oh ! Détrompez-vous ! Ils n'étaient pas mes amis. Comme vous pouvez le voir, je ne suis qu'un rémouleur et participer ainsi à des conversations m'offre parfois de nouveaux clients. Les temps sont durs aussi tous les moyens sont bons pour ramener quelques piécettes à la maison.

— Je vois. Je suppose que ces deux-là se moquaient de moi, n'est-ce pas ?

Embarrassé, Séraphin préfère ne pas répondre. Un silence interprété pourtant par Donatien comme une marque de franchise qui ne manque pas de rendre ce rémouleur fort sympathique aux yeux du marquis.

— Mon retour parmi les hommes suscite nombre de questions, de frayeurs, mais aussi de plaisanteries douteuses. Je le sais et je m'en accommode fort bien tant ce monde avec ses préoccupations nouvelles m'est devenu étranger.

— Ce sont pourtant à elles que vous devez votre liberté.

Donatien sourit devant l'audace de son interlocuteur. Décidément ce rémouleur est plein de surprises.

— Vous avez raison, mon brave, mais convenez que douze années sous les fers vous rendraient même étrangères les personnes les plus proches, alors je vous laisse imaginer ce qu'il est advenu du peuple de Paris. On m'enferme alors qu'un jeune roi et son épouse montent sur le trône, acclamés par tous, portant sur leurs épaules les espoirs de toute une nation et quand je sors, voilà que l'auguste couple est haï par tous et l'on souhaiterait presque défiler avec leurs têtes au bout d'une pique.

— Le problème se trouve probablement là. Peut-être est-ce parce qu'ils étaient les gardiens de bien trop d'espoirs qu'ils ne pouvaient simplement pas tous les concrétiser.

— Vous êtes très perspicace et assez sensé cher... ?

— Séraphin, monsieur. Séraphin Dampierre.

Le marquis de Sade considère ce rémouleur qui ne semble pas impressionné de lui parler. Est-ce dû à son caractère impétueux ou à ce vent de révolte qui souffle sur Paris et balaie les convenances les plus élémentaires ? Peu importe, le rémouleur lui plaît, pas uniquement à cause de son tempérament. Il est beau, fort, une certaine animalité se dégage de cet homme de haute stature. Ce Séraphin pourrait devenir un nouveau partenaire de jeu à l'instar des fidèles Latour, Langlois et autres petits secrétaires ou valets.

— Êtes-vous marié, Séraphin ?

— Oui, monsieur. Marié et père de famille.

— Heureux en ménage ?

— On ne peut plus.

— Votre femme n'est-elle pas jalouse de vous savoir chaque jour ainsi sur les routes ? Vous devez faire de belles rencontres ? De celles qui réchauffent les corps, éveillent les sens et tiédissent les cœurs les plus ardents.

Donatien joint le geste à la parole et se met à parcourir d'un index aventureux le gilet du rémouleur. Séraphin fait un pas en arrière, serre le poing et le met à hauteur de son menton.

— Arrêtez cela tout de suite si vous ne voulez pas retourner en prison ! Je ne suis pas Rose Keller, Julie Follecuisse ou ces pauvres filles de Marseille. Je sais me défendre moi, pas comme ces gosses enfermés dans votre château.

Donatien blêmit. Ce rémouleur en sait plus qu'il n'y paraît. Certes, la Keller, les catins de Marseille et les enfants de Lyon, tout cela est connu de tous, mais cette Julie Follecuisse... lui-même n'en avait jamais entendu parler avant que le vieux Danière ne vienne lui rendre visite à Vincennes.

— Qui êtes-vous ?

— Il me semble vous l'avoir déjà dit.

Le ton est moins assuré. Séraphin s'est laissé emporter par la colère. Le voilà découvert.

— Comment se fait-il que tu connaisses autant de choses me concernant ? Et cette Julie... Tu la connaissais ?

Sade entend bien connaître le fin mot de toute cette histoire. Les rumeurs et les quolibets, il n'en a cure, mais il déteste que l'on puisse lui cacher quelque chose, qui plus est quand cela le concerne directement.

— J'ose à penser que nous étions amis. Vous l'avez brisée, détruite comme tant d'autres. Soit les femmes vous fuient, à l'image de votre épouse, soit elles veulent votre perte comme la désirait Julie.

Donatien avance d'un pas, l'index menaçant.

— Ne parlez pas de la marquise ! Je vous l'interdis.

Au tour de Séraphin d'aller au contact. Il s'approche tant que leurs nez pourraient se toucher.

— Vous m'interdisez ? Étrange pour celui qui de sa vie a tout fait pour braver ce qui lui était défendu. Contrairement à ce que vous proclamez ou écrivez, vous êtes bien plus conservateur que quiconque, monsieur. Vous ne cessez de mettre votre sang en avant tout comme vous jouez de cet ascendant soi-disant naturel de l'homme sur la femme. Pour revenir à madame votre épouse, je suis bien aise qu'elle ait enfin compris qui était son mari. On ne peut tromper, bafouer, insulter et ridiculiser un être sans craindre une rébellion, voire un abandon. Tout ce qui vous arrive vous l'avez cherché.

Cessez d'accabler les autres ! Vous en devenez ridicule.

Blessé, Donatien saisit le rémouleur par le col.

— Un mot de plus et je te tue.

— Vous n'êtes pas à un crime près, n'est-ce pas ?

Le regard embrasé surplombant des lèvres tremblantes, Donatien prépare le poing. Il est prêt à frapper quand soudain Séraphin se met à lui sourire. Surpris, le marquis suspend son geste. C'est précisément le moment que choisit le rémouleur pour gonfler les poumons et hurler.

— Au meurtre ! À moi, quelqu'un !

L'effet escompté ne se fait pas attendre. Des passants intrigués cessent leur promenade et la foule se met à murmurer. La menace est trop grande. Il n'est pas envisageable qu'il retourne en prison. Le bras se baisse, les traits s'apaisent rendant la mine moins menaçante. Séraphin recule de plusieurs pas et se dirige vers sa machine. Tous alors remarquent sa claudication. Le gros bonhomme serait-il responsable de cette blessure ? Donatien ne leur laisse guère le temps d'aller plus avant dans leurs réflexions.

— Un malentendu, voilà tout ! crie-t-il aux curieux devenus bien trop nombreux. Je m'en vais.

Donatien jette un dernier coup d'œil à ce rémouleur arborant un air trop satisfait comme une ultime provocation.

— Que je ne te croise plus, murmure le marquis.

— Cessez vos menaces ! hurle Séraphin. Si besoin, tous ces gens seront les témoins de votre cruauté envers un estropié.

Les murmures de la foule se font plus forts, deviennent grondements. Il faut partir.

Tête basse, le pas empesé, le marquis de Sade quitte avec empressement les lieux de la honte. Décidément les abords de la Place des Victoires ne lui valent que des ennuis. Il lui faut fuir ce coin de Paris au plus vite et espérer ne plus croiser la route de ce boiteux détenteur de trop nombreux secrets et de quelques vérités assassines.

68

Paris.
Le 9 Juin 1790

Revenue à Paris, la marquise de Sade est plus décidée que jamais. Il en va de sa survie. D'ailleurs les témoignages en ce sens sont nombreux. Les autorités n'ont-elles pas craint pour sa vie tandis qu'elle rendait visite à son mari ? De Launay lui-même, feu le gouverneur de la Bastille, avait séparé les époux alors que Donatien menaçait de la battre. Tous lui conseillent la séparation, de son confesseur à sa mère en passant par ses enfants, élevés par les Montreuil. Libre, Donatien a repris possession de ses biens et l'homme n'est pas un gestionnaire. Il va à nouveau dépenser sans compter et mener sa famille à la ruine. Triste avenir dans un monde qui ne l'est pas moins.

Donatien est le visage de cette révolution qui ne cesse de se répandre. Il est le mal, celui qui depuis toujours a craché à la face du Seigneur tout comme ces révolutionnaires qui menacent le clergé. Nul doute qu'il cherchera à prendre part aux événements. Son inextinguible soif de reconnaissance lui imposera de côtoyer ces loups sanguinaires. Elle ne souhaite pas vivre dans la peur. C'est un sentiment qu'elle ne connaît que trop depuis bientôt trente ans. Peur de son mari, de la rumeur, des créanciers, des juges, de la police et des dires de ces filles toujours plus nombreuses à divulguer les étranges et cruels penchants de Donatien. C'est d'ailleurs davantage pour protéger son époux qu'elle se refuse à lui rendre les manuscrits en sa possession qu'il lui confiait en douce lors de ses visites à Vincennes et à la Bastille. Ils sont trop sulfureux et attireraient sûrement nombre d'ennuis à son auteur de mari. Consciencieuse, elle a même fait brûler les plus dangereux.

À l'automne de sa vie, madame de Sade va bientôt fêter ses cinquante printemps. Il est temps de penser à elle et à ce bonheur qui lui a si longtemps fait défaut. Le nombre d'années sur cette terre lui est compté, mais elle se doit de préparer sa vie céleste et travailler au Salut de son âme.

Renée-Pélagie ne souhaite pas revoir son époux, car elle se sait faible. En sa présence, elle pourrait oublier ses précieuses résolutions. Donatien a un tel pouvoir sur elle et il n'est pas aisé de tenir tête à un homme dont on est toujours épris. Pour autant, elle se refuse à poursuivre un mariage qui ne lui a apporté que de cruelles déceptions. Ses espoirs reposent sur une décision du Châtelet qui tarde à venir.

Des coups à la porte tirent madame la marquise de ses pensées.

La petite Lorette, jeune domestique du couvent, lui tend un pli.

— Se peut-il que le Seigneur ait entendu mes prières, Lorette ?

La petite hausse les épaules, se presse de placer le billet dans la main tremblante de cette vieille femme d'un passé révolu qui vivait déjà dans ce grenier avant qu'elle, Lorette, n'entre au service des bonnes sœurs. Sans attendre, elle prend congé d'un petit rire aigu en dévalant les escaliers comme seule la jeunesse en est capable. Renée-Pélagie l'envie, elle qui peine à marcher au point d'être obligée d'engager un domestique afin de l'aider dans tous ses déplacements.

La marquise ferme la porte et ouvre avec empressement le pli qui décidera de sa vie future. Elle le parcourt, murmure, en lit quelques lignes à voix haute, s'impatiente de savoir ce qu'auront décidé pour elle ces vieux hommes à perruques.

— ... de dame Renée-Pélagie Cordier de Montreuil, marquise de Sade... demanderesse aux fins de sa requête... tendant à ce qu'attendu la preuve par écrit des faits articulés par la demanderesse dans sa requête sus-datée résultant des pièces, jugements et arrêts joints à ladite requête, il soit ordonné qu'elle sera et demeurera séparée de corps et d'habitation d'avec ledit Sieur marquis de Sade, son mari et à ce qu'il soit condamné à lui restituer sa dot...

Ça y est ! Elle est libre !

Renée-Pélagie poursuit sa lecture d'un ton enjoué.

— Vu les lettres d'abolition obtenues par ledit sieur marquis de Sade défaillant au mois de juin 1768, les actes de désistement de plaintes rendues contre lui par les nommées Laverne et Lacoste par-devant le sieur lieutenant général de la ville de Marseille... un arrêt rendu contre lui par le parlement d'Aix en date du 11 septembre au dit an 1772, un autre arrêt rendu pareillement contre lui par le même parlement le 14 juillet 1778...

Renée-Pélagie n'est pas fière d'avoir exhumé les vieilles affaires impliquant Donatien pour arriver à ses fins, mais quand on est au désespoir, on s'empare souvent de toutes les armes mises à sa disposition, même les moins glorieuses. Donatien ne la haïra que davantage, mais peut-être est-ce mieux ainsi. Aveuglé par son ressentiment, il ne tentera pas de la reconquérir, elle aidera même Donatien à oublier cette épouse qu'il n'aura de cesse de maudire.

Mais qu'il ne s'y trompe pas, s'il prenait à Donatien l'envie de créer des problèmes, Renée-Pélagie est encore détentrice de secrets qu'elle est toute prête à révéler à la justice. D'ailleurs, elle va en aviser de ce pas Gaufridy. Dans sa lettre, elle insistera bien sur cette menace à peine voilée. L'homme de loi saura faire entendre raison à son vieil ami[48].

48 Dans sa lettre adressée à Gaufridy en date du 13 juin 1790, Renée-Pélagie écrit : « Je ne dirai rien que ce qu'il me forcera de dire pour me justifier ; mais je le dirai s'il m'y force ».

69

Paris.
Fin juillet 1790

Madame de Montreuil est outrée. Voilà que l'Assemblée nationale a aboli les titres de noblesse. Pire, les serviteurs ont interdiction de porter la livrée ! Et comme si cela ne suffisait pas, il est dorénavant interdit aux grandes familles d'arborer leurs armoiries[49].

— Ce monde devient fou, dit-elle à voix basse avant de s'envoyer une rasade d'eau-de-vie à la pomme.

Assise face au miroir de la coiffeuse de sa chambre, la Présidente ne décolère pas depuis plusieurs jours. Qui sont tous ces gens sortis de nulle part qui, réunis dans des clubs, discutent et tergiversent afin de dicter au plus grand nombre, et surtout aux aristocrates, ce qui est autorisé ou ne l'est plus ?

— Ces gens-là ne sont en rien du peuple dont ils se réclament. Ce ne sont que des bourgeois qui nous jalousent depuis fort longtemps.

Un troisième verre succède bientôt aux deux premiers.

---

49 Décret du 19 juin 1790.

Des coups timides viennent soudain frapper la porte.

— C'est Henriette, Madame.

— Allez vous coucher Henriette ! Je me déshabillerai seule.

— Bien, Madame. Bonne nuit, Madame.

La Présidente ne répond pas. Elle se méfie de tous désormais. Qui peut dire si cette petite ne profiterait pas d'un moment d'intimité avec sa maîtresse pour l'étrangler avec le collier de perles qu'elle aurait fait mine d'ôter ? Si madame de Montreuil sait Henriette incapable d'une pareille chose, les événements actuels semblent pourtant faire fi de bien plus grandes certitudes que celle-ci. La prudence est de mise. Madame de Montreuil s'arrange désormais pour ne pas se retrouver seule avec ses domestiques. Elle en vient même à chercher la compagnie de ce triste sire qui lui sert de mari, c'est dire ! Même chose concernant ces amies qu'elle avait quelque peu délaissées de crainte qu'elles ne lui parlent de ce marquis de Sade et dont à présent elle attend désespérément les visites.

— Pardon ! Le ci-devant marquis de Sade, grimace-t-elle devant son miroir d'un air dégoûté.

Un gendre à qui elle consentit à donner l'aumône lors de sa sortie de Charenton. Point de charité là-dedans, car loin d'être désintéressé, ce geste d'humanité était destiné avant tout à ses petits-enfants qu'elle aime par-dessus tout. Elle désire être irréprochable à leurs yeux, surtout au moment même où leur père trahit sa classe plus par opportunisme que par réelles convictions. De cela la Présidente est convaincue. Le bougre est allé jusqu'à se faire délivrer une carte de « citoyen actif » par la section de la place Vendôme[50]. Et pour prouver davantage sa bonne foi, il n'a pas hésité à assister durant six heures à la fête de la Fédération sur le Champ-de-Mars entouré de centaines de milliers de « citoyens ».

— Comment peut-il renier à ce point ses origines aristocratiques et des privilèges qui lui furent bien utiles par le passé pour se sortir de situations délicates ?

Soudain madame de Montreuil se met à sourire à ce reflet ingrat qui lui renvoie en pleine figure ses presque soixante-dix printemps. La jadis belle de Cadix n'en a pas fini. Elle ne quittera pas cette Terre avant d'avoir assuré un avenir décent à ses petits-enfants.

— Courage Marie-Madeleine. Ta vengeance viendra bien assez tôt. Le petit marquis ne pourra rembourser la dot de sa femme. Plus de 160 000 livres ! Une somme considérable qui reviendra pourtant bel et bien à ma fille et à ses enfants. Nous prendrons des inscriptions hypothécaires sur tous vos biens fonciers et vous ne pourrez rien vendre sans notre accord. L'héritage de mes petits sera ainsi préservé et vous... ruiné !

Le sourire se fait carnassier.

— À la vôtre mon ci-devant gendre !

Et la Présidente de vider les dernières gouttes d'eau-de-vie dans un verre qu'elle s'empresse d'avaler cul sec.

50 Archives nationales, F7 49543, pièce 85. La section de la place Vendôme deviendra plus tard la fameuse section des Piques.

70

PARIS.
LUNDI 5 MARS 1792

Monsieur Donatien Sade est fébrile. Donatien Sade... Une amputation de particule à laquelle il ne se fait guère, mais un mal nécessaire pourtant. Oubliées ces deux lettres encombrantes se référant à un temps révolu, à une caste aujourd'hui détestée. D'ailleurs, il se défend d'être noble et prétexte que ses ancêtres ont à peu près fait toujours l'honorable métier de cultivateurs.

L'homme libre, le martyre du despotisme est désormais homme de lettres et ce soir se joue la première de sa pièce *Le Suborneur*. La salle du Théâtre-Italien est loin d'être bondée, cependant Donatien exulte. Après les huées subies pour une autre de ses œuvres en octobre dernier, il espère enfin rencontrer le succès[51]. Il a beau ne vivre que pour le théâtre, il semble toutefois que cet art qu'il vénère depuis toujours ne veuille pas de lui. On ne cesse de refuser ses textes, et ce malgré son inscription

51 Le 22 octobre 1791, le drame en trois actes Le comte Oxtiern ou les effets du libertinage se joua au théâtre Molière, rue Saint-Martin.

à la Société des Auteurs fondée vingt ans plus tôt par Beaumarchais. Sade est persuadé que son talent n'est pas en cause. On lui fait payer son passé, il en est certain. Qui sont-ils ces acteurs et auteurs pour se permettre de lui suggérer de réécrire ses pièces, d'en réduire le nombre d'actes ou d'en retirer plusieurs répliques ? Certes, en s'entêtant à ne pas suivre leurs conseils, *Jeanne Laisné ou le siège de Beauvais* a été refusé à la Comédie française. Une pièce en cinq actes et en alexandrins écrite à Vincennes durant l'été 1783. Pareil pour *Le boudoir ou le mari crédule* : refus !

La représentation de ce soir doit être couronnée de succès. L'argent commence à faire défaut et ce n'est pas avec son roman *Justine ou les Malheurs de la vertu* qu'il parviendra à renflouer sa cassette. Ce livre qu'il n'a pas signé s'est fait éreinter par la critique. Une œuvre rescapée de la Bastille parmi quelques autres et en laquelle il avait placé beaucoup d'espoirs. La mode n'était-elle pas à la pornographie ? Les pamphlets calomnieux sur Louis XVI et Marie-Antoinette foisonnaient. L'Autrichienne était dépeinte telle une Messaline, avide de sexe et de pouvoir se vautrant dans la luxure comme une truie dans la fange. Hélas ! Le roman fit pourtant scandale. On sommait les éventuels lecteurs de ne pas ouvrir ce livre « très dangereux » dans lequel « ils s'abreuveraient alors du poison qu'il contient ». Donatien fut particulièrement blessé par l'une d'elles qu'il connaît sur le bout des doigts : « Tout ce qu'il est possible à l'imagination la plus déréglée d'inventer d'indécent, de sophistique, de dégoûtant même, se trouve amoncelé dans ce roman bizarre (...) Il est difficile de ne pas fermer souvent le livre de dégoût et d'indignation. » et l'auteur de ce billet de demander aux lecteurs de jeter le livre au feu. Sade s'était demandé alors ce qu'eût dit ce bigot s'il avait été en mesure de lire les pages des *120 journées de Sodome*.

Aucune conversation autour de lui ne concerne sa pièce. Tous ne parlent que de politique. L'arrestation des monarques à Varennes, alors qu'ils étaient en fuite, a creusé davantage encore le fossé entre eux et les Français. La défiance est à son comble. Oubliée la fête de la Fédération et les hourras qu'avait suscités l'intervention de la reine. Le monarque a beau avoir approuvé la Constitution, les plus virulents ne se cachent plus pour réclamer sa tête. Quant à ceux qui ont préféré fuir le pays après l'arrestation du roi, il a été décidé de mettre sous séquestre tous leurs biens.

Sade soupire et pense à son fils aîné, Louis-Marie qui lui aussi a déserté la France après avoir eu la délicatesse de démissionner de son poste de sous-lieutenant du 84e régiment d'infanterie de Pornic[52]. Cruelle déception pour un père qui proclame à qui veut l'entendre être bon républicain. Hélas, sa famille ne lui cause qu'embarras, déconvenues et violents chagrins. Sa femme a obtenu la séparation et ne désire plus le voir, son aîné est un traître aux yeux de la nation, Claude-Armand est on ne sait où. Quant à Madeleine-Laure, son absence n'a d'égale que son extrême laideur agrémentée d'un strabisme dont il

52 Louis-Marie de Sade démissionne le 13 juillet 1791 et quitte la France vers le 11 septembre.

se gausse souvent auprès de Gaufridy[53]. Mais tous ces êtres appartiennent désormais à une vie passée, même s'il arrive parfois à Donatien de rendre visite à son laideron de fille au couvent Sainte-Aure. Donatien est heureux désormais. Voilà un an et demi qu'il a emménagé avec une femme de moins de trente ans, ancienne actrice délaissée par un mari négociant en Amérique qui n'eut aucun scrupule à l'abandonner elle et leur enfant de six ans. Marie-Constance Quesnet est son Salut. Ses soins remplacent ô combien ceux dont l'ont privé sa famille. Son honnêteté, sa gentillesse et sa discrétion la rendent touchante. Donatien l'a affublée du doux surnom de *Sensible*. Son amie lui est dévouée et cela lui suffit. Point de sexe ici, mais une pure amitié désintéressée. Elle lui donne aussi son sentiment sur ce qu'il écrit et dont elle a la primeur. Leur petite maison au numéro 20 de la rue Neuve-des-Mathurins possède deux entrées et un petit jardin. Un havre de paix qui lui ferait presque oublier La Coste, sa terre devenue trop dangereuse pour songer à y retourner.

Le brigadier se met à frapper les trois coups. Donatien se redresse dans son siège. Son heure de gloire est arrivée. Il déchante hélas bien vite. Le rideau levé, les comédiens en scène, les bavardages ne cessent pourtant pas. Pire, ils s'amplifient. On voit apparaître des hommes portant de curieux bonnets rouges dont la pointe se recourbe en

53 « Je vous assure que mademoiselle ma fille est tout aussi laide que je vous l'avais peinte. Je l'ai vue trois ou quatre fois depuis ; je l'ai très bien examinée, et je vous assure que tant pour l'esprit que pour la figure, c'est tout bonnement une bonne grosse fermière. Elle reste avec madame sa mère qui, en vérité, ne lui communique ni tournure, ni génie. Au reste, elle est très bien comme cela pour ce qu'elle doit devenir : car que faire à présent ? ». *Lettre de Sade à Gaufridy du 18 août 1790.*

avant. À la quatrième scène, les comédiens, devant pareil désastre, préfèrent se retirer. C'est alors qu'un de ces personnages étrangement coiffés prend la parole.

— Ce bonnet sera désormais dans les lieux publics le signe de ralliement de tous les patriotes, surtout dans les spectacles où l'aristocratie sera sans cesse combattue par les amis de la liberté !

Donatien, ne sachant s'il est personnellement visé, préfère se faire discret, ce qui n'est pourtant pas dans sa nature. Les sangs s'échauffent. On réclame une autre pièce.

Profitant de la confusion, le ci-devant marquis quitte le théâtre parmi d'autres qui en ces temps troubles préfèrent fuir ces mouvements de foule spontanés, mais de plus en plus fréquents.

Si *Le Suborneur* ne lui apportera pas la gloire ce soir, Constance, elle, l'écoutera avec compassion et le consolera une fois encore.

Donatien hèle une voiture.

— Vite ! Au 20 rue Neuve-des-Mathurins !

71

Apt.
À la mi-juillet 1792

La salle à manger est plongée dans un silence peu ordinaire. Oubliées les discussions animées avec les enfants, finis les rires insouciants entre époux. Les uns ont quitté le nid pour n'y revenir que très rarement, tandis que les autres vivent dans une morosité quasi permanente. Les mauvaises langues y verraient peut-être une relation de cause à effet, mais on ne peut nier que les événements de ces derniers mois n'arrangent en rien la pesante ambiance de la maisonnée. On soupire la journée durant, le plus souvent on parle à voix basse de peur que ne traîne une oreille indiscrète, on sursaute au moindre bruit. Le quotidien des Gaufridy a bien changé.

— Gaspard, tu n'as touché à rien ? Mange un peu, s'il te plaît !

Le sexagénaire repousse l'assiette de poulet et jette un coup d'œil plein de reproches à son épouse.

— C'est peut-être normal, tu ne penses pas ? Ce qui l'est moins, c'est de voir que toi tu as gardé ton appétit.

Élisabeth délaisse la luisante carcasse de la volaille pour s'essuyer les doigts avec énergie dans sa serviette.

— Comme me disait ma mère : « un sac vide ne tient pas debout. ». Tu devrais t'en inspirer au lieu de me critiquer.

Le dos courbé et les épaules en dedans, Gaspard Gaufridy bougonne, mais s'en veut terriblement d'avoir blessé sa femme et s'empresse de s'excuser aussitôt. Réconciliation est ainsi faite et un sourire vient se dessiner sur les lèvres crispées des époux qui se font face.

— Tu avoueras qu'il y a quand même de quoi s'alarmer. Que va donc dire cette fille de La Coste à l'Assemblée nationale ? Tu conviendras qu'on ne traverse pas la France à cheval dans le seul but de se plaindre que j'ai omis de saluer ou de remercier ! Tu as lu comme moi la lettre de Donatien[54]. La bougresse veut présenter un mémoire contre moi, l'ancien curé de son village et deux ou trois autres de La Coste.

Élisabeth se veut rassurante.

— Tout cela est infondé. Peut-être ne faut-il y voir que le désir de vengeance d'une jeune fille perdue et avide de renommée. En ces temps troublés, tu n'es pas sans savoir que chacun souhaite tirer profit de cette révolution. On désire un emploi, un poste à l'Assemblée ou on dénigre son voisin afin d'acheter au condamné aux abois sa maison ou un lopin de terre pour deux fois rien.

— Mais Sade écrit que cette fille Sauton veut ma tête. Je ne dois mon salut qu'à ses efforts combinés à ceux

54 La lettre de Sade à Gaufridy est datée du 10 juillet 1792.

de la femme Quesnet. Une charmante et douce créature qui a pris la peine d'emmener la furie aux spectacles en l'habillant de ses propres vêtements dans le seul but de la calmer.

Élisabeth quitte sa chaise et vient prendre place près de son mari comme elle le fait à chaque fois qu'elle s'apprête à le tranquilliser. Elle prend délicatement ses mains entre les siennes, douces et chaudes, avant de poursuivre :

— Mais tout cela est-il seulement vrai ? Ou est-ce un stratagème de ce bonhomme dans le seul but d'attirer tes bonnes grâces sur celle dont il partage à présent la couche ?

— Ah non ! s'insurge Gaspard. Il m'a bien précisé qu'il n'y avait point d'affaire comme celle-là entre eux.

Madame Gaufridy lève les yeux au ciel.

— S'il le dit ! Il ne serait pas à un mensonge près. D'ailleurs, à trop en dire il finit par les tenir pour des vérités. Il change d'avis comme de prénom : tantôt il signe *Louis* comme dans cette lettre où il supplie que l'on ne détruise pas les créneaux de son château de La Coste[55], le lendemain c'est *Donatien*, puis *Alphonse* ou *Aldonze*. Mais peut-être par l'histoire de cette Sauton cherche-t-il tout simplement à se donner une importance qu'il n'a plus. Souviens-toi ! Il a bien voulu te faire croire à toi comme à tant d'autres qu'il avait jeté une lettre fulminante dans la berline qui ramenait Louis XVI et sa famille de Varennes[56]. Allons ! Devant trois cent mille

55 Lettre de Sade au président du Club de la Constitution de La Coste datée du 19 avril 1792.

56 Le 24 juin 1791.

Parisiens immobiles et silencieux pour qui on avait tracé à la craie sur tous les murs de la capitale : CELUI QUI APPLAUDIRA LE ROI SERA BÂTONNÉ, CELUI QUI L'INSULTERA SERA PENDU. Vraiment ? Tu crois donc qu'il aurait risqué le gibet ton marquis ?

— J'ai pris mes renseignements à La Coste. La Sauton est bel et bien partie à cheval, la haine en bandoulière, répond Gaufridy totalement accablé.

— Sait-on ce qui a attisé cette rancœur ?

L'homme de loi baisse à nouveau la tête. À ce moment, Élisabeth ne saurait dire s'il s'agit là de l'aveu honteux de son ignorance ou au contraire une vérité qu'il ne désire partager. Elle n'a pas le temps de lui demander que déjà il change le sujet de la conversation.

— Et cette phrase assassine : « Sauton vous accuse fort d'un commerce avec les Montreuil. Je ne le crois pas et n'ai qu'un mot à vous dire pour vous faire voir que je n'y crois pas : vous êtes mon ami et les Montreuil sont mes plus grands ennemis. »

— Des menaces déguisées mon cher. L'homme est intelligent. Il se doute de ta duplicité sans en avoir la preuve. Son seul but est de te forcer à lui envoyer l'argent qu'il ne cesse de te réclamer. Il adore souffler le chaud et le froid avec toi comme avec tous. Son épouse a eu à subir ce petit jeu des années, mais elle s'est enfin affranchie de son bourreau. Il me tarde que tu te décides à en faire autant.

Une fois de plus, Gaufridy se mure dans un silence impénétrable. Une forteresse laissant à ses pieds mille et une questions dont n'ose l'assiéger Élisabeth. D'autres soucis bien plus importants à ses yeux perturbent ses nuits. Un fossé ne cesse de se creuser entre Gaspard et le nouvel ordre républicain. Le notaire est un royaliste convaincu et rechigne à plier l'échine. Hélas, les fils suivent souvent l'exemple donné par leur père et Elzéar suit celui de Gaspard aveuglément. Tôt ou tard, ces convictions monarchistes leur occasionneront de nombreux malheurs, elle en est convaincue.

72

PARIS.
DÉBUT OCTOBRE 1792

Les dernières semaines marqueront pour toujours Paris d'une empreinte indélébile teintée de violence, de poudre et de sang. Tous s'accordent à dire que Paris n'avait connu d'épisodes si terribles depuis bien longtemps. Même la prise de la Bastille n'est pas en mesure de rivaliser avec ce bain de sang. Une déferlante écarlate qui, en seulement trois semaines et deux événements singuliers, venait de semer la terreur dans tout le pays.

Le premier eut lieu le 10 août. Les armées ennemies étaient aux frontières. Elles annonçaient vouloir envahir Paris et y restaurer la monarchie par la force[57]. Face à la menace, les volontaires affluèrent par milliers vers la capitale afin de la défendre, à l'instar d'un bataillon de cinq cents Marseillais traversant pratiquement tout le pays en chantant un air qui ne tarderait pas à devenir un espoir, un hymne au combat nécessaire pour défendre la liberté. Les rumeurs les plus folles attisèrent

57 Déclaration du Duc de Brunswick.

des craintes légitimes. Il fut très vite décidé de marcher sur les Tuileries dans le but de s'emparer du roi. Plus de vingt-mille hommes et femmes emplis de colère et de haine se dirigèrent vers le palais non sans avoir auparavant forcé l'arsenal afin de s'emparer d'armes et de munitions. À cette foule déterminée à en finir une bonne fois pour toutes avec Louis Capet se sont joints des membres de la Garde Nationale. Les canons dérobés furent dirigés vers la résidence royale. En tout vingt mille personnes contre quelques aristocrates et à peine mille soldats de la Garde suisse. La situation était désespérée. On conseilla à Sa Majesté de se réfugier avec sa famille à l'Assemblée nationale toute proche. Hésitant, il finit toutefois par consentir et traversa sous escorte le jardin des Tuileries pour demander la protection de l'Assemblée. Les Suisses combatifs et dévoués ne reçurent que tardivement l'ordre de Louis XVI de battre en retraite afin d'éviter des morts inutiles. Souhaitant capituler, ils se firent massacrer, dépecer et parfois même émasculer. D'aucuns affirmèrent même que certains assaillants allèrent jusqu'à manger des morceaux de chair appartenant aux vaincus.

Le roi et les siens enfermés à la Tour du Temple, la Commune était plus forte que jamais et jugée seule digne représentante des sans-culottes. Mais nombreux étaient ceux qui craignaient une vengeance de la part des royalistes après la cuisante défaite des Tuileries. Les insurrections vendéennes étaient pour tous un témoignage flagrant de ce sursaut monarchiste. À l'est, on dit que Verdun était tombée. Pour plus de sûreté, certains émirent le souhait que le gouvernement quittât Paris. Danton s'y opposa farouchement. Il monta à la tribune et reçut une ovation après avoir proclamé avec fougue : « Pour les vaincre, il nous faut de l'audace, encore de l'audace, toujours de l'audace, et la France sera sauvée ! » De l'audace, les révolutionnaires en eurent.

Début septembre, le jour même du discours de Danton, ils envahirent les prisons et se mirent à y massacrer les prêtres insermentés, les royalistes et quantité de personnes jugées contre-révolutionnaires qui se trouvaient là, de manière expéditive par un tribunal fantoche. Tous ont encore en mémoire le massacre de la princesse de Lamballe, fidèle amie de la reine. On la tua, l'éventra, croqua à pleines dents dans son cœur et sa toison fut portée en moustache par certains des assaillants qui se promenèrent dans tout Paris avec sa dépouille souillée. On porta sa tête au bout d'une pique sous les fenêtres de Marie-Antoinette au Temple. Rien que dans la capitale, plus de mille personnes furent assassinées à coups de sabres, de coutelas, de bûches. Tout ce qui passait entre les mains des septembriseurs devint une arme. Donatien s'était empressé d'aviser Gaufridy des funestes événements parisiens. Le notaire se réfugia aussitôt à Lyon avec son fils Elzéar. Donatien leur proposa même de venir loger chez lui et la femme Quesnet.

La royauté était abolie et les parents des émigrés rendus responsables économiquement de la trahison de leur progéniture. Envahi par la peur et la crainte de perdre de l'argent qui lui fait déjà cruellement défaut, Sade a écrit à la hâte une lettre à ses fils partis en Allemagne leur conjurant de rentrer en France au plus vite, les menaçant de sa haine et de sa malédiction s'ils tardaient un seul jour à lui obéir. Lettre qu'il n'a pas manqué de faire certifier par des témoins[58]. Qui sait ? Cette preuve de patriotisme pourrait lui être très utile à l'avenir en ces temps où toutes les bonnes familles comptent dans leurs rangs des émigrés, des traîtres à la nation. Même les Montreuil se sont vus assigner à résidence[59] ! Tous leurs enfants, à l'exception de Renée-Pélagie, se sont enfuis à l'étranger. Madame de Sade, accompagnée de sa fille, est quant à elle partie trouver refuge dans la demeure familiale de La Verrière, au sud-ouest de Paris, dans la vallée de Chevreuse. Donatien, aux responsabilités de la section des Piques dont dépendent les Montreuil, met tout en œuvre afin de préserver sa belle-famille. Il les hait certes, mais pas au point de désirer leur mort et armer la main des assassins.

Pourtant, quelque chose tenaille les entrailles du marquis. Une nouvelle des plus affreuses. Son château de La Coste a été mis à sac. Tout a été détruit. Les portes éventrées, les meubles jetés par les fenêtres, la cave pillée. Il ne reste rien des souvenirs ramenés d'Italie, des œuvres d'art entassées des décennies durant. Tout est perdu. Seuls quelques objets rescapés de ce pillage ont

58 Lettres écrites le 18 août 1792 adressées à M. de Montreuil, à la marquise de Sade et à ses deux fils où Sade prend ses distances avec la décision de ses fils et accuse ouvertement les Montreuil et Renée-Pélagie de les avoir encouragés à fuir. Les témoins attestant les copies de ces lettres conformes aux originaux sont les citoyens Macarel, employé à la confection des assignats, et Girouard, imprimeur-libraire.

59 Disposition du 15 août 1792 : « L'Assemblée nationale décrète que les pères, mères, femmes et enfants des émigrés demeureront consignés dans leurs municipalités respectives, sous la protection de la loi et la surveillance des officiers municipaux, sans la permission desquels ils ne pourront en sortir, sous peine d'arrestation. »

été réquisitionnés par les autorités du département des Bouches-du-Rhône et transférés sur trois charrettes à Marseille. Donatien a pensé au suicide, plusieurs fois, mais n'a jamais trouvé le courage de s'ôter la vie. Il va se battre. Il va porter plainte contre les auteurs du pillage de sa maison et contre les commissaires du département qui ont apporté à Marseille le peu qui lui restait. Il maudit Gaufridy qui, comme Renée-Pélagie trois ans plus tôt, a trop tardé à lui faire parvenir des affaires qu'il n'avait de cesse de réclamer. Pour Donatien, son ami est responsable de sa perte et de sa douleur, car sa fuite n'a fait que favoriser ce désastre.

Une page de sa vie se tourne dans un terrible déchirement. Le marquis de Sade est en deuil. Désormais, les belles années et les lourds secrets de La Coste appartiennent à un passé perdu à jamais.

Cette révolution aura décidément tout balayé sur son passage. Adieu château, fortune, épouse et amis ! Donatien est l'otage d'un mouvement qui prône l'égalité alors que lui, au contraire, s'est toujours senti supérieur à l'autre. Et que dire de cette vertu portée désormais en étendard comme on étale sa cocarde ? Voici que l'on veut des lois contre les maisons de jeu et de débauche ! Plus la Terreur enfle, plus les culottes demeurent sages. Donatien doit plus que jamais accepter de jouer le rôle d'un homme qu'il n'est pas et apprendre à composer avec la politisation croissante des débats. Oubliée la tiédeur. Maintenant qu'il a tout perdu, Donatien se doit de prendre une part active dans cette république s'il veut préserver sa tranquillité et garder sa tête. L'homme de lettres offrira sa plume aux insurgés qui, Dieu merci, n'ont pas connaissance de ses écrits licencieux.

73

Section des Piques. Samedi 6 avril 1793

Paris retient son souffle. Pensez donc ! Dumouriez, le vainqueur de la bataille de Valmy, est passé à l'ennemi. La République perd avec lui un de ses meilleurs généraux et par la même occasion un de ses héros. On craint que l'exécution du roi le 21 janvier dernier n'attise davantage le désir de vengeance des émigrés et des puissances étrangères devenues de plus en plus hostiles aux idées nouvelles venant de France qui menacent de se propager à travers l'Europe entière. La jeune République est aux abois et lève par centaines de milliers des hommes pour la défendre, provoquant des révoltes à Montargis, Amiens et Rouen, sans compter la Vendée qui s'embrase un peu plus chaque jour. La République française est cernée par des ennemis aussi bien à l'intérieur qu'à l'extérieur de ses frontières.

Un homme n'a pourtant que faire de ces bavardages. Il avance prudemment sur la neige en espérant à chaque pas ne pas tomber. Sa canne ne lui sera guère d'un grand secours tant le sol est glissant. À bientôt quatre-vingts ans, Claude René Cordier de Launay de Montreuil n'a pas la démarche assurée de ces sans-culottes qui traversent la capitale en tous sens afin d'égorger de l'aristocrate. Il peste contre son épouse qui l'a convaincu de prendre la route par ce mauvais temps et en soirée qui plus est ! À défaut de se faire couper la tête, il se cassera bien une jambe si ça continue. Comme il regrette le temps où il pouvait se promener en toute quiétude dans son carrosse. La chose est devenue absolument impensable aujourd'hui. Arriver à cet âge canonique et claudiquer ainsi dans les rues de Paris, emmitouflé dans un manteau, en baissant la tête de peur d'être reconnu et taillé en pièces... Ce nouveau monde ne tourne décidément pas très rond. Le Président de Montreuil en viendrait presque à s'impatienter de quitter cette Terre et laisser ces fous s'entretuer autant qu'ils le souhaitent.

— Ah ! Voici l'église des Capucines[60] ! murmure-t-il en débouchant sur la place que l'on appelait jadis place Vendôme.

Sans même s'en rendre compte, le vieil homme presse le pas. Il déteste le froid et souhaite surtout en finir au plus vite avec cette mascarade. Un mal nécessaire auquel il se prêtera néanmoins plus volontiers que ne l'aurait fait la Présidente. Le manque d'amour propre de monsieur de Montreuil est devenu pour le couple une arme diplomatique, un mal nécessaire pour survivre.

Le vieil homme se trouve face à un bâtiment de deux étages. Il pousse légèrement sur la porte qui n'est pas

---

60 Église aujourd'hui disparue.

verrouillée, comme on le lui a promis. À cette heure, il ne devrait trouver personne ici si ce n'est celui qui l'attend au premier étage. Il monte avec difficulté les quelques marches qui le séparent de celui qui, sans le savoir, est le détenteur de grands espoirs.

L'escalier craque, le cœur s'emballe. L'ascension n'y est pour rien. C'est alors qu'une silhouette massive émerge d'une pièce éclairée pour lui tendre la main afin de l'aider à parvenir jusqu'à elle.

— Je vous remercie, monsieur, soupire monsieur de Montreuil entre deux respirations courtes et rapides.

— Citoyen ! Il faut dire citoyen ! Vous ne voudriez pas finir en prison pour un défaut de langage, n'est-ce pas ?

Le dos légèrement voûté, le Président dévisage celui qu'il peine à reconnaître. Quinze ans qu'ils ne se sont vus ! Donatien a forci, ses cheveux se font plus rares, mais ces yeux ! Le bleu a quelque peu pâli et ils se froncent souvent, mais cette éventuelle baisse de la vue n'a en rien ôté à ce regard sa faculté à vous transpercer.

— Entrez, je vous en prie !

Une paume ouverte désigne le chemin. La démarche à trois coups résonne sur le plancher. Donatien lui emboîte le pas.

— Asseyez-vous ! Voulez-vous boire un peu de vin ?

— Volontiers, répond un monsieur de Montreuil on ne peut plus étonné devant tant de courtoisie.

La pièce est décorée avec énormément de sobriété, loin des souvenirs que le Président avait concernant les goûts de son gendre. Des chaises de paille, des meubles de facture modeste, quelques livres et un amoncellement de papiers sur une table qui doit lui servir de bureau.

En moins de temps qu'il ne faut pour le dire, Donatien tend déjà le breuvage à son invité.

— Trinquons à ces retrouvailles inespérées, voulez-vous ?

Le Président regarde par-dessus son épaule. Sade lui jouerait-il un mauvais tour ? Quelqu'un serait-il en embuscade à les espionner ? Cela donnerait au moins sens à tant d'amabilités. Personne...

Debout, sourire aux lèvres et verre en avant, Sade toise le triste Sire en équilibre sur le bord de son siège. Les verres s'entrechoquent et l'on boit sans retenue, sans détacher son regard de cet autre que l'on s'était pourtant promis de ne jamais revoir. Donatien prend enfin place face à cet homme qui fut autrefois son beau-père. Les mains croisées sur la table qui les sépare, le secrétaire de la section des Piques ne semble pas bouder son plaisir. D'ailleurs, il ne s'est pas départi de ce petit rictus qui agace déjà monsieur de Montreuil. Donatien est en position de force et il ne le sait que trop.

— Que me vaut l'honneur, citoyen ?

À ce mot, le Président ne peut réprimer un froncement de sourcils suivi d'une moue de dégoût.

Donatien se met à rire bruyamment.

— Il faudra pourtant vous y faire ! Vous n'êtes pas sans savoir que tout comportement suspect est jugé antirévolutionnaire. Méfiez-vous ! Votre apparente hostilité à la jeune république est susceptible de vous attirer nombre d'ennuis.

— J'en conviens, mais admettez tout de même qu'il est peu aisé de faire table rase d'un long passé auquel on se cramponne alors que les années censées composer votre avenir se comptent sur les doigts d'une seule main.

Donatien lève à nouveau son verre.

— Je bois à ces bonnes paroles !

Le vieux bonhomme hésite à formuler les raisons de sa visite, mais décide de se lancer. Après tout, il faut tailler dans le vif et puis il lui tarde de retrouver le confort de son hôtel particulier. Il se racle la gorge et prend la parole.

— Vous n'êtes pas sans savoir... *citoyen*, que l'année dernière, les autorités ont profité d'une de nos absences pour apposer les scellés chez nous.

— Comment ne pas le savoir ? Vous dépendez de cette section dont je suis secrétaire.

— Précisément ! Je vous avoue qu'un temps mon épouse a cru à une manœuvre de votre part pour vous venger d'elle.

Donatien prend un air faussement indigné.

— Vraiment ? Mais me venger à quel propos ? Aurais-je donc à me venger des lettres de cachet ? De toutes ces années de prison ? D'avoir fait fouiller mes affaires afin de dissimuler ma relation avec votre autre fille, la belle et douce Anne-Prospère ? Ou d'avoir élevé mes enfants dans la haine de leur père ? D'avoir soufflé à ma femme d'en faire autant ? Dois-je continuer ?

Son interlocuteur ne pipe mot. Le visage de Sade a changé. Les traits se sont durcis et l'horrible rictus a disparu.

— Allons ! Point de vengeance ici ! La fraternité est un devoir national, n'est-ce pas ?

— Étrange fraternité que celle où les frères s'entretuent et dansent autour de la dépouille de leurs ennemis..., murmure le vieil homme.

Donatien écoute attentivement et ressert un autre verre à son visiteur.

— Nous admettons nos torts, mais admettez qu'il n'aurait été aisé pour personne de composer avec un gendre doté d'un tel tempérament.

— Je le conçois.

Et Claude-René Cordier de Launay de Montreuil de surprendre à nouveau ces lèvres dessiner cette petite courbe joviale sur le visage de Sade. Il se racle à nouveau la gorge et reprend.

— Vous n'êtes pas sans savoir qu'on a mis en place les comités de surveillance et le Tribunal révolutionnaire avec les conséquences que nous connaissons. On arrête à tout-va, on condamne, on guillotine. Or, nos enfants comme les vôtres ont émigré et, de fait, nous ne nous sentons plus en sécurité. On tremble dès que l'on frappe à notre porte ou que des sans-culottes passent sous nos fenêtres en scandant les pires horreurs.

— Qu'attendez-vous de moi ?

— Une protection ! Afin de ne pas accabler ces chers petits que nous aimons tous, où qu'ils se trouvent aujourd'hui et qui seraient effondrés d'apprendre qu'il nous est arrivé malheur. En souvenir du temps jadis, monsieur.

À ces mots, Donatien paraît gêné, voire touché. Les choses étaient si simples alors ! Certes il y eut les scandales et les cavales, mais Donatien était libre, vivant et ses enfants l'aimaient, car on leur cachait les agissements de leur père. Sade hésite, mais il se doit de faire certaines confidences à cet homme qui, de toute façon, n'en a plus pour très longtemps. Et quand bien même il parlerait, personne ne le croirait.

— Je ne suis pas un de ces sanguinaires, *monsieur*. Je hais le petit peuple qui, tels de stupides moutons, a besoin d'un berger pour le guider. J'exècre ce concept d'égalité qui ne rime à rien. Il y a toujours eu des faibles et on ne peut nous tenir responsables de notre supériorité. La monarchie a inlassablement tenté de museler l'aristocratie, de la faire marcher au pas, et regardez où nous en sommes ! Oui, je fais des rapports sur les hôpitaux. Oui je fais des discours qui sont acclamés au sein de ma section. On vénère des paroles que mes pensées condamnent. Croyez-moi si vous le pouvez, mais j'irais jusqu'à prêcher la vertu si je m'y sentais contraint. Partez en paix ! Et dites à la Présidente que vous avez rempli votre mission avec dignité.

Les deux hommes se lèvent et prennent congé l'un de l'autre sans savoir précisément s'il s'agit d'un au revoir ou d'un adieu. L'Histoire qui est en marche se chargera de décider pour eux.

74

Rue des Mathurins.
Matin du dimanche 8 décembre 1793

Un couple est assis devant l'âtre de la pièce principale du premier étage. Baignée d'une lumière jaune-orangé, la tête penchée sur ses aiguilles à tricoter, Constance écoute distraitement Donatien se gargariser de ses exploits en des temps troubles où les têtes tombent par centaines.

— Tous disparaissent les uns après les autres. Roi, reine, aristocrates, révolutionnaires d'hier jugés trop tièdes aujourd'hui. Marat assassiné par une Normande dans sa baignoire. Même les citoyennes décident d'écrire cette page d'Histoire !

— Et pourquoi ne le feraient-elles pas ? s'indigne faussement madame Quesnet. Elles aussi périssent sous la lame républicaine. Tenez ! Tout à l'heure ce sera au tour de la Dubarry d'avoir la tête tranchée sur la place de la Révolution. Ce mouvement n'épargne personne alors pourquoi ne pas les laisser choisir entre la discrétion et le courage ? Quand certaines prétendent être enceintes pour retarder leur exécution, d'autres décident de prendre un poignard. Pourtant l'une et l'autre ne sont pas à blâmer.

Le tout nouveau président de la section des Piques ne peut s'empêcher de sourire. Que la naïveté de Constance est touchante ! Si les femmes entendent jouer un rôle dans cette nouvelle ère, le monde n'est pas prêt et peu importent les déclarations d'une Olympe de Gouges. Si le sang versé est le même, les prérogatives du sexe fort ne sont pas prêtes à passer du côté des porteuses de jupons. Ces temps troublés nécessitent de la subtilité, pour ne pas dire un certain opportunisme. Donatien pense encore au joli tour joué à la barre de la Convention nationale le mois dernier. Lui, le libertin, le sodomite, a osé prôner un culte des Vertus et fut même applaudi pour cela[61]. Si la compagnie des femmes est nécessaire, parfois rassurante, voire réconfortante, on ne peut les considérer comme égales à l'homme et tous les textes du monde ne pourront rien y changer. Cela lui fait d'ailleurs penser qu'il n'a jamais payé à Renée-Pélagie la rente annuelle de quatre mille francs qu'il lui doit. Peu importe ! De toute façon, il manque cruellement d'argent comme toujours et Gaufridy était trop occupé à sauver sa tête pour répondre à ses lettres. Quelle idée aussi d'arborer une cocarde blanche à Toulon en acclamant Louis XVII ? Il était évident pourtant que des gens le reconnaîtraient et se feraient un plaisir de le dénoncer. Si les choses depuis se sont tassées et que Gaufridy a pu regagner Apt, le suivi de ses affaires a pâti de ces longs

61 Extrait des Registres des délibérations de la Section en date du 15 novembre. Il est décidé d'imprimer mille exemplaires de cette déclaration.

mois de fuite et les incessantes requêtes de Donatien n'y changent rien. À défaut de se sentir soutenu par les siens, au moins peut-il s'enorgueillir d'avoir tenu parole en ayant sauvé la vie des Montreuil en les faisant inscrire sur une liste épuratoire en août dernier. Un mot de sa part et ses beaux-parents étaient finis. Donatien sait pourtant que son tour de rendre des comptes viendra. Il en va ainsi depuis des mois. Un jour encensé et honnis le suivant. Depuis des semaines, il entasse quantité de documents et d'attestations au cas où il aurait à se défendre. Il est inconcevable qu'il finisse à son tour la tête dans la lunette ! La guillotine n'est pas une fin envisageable. Il a encore tant à réaliser ici-bas à commencer par faire reconnaître son incroyable talent d'auteur. Si la plupart de ses tentatives se sont soldées par des échecs, Donatien est tenace. Ce n'est qu'une question de temps. Les acclamations ne seront bientôt plus destinées uniquement à ses discours ou autres rapports sur les hôpitaux de Paris, non ! Le jour est proche où ses pièces seront ovationnées par un public applaudissant à tout rompre. Il en est convaincu.

Le portier pénètre soudain dans la pièce sans s'être annoncé. La chose est étrange. Apparaissent aussitôt deux hommes à sa suite. Donatien reconnaît l'un d'eux. Il s'agit de Michel Laurent, du comité révolutionnaire de la section des Piques.

— Commissaire Jouenne ! dit l'autre. Nous avons ordre de perquisitionner et d'apposer les scellés sur ce qui se trouve ici.

Sade lance un regard à Constance qui semble affolée. Contre toute attente, Donatien demeure calme et obtempère.

— Citoyens, je ne connais rien de mieux que l'obéissance aux lois. Remplissez votre office.

Donatien rassemble des papiers, les porte dans son cabinet et demande au commissaire de faire parvenir des feuillets à son imprimeur. Jouenne y jette un rapide coup d'œil. Il s'agit d'un manuscrit intitulé *Aline et Valcour*. On commence à fouiller meubles et tiroirs avec énergie. La femme Quesnet ne peut masquer son trouble.

— Bien, mais je vais le parapher et en référer à qui de droit.

Le policier remarque chez Constance un certain émoi.

— Êtes-vous mariés, demande-t-il à la femme tremblante qui ne peut répondre.

— Non, répond Sade. Elle vit ici, dans ses meubles au rez-de-chaussée. Je vis ici au premier, mais quelles sont les raisons de tout ceci ?

Jouenne ne répond pas. Il se méfie. À voir le comportement de la dame, il soupçonne des liens plus étroits, entre ces deux-là, qu'ils ne veulent bien l'avouer. Il décide de descendre et fouiller les affaires de la dame au cas où quelque chose de compromettant s'y trouverait. Après un long moment de vaines recherches, on pose enfin les scellés dont on charge un sans-culotte d'en assurer la garde, puis, entouré de Jouenne et de Laurent, on emmène Donatien dans une voiture.

— À la prison des Madelonnettes ! lance le policier au cocher.

La voiture se met en branle et Donatien de réitérer une question demeurée sans réponse.

— Pour quel motif ?

— Vous êtes suspect, lui répond-on sans même le regarder.

— Mais de quoi ?

Silence.

Les Madelonnettes ! Un ancien couvent transformé en prison situé non loin du Temple. Donatien trouverait à rire si la situation n'était si dramatique.

Après plusieurs minutes d'un trajet aussi silencieux qu'angoissant, la voiture dont on a tiré les rideaux s'arrête devant un mur d'enceinte d'une tristesse à pleurer. Donatien ne parvient à réaliser qu'il va de nouveau se retrouver enfermer. Sa liberté n'aura duré qu'un peu plus de trois années. Combien de temps celle-ci le gardera-t-elle privé de tout ? Avant il pouvait compter sur le soutien de Renée-Pélagie. Elle lui rendait visite, lui faisait parvenir meubles et livres et surtout de l'argent. Si Constance tente de le visiter, elle ne possède pas les ressources financières de son épouse. Reste les Montreuil qui lui sont redevables...

Les portes s'ouvrent les unes après les autres dans un fracas métallique assourdissant. Il règne ici un silence de mort qu'accompagne son parfum nauséabond. On parvient enfin à une pièce où trône un grand fauteuil sur lequel est avachi un vieux bonhomme à la mine impassible.

— C'est lui ? interroge-t-il.

— Oui, lance fièrement Jouenne.

Le concierge regarde attentivement celui qu'on vient lui confier. Il le détaille de la tête aux pieds puis s'empare de sa plume et inscrit sur son registre.

Du dix-huit frimaire de l'an second de la république une et indivisible.

François Desade agé de cinquante trois ans, natif de Paris, homme de lettres demeurant rue de la ferme des Mathurins N° 871. Taille de cinq pieds deux pouces, cheveux sourcils blonds gris, front haut et découvert, yeux bleus clairs, nez moien, bouche petite, menton rond, visage ovale et plein.

À été emmené en la maison de céans comme suspect en vertu d'un mandat d'arrêt en date du jourd'hui pour y être gardé jusqu'à nouvel ordre.

Signé Heussée et Massé administrateurs au département de police de la Commune de Paris.

Délivré par moy greffier concierge de la dite maison soussigné ce dix-neuf dudit mois dudit an.

Vaubertrand père pour mon fils[62].

— Où l'emmène-t-on ? s'enquiert Jouenne.

Le bonhomme lève les yeux rougis de son registre un rien désabusé.

— Comme je l'ai fait savoir aux autorités, nous n'avons plus aucune place. Il ira au fond du couloir dans les latrines.

62 Archives nationales F7 4775/9, pièce 35.

Donatien ose prendre la parole pour la première fois depuis son arrivée.

— Vous n'y songez pas ! s'insurge-t-il

— La République est trop efficace, citoyen. Nous n'y pouvons rien.

75

Les Madelonnettes.
Le 12 janvier 1794

Les nuits dans ces geôles se suivent et se ressemblent toutes. Le silence est à de multiples reprises déchiré par des cris de désespoir ou de rage qui arrachent à leurs rêves des prisonniers incrédules. Cette nuit ne fait malheureusement pas exception aux autres. Quelqu'un est en train de crier son innocence et sa volonté de revoir sa femme avant qu'on ne le transfère au petit matin à la Conciergerie. Personne ne lui demande de se taire, car demain, peut-être, partageront-ils hélas son triste sort. Au profond d'eux-mêmes, ils le comprennent et le plaignent. Tous ici savent que le transfert à la prison de la Conciergerie annonce le début d'un procès expéditif qui se conclut bien souvent par une condamnation à mort.

Un homme se désespère au fond de son trou puant, abandonné à son triste sort, oublié de tous, sans connaître les raisons de son incarcération. Le Concierge Vaubertrand a beau faire preuve de compassion, sans toutefois trop se compromettre, cela n'efface en rien les terribles conditions de détention de cette maison, même si, fort heureusement, depuis quelques semaines, Donatien bénéficie enfin d'une véritable cellule. Mais sa seule et réelle consolation est de savoir que d'autres qui, hier œuvraient à lui nuire se retrouvent aujourd'hui sous les fers et certains dans cette prison même. Comme cela doit être humiliant pour Louis Thiroux de Crosne, ci-devant lieutenant général de police, de se retrouver dans ces geôles où il envoya bon nombre de citoyens par le passé ! Il n'y a qu'à le voir longer les murs lorsque les portes des cellules sont ouvertes dans la journée et que tous peuvent aller et venir dans les cours de l'établissement. Il se faufile, se coule le long des murs cherchant la discrétion comme d'autres cherchent de l'or, ramassé sur lui-même, silencieux et craintif. L'absence de pouvoir fragilise certains jusqu'au ridicule. Aux yeux de Donatien, le comte de La Tour du Pin, enfermé ici lui aussi, est bien plus estimable. La fidélité à la monarchie dont celui-ci fit preuve au procès de Marie-Antoinette est encore dans toutes les conversations. Oser saluer la Veuve Capet en plein tribunal, la désigner sous le titre de *Votre Majesté* et déposer en sa faveur devant une salle hostile ! Une attitude des plus courageuses, mais ô combien suicidaire !

Donatien a beau retourner les événements de ces dernières semaines dans tous les sens, il ne parvient pas à déceler celui qui lui vaut cette détention non loin de la prison du Temple où geignent encore les enfants de France en compagnie de madame Élisabeth, la sœur de feu Louis XVI. Il ne peut s'agir de son implication dans les choses de la révolution. Il n'a cessé de rédiger des rapports et de prononcer nombre de discours pour certains acclamés et imprimés pour être envoyés dans toutes les sections de Paris. Il est même allé jusqu'à promettre aux députés de la Convention nationale de donner au pays de nouveaux fils afin de racheter la désertion des deux premiers !

Seule Constance bénéficie de sa confiance. Elle et elle seule. Sa famille est soit réfugiée à l'étranger, soit totalement indifférente à son sort. Peu importe ! Si l'adversité révèle bien souvent l'attachement des véritables amis, madame Quesnet a largement prouvé son total dévouement. Aussi Donatien n'a pas hésité à convoquer ici même les notaires Dufouleur et Thion afin de désigner madame Quesnet sa procuratrice générale et pénale[63]. En son absence dans le monde, celle-ci aura tout pouvoir pour ses affaires. Peut-être même sera-t-elle en mesure de récupérer les épreuves d'*Aline et Valcour* abandonnées sous les presses de Girouard. La tête du malheureux imprimeur-éditeur est tombée dans le panier il y a quatre jours. Donatien pourtant ne peut le plaindre. Qu'attendait-il ce royaliste convaincu dont le poinçon portait une fleur de lys ?

Des pas résonnent sur le dallage du couloir. Un bruit métallique réveille ceux qui ne dormaient pas et dont il partage la cellule. La lueur d'un flambeau vient agresser des paires d'yeux arrachés à la pénombre.

— Sade ! Debout !

---

63 L'acte est signé le 22 décembre 1793.

Donatien hésite. Se peut-il qu'il accompagne ce pauvre hère qui ne cesse de hurler son désespoir à la Conciergerie ? Le bourreau se délectera-t-il de tenir par les cheveux et d'exposer à la foule cette tête qui n'a pas encore terminé de concevoir de purs chefs-d'œuvre de la littérature française ?

— Où m'emmenez-vous ?

— Chez toi !

Donatien s'extrait de sa paillasse avec enthousiasme, ramasse ses affaires à la hâte et s'empresse de proclamer tout sourire à ses compagnons d'infortune qu'il faut toujours croire en la justice de la république.

Les porte-clefs sont hilares, Donatien interdit.

— Mais que crois-tu, Sade ? Que tu es libre, c'est ça ?

Le silence et les yeux hagards du prisonnier ne font que redoubler les rires des gardiens.

— Ils vont lever les scellés, perquisitionner ci et là, prendre ce qui intéressera tes juges et te changer de prison.

Le ci-devant marquis prend peur.

— Dans quelle maison ? Sur l'Île de la Cité ? À la Conciergerie ?

Un des deux geôliers sourit, heureux de l'effet qu'une telle annonce a provoqué chez Sade. Il savoure ce petit pouvoir dont il est le sinistre détenteur, puis, lentement, le sourire carnassier, il daigne répondre à celui qui serre à présent contre lui le peu d'affaires qu'il emportera avec lui.

— Pas tout de suite, citoyen. La Conciergerie viendra bien assez tôt. En attendant, tu auras l'honneur d'apprécier l'hospitalité de la république. Après avoir écrit sur ses hôpitaux, tu goûteras les conditions de détention de ses prisons. Tu iras aux Carmes. On dit que l'on y entend encore les cris des deux cents prêtres que l'on a passés à la baïonnette en septembre quatre-vingt-douze. Tu n'es pas prêt de dormir en paix.

Et les deux bonshommes de rire de plus belle.

Donatien recherche de l'aide autour de lui. Mais le regard de ses compagnons le fuit comme si le malheur pouvait être contagieux.

— Allez ! Sors de là ! La justice n'attend pas.

76

Paris.
Fin mars 1794

La maison des Montreuil est des plus calmes. La proximité de la place de la Révolution invite à la méfiance et au recueillement. Que de sang versé non loin d'ici ! Nombre d'anciens amis ou de connaissances lointaines ont rendu leur dernier souffle sous les hourras et les bravos d'une foule en liesse à deux pas d'ici.

Monsieur de Montreuil est à l'étage occupé à écrire quantité de lettres afin d'assurer l'avenir de sa famille. Le fait que Donatien soit en prison depuis plusieurs mois n'a fait qu'amplifier leurs craintes d'une arrestation prochaine. Il faut multiplier les alliances, préserver les anciennes et s'efforcer d'en créer de nouvelles susceptibles de leur éviter le pire.

Au rez-de-chaussée, l'apparente quiétude du petit salon n'est dérangée que par des bruits de porcelaine où tasses et soucoupes s'entrechoquent. Trois dames prennent le thé, une mode anglaise à laquelle bon nombre de réfugiés ont dû se soumettre en arrivant de l'autre côté de la Manche voulant fuir cette révolution qui aurait fini par les emporter tôt ou tard.

— Alors ma petite Laure ! Qu'avez-vous fait aujourd'hui ?

La fille du marquis, qui fêtera ses vingt-trois ans dans quelques jours, sourit à sa grand-mère.

— Un travail de broderie que j'ai grand-peine à terminer. J'espère l'achever pour mon anniversaire.

La Présidente observe sa petite-fille, mais comme à son habitude ne sait quel œil regarder. Son strabisme la déconcerte. Pensez donc ! Hériter des yeux de son père et loucher ainsi ! Quel dommage qu'ils ne sachent s'organiser davantage afin de regarder dans la même direction. Peut-être aurait-elle alors trouvé un époux ? Mais la jeune fille est aussi dévote que son père est dépravé.

— Vous y arriverez, j'en suis certaine, se contente de répondre madame de Montreuil délaissant aussitôt sa petite-fille et ses ennuyeuses conversations pour discuter à voix basse avec Renée-Pélagie.

— Je crains, madame, que Laure ne soit à vos côtés jusqu'à la fin de vos jours.

À ces mots, Renée-Pélagie lève les yeux au ciel et soupire.

Les deux femmes ont à parler de choses autrement plus sérieuses que de simples travaux d'aiguille. La Présidente enjoint gentiment à Laure de regagner sa chambre invoquant une conversation trop pénible pour son esprit délicat. Comme elle s'y attendait, celle-ci obéit sans mot dire.

La porte à peine refermée, la Présidente repose sa tasse sur le guéridon et s'adresse à Renée-Pélagie sans aucune retenue.

— Vous n'êtes pas sans savoir que votre mari se trouve à Picpus depuis hier ?

— J'avoue ne plus suivre son périple carcéral. Il change de prison comme d'autres le font de leurs opinions ces temps-ci.

— Après deux mois à Saint-Lazare, on l'a transféré hier dans cette pension pour cause de maladie sans toutefois pouvoir m'en dire davantage. Vous et moi savons qu'il est aisé de se faire déclarer malade afin de se faire admettre dans ces maisons où il n'y a point de barreaux et où les pensionnaires sont en mesure de flâner dans le jardin entre gens de bonne compagnie. Il suffit pour cela de monnayer son transfert et de payer une confortable pension au maître des lieux.

— Donatien n'a pas d'argent. Vous n'ignorez pas qu'il ne cesse d'en réclamer à Gaufridy et qu'il tarde à me rembourser ma dot. On dit même qu'il est parvenu à convaincre le commissaire de ne pas réapposer les scellés chez lui le soir du 12 janvier en prétextant ne pas être en mesure de continuer à payer le sans-culotte chargé de veiller sur eux.

La Présidente se met à pouffer.

— Que vous êtes encore naïve après tout ce temps ! Vous ne pouvez décidément renier votre fille ! C'est cette femme Quesnet qui a remué ciel et terre pour obtenir cette translation. Ce drôle de couple possède encore des soutiens au sein de la Convention et sait en disposer.

Cette créature n'a pas perdu de temps. Elle a déjà rendu visite à Donatien qui l'a affublée du doux sobriquet de *Sensible*. Elle lui rend visite à pied et lui apporte déjà de petits paniers remplis de provisions.

Le regard de Renée-Pélagie s'embue. Cet homme est décidément incroyable ! Il parvient à susciter une telle fascination chez les femmes, un tel dévouement. Elle pensait avoir fait table rase de cette période douloureuse, oublié mari si cruel et pourtant la simple évocation de son nom fait à nouveau battre son cœur. Elle ne sait si elle l'aime encore, elle a tant souffert, mais elle ne peut oublier toutes ces années à ses côtés, à tenter désespérément de le satisfaire tout en tentant de le protéger de lui-même.

Remarquant le trouble chez sa fille, la Présidente reprend la parole de peur de devoir la consoler de ses amours perdues, car elle n'a pas le cœur à de tels épanchements.

— Au moins, sait-on enfin ce qui lui est reproché. On a trouvé une liste élaborée par l'ancien maire de Paris, Pétion. Le nom de Sade figure sur celle-ci pour avoir demandé à Brissac un poste dans la garde constitutionnelle du roi en 1791.

Renée-Pélagie dodeline de la tête.

— Plus rien ne m'étonnera concernant Donatien. Peut-être pensait-il alors que Louis XVI pouvait encore composer avec cette révolution.

— Toujours est-il qu'on ne lui pardonne pas cette apparente duplicité. Pire ! Sa section se targue de l'avoir toujours soupçonné. Évidemment, ils se sont empressés de ressortir les vieilles affaires d'Arcueil et de Marseille. Un tel libertin sur lequel a plané une condamnation à mort pour ses actes innommables de luxure ne pouvait trouver grâce aux yeux du pudibond Robespierre.

Petit doigt en l'air, Renée-Pélagie trempe à nouveau ses lèvres dans le fumant breuvage et observe sa mère qui semble se repaître de la moindre de ses expressions trahissant un certain malaise. Renée-Pélagie ne lui procurera pas ce plaisir à nouveau.

— Je m'étonne même que ce passé judiciaire n'ait pas émergé plus tôt, se contente-t-elle de répondre le plus laconiquement du monde. J'espère néanmoins que mes enfants n'auront pas à enterrer leur père pour son inconséquence.

La vieille dame est admirative devant l'apparent courage de sa fille aînée, tout en n'étant point dupe des sentiments contradictoires qui l'animent.

L'avenir leur dira si ce marquis, entré dans leurs vies il y a plus de trente ans en semant troubles, scandales et déshonneur, leur sera bientôt arraché par la guillotine.

77

Picpus. Juin 1794

Le soleil inonde le jardin de la pension de santé de monsieur Coignard où se promène et converse une société que l'on croyait appartenir au passé. Les aristocrates côtoient intellectuels, militaires et anciens exécutants de l'autorité royale. On bavarde avec nostalgie des temps anciens, on envisage avec une certaine légèreté un avenir qui hier encore paraissait incertain et l'on se surprend à badiner avec l'autre sexe. On joue aux cartes, déguste de très bons plats en bonne compagnie, les visites sont autorisées, voire encouragées, et on peut écrire librement à ses proches ou à ses hommes de confiance afin de continuer à gérer ses affaires. Eugène Coignard offre à ces riches suspects, contre forte rémunération bien entendu, la quiétude de ces lieux qui leur permettent de se faire oublier des autorités. Les tragédies du dehors paraissent si lointaines…

Oui, mais voilà, un sujet de conversation est aujourd'hui sur toutes les lèvres : on vient de transférer la guillotine à deux pas d'ici, place du Trône-Renversé[64]. Les riverains de la place de la Révolution n'en pouvaient plus de voir défiler, sous leurs fenêtres, les charrettes transportant les cadavres sans têtes. L'odeur de ces suppliciés ajoutée à celle du sang abondant sous l'échafaud rendait l'air vicié et la proximité du rasoir républicain insupportable. Les autorités pensaient alors que l'installation de l'échafaud face à la Bastille serait judicieuse et hautement symbolique. Hélas, le sol ne parvint pas à boire le sang des sacrifiés et trois jours seulement après quelques dizaines d'exécutions, on transporta la Louison ici où l'on pourra bientôt entendre la foule applaudir et crier de contentement.

Hier, deux fonctionnaires sont venus ici. Avec un certain détachement, ils ont inspecté les lieux, fait le tour du jardin, compté les arbustes et les arbres fruitiers. Personne ne connaît vraiment les raisons de cette intrusion dans cet endroit d'ordinaire si paisible. En tout cas, tous craignent désormais de se voir rappelés au bon souvenir des autorités révolutionnaires.

Mais voici qu'arrive Eugène Coignard, l'air embarrassé, précédant un cortège d'ouvriers tenant pioches, haches et quantité d'autres outils. La foule ébaubie s'écarte et laisse passer cette étrange procession.

— Retournez dans vos chambres ! Ces messieurs ont à faire et ne désirent être dérangés sous aucun prétexte.

Tout le monde perçoit le malaise de Coignard, mais ne désirant le compromettre, chacun regagne ses appartements. Tous sauf un qui se faufile derrière les piliers

64 Aujourd'hui place de la Nation.

du préau et observe attentivement ces hommes qui se mettent à abattre les arbres du parc tandis que d'autres percent le mur de clôture. En retrait, le maître des lieux ne peut qu'assister, impuissant, à ce carnage inconcevable hier encore.

— Pssst !

Coignard, étonné, se retourne discrètement afin de trouver l'inconscient qui ose l'interpeller ainsi. C'est alors qu'il aperçoit au loin un individu au front dégarni et au ventre proéminent lui faire signe d'approcher.

Sade ! Il ne pouvait évidemment s'agir que de lui ! Un pensionnaire, contre toute attente, on ne peut plus discret qui se languit de sa *Sensible* dont il attend avec impatience chacune des visites. Coignard peine à croire que la douce relation entre ces deux êtres ne soit que platonique d'ailleurs. Au demeurant, le ci-devant marquis est bien en deçà de son horrible réputation, car aucune des dames présentes ici n'a eu à se plaindre des manières de ce libertin patenté. Un homme qui n'est que contradictions et mystères. Des rumeurs disent que dorénavant il se contente d'écrire les fantaisies dont jadis il se plaisait à jouir. Heureusement pour lui, les amis de Robespierre n'ont pas encore fait le lien entre Sade et le fameux *Justine ou les Malheurs de la vertu* publié en 1791.

Coignard fait mine de rentrer et prend congé auprès des tâcherons de la république. Arrivé à hauteur de son célèbre pensionnaire, il lui fait signe de la tête de le rejoindre à l'intérieur.

Une fois réunis, les questions ne cessent de fuser de part et d'autre à voix basse.

— Que me voulez-vous ? Ne vous ai-je pas demandé de regagner votre chambre ?

— Que font-ils ici ?

— Ne le voyez-vous donc pas ? Ils travaillent.

— Ils ne travaillent pas, ils démolissent. Quel est le but de tout ceci ?

Coignard paraît plus gêné que jamais. Il semble nerveux.

— Ils vont creuser deux fosses dans le jardin.

— Des fosses ? Mais pour quoi faire ?

— À votre avis ? répond Coignard agacé.

Le visage de Donatien se ferme. Cela ne se peut.

— Ne me dites pas que...

— Et bien oui, je vous le dis ! Ils sont ici pour creuser deux fosses communes où ils viendront déverser chaque jour les corps des guillotinés d'à côté.

Donatien peine à contenir sa surprise et sa colère.

— Quoi ? Ce jardin... un charnier ?

— Chut ! Voulez-vous donc nous attirer des ennuis ?

Donatien se calme et observe par la fenêtre les hommes qui s'activent au-dehors.

— Mais pourquoi percer le mur de la clôture ?

— Ils créent une entrée pour que chaque soir les charrettes pénètrent dans le jardin en toute quiétude, à l'abri des regards des pensionnaires.

— Mais nous saurons tous ce qu'il se passera durant notre sommeil. Nous saurons qu'à quelques pas de nos lits, on jettera dans un trou les corps de nos amis ou ceux de membres de nos familles. Et notre tranquillité ? Tous connaîtront désormais notre cachette ? Et l'odeur ?

Coignard se retient de ne pas souffleter cet homme de lettres bien trop égoïste à son goût.

— Nous brûlerons du thym et du genièvre. Pour votre quiétude, je vais interdire les visites, les journaux et votre correspondance devront se réduire au strict nécessaire. Les gens de cette pension devront être des plus discrets s'ils ne veulent finir dans ce trou au fond du jardin.

Les regards des deux hommes se perdent sur ces amas de terre qui viennent assombrir la verdure du parc d'un voile lugubre.

— Je ferai tout afin de vous protéger. Votre survie est nécessaire à celle de ma petite entreprise. Mais je ne pourrai y pourvoir si vous ne faites pas tout ce qui est en votre pouvoir pour vous faire oublier de ce monde.

Donatien, d'ordinaire si loquace, demeure muet, assommé par cet imprévu si funeste.

— On ne rechignera pas à vous exécuter, reprend Coignard. En ces temps où tout le monde est suspect, où on raccourcit aujourd'hui ceux qu'on adulait hier, à l'instar d'un Danton ou d'un Hébert, ils n'ergoteront pas à tuer des anonymes. Aujourd'hui, on guillotine environ cinquante hommes et femmes par jour[65]. La chose est devenue des plus aisées. Le Tribunal révolutionnaire

---

65 Du 13 juin au 28 juillet 1794, on guillotina environ 1300 personnes sur la place du Trône-renversé. Des corps qui furent ensuite ensevelis dans les deux fosses communes de Picpus. La fosse n°1 reçut à elle seule 1000 corps. À la fin de la révolution, des familles dont des membres furent inhumés à Picpus s'associèrent et rachetèrent le terrain où ils installèrent une congrégation de religieuses. Certaines de ces familles décidèrent de s'y faire enterrer afin de reposer auprès des leurs. Ce fut notamment le cas d'Adrienne de Noailles (1759-1807), épouse du célèbre marquis de Lafayette. Le héros des deux Mondes décida de se faire ensevelir près de son épouse en 1834 à Picpus. Leur tombe est toujours visible de nos jours.

ne s'encombre plus d'interrogatoires, de témoins ou de défenseurs. Le bras de la justice est expéditif et ne fait pas dans la demi-mesure. Dorénavant, c'est la liberté ou la mort !

Les pierres du mur d'enceinte tombent dans un grand fracas qui sort Donatien de sa léthargie. Il sursaute.

— Je peux compter sur vous ? demande Coignard le ton autoritaire, mais implorant à la fois comme le ferait un bon camarade sollicitant une faveur.

— Vous le pouvez, Coignard. Vous le pouvez.

Et les deux de se serrer la main pour sceller ce pacte dont dépend leur survie.

78

Paris.
Le 26 Juillet 1794

Au premier étage de la Conciergerie, entre les tours de César et d'Argent, dans un bureau éclairé par deux candélabres, un homme est voûté sur sa table qui croule sous la paperasse. On vient de lui apporter un énième dossier d'accusation. Celui-ci est établi par la section des Piques. Il en lit la page de garde.

Aldonze[66] *Sade, ex-noble et comte, homme de lettres et officier de cavalerie, prévenu de conspiration contre la république*[67].

66 Lors de la naissance de notre marquis, son père souhaitait lui donner les prénoms *Donatien Aldonse Louis. Aldonse* était un vieux prénom provençal, totalement inconnu à Paris où eut lieu le baptême. Maurice Lever nous explique les raisons de cet imbroglio. « Le curé de Saint-Sulpice ne le comprit pas et inscrivit *Alphonse* sur l'acte. Quant au prénom de *Louis* voulu par le père en hommage à son protecteur Louis-Henri de Bourbon, il fut purement et simplement oublié et remplacé par celui de François. C'est ainsi que le marquis de Sade reçut les prénoms de Donatien Alphonse François au lieu de Donatien Aldonse Louis qui lui étaient destinés. » Sous la révolution, nous l'avons vu, Donatien signa de ces divers prénoms.

67 Archives nationales, F7/4775/9, pièce n°3.

L'accusateur public survole les feuillets qui le composent, s'arrête ci et là quand un mot attire son attention, l'interpelle. Ses lèvres bougent sans émettre le moindre son. La lecture ne dure que quelques minutes. Il prend alors une plume aussi noire que sa chevelure et griffonne à la hâte son réquisitoire.

Sade, ex-comte, capitaine des gardes de Capet en 1792, a entretenu des intelligences et correspondances avec les ennemis de la République. Il n'a cessé de combattre le gouvernement républicain en soutenant dans sa section que ce gouvernement était impraticable. Il s'est montré le partisan du fédéralisme et le prôneur du traître Roland. Enfin, il paraît que les preuves de patriotisme qu'il a voulu donner n'ont été de sa part que des moyens d'échapper à la recherche de sa complicité dans la conspiration du tyran, dont il était le vil satellite.

Fouquier-Tinville passe très vite à un autre suspect. Ils sont au nombre de vingt-huit ce soir. Il n'est pas prêt de se coucher tout contre Henriette, son épouse, dont les câlineries lui feraient pourtant le plus grand bien. Cette pensée l'émoustille. Il n'y pas un instant à perdre. Plus vite il aura terminé et plus tôt il se coulera entre les cuisses de sa jeune épouse de seize ans sa cadette.

Le lendemain, tôt dans la matinée, l'huissier du tribunal, porteur d'une ordonnance contenant les noms des vingt-huit prévenus, se rend dans les prisons de la capitale afin de faire appeler les intéressés et les saisir au corps afin de les emmener à la Conciergerie. Arrivé à la pension Coignard, l'huissier s'adresse à ceux présents dans la cour.

— Aldonze Sade. Qu'il avance d'un pas !

On murmure, on guette, les têtes se tournent de toutes parts, mais personne ne sort des rangs.

— Aldonze Sade ! Où est-il ?

Personne ne répond et pour cause. On ne sait où il est. Il se cache comme *Sensible* le lui a dit. Ces derniers jours, elle a parcouru tout Paris et a œuvré afin de trouver les fonds nécessaires pour corrompre qui de droit et elle y est parvenue. On remboursera les créanciers plus tard. L'essentiel pour le moment est de se faire le plus discret possible comme le lui a demandé Coignard. Et cette fois, Donatien obéit.

Agacé, le représentant du Tribunal révolutionnaire prend sa plume et inscrit en marge de sa liste, face au nom de Donatien : *Absent* et s'en retourne sur l'Île de la Cité remplir son office. Les condamnés seront décapités dans la journée, mais sans le citoyen Sade.

À peine la porte est-elle franchie par l'huissier, que d'autres visiteurs entrent à leur tour et répandent au sein de la pension la nouvelle qui fait frémir le Tout-Paris : Robespierre est tombé ! On vient de l'emmener au Comité de sûreté générale avec ses proches. Que deviendra la révolution ? La majorité à la Convention va-t-elle changer ?

Les heures passent entre incompréhension, espoir et abattement.

Dans la soirée, un homme ne parvient pas à trouver le sommeil. C'est alors qu'il entend la porte percée dans la muraille tourner sur ses gonds, suivi de l'horrible bruit des roues du tombereau tiré par deux chevaux. Une vingtaine de corps est jetée dans la fosse. Une vingtaine de dépouilles à laquelle manque la sienne.

79

Rue des Mathurins. Le 12 Décembre 1794

Dans ses appartements à l'étage de sa maison bourgeoise, Donatien jubile. Il est à nouveau libre. Depuis le mois d'octobre qu'il a franchi les portes de Picpus, la tête haute et toujours sur les épaules, bien vissée à son cou, les ennemis d'hier sont devenus ceux qui aujourd'hui cherchent son consentement sur toute chose. Qu'il fut jubilatoire d'observer qu'après la disgrâce et la mort de Robespierre, la section des Piques fut parmi les premières à le blanchir de toutes les accusations qu'elle avait pourtant formulées des mois plus tôt. La survie du ci-devant marquis est encore considérée par beaucoup comme un véritable miracle ou du moins, comme une preuve éclatante que celui-ci bénéficie encore de précieux appuis au sein des comités. Cependant Donatien a décidé de se retirer peu à peu de la vie politique. À trop s'investir dans des choses qui le surpassaient, il s'est mis en danger et ces trois cent douze jours de détention ont été un coup de semonce. Il a donc décidé de se remettre à l'écriture afin d'accéder à cette reconnaissance qui tarde à venir.

Pourtant, le manque d'argent l'empêche de se donner corps et âme à cette passion. Son esprit est sans cesse occupé à élaborer des manigances. Il doit faire patienter les créanciers qui ne cessent de réclamer leur dû en ces temps où l'assignat s'est effondré et a provoqué une hausse vertigineuse du prix des produits de première nécessité. Donatien en pâtit également, car le fruit de ses terres mises sous séquestre durant la durée de détention, lui est payé avec ce papier devenu sans valeur. Tandis que les bourgeois se sont enrichis et retournent au bal et au théâtre, le peuple se meurt de faim. Les queues devant les boulangeries commencent en pleine nuit, les gens se suicident, des mères se jettent dans la Seine en tenant leurs enfants dans les bras.

Paris a beau sembler apaisée, ses rues et ses places ne plus être inondées de sang, une partie de la population est pourtant aux abois. Et Gaufridy qui ne cesse de fuir sa maison et d'y revenir avant d'en repartir... Les affaires de Sade ne peuvent qu'en pâtir. Heureusement, le notaire provençal peut compter sur ses amis.

Donatien prend la plume afin de rassurer son ami.

Victoire, mon cher et digne ami ! Je suis assez heureux pour vous rendre à vous, à votre aimable famille et à votre tranquillité...

Je ne dois point vous laisser ignorer les soins et le véritable intérêt que la citoyenne Quesnet, mon amie, et demeurant même maison que moi, a pris à votre affaire. Elle seule l'a fait réussir, et elle sera flattée d'une petite lettre de remerciements de votre part[68]*. Goupilleau est très bien disposé pour vous et il a dit que si votre fils n'était que caché et point émigré, il se chargeait de le faire reparaître avec tranquillité. Dites-moi donc ce que vous voulez que je fasse sur cet objet. Je me presse pour que vous ayez ma lettre plus tôt. Je vous dirai le reste dans ma première. Je vous embrasse dans la joie de mon cœur d'avoir réussi.*

Donatien ne peut s'empêcher de sourire.

Bien évidemment, il n'a pas fait ces démarches uniquement par solidarité envers un vieil ami. Une fois le sort de Gaufridy éclairci, Donatien espère qu'il pourra enfin se donner tout entier à lui et à ses affaires. Néanmoins, ce que Gaspard Gaufridy ignore, c'est que Donatien, pour s'acheter les faveurs de Goupilleau, lui a fait livrer deux orphelines d'Apt.

68 Constance Quesnet recevra la lettre de remerciements de Gaufridy le 11 janvier 1795.

80

Paris.
Janvier 1795

Marie-Madeleine de Plissay Cordier de Launay de Montreuil reçoit la visite de quantité de personnes qu'elle n'avait pas vues depuis bien longtemps. Des personnes qui, par crainte des scandales jadis provoqués par Donatien ou aujourd'hui des piques ornées de têtes poudrées, avaient quelque peu délaissé les Montreuil. Certains, tout comme eux, avaient été enfermés quelques semaines dans les prisons révolutionnaires et n'avaient dû leur salut qu'à la mort providentielle de Robespierre.

Une humiliation ultime dont les Montreuil avaient eu grand mal à se remettre, peut-être même est-ce elle qui a précipité dans la tombe celui que ces gens viennent pleurer aujourd'hui.

Le Président de Montreuil s'en est allé à l'âge de quatre-vingts ans. Lui et la Présidente auraient célébré leurs cinquante-cinq années de mariage l'été prochain[69].

---

69 Les Montreuil se marièrent le 21 août 1740.

Une vie en somme. Un pan d'une histoire familiale qu'un vent de révolte est venu balayer sans considération aucune concernant l'âge avancé de ceux qu'elle emprisonnait. Pourquoi l'aurait-elle fait d'ailleurs ? On enfermait tout le monde alors, hommes, femmes, enfants et infirmes.

La Présidente n'entend même pas ceux qui sont assis à ses côtés. Elle n'a que faire de leurs condoléances plus ou moins sincères et de leurs larmes feintes. Pourquoi le pleurent-ils ? Elle-même n'y parvient pas, mais il en est souvent ainsi quand la tristesse est trop grande. Elle passera sûrement une fois encore pour cette créature sans cœur que tous se plaisent à décrire dans les salons où elle ne met plus les pieds depuis longtemps. L'hypocrisie de cette classe qui se meurt l'atterre autant qu'elle l'insupporte. Où étaient-ils tous quand l'infamie les frappait elle et son époux ? Les scandales de ce Sade n'avaient que précipité leur isolement pour ne pas dire leur déchéance. Si le malheur peut rapprocher les êtres, il n'efface en rien les coups bas d'antan et madame de Montreuil a très bonne mémoire.

Renée-Pélagie et Laure sont là, mais ne pipent mot. Elles ne cessent de geindre derrière leur mouchoir et de se faire consoler par toutes ces mégères en dentelles plus intéressées par leurs confidences que par leur apparente détresse. La naïveté de son aînée ne se dément décidément pas au fil des années. Au moins est-elle débarrassée de ce pitoyable mari qui les a tous emmenés sur le chemin de la disgrâce.

Marie-Madeleine, elle, n'aura plus d'époux. Elle promènera ses vieux os dans cette maison devenue si froide sans personne à houspiller. Que son quotidien sera triste ! *Tiens ! Voilà la petite Constance*, pense-t-elle quand la domestique fait son entrée portant un plateau de collations diverses et variées. Une vieille fille demeurée à son service, au cœur asséché par des amours contrariées. Un jour que la Présidente l'avait surprise à pleurer tandis qu'elle frottait son argenterie, elle lui avait confié être amoureuse d'un rémouleur qui hélas était épris d'une autre. Un boiteux qui avait disparu dès lors que la belle lui avait confié les sentiments qu'elle lui portait. La Présidente n'avait pas manqué de lui répondre qu'elle ne connaissait pas l'étendue de son bonheur, tant la solitude évite de nombreuses et douloureuses déceptions[70].

Madame de Montreuil la regarde déambuler parmi les invités aux tristes mines. Quel sinistre tableau ! Mais que pensent donc tous ces gens ? Pensent-ils la réconforter en pleurnichant ainsi ? Elle, étrangement, voudrait rire en se remémorant les bons moments partagés avec le cher disparu. Leur ménage n'était certes pas des plus heureux, mais il avait résisté à tant de tempêtes. Leurs enfants étaient leur fierté et la source de tant de joie. Marie-Madeleine se souvient des premiers pas de chacun, des premiers mots de tous, des prémices de conversations où les consonnes étaient inversées et dont les époux s'amusaient.

70 Les raisons de la disparition de Séraphin sont expliquées dans *Zamor, le nègre républicain.*

Claude peut se targuer de quitter ce monde en ayant rempli pleinement son devoir de père. Quant à celui de mari !... On accorde souvent le pardon aux défunts pour bien pire que cela.

La Présidente se racle la gorge avant de se lever avec une agilité surprenante pour ses soixante-quatorze ans et tous observent, médusés, la dame en noir se diriger vers la porte.

— Constance, vous me monterez mon jus de pomme. Celui de ma réserve personnelle provenant de notre domaine de Normandie.

Et la désormais veuve d'adresser à la domestique un clin d'œil qui se veut complice.

— Mesdames et messieurs, je vous remercie de votre visite. Restez ici le temps qu'il vous plaira. Sachez toutefois que les cuisines ne remonteront plus rien. Les vivres manquent pour tout le monde, même les personnes frappées par le deuil. Bonsoir.

81

Apt.
Octobre 1796

Des chandelles éclairent de leur lumière vacillante la salle à manger des Gaufridy. Le couple de notables soupe en compagnie de leur fils Charles qui seconde désormais Gaspard dans ses affaires. Élisabeth demeure silencieuse afin de ne pas laisser éclater sa colère. Depuis le début du repas, il n'est question que de ce Sade qu'elle déteste au plus haut point. Elle a l'impression que cet homme fait partie intégrante de sa famille, un membre qu'elle n'a aucunement choisi, mais qui s'est imposé sournoisement. Un être qui ne cesse de leur empoisonner la vie au quotidien depuis tant d'années.

— Père, je dois vous faire une confidence et en même temps vous témoigner de ma profonde admiration, car je peine à concevoir votre indulgence envers cet homme détestable. Comment avez-vous pu vous laisser maltraiter de la sorte durant tout ce temps par ce Sade ?

Gaufridy esquisse un tendre sourire.

— Je l'ignorais tant que je le pouvais et ne répondais à ses sollicitations que de temps à autre. La manière dont il me traita à la mort de ton frère Elzéar est à l'origine de mon désintérêt pour ses affaires et la raison pour laquelle je t'en ai chargé. M'accuser de négligence alors que je pleurais mon fils aîné !

À ces mots, Gaspard repose sa cuillère de potage d'une main tremblante et se remémore les lignes cruelles de celui qu'il pensait être un ami.

Je conçois vos regrets, vos chagrins et vous plains bien sincèrement de la perte terrible que vous avez faite. Mais, mon cher et bon ami, en pleurant les morts, ne laissez pas mourir les vivants, et c'est pourtant où votre terrible négligence me réduit. Mon argent, je vous en conjure[71].

Un manque d'humanité flagrant, comme un coup de poignard donné par celui dont le fils aîné est revenu de son périple hors des frontières avec quantité de certificats prouvant son civisme et l'autre qui n'est plus considéré comme émigré, car à Malte pour servir son ordre.

Charles perçoit la tristesse dans le regard de son père et décide de tourner Sade en dérision.

— Savez-vous qu'il ne cesse de me faire la leçon ? Face à mon intransigeance à lui faire parvenir de l'argent qu'il n'a pas ou peu, il brandit un certificat médical d'un médecin quelconque qui jure ses grands dieux que la moindre contrariété pourrait être fatale à son patient[72].

71 Lettre de Sade à Gaufridy du 31 janvier 1795.

72 Lettre du 24 juin 1796. Certificat écrit par le médecin Gastaldy de la section de la Fontaine-de-Grenelle.

Et père et fils de rire à gorge déployée rejoints aussitôt par une Élisabeth hilare.

— Et sa carrière d'homme de lettres ? surenchérit Charles dont des larmes viennent inonder les joues. Pas une pièce jouée à Paris ou ailleurs !

La pièce résonne de ces notes de joie qui avaient déserté la maisonnée depuis d'interminables semaines. On s'essuie les yeux, on reprend son souffle et Gaspard d'avoir un mot gentil, comme à son habitude, pour cet ami qui n'en est plus vraiment un.

— Admettons tout de même que son *Aline et Valcour* semble plutôt bien se vendre malgré ses huit volumes. Quant à son *Philosophie dans le boudoir*, je ne le lirai jamais. Il ne l'a pas signé évidemment et s'en défend de peur de s'attirer des ennuis, tant ce livre est aussi immoral que ses actes passés.

— Ah, ça ! On ne se défait pas si aisément de sa véritable nature, répond Élisabeth. Il est dépravé autant qu'il est égoïste et manipulateur. Tu n'as pas oublié la manière dont il t'a doublé lors de la vente de la Grand'Bastide de Saumane au début du printemps ? Il n'a cessé de traiter directement avec les potentiels acheteurs, et dans ton dos de surcroît ! Il faisait croire aux acquéreurs qu'il croulait sous les propositions. Non content de s'être joué de toi une fois de plus, il t'a aussi ridiculisé !

Gaspard baisse la tête. Élisabeth a raison, il le sait. Que ne l'a-t-il pas écoutée avant !

— En tout cas, reprend-il, La Coste est vendu, comme il le souhaitait. Voilà une belle épine que l'on m'a retirée du pied !

Charles pense devoir intervenir afin d'appuyer le propos de sa mère et ainsi tenter de dissuader son père de tout rapprochement avec Sade.

— Là encore il a tenté de duper tout le monde ! Tu as dû lui rappeler que le château croulait sous les hypothèques et qu'il fallait en avertir l'acquéreur.

— C'est surtout son épouse et ses enfants qu'il a tenté de flouer ! surenchérit Élisabeth. Ces hypothèques couvraient notamment la dot de son épouse qu'il n'a toujours pas remboursée et qui, avec les intérêts, s'élève aujourd'hui à presque deux cent mille livres ! L'art de déshériter femme et enfants avec panache ! Heureusement que tu as prévenu Renée-Pélagie, mon ami ! Si la vente a été signée, au moins cette pauvre dame a pu préserver ses intérêts et ceux de ses trois enfants.

— Cela ne l'a pas empêché d'acheter il y a quelques jours une maison à Saint-Ouen au nom de la femme Quesnet et soustraire ainsi ce bien de sa succession[73]. Je viens d'en être averti.

Abasourdis par cette déclaration, la mère et le fils se taisent, admiratifs et à la fois désabusés par ce tour de force. Le repas se termine alors comme il avait commencé, dans un silence pesant et douloureux.

73 Sade, Constance Quesnet et son fils avaient été contraints de quitter la maison rue Neuve-des-Mathurins en mars 1796. Le loyer devenait trop élevé pour le marquis qui peinait à subvenir aux besoins du ménage. Ils emménagèrent dans une demeure à Clichy-la-Garenne, rue de la Réunion, face aux écuries du château.

82

Printemps 1798

Assis sur une des chaises de sa chambre, devant la cheminée de marbre où se meurt une bûche trop humide, Donatien est plongé depuis un instant dans l'un des nombreux livres de sa bibliothèque. Pourtant, il ne parvient à mémoriser ce qu'il lit. Il parcourt les lignes sans vraiment s'y intéresser, l'esprit trop occupé par l'affaire dont il a chargé la douce *Sensible*. Impatient, il referme sans ménagement cet ouvrage, incapable de détourner ses pensées de tant de malheurs.

Le ci-devant marquis se lève et vient s'allonger sur son lit à deux dossiers garni d'un traversin et de quatre oreillers de plumes[74]. Les yeux perdus sur le papier verni façon arabesque qui couvre les murs, il pense à ces événements qui se sont enchaînés ces derniers mois et qui viennent perturber une fois encore cette liberté retrouvée qui n'est décidément pas aussi savoureuse qu'il l'escomptait. Loin de naviguer sur une mer calme,

74 Pour la description de la maison de Saint-Ouen, nous nous sommes servis de la description qui en est faite au minutier central des notaires MC/ET/LXXIV/65 (4 mai 1797) ainsi que de l'ouvrage de Maurice Lever.

Donatien ne cesse d'affronter des éléments déchaînés. À croire que son destin est étroitement lié aux péripéties politiques du pays. Après le coup d'État de septembre dernier qui a vu la naissance d'un nouveau directoire avec Barras à sa tête, le régime s'est durci de plus belle. Voilà que Donatien est à nouveau considéré comme émigré. Le département du Vaucluse fraîchement créé ne l'a pas rayé des listes que lui avait fait parvenir celui des Bouches-du-Rhône. Or, tous les individus considérés comme tels sont tenus de quitter le territoire de la République sous peine d'être arrêtés. Non content d'être devenu hors la loi, Sade est pratiquement devenu indigent, car ses biens sont menacés de séquestre.

Les différents mémoires et autres pièces justificatives semblent ne pas suffire à retrouver une quiétude qui lui sied pourtant volontiers. Barras a beau être provençal comme lui, le nouvel homme fort du gouvernement ne paraît cependant pas sensible à sa cause. Pire ! Certains prétendent même qu'il déteste Sade et lui reprochent ses scandales passés ! Lui que l'on dit entouré d'un véritable harem dans son château de Grosbois[75] et qui ne rechigne pas à s'adonner parfois aux amours viriles !

Donatien est aux abois. Et cette maudite Renée-Pélagie qui ne désire pas lui venir en aide malgré ses sollicitations larmoyantes ! Il lui a proposé de lui vendre la nue-propriété de tous ses biens et ainsi obtenir de l'argent afin de subvenir aux besoins de son petit ménage. Espoirs déçus là encore ! La femme est amère, mais surtout rancunière. *Peut-être trouve-t-elle une certaine*

75 Situé dans le Val-de-Marne, sur la commune de Boissy-Saint-Léger.

forme de jouissance dans le mépris ! pense Donatien qui ne peut s'empêcher de sourire. Finalement, tous deux ont peut-être bien plus en commun que ne le croit cette épouse au cœur devenu aride.

Heureusement, son dernier ouvrage *La nouvelle Justine ou les Malheurs de la vertu, suivie de l'Histoire de Juliette,* sa sœur connaît un petit succès qui lui permettra de survivre un temps. L'éditeur Massé se frotte les mains. Les dix volumes pourvus de cent gravures on ne peut plus explicites font parler le Tout-Paris. Cette œuvre fait les beaux jours, mais surtout les folles nuits du Palais-Royal où d'aucuns cherchent à mettre en pratique ses préceptes étourdissants à l'ombre des galeries qui se mettent à frémir du bruit des étoffes que l'on malmène et à vibrer de gémissements de plaisirs à peine contenus. Mais hélas, certains commencent à en attribuer la paternité à Donatien. Il a beau ne pas avoir signé l'ouvrage, le scandale qu'il suscite fait parler. Donatien a beau nier cette paternité dont on l'affuble, rien n'y fait ! La rumeur persiste. Son démenti dans les feuilles du Journal de Paris[76] n'y change rien. Pas même ses menaces de poursuivre en justice quiconque continuerait à le « nommer encore pour l'auteur de ce mauvais livre ».

Donatien émet un soupire teinté d'amertume. Quelle tristesse pour un homme de lettres de ne pouvoir profiter du succès de l'une de ses œuvres ! Tant d'autres, plus respectables, attendent dans des tiroirs le bon vouloir de directeurs de théâtre. Des pièces qui ont pourtant subi en Province le même sort qu'à Paris : personne n'en

76 Dans le numéro du 29 germinal an 6 (18 avril 1798).

veut… Quand accédera-t-il enfin à la notoriété pour ses talents et non pour ses scandales ?

Il ne faudrait pas en arriver une fois encore à ces extrémités qui ont poussé il y a quelque temps la douce *Sensible* à vendre ses robes. Il espère aussi être en mesure de soigner ses yeux qui le font souffrir depuis tant d'années.

Il entend la porte en bas. Constance est rentrée ! Il n'a pas le temps de se lever que ses pas résonnent déjà dans l'escalier. À peine est-il assis sur son lit que la voici dans l'embrasure de la porte, la mine défaite.

— Je suis désolée. Tellement désolée.

Donatien comprend que celle à qui il doit déjà tant vient d'échouer.

— On m'a fait dire que Barras n'intercédera jamais en votre faveur tant il vous méprise et que sa mémoire est bien trop vaillante pour oublier vos sordides affaires. Il vous voit comme une anomalie au milieu de l'espèce humaine[77].

À ces mots, Constance baisse la tête et rougit de honte.

Donatien accuse le coup, puis tente de dédramatiser la situation afin que sa charmante *Sensible* ne culpabilise davantage.

— Tel est l'apanage des hypocrites. Ils condamnent ouvertement ce qu'ils jalousent en secret. Allons ! Point de tracas, ma *Sensible*. Nous trouverons bien un moyen.

— On m'a confirmé que l'usage par vous fait de différents prénoms dans des actes divers par le passé ne joue

77 *Mémoires de Barras*, Le temps retrouvé, Mercure de France, 2010.

pas en votre faveur et complique la radiation définitive de votre nom sur la liste des émigrés.

Le visage de Donatien s'assombrit. Sans cette radiation, leur avenir est compromis.

— Je n'ai cependant pas ménagé ma peine et j'ai obtenu quelque chose...

Le visage de Constance se pare d'un sourire espiègle qui ne fait qu'attiser la curiosité de Sade qui n'y tient plus.

— Mais dites-moi ! Vite !

— Vous serez placé sous la surveillance d'un commissaire municipal de la ville de Clichy. Si tout se passe bien, ce jeune homme vous délivrera dans quelque temps un certificat de civisme et de résidence et votre affaire avancera, m'a-t-on dit, à votre avantage.

D'un bond défiant les lois de la gravité de ce cher Newton, Donatien se précipite vers cette femme aux ressources insoupçonnées.

— Dans mes bras, mon amie ! Dans mes bras, ma *Sensible* !

Le dix septembre suivant, l'euphorie printanière est passée. Sur le seuil de leur maison de Saint-Ouen, un couple et un adolescent se disent au revoir en s'étreignant entre deux sanglots et la promesse de bientôt se réunir. Le manque d'argent a été le plus fort. Ils ne peuvent demeurer ici plus longtemps. Constance ira vivre chez des amis de Paris tandis que Donatien et le petit Charles gagneront Versailles où les loyers sont abordables.

— Vous me donnerez de vos nouvelles chaque jour, n'est-ce pas ? lui demande-t-elle.

— Et bien plus encore, lui promet-il en déposant un baiser sur son front. Et puis, nous nous verrons souvent. Paris n'est pas si loin de Versailles. Vous verrez ! En moins de temps qu'il n'en faut pour le dire, nous serons réunis.

83

Paris.
Été 1799

Accompagnée de sa fille Laure, Renée-Pélagie se promène non loin des Tuileries, sans but, simplement pour avoir le plaisir de sentir les rayons du soleil sur sa peau que le temps ingrat fripe chaque jour davantage et que les larmes de chagrin se sont chargées d'en creuser davantage les sillons. Voici Renée-Pélagie devenue orpheline. La Présidente est décédée à son tour le vingt-sept octobre dernier. C'était un samedi. Une fin de semaine d'automne triste et grise. Elle est partie sans bruit, sans cri, sans émettre le moindre reproche. Depuis le décès de son époux, madame de Montreuil se faisait rare et n'avait plus ni goût ni intérêt pour les choses du monde. Elle ne cessait de dire que la vieillesse est le privilège des vivants et qu'elle se languissait de se départir également de celui-ci. Si la révolution avait été impuissante à exaucer la ci-devant aristocrate, le Seigneur, lui, avait eu pitié de sa vieille enfant.

Renée-Pélagie, à bientôt cinquante-huit ans, devenait la doyenne de la maison de Montreuil, la prochaine sur la liste de la grande faucheuse.

La lourde silhouette peine à marcher. Ses pas sont mesurés et le bras de Laure bien secourable pour porter ce corps qui refuse de se soumettre à un esprit, qui lui, est toujours alerte et éveillé. Peut-être que les soucis causés par Donatien ne sont pas étrangers à cette décrépitude. Un homme dont, malgré ses affirmations, elle n'est pas tout à fait détachée. La preuve, c'est qu'elle était prête à le revoir en compagnie de cette femme Quesnet qui semble avoir pris la place qui jadis était la sienne. Peut-être même tient-il davantage à cette Constance qu'il n'a jamais tenu à elle. Il est à Versailles sans le sou, paraît-il. Mais n'en a-t-il pas toujours été ainsi ? Il a passé sa vie à courir après l'argent et les plaisirs. Aux dernières nouvelles, il est privé de ce travail de souffleur qu'il occupait depuis quelques mois dans le théâtre de la ville de Versailles. Quelle torture ce devait être pour lui de souffler des mots d'autres pièces que les siennes ! Des pièces qu'il devait certainement trouver médiocres comparées aux siennes, mais qui elles étaient jouées devant un public. Renée-Pélagie ne remerciera jamais assez Louis-Marie de l'avoir dissuadée de revoir son père. Quelle folie ! Comment avait-elle pu, ne serait-ce qu'envisager de revoir Donatien ? Elle aurait certainement succombé à ses pleurs et se serait laissée prendre aux filets de ses belles promesses. Il lui faut durcir davantage ce caractère dont elle était dépourvue il y a encore quelques années. Que n'a-t-elle écouté plus tôt les conseils avisés de la Présidente !

Renée-Pélagie cesse sa marche.

— Rentrons, ma fille ! J'ai besoin de me reposer, mais passons une dernière fois devant la maison de votre grand-mère.

84

Saint-Ouen.
Le 5 avril 1800

Une berline se dirige vers le nord de Paris à toute allure. Donatien a donné des ordres au cocher. Il n'y a pas une minute à perdre. Il s'agit d'une course effrénée vers un avenir porteur de belles promesses, mais également d'une fuite honteuse afin de s'éloigner au plus vite de deux années d'humiliations, de honte et de pauvreté. Couvert de dettes, devant entre autres choses une année de loyers pour le petit logement où il s'était installé avec le fils de *Sensible*, Donatien en fut réduit à s'installer ces derniers mois à l'hospice des indigents de Versailles. Lui, le descendant d'une des plus vieilles familles de Provence ! Lui, qui depuis son enfance est convaincu de sa supériorité sur le commun des mortels ! Donatien a dû ronger son frein, accepter compromis et conciliations afin de ne pas compromettre l'idée même de sa propre survie.

Tous l'ont abandonné et Gaufridy le premier. Alors que le département du Vaucluse ordonnait la levée des séquestres sur ses biens, Donatien avait prié son ami d'effectuer au plus vite les démarches auprès des autorités des Bouches-du-Rhône. Celui-ci tarda, comme à son habitude, ce qui lui valut une lettre débordant de menaces, de sous-entendus et de propos injurieux de la part du marquis qui alla jusqu'à le gratifier de « chie-culotte » et promettre de venir en Provence armé de deux pistolets. Il fallut ensuite toute la diplomatie de *Sensible* pour faire revenir l'homme de confiance de Sade sur une démission qu'il s'était empressé de donner après ce torrent d'inepties.

Si seulement il n'y eut que cela ! Hélas, des personnes mal intentionnées continuent de se répandre dans la presse sur son compte. Tandis que certains s'entêtent à affirmer qu'il est l'auteur de *Justine* et de *Juliette*, d'autres annoncent sa mort tel ce Poultier d'Elmotte dans les feuilles de *L'ami des lois* l'été dernier[78]. Donatien s'était évidemment fendu d'un démenti dans différents journaux. Mais un mois plus tard, on revenait à la charge. Non seulement on annonçait une nouvelle fois son décès, mais également qu'il était bien le créateur de ces romans que tout le monde réprouvait et de rappeler à tous les sordides affaires du passé dont notamment celle de Marseille. Pourquoi remémorer à tous ces faits vieux de dizaines d'années et susceptibles de lui attirer nombre d'ennuis ? On veut nuire à sa réputation, c'est certain. Le temps faisait son œuvre peu à peu, la mémoire collective semblait oublier Arcueil, Marseille et les petites filles de Lyon. Mettre tout cela à nouveau sur

78 *L'ami des lois* du 29 août 1799.

le devant de la scène avec Bonaparte au pouvoir ! Un petit général qui porte la vertu en étendard...

Heureusement tout n'est pas noir. Les séquestres ont été levés dans les Bouches-du-Rhône[79], sa pièce *Oxtiern* a bénéficié d'une représentation unique au théâtre du château de Versailles[80] devant un public parsemé certes, mais au moins a-t-elle été jouée. Et puis, son éditeur a accepté de publier *Les Crimes de l'amour*, onze nouvelles écrites à la Bastille et signées de son nom. La quête de respectabilité continue malgré les attaques. Mais le plus important est qu'il s'en va retrouver sa chère *Sensible* ! Tous deux vont pouvoir emménager à nouveau dans cette maison qu'ils avaient dû quitter en septembre 1798.

Justement, on arrive place de la Liberté.

— Arrêtez-vous cocher !

L'attelage s'immobilise. Donatien en sort avec précaution malgré son impatience grandissante. Il houspille le cocher qui tarde à partir et, de fait, lui masque l'autre côté de la rue. La voiture quitte enfin le bas-côté.

Ils sont là ! *Sensible* flanquée de son adolescent si dévoué. Elle lui sourit. Il lui fait signe, regarde à gauche et à droite et s'empresse de réduire de petits pas rapides cette trop longue distance qui les sépare. Toujours empreint d'une certaine contenance en public, Donatien adresse un rapide salut de la tête à Charles. Il contemple Constance. Comme elle lui a manqué ! Il se retient toutefois de l'enlacer. Cependant, toute son attitude et surtout ses yeux clairs qui semblent se noyer trahissent ô

79 Le 10 décembre 1799
80 Le 13 décembre 1799

combien la joie éprouvée en cet instant qu'il n'espérait plus.

— Nous voici à nouveau chez nous ! dit-il, des trémolos dans la voix en portant haut devant leurs mines émues, la clef de la maison comme on porte un trésor ou une précieuse relique. Ne vous l'avais-je pas promis ?

Pour toute réponse, Constance Quesnet, officiellement divorcée, sourit à ce vieux monsieur à qui elle porte la plus profonde affection. Elle lui croche le bras, tandis que son fils s'empare de l'autre et, ainsi cernée par les deux hommes les plus importants de sa vie, pénètre dans cette demeure qui hantait ses rêves.

85

Apt.
Le 17 mai 1800

Gaspard Gaufridy a claqué la porte de son bureau avec fracas. Cette fois, c'est bel et bien terminé. Il ne supportera plus longtemps les menaces et les injures d'un homme qui se dit son ami et les suppliques de la femme Quesnet ne pourront rien y changer. Comment ose-t-il l'accuser d'être un voleur ? Est-ce sa faute si les fermiers ne paient pas ? Si le nom de Sade n'impose plus le respect, mais incite plutôt à la plaisanterie ?

Assis à sa table, il relit quelques lignes de ce torchon que son ami a osé envoyer à son fils.

Je vais faire intenter une action contre votre père si je n'ai pas, à l'époque dite, la somme indiquée, parce que votre père, à qui je n'ai délégué que le pouvoir de faire payer mes fermiers, n'a pas celui d'écorner, de retarder mes paiements, le tout pour obliger des coquins qui, sans doute, le gratifient pour cela[81].

81 Lettre de Sade à Charles Gaufridy datée du 2 mai 1800.

Cette fois, Donatien est allé beaucoup trop loin. Le notaire a toujours tenté de préserver ses biens, sans léser Renée-Pélagie et les enfants certes, mais cela toujours dans l'intérêt de chacun. À plus de soixante-dix ans, Gaufridy ne se laissera pas traiter de la sorte.

Quelqu'un frappe à la porte et ose le déranger alors qu'il avait expressément demandé à ne pas l'être. Il se frotte les yeux qui, ne pouvant contenir des larmes qu'il s'était juré de ne pas verser pour ce monstre, l'ont trahi eux aussi. Il n'a pas eu le temps de répondre à l'importun qu'Élisabeth est déjà près de lui, une main sur son épaule, comme un témoignage de réconfort que Gaspard couvre de baisers.

— Alors c'est donc le moment…, murmure-t-elle.

— Oui. Il est temps que cette maison et mon âme retrouvent une certaine quiétude. Je démissionne. Qu'il meure avec ses dettes, étouffé par son égoïsme, entouré de ses seuls créanciers.

La pression de la main d'Élisabeth se fait plus forte. Elle sait que son époux ne pense pas la moitié de ce qu'il dit, mais il est déterminé à ne plus se laisser empoisonner par ce marquis qui, malgré la révolution, persiste à croire que tout le monde est aux ordres et attend, le sourire aux lèvres, d'être piétiné sans ménagement.

La plume noircit frénétiquement le papier sur lequel madame Gaufridy lance discrètement un coup d'œil.

… je ne serai plus exposé à essuyer des lettres également injurieuses et menaçantes, qui ne sont propres qu'à ôter l'envie d'agir, bien loin de l'engager…

Aussi, redoutais-je les jours d'arrivée du courrier, et les premiers mots désagréables que je lisais dans vos lettres me les faisaient quitter et discontinuer leur lecture. J'en étais à ce point. Tout est dit à présent.

Le vieil homme repose la plume sur cette table patinée par le temps, soupire bruyamment comme s'il venait d'exécuter un incroyable effort puis se lève avec une extrême lenteur. Non pas qu'il peine à s'extraire de sa chaise, mais il se rend compte qu'il quitte ce bureau après avoir écrit à Donatien pour la toute dernière fois.

— Allons nous coucher, Élisabeth ! Demain, une nouvelle vie nous attend.

86

Paris.
Le 6 mars 1801

Au numéro 580 de la rue Helvétius[82], Sade est impatient tandis que son imprimeur Massé est inquiet. Le Premier Consul verrait d'un mauvais œil ce que Sade et lui sont occupés à faire. Ce Corse entend couvrir Paris d'un voile de bonnes mœurs et eux sont à discuter des ouvrages de Sade dans lesquels se trouveront les estampes les plus licencieuses. Les négociations pour *Les Crimes de l'amour* une fois terminées, Donatien tend à Massé quelques exemplaires de *La nouvelle Justine* et lui montre le dernier tome de *Juliette*, annoté de sa main.

— Il y aura des corrections à effectuer dans la prochaine édition. Il nous faut rendre tout cela plus obscène encore. Les filles désertent les galeries du Palais Royal, aussi leurs clients ont-ils besoin de trouver un expédient à leurs frustrations. Ces livres doivent choquer et faire couler le foutre mon ami !

82 Actuelle rue Sainte-Anne.

— Mais depuis l'attentat manqué contre lui en décembre dernier, Bonaparte est sur les dents. Cet attentat a rendu plus autoritaire encore le régime consulaire. Fouché, le ministre de la police, est aux ordres. Les derniers Jacobins ont été exilés. Pas moins de 130 personnes !

— Et quoi ? Tu n'es pas Jacobin, si ? Royaliste, peut-être ?

Et Donatien de rire aux éclats devant la mine blafarde de Massé.

On ouvre soudain la porte avec vigueur. Des pas se font entendre sur le parquet ainsi que des cliquetis métalliques. Des hommes envahissent le lieu et agitent leurs mains au-dessus de leur tête afin de se frayer un chemin entre les pages noircies mises à sécher sur des fils tendus.

— Nous avons un mandat d'amener, hurle l'un d'eux.

Les deux comparses se regardent, livides.

— Emmenez-nous, mais cessez de fouiller et semer le désordre ici ! supplie Massé qui voit le fruit de nombre d'heures de travail réduit à néant.

Le policier s'approche de cet inconscient, le regarde droit dans les yeux et hurle aux autres :

— Retournez tout ! Que rien ne vous échappe !

Les feuilles se mettent à voler, les caractères typographiques sont renversés et se mettent à joncher le sol par centaines, on tente de bouger les presses, on fouille sur les tables, on retourne les étagères.

Un cri retentit au fond de l'atelier.

— J'ai quelque chose !

Le policier remarque alors ce que Donatien tente de cacher derrière son dos et parvient, d'un geste rapide, à s'en emparer.

— Moi aussi, dit-il. Moi aussi…

Puis il compulse le manuscrit et siffle de contentement devant cette belle prise.

— Ainsi vous êtes l'auteur de *Juliette*, ce recueil de dépravations toutes plus odieuses les unes que les autres.

Donatien, tétanisé, ne peut répondre. Arrive alors l'autre policier brandissant fièrement un exemplaire de *Justine*.

— Emmenez-moi ces deux-là ! Nous allons fouiller la maison de Saint-Ouen.

Donatien sort enfin de sa torpeur.

— Vous n'y pensez pas ! dit-il avec vigueur.

— Et comment ! Non seulement j'y pense, mais je vous assure le faire dans l'heure.

D'un claquement de doigts de leur chef, tout ce petit monde quitte l'imprimerie après avoir apposé les scellés sur la porte et s'engouffre dans les voitures, Massé dans l'une, Donatien dans l'autre. D'ordinaire peu avare en justifications lorsqu'il est pris en défaut, Sade se tait. Tout est contre lui. Il est démasqué. Il lui faut trouver une ligne de défense afin de ne pas retourner en prison.

Arrivé au nord de la capitale, le policier décide de jouer avec ce ci-devant marquis dont la réputation n'est plus à faire.

— Pendant que nous étions chez votre imprimeur, nous avons fait procéder à une perquisition chez l'un de vos amis, ou plutôt devrais-je dire un de vos intimes. Un naïf dont vous êtes très proche, voire trop proche.

Donatien blêmit, mais continue à se murer dans un silence qu'il sait être préférable aux esclandres dont il a l'habitude.

— Ce Laloubie que l'on nommait jadis Cazade et que l'on avait chargé de votre surveillance[83]. Vous savez ? Ce militaire d'à peine trente ans qui s'occupe de vos affaires depuis la démission de votre homme de confiance en Provence. Un homme avec qui vous entretenez des liens fort douteux.

Le silence se fait plus lourd encore.

Pas mécontent de son petit effet, le policier sourit.

— Vous voyez, rien n'échappe à la police de Fouché.

Le convoi traverse Paris et arrive place de la Liberté à Saint-Ouen. Tous descendent, sauf les occupants de la voiture où se trouve l'imprimeur. On tambourine à la porte, personne ne vient. Donatien prend ses clefs et c'est alors que Constance vient ouvrir. À la vue de ces hommes en armes entourant son ami, elle croit défaillir et se retient au chambranle. On la pousse sans ménagement et on commence déjà à fouiller les pièces du logis. Après un examen minutieux, on s'empare de trois tableaux et de tapisseries douteuses.

— Voilà des sujets obscènes tirés pour la plupart de votre roman infâme *Justine*.

---

83 Étienne Laloubie-Cazade, né le 1er avril 1770 à Bordeaux et décédé le 23 mai 1843 à Dijon. Dans le Bulletin des lois de 1833, il est mentionné qu'il habite Belleville et qu'il est alors *capitaine de cavalerie en non-activité* et qu'il a à son actif 30 ans de service et neuf de campagne. Il touche sa pension de 1656 francs depuis le 17 août 1829. Il se marie une seconde fois à Dijon alors que sa première épouse est toujours vivante. Ont-ils divorcé ? (Inédit)

— Vous l'avez donc lu ?

Le policier semble ne pas apprécier la plaisanterie. Il emmène sur le champ le prisonnier et les objets qu'il vient de saisir au dépôt de la préfecture de police.

À peine Constance a-t-elle le temps de lancer un « je ne vous abandonnerai pas » que la porte se referme déjà.

87

Sainte-Pélagie.
Mars 1803

Deux années d'enfermement. Vingt-quatre mois à réclamer un procès qu'on lui refuse. Des centaines de jours à se demander chaque matin s'il sera celui où il franchira les portes de cette prison en homme libre. Donatien eut beau clamer qu'il n'était pas l'auteur de *Justine* et d'affirmer que si on avait retrouvé des annotations de sa main, c'est parce qu'il en était simplement le copiste, hélas personne ne crut ses mensonges éhontés ! En effet, comment croire un copiste qui n'était pas en mesure de fournir les originaux ? Mais le coup de grâce fut donné par Massé. Il lui fallut à peine une journée pour collaborer et donner le lieu où étaient entreposés les exemplaires de *Justine*. Mille exemplaires furent saisis pour être brûlés et l'imprimeur put s'en aller, libre, dans les volutes de ce véritable autodafé.

Heureusement que dans ce cloaque Constance est autorisée à lui rendre visite trois fois par décade ! Ses visites le ravissent au plus haut point et tempèrent quelque peu son caractère impétueux. Et puis, on l'autorise à écrire et il ne cesse de s'adonner à cette dévorante passion. Ce qui le ravit est que ses vers sont attendus avec impatience par huit comparses comme lui enfermés en ces murs. Tous les cinq jours, ils se réunissent et lisent tour à tour leur composition. Cette société porte le nom de *Dîners de Sainte-Pélagie* et Donatien a l'honneur d'en être le président[84]. Un petit groupe composé de neuf membres comme les neuf muses dont chacun porte un nom. Ces dîners sont un doux réconfort. La bonne humeur y règne et ils permettent d'entretenir cette éloquence dont l'oisiveté est la plus farouche des ennemies.

Il s'est habitué à prendre le plaisir là où il peut. D'ailleurs, Donatien ne peut se passer de celui que lui procuraient les étuis de toutes tailles amenés par Renée-Pélagie à l'époque de Vincennes. Ici, il s'est arrangé pour se faire amener par la douce *Sensible* des bougies dont elle ne pouvait soupçonner la destinée. Donatien a fait couler la cire de toutes ces chandelles afin de modeler un godemichet aux extraordinaires proportions comme il les a toujours aimés. Pourtant, ce soir il ne désire pas de substitut. Laloubie est absent pour satisfaire ses amours particulières, mais Donatien a repéré de jeunes hommes que l'on a amenés ici pour quelques jours. Le désordre qu'ils ont occasionné au Théâtre-Français leur a valu un séjour à Sainte-Pélagie, le temps de les calmer et de leur faire passer l'envie de recommencer. Sade est chanceux, car leurs chambres donnent sur le même couloir que le sien. De plus, ce soir les adonis ont trop abusé du vin

84 *Mes amusements dans la prison de Sainte-Pélagie*, par Saint-Désiré. Paris, 1801. Hurard Saint-Désiré était une des neuf muses qui composait cette société.

pour être en mesure de résister à ses assauts. D'ailleurs, leurs ronflements arrivent jusqu'à lui.

À bientôt soixante-trois ans, l'instinct du chasseur se réveille. Il faut cependant faire vite. Les guichetiers passeront dans une heure environ afin de fermer les portes des cellules, mais l'occasion est trop belle. Vêtu d'une simple chemise, Donatien sort de son réduit et rejoint non sans mille précautions la première des cellules où dorment profondément deux des jeunes perturbateurs. Sade les connaît pour les avoir longuement observés. Il se faufile dans la couche à droite, le long du mur, celle du garçon aux larges épaules, au poitrail puissant et à la démarche animale. Donatien les préfère virils. Pour les choses fragiles, il y a les femmes. Là, il veut se faire posséder par un homme. Doucement, il retire la couverture. Le garçon ne bouge pas. Il se couche près de lui et après un instant, se met à lui caresser la cuisse, remonte avec la plus grande délicatesse jusqu'à l'entrejambe où il ressent déjà les soubresauts de belles promesses. Il ne s'est pas trompé, la nature a été généreuse avec celui-ci. La caresse se fait plus insistante et provoque les premiers gémissements du bel endormi. Le corps de Donatien s'embrase, il ne peut se contenir et vient se frotter contre ce corps qu'il désire et astique ce membre qu'il désespère de sentir en lui. Contre toute attente, le réceptacle de toutes ses envies émerge de ce sommeil dont Sade le pensait prisonnier. Les yeux s'ouvrent soudain et surprennent cette main boursouflée rayée de veines bleues, parsemée de taches brunes agitant son vît. Ce n'était pas un rêve, mais un cauchemar. Un homme ! Un vieil homme ventripotent ! L'éphèbe se met à crier et quitte à toute hâte cette paillasse qui attire décidément bien trop de vermines. Son compagnon de cellule se réveille à son tour et surprend Sade dans le lit de son voisin. Sade tente de fuir, mais on le retient avec force. Des coups se mettent à pleuvoir. D'autres prisonniers arrivent et séparent les deux furieux qui s'acharnent sur le vieillard. Les gardiens ne tardent pas à arriver à leur tour.

— Qu'est-ce qu'il se passe ici ?

— Ce gros cochon a essayé de me violer.

L'assistance ne sachant si elle doit s'en amuser ou s'offusquer demeure silencieuse.

Donatien tente de minimiser les accusations. Il y a méprise.

— Méprise ! Et ça ? dit l'autre en pointant du doigt la chemise souillée de Donatien.

Rien ne sert plus de nier. Donatien admet. On s'empare de lui, on le reconduit à sa cellule en ordonnant à tous de retourner se coucher, puis on se met à fouiller la pièce.

Le lendemain Sade est transféré à la prison de Bicêtre non sans un rapport en bonne et due forme de la police.

On trouva dans sa chambre un instrument énorme qu'il avait fabriqué avec de la cire et dont il s'était servi lui-même, car l'instrument avait conservé des traces de son introduction coupable[85].

85 Archives nationales, F/7/6294 et F/7/3119.

88

Charenton. Avril 1804

Les bords de Marne s'éveillent aux premières chaleurs du printemps et avec elles, les arbres, au-dessus desquels des hirondelles insouciantes et joueuses virevoltent dans un ciel azur, se parent peu à peu d'innombrables nuances de vert. Assis sur un banc du vaste parc de l'hospice de Charenton, Donatien s'émerveille devant cette nature en perpétuel recommencement. S'il admire ce spectacle des plus beaux, il provoque pourtant chez lui une certaine nostalgie teintée de regrets. Donatien n'est pas du genre à convoquer ses souvenirs, il a toujours au contraire préféré avancer au risque parfois de se perdre, mais il ne peut s'empêcher de penser que contrairement à cette saison qui insuffle la vie à toutes choses, lui arrive à l'automne de la sienne. Il n'est pas prêt à faire le bilan de sa vie, à balancer entre bonnes et mauvaises actions ou même à demander pardon. Il n'est pas de ces faibles qui, sentant leur dernière heure arriver, se repentent et se tournent vers Dieu après avoir chassé leur maîtresse comme le fit en son temps Louis XV. Donatien regrette simplement de ne pas être entouré des siens. Renée-Pélagie ne lui parle plus depuis des années, sa fille se flanque parfois de quelques lettres d'une mièvrerie sans nom et ses fils ne lui rendent visite que de manière très épisodique. Il sait qu'il n'a pas toujours été un bon père et encore moins un bon époux, mais il pensait que femme et enfants compenseraient ce sens de la famille qu'il n'a jamais porté en lui. La naïveté n'est pourtant pas ce qui le qualifie le plus. Il le sait pour avoir scandé maintes fois que le meilleur moyen de ne pas connaître la déception est de ne rien attendre des autres. On ne l'y reprendra plus. Au moins cette chère famille a-t-elle eu la décence de l'extraire de Bicêtre où on l'avait jeté après le scandale de Sainte-Pélagie.

Comment avait-on pu le transporter dans cette prison parisienne où se côtoie la lie de l'humanité dans des conditions si épouvantables qu'on ne les ferait supporter à des chiens ? Oh ! Donatien sait bien que l'on n'a pas demandé son transfert ici à Charenton pour le soustraire à d'affreuses conditions de détention, surtout pour un établissement qui leur coûtait une pension annuelle de trois mille francs payée par trimestre ! Non, ils souhaitaient surtout éviter une nouvelle fois le scandale. Qu'aurait dit la bonne société si elle avait eu connaissance que le marquis était enfermé dans une geôle autrefois destinée aux prostituées, aux arriérés mentaux et aux fous ? Le préfet Dubois leur avait prêté une oreille attentive et c'est ainsi que Donatien arriva ici le 27 avril 1803. Peu importait si Charenton était une maison pour les aliénés. Le préfet de police décréta que Sade *était dans un état perpétuel de démence libertine.*

Donatien prend une profonde inspiration. Au moins tout le monde y trouve son compte. Les de Sade sauvent le peu de réputation qu'il leur reste et lui, *malade de la police*, bénéficie d'un cadre agréable pour y purger une peine pour laquelle il n'a toujours pas été jugé.

Le vent s'engouffre soudain entre les bâtiments. N'ayant pas prévu de vêtements assez chauds, l'imposant marquis se lève de son banc afin de regagner son appartement. On l'a logé confortablement au deuxième étage de la bâtisse à droite de l'entrée. Il bénéficie d'une antichambre dans laquelle s'ouvre un cabinet, d'une chambre donnant sur le jardin et d'une bibliothèque qu'il commence à garnir avec les œuvres de Voltaire, celles de Rousseau et tant d'autres, dont les siennes, en tout cas, celles dont il assume la paternité. Ici, Donatien a sa petite société. Il invite à souper chez lui certains patients et des membres du personnel. Il faut dire que Coulmier et lui ont tant de choses en commun. Le directeur de l'établissement n'a pourtant pas un physique avantageux. Il est si petit que certains le surnomment *le nain*. Un homme assez mal fichu, court sur pattes, le visage long barré d'un nez qui lui mange le faciès, lui-même cerné par deux yeux globuleux ; mais au moins il aime le théâtre et tous les plaisirs de la vie. Ce prêtre défroqué a pris ses responsabilités ici en 1797, date à laquelle il entreprit de grands travaux à ses frais tant les subventions tardaient à venir pour ce lieu placé directement sous la surveillance du ministère de l'Intérieur.

Coulmier est apprécié et respecté des malades des deux sexes pour qui il a une profonde empathie. Il les a séparés par pathologie et préfère de loin le traitement moral aux saignées ou aux chaînes. Ce qui ne l'empêche pas d'user de temps à autre des bains glacés que l'on appelle *bains de terreur* ou des fameux mannequins d'osier dans lesquels il fait enfermer les patients les plus virulents.

L'endroit a beau être charmant et la détention supportable, ce n'est pas pour autant que tout se passe ici comme dans le meilleur des mondes possibles. Loin de là ! Donatien est un véritable volcan. L'âge n'a pas éteint son caractère ardent, bien au contraire, et Coulmier en fait souvent les frais. Donatien se comporte comme il s'est toujours comporté depuis son plus jeune âge : il proteste, réclame, exige et s'emporte plus que de raison.

Le marquis sourit alors qu'il longe les cuisines[86]. Il repense à un billet qu'il avait envoyé à Coulmier à peine deux mois après son arrivée et dans lequel se trouvait cette phrase dont il s'amuse encore : « Au reste, vous n'ignorez pas que votre conduite avec moi vous ravale au rang des plus vils laquais. »

— Que me vaut ce sourire, cher monsieur ?

— Ah ! Monsieur Coulmier. Justement je pensais à vous, répond Donatien sans une certaine malice.

— Vous m'en direz tant.

Et les deux hommes de se serrer la main.

— J'aimerais qu'on me donne la jouissance de la chambre située à côté de mes appartements.

86 Pour la description de Charenton, nous nous sommes principalement servis de *Mémoire historique et statistique sur la maison royale de Charenton* par M. Esquirol, Paris, 1835.

— Vous n'y pensez pas ! Vous bénéficiez déjà de nombreux avantages. Que vont dire les autres ?

Donatien est pris d'un rire qu'il ne peut contenir davantage.

— Allons ! Vous savez que je n'ai jamais prêté la moindre attention à ce que les autres pouvaient penser de moi.

— Eh bien vous apprendrez qu'ici la chose est importante. Nous avons affaire à des patients pour qui la moindre contrariété pourrait aggraver l'état.

Le marquis entre alors dans une colère effroyable.

— Et moi ? Qui se soucie du mien ? se met-il à hurler. Des patients, attirés par tant de raffut, sont à guigner derrière les rideaux. Je veux cette chambre et ce n'est pas à un nabot d'en décider.

Coulmier, se sachant observé, tente de garder son calme et de raisonner son interlocuteur. Rien n'y fait. Pire ! Ses tentatives ne font qu'exacerber la fureur de Donatien qui se met à rugir de plus belle en tournant autour du directeur tel un lion en cage.

— Je manque de place. Vous savez qui je suis, n'est-ce pas ? On ne contrarie pas un homme tel que moi. Je pourrais prendre ma plume et vous causer grand tort.

— Est-ce là une menace ? s'enquiert Coulmier.

Donatien sourit et prend un air supérieur.

— Vous connaissez la portée de mes écrits. Je pourrais en un instant inventer une fable à votre sujet et répandre les bruits les plus affreux jusqu'à Paris.

— Vous n'oseriez pas !

Donatien s'arrête, s'approche de Coulmier au point de lui toucher le nez avec le sien. Leurs souffles se mélangent.

— Défiez-moi ! murmure-t-il.

Le directeur tente de soutenir le regard acier du patient, mais n'y parvient pas. Il recule.

— C'en est assez ! Je vais de ce pas demander à votre cadet de vous faire entendre raison. Mieux ! Je vais lui dire que je ne peux vous garder ici.

Donatien ne peut quitter cet endroit. Il ne trouvera jamais de telles conditions de vie. Sans laisser paraître ses craintes, il décide de tourner cela à la dérision.

— Quoi ? Ce fils qui refuse de porter mon prénom, est en Normandie, et qui se trouve probablement en ce moment même dans les jupons de sa mère avec sa petite sœur ! Vous n'y songez pas ? Vous auriez l'air de quoi ? Appeler à son secours un freluquet, profiteur et hypocrite. Vous seriez la risée de cet établissement.

Coulmier n'a cure de cette ultime provocation. Il bouscule le presque sexagénaire et se fraie un chemin jusqu'à son bureau sous les rires tonitruants des fous qui se sont agglutinés aux fenêtres et n'ont pas perdu une miette du spectacle ainsi offert à leurs yeux ahuris.

89

Mai 1804

Des papiers jonchent le lit de Donatien garni de rideaux d'indienne. Adossé à de confortables coussins, il noircit à n'en plus finir des feuilles qui se succèdent une à une sur son écritoire. À force de persuasion et de discussion lors de copieux soupers arrosés de bons vins, Coulmier a consenti, non sans l'accord du médecin-chef Gastaldi, à ce que Donatien fasse jouer par certains des patients de cette maison des pièces de théâtre de sa création ou empruntées au répertoire d'autres auteurs. Tous deux sont convaincus des vertus thérapeutiques d'un tel procédé. Par le jeu, les malades pourront extérioriser des sentiments ou des peurs refoulés. L'apprentissage de leur texte et le jeu éloigneront leur esprit et leurs préoccupations de ces tares qui empoisonnent leur quotidien. Pour ce faire, Coulmier a consenti à construire un théâtre, au-dessus de la salle réservée aux femmes, avec tout ce qu'un tel endroit se doit de contenir : loges, scène, fosse d'orchestre, parterre. Grâce à des gradins montés de part et d'autre de la loge d'apparat destinée au directeur, cette salle pourra bientôt accueillir deux cents spectateurs environ. Le directeur a suivi les conseils avisés de son célèbre pensionnaire. Après tout, celui-ci n'a-t-il pas construit une telle salle de spectacle dans son château de La Coste ? Donatien a déjà écrit une pièce dans laquelle il se réservera un rôle.

Mais ce qui le met en joie ce matin, c'est qu'on lui a fait savoir qu'une commission vient d'être créée afin de statuer sur le cas des personnes arrêtées et n'ayant pas subi de procès dans les dix jours suivant leur arrestation. Il pourra peut-être enfin retrouver cette liberté dont on l'a à nouveau privé. C'est à eux qu'il écrit. À eux qui ont le pouvoir de décider de son avenir.

Il y a quarante mois que je gémis dans les fers les plus injustes et les plus cruels... Sénateurs, un nouvel ordre des choses vous rend les juges et les arbitres de ma destinée. De ce moment, je vous implore ; de ce moment je suis tranquille, puisque cette destinée, si malheureuse, se trouve maintenant confiée aux mains sacrées du génie, de la sagesse, de la justice et de la raison[87].

Donatien repose sa plume et sourit de contentement. Il espère que sa prose dramatique saura lui attirer les bonnes grâces des sept sages. Ajouté à cela la lettre écrite par sa douce *Sensible* au ministre de la Justice, sous sa dictée évidemment, voilà qui devrait attendrir les plus récalcitrants !

---

87 Archives nationales, O2 1430.

Soudain, on fait irruption dans sa chambre. Des individus observent avec dédain le lourdaud avachi sous son édredon jaunâtre.

— Nous avons reçu l'ordre du Préfet de fouiller cette chambre.

— Quoi ? Mais...

— On vous soupçonne d'écrire des ouvrages immoraux. Messieurs, allez-y ! Sachez que si vous continuez à vous insurger contre toute chose, on vous renverra à Bicêtre.

Impuissant, Donatien observe avec un certain détachement ces hommes obéir à de grotesques commandements donnés par d'autres prenant sans doute un malin plaisir à le persécuter de la sorte. Cette intrusion est assurément la conséquence de sa dispute le mois dernier avec le directeur qui a nécessité l'intervention de Claude-Armand, pense-t-il. Désormais, l'homme de lettres se tiendra aussi tranquille que son caractère explosif le lui permettra. Il ne faudrait pas compromettre la chance qu'on lui donne d'accéder enfin à cette renommée qu'il a poursuivie avec désir et acharnement toute sa vie.

90

Charenton.
Janvier 1805

Un homme impatient regarde derrière le rideau baissé. Les rangs clairsemés du tout nouveau théâtre de la maison frissonnent. Il n'y a pas foule, pas encore. Elle viendra dans quelque temps. Donatien en est certain. Ce soir, seuls quelques curieux ont fait le chemin depuis Paris afin d'assister à cette drôle de représentation. Ils sont venus voir des fous jouer aux acteurs. Si la curiosité les a amenés jusqu'ici, il ne tient qu'à Donatien et à cette troupe bancale de les convaincre afin que d'autres, plus nombreux, prennent à leur tour la route de Charenton et le portent en triomphe devant une salle comble.

Le marquis délaisse son poste d'observation et se dirige vers les coulisses où l'on termine d'habiller les comédiens. Tout ce petit monde fourmille à l'arrière-scène dans un seul objectif : satisfaire cet homme si exigeant qui les fait répéter depuis des semaines.

— Reynald, cesse de te gratter, veux-tu ! Richard, lace-moi ces chaussures ! Mireille, serre-moi davantage ce corsage ! Il faut que les fruits débordent de la coupe !

Donatien s'arrête un instant et admire ces comédiens disparates, mais dévoués à leur créateur. Peu importe les faciès étranges et les manies parasites propres à polluer la concentration de l'auditoire sur le texte, cela fait aussi partie du spectacle et c'est précisément la raison pour laquelle ces personnes sont ici. Le marquis a donc pris soin de choisir parmi les malades ceux les plus à même de satisfaire les attentes de chacun, les siennes concernant le jeu, mais surtout celles de ces étrangers, futurs pourvoyeurs de sa réussite.

Une main vient se poser sur son épaule. Un geste empreint d'une infinie douceur et qui se veut réconfortant. Il ne remerciera jamais assez le directeur Coulmier d'avoir autorisé Constance à emménager comme *pensionnaire libre* dans la chambre située près de la sienne. Cette même chambre qui leur avait valu cette dispute l'année dernière et l'intervention de Claude-Armand qu'il n'a jamais su souffrir. Il lui a toujours préféré son aîné, Louis-Marie, avec qui il partage cette fougue, la passion pour les femmes, les arts et la cavalerie.

— Tu es satisfait ? lui demande la douce *Sensible*.

Sensible qu'il est contraint de faire passer ici pour sa fille afin de ne pas attiser la jalousie et les rumeurs les plus folles chez les autres patients ou les employés de cette maison.

— Je le serai davantage lorsque tout sera terminé.

— Tout se passera bien, tu verras.

Le vieil homme serre dans la sienne cette main dont la pression sur son épaule vient de se faire plus forte.

— Nous verrons, *Sensible*. En place tout le monde. Lever de rideau dans cinq minutes !

La fourmilière s'active de plus belle. Le médecin-chef Gastaldi passe dans les rangs et tente de rassurer les plus remuants. Donatien l'observe. Il demanderait bien l'assistance du docteur, tant lui aussi est nerveux. Ce soir se joue sa réputation présente et future. Peut-être même sa postérité.

Deux heures plus tard, Sade, heureux, accueille les hourras et les bravos qui pleuvent sur le metteur en scène et sa troupe des plus insolites.

91

À l'est de Paris.
Un soir de l'année 1806

Le bruit s'est répandu comme une traînée de poudre. Le Tout-Paris se dispute maintenant l'honneur d'être admis à la maison de Charenton. L'endroit, d'abord fréquenté par curiosité, est très vite devenu un lieu à la mode où il faut se montrer à tout prix. On vient en grande toilette se presser dans cette salle de théâtre faite de bric et de broc. Le nom de Sade est enfin sur toutes les lèvres et ses scandales n'y sont cette fois pour rien, même si on ne peut s'empêcher de se remémorer les exploits passés de celui qui parvient à faire jouer les fous. Mais ne faut-il pas l'être un peu pour oser pareil exploit ? C'est en tout cas ce qu'il se murmure dans les salons et tous désirent être le témoin de cette chose extraordinaire.

Donatien est impatient et ravi. Il se trouve à la porte de son théâtre et s'empresse d'accueillir les gens de cette caste qu'il n'a jamais réellement fréquentée. Hier, ils le détestaient, l'évitaient et voilà aujourd'hui qu'ils l'adulent. Le patient le plus célèbre de Charenton distribue les billets, se perd en salutations maladroites, court en coulisses, vérifie la cage du souffleur, s'enquiert de la bonne installation des premiers spectateurs. Cette salle est son territoire, et son monde se doit d'être parfait. Peut-être est-ce la raison pour laquelle il a demandé à certains acteurs de Paris de se joindre à sa troupe d'aliénés. Non seulement le déroulement du texte en gagne en qualité, mais il accentue davantage encore l'incroyable travail abattu par le marquis afin que ses protégés soient en mesure de donner la réplique à des professionnels, telle madame Saint-Aubin de l'Opéra-Comique qui le seconde parfois lors des répétitions.

Ce soir, deux pièces seront jouées, puis suivra un ballet. Un feu d'artifice sera même tiré dans le parc. Une véritable fête pour laquelle on a dû refuser du monde tant les demandes étaient nombreuses. Il faut dire que l'un des hommes qui seront sur scène ce soir est une célébrité. Un danseur jadis adulé qui fit danser Joséphine de Beauharnais, Juliette Récamier, madame Tallien et quantité de dames de la haute société. Un homme dont le nom est devenu celui d'une danse, plus précisément d'une figure du Quadrille, un pas créé par lui, le danseur aux célèbres entrechats et pas de gavotte devant lequel toutes les dames se pâmaient et les messieurs s'inclinaient. Malheureusement, l'étoile a pâli et fait bénéficier Charenton de ses dernières lumières. Une maison où Trénitz est interné suite à une incroyable crise de jalousie éprouvée lors d'un voyage en Italie. Depuis, entre deux instants de lucidité, il se prend tour à tour pour un roi, un empereur, un grand seigneur doté d'une incroyable richesse. Il n'est pas rare de le voir rajuster ses vêtements et marcher tête haute au milieu des autres malades qu'il se prend à voir comme sa Cour. Il exécutera tout à l'heure le menuet de la Reine. Afin de le convaincre, Donatien l'a conforté dans son délire de grandeur et l'a paré d'un habit doré en lui faisant porter l'épée au côté en donnant du *Votre Majesté* à tout-va.

Le brigadier vient frapper la scène et la salle se fait aussitôt silencieuse. Le rideau peut enfin se lever sous les applaudissements nourris d'une assistance déjà conquise. Les scènes se suivent devant des spectateurs amusés de voir ainsi donnés en spectacle de pauvres hères égarés sur les chemins de la folie.

La première pièce est un triomphe dont on parle avec enthousiasme à l'entracte non sans se moquer de la diction ou des comportements étranges de certains des protagonistes. La suivante l'est tout autant. Une comédie en deux actes écrite par le fameux marquis, *La fête de l'amitié*, où Sade et madame Quesnet jouent les rôles de monsieur et madame de Blinval et dans laquelle l'auteur n'a pu s'empêcher d'inclure une ode à peine dissimulée à son bienfaiteur, monsieur Coulmier déclamée par le personnage de Nymphéa. Le directeur, confortablement installé dans sa loge, ne peut que sourire en entendant ces vers qui, toutefois, ne lui font pas oublier les esclandres et les accès de fureur de Donatien qui viennent parasiter leur relation privilégiée.

On annonce le ballet et tout le monde retient son souffle. Personne n'a vu le célèbre Trénitz depuis des années, et le voici qui fait son entrée dans un entrechat dont lui seul a le secret. Il n'a rien perdu de sa superbe. Le plaisir qu'il éprouve à se retrouver sur scène est contagieux. Tout le monde est ému aux larmes. En coulisses, Donatien se repaît de cette réussite. Quelle belle revanche sur ceux qui l'ont placé arbitrairement ici ! Imaginaient-ils un instant que Charenton verrait la consécration de ses talents jusqu'à présent niés par tous ?

— Danse Trénitz ! Danse pour célébrer ma gloire ! murmure-t-il en épiant le bonheur sur les visages illuminés de cette assistance conquise.

Sur scène, Trénitz virevolte, tournoie, ses pieds ne touchent plus terre. Les doubles cabrioles et les contretemps s'enchaînent à un rythme effréné jusqu'au final où tous quittent leur siège et se mettent à ovationner le virtuose. Trénitz salue avec un air de majesté tel un souverain devant ses fidèles sujets et rejoint les coulisses avec une grâce infinie.

— Vous les entendez ? demande-t-il les yeux étincelants. Ils m'acclament enfin !

— Vous étiez fabuleux, répond Donatien tandis que deux membres du personnel s'approchent afin d'aider le danseur à quitter son costume.

— Mais que faites-vous ? Je vous interdis de me toucher !

— Le spectacle est terminé Ternitz. Il faut regagner votre cellule maintenant, ordonne l'un des sbires.

Le danseur se débat, se met à hurler, mais les applaudissements couvrent ses cris. Personne n'entend ses appels à l'aide.

— Je suis le roi ! Lâchez votre emprise immédiatement ou je vous fais raccourcir !

— Il est à nouveau en crise, réalise Donatien. Emmenez-le loin d'ici ! Personne ne doit savoir. Cette soirée est un triomphe. Faites immédiatement tirer les feux d'artifice, se met-il à hurler.

L'ordre est passé. Bientôt les premières détonations se font entendre. La foule se presse au-dehors dans un joyeux brouhaha afin de ne rien rater du spectacle. On place une main sur la bouche béante de Trénitz qui se contorsionne afin de s'extraire des bras de ceux qu'il prend pour des régicides.

On traîne le patient récalcitrant dans une salle en retrait des festivités. Une pièce obscure, semi-enterrée où le jour ne pénètre que par une ouverture minuscule traversée de barreaux. On le déshabille, le bâillonne sans ménagement puis on l'attache à l'un des mannequins d'osier adossé à l'un des murs humides et dont on referme à la hâte la partie supérieure.

On ferme à double tour la porte du cachot de ce roi déchu, nu et entravé.

Donatien remercie les employés comme s'ils étaient les siens et rejoint sans tarder cette foule qui l'attend sous les feux éclatants de sa gloire[88].

88 Trénitz s'éteignit le 16 juillet 1825 à Charenton.

92

Charenton.
Le 5 juin 1807

Les temps ont changé à Charenton.

La complaisance de Gastaldi envers la thérapie par le théâtre est révolue. Le praticien est décédé l'année dernière et celui qui occupe son siège n'est pas du genre à innover dans son traitement des malades, d'autant plus qu'il a pris en horreur le marquis et s'oppose régulièrement avec Coulmier à son sujet. La bienveillance du directeur envers Donatien n'est pas le seul point de discorde entre Coulmier et son nouveau médecin-chef, le docteur Royer-Collard. Celui-ci ne supporte pas le laxisme dont fait preuve Coulmier depuis des années. Les patients n'ont aucune fiche mentionnant leur identité, leur pathologie, leurs progrès ou même la date de leur entrée dans cette maison et l'établissement ne possède aucun règlement. Le directeur justifie ce manque d'informations par la volonté de protéger ses pensionnaires en des temps où la révélation de leur folie, même passagère, est pour eux synonyme d'une mort sociale irrémédiable. Cependant, Royer-Collard bénéficie de l'oreille attentive du ministère de l'Intérieur. La prudence est donc de rigueur.

Donatien, confortablement installé dans son cabinet, apporte des corrections à la prochaine pièce qui se jouera dans son théâtre des aliénés. Il peut entendre Constance répéter avec un certain talent son rôle dans la chambre mitoyenne. Son passé d'actrice est un atout dont ne pourrait se passer Donatien. À bien y réfléchir, il ne pourrait plus se passer du tout de son amie. Elle lui est nécessaire en tout. Son dévouement n'a d'égal que la gentillesse qu'elle met en toute chose.

Soudain, les déclamations inspirées de Constance cessent au beau milieu d'une réplique. Inquiet, Donatien pose sa plume. Sa bonne *Sensible* serait-elle victime d'un malaise ? Il se lève, s'apprête à se diriger vers son appartement et c'est à ce moment qu'il entend des pas dans le couloir.

— Laissez passer !

On ouvre sans ménagement la porte de son cabinet et aussitôt trois hommes vêtus d'habits sombres pénètrent chez lui, le visage inexpressif, les yeux froids, Constance à leur suite. L'un d'eux se met alors à proclamer sans la moindre émotion :

— Nous sommes ici sur ordre du ministre de la Police afin de fouiller ces pièces. Vous êtes suspecté de composer un ouvrage licencieux dans lequel des personnes en place seraient traitées avec une criminelle indécence, et où il serait même question d'événement lié à la politique extérieure.

Donatien n'a pas le temps d'objecter quoi que ce soit que les hommes de Fouché sont déjà occupés à fouiller dans ses tiroirs et dans sa bibliothèque. On trouve très vite des manuscrits que le supérieur de cette petite troupe inquisitrice se met aussitôt à feuilleter. L'impassibilité de ses traits se mue en une expression de dégoût.

— Cette lecture est révoltante ! Ce n'est qu'une suite d'obscénités, de blasphèmes et de scélératesses[89]. Il semblerait que vous ayez l'ambition d'aller au-delà des horreurs de *Justine* ou de *Juliette.*

— Pour la énième fois, je ne suis pas l'auteur de ces ouvrages et m'en suis toujours défendu.

L'autre fronce les sourcils.

— Vous seul croyez en ce mensonge, monsieur, et ces écrits tendent à prouver ce que vous vous efforcez de nier depuis toutes ces années.

Silence gêné de Sade contraint d'assister une fois encore à l'humiliation d'une perquisition.

— Vous deux ! Allez fouiller l'appartement de la femme Quesnet pendant que je continue ici.

— Vous n'y songez pas ! s'insurge Constance.

L'homme la toise se demandant comment une femme peut délibérément choisir de partager la vie d'un tel démon. Les raisonnements de ce sexe sont décidément impénétrables.

Devant l'inflexibilité du policier, Constance décide de suivre immédiatement ceux qui sont déjà en route pour s'immiscer dans son intimité.

---

89 Archives nationales, F7 6294.

Donatien assiste, impuissant, au retournement de ses tiroirs. C'est alors que le policier met la main sur une panoplie de godemichets.

— Je vois que vous n'avez pas renoncé à ces instruments du plus dégoûtant libertinage.

— Pourquoi renoncerais-je au plaisir ? D'ailleurs, peut-être devriez-vous en emmener un chez vous. Emportez celui qui vous fera plaisir !

L'autre ne prend pas la peine de répondre. Il replonge dans ce tiroir où bientôt un papier attire son attention. Il croit y avoir aperçu des mots que la morale réprouve. Il en lit attentivement le contenu.

— Vous écrivez vos souvenirs ?

Donatien ne répond pas. Il sait ce dont il s'agit. Un soir où il s'ennuyait, il a posé sur le papier les réminiscences de sa première partie de libertinage. La nostalgie n'est pas toujours triste, il arrive parfois qu'elle soit source de plaisir. Après s'être fait sodomiser de cinq heures du matin jusqu'à huit, il prit un malin plaisir à aller se confesser, à communier pour aller ensuite se livrer le reste de la journée à tous les excès de la débauche[90].

Le policier dont le visage trahit le dégoût poursuit cependant sa fouille. Des lettres dont il fait la lecture en diagonale. Soudain, son esprit ne parvient à concevoir ce que ses yeux lui transmettent. C'est impossible ! La chose est odieuse ! Les mains tremblantes, il s'empare d'autres courriers portant la même écriture, les parcourt... le doute n'est plus permis. Il ne s'agit pas d'une fiction quelconque.

90 Archives nationales, F7 3126.

La mine blafarde, il s'adresse au marquis.

— Qu'est-ce que ceci ? fait-il en tendant les papiers incriminés.

— Les divagations d'un homme que je ne connais pas, mais qui aime à m'écrire de temps à autre.

— Cessez de mentir ! Il ne peut s'agir de divagations. Les abominations qui y sont décrites sont trop précises. Vous avez donc des adeptes ? Des malades qui partagent vos déviances criminelles ? Ces lettres furent écrites quelques minutes seulement après que l'auteur de ce tissu d'horreurs a commis son forfait avec ses complices. Je lis qu'ils ont donné un breuvage spécial à des femmes, ce qui provoqua chez elles une mort apparente de plusieurs heures. Moment durant lequel ils jouirent d'elles de toutes les manières possibles, en leur infligeant quantité de supplices dont celui de leur soustraire à chacune trois bouteilles de sang. Qui est l'auteur de ceci, monsieur ? Répondez[91] !

— Je l'ignore.

S'il le pouvait, le policier emmènerait Donatien sur-le-champ. Il l'interrogerait avec énergie avant de le plonger dans une cellule de Bicêtre bien éloignée de cet appartement douillet où il bénéficie de beaucoup trop de confort au vu de ses crimes. Hélas ! Il a des ordres. Sade doit demeurer à Charenton. Le ministre ne désire nullement créer d'autres scandales autour de cette personne. Un procès serait catastrophique pour l'Empire et l'ordre qu'il souhaite établir. Sans parler du fait

91 Le préfet Dubois relate ces lettres dans le rapport qui sera remis à Fouché. Malheureusement, celles-ci ne se trouvent pas dans le carton des archives nationales et nous ne connaissons pas les suites qui y furent données.

qu'un tel événement pourrait laisser à penser que, tout comme sous la monarchie, les puissants profitent de la misère afin d'assouvir leurs plus bas instincts. Si Sade est condamné à demeurer ici, la police mettra cependant tout en œuvre afin de découvrir l'auteur de ces lettres abjectes et mettre fin à ces agissements. L'administration écoutera les recommandations de Royer-Collard qui se plaint déjà des trop grandes libertés accordées à cet indécrottable marquis.

Les policiers qui s'affairaient dans l'appartement de Constance reviennent avec fierté, les bras chargés de plusieurs manuscrits que Donatien venait de terminer. Tout lui est confisqué. Il ne reverra jamais rien de tout cela, Donatien le sait.

— Profitez de ces derniers instants de quiétude, monsieur le marquis ! Savourez-les ! lui lance celui que la lecture des lettres a horrifié.

Les trois hommes s'en vont sous le regard curieux de certains pensionnaires venus assister à cette drôle d'attraction.

— Déguerpissez bande de fous ! hurle Donatien. Partez ou je demande à ce que l'on vous plonge dans un bain de terreur !

Les malades prennent peur et se dispersent dans un claquement de porte tonitruant.

93

Charenton.
Fin d'année 1810

La découverte des lettres et des manuscrits n'a pas été sans conséquence. Les lettres adressées à l'empereur n'y ont hélas rien changé. Le gouvernement semble vouloir demeurer sourd face aux sollicitations du marquis. Des ordres ont même été donnés afin que Donatien soit isolé. On lui a tout d'abord interdit d'écrire et de recevoir des visites. Les oppositions du directeur Coulmier avançant que son établissement n'était pas une prison ont cependant permis quelques assouplissements au fil des semaines. Peu à peu, Donatien fut autorisé à se promener dans le jardin, à condition toutefois que ses sorties se fassent à des heures différentes de celles des autres malades. On lui avait même défendu de voir *Sensible*. Les interventions de Coulmier lui avaient permis les visites à la condition cependant qu'elle soit seule. Toute autre rencontre était proscrite. Au fil des mois, la situation est redevenue celle d'avant, mais on se méfie des coups bas de Royer-Collard. Celle d'avant… en fait, pas tout à fait.

Donatien n'est plus le même. Il est plus colérique, plus irascible, toujours insatisfait. L'ascendant qu'il avait sur les autres malades n'a fait que s'accroître, rendant les rapports ambigus qu'il entretient avec certains d'entre eux des plus suspects. Les rumeurs vont bon train depuis quelque temps tout comme une autre qui se fait insistante. Les différentes perquisitions chez Sade font parler. On se souvient des anciennes affaires, celles du siècle dernier et on en invente d'autres, car on l'accuse d'inceste à mots à peine couverts. La proximité de Donatien avec Constance Quesnet en est la cause, car Donatien a toujours présenté *Sensible* comme étant sa fille. Terrible ironie du sort quand on tait des privilèges dans le but de calmer les esprits et qu'on en devient plus suspect encore. Pourtant le marquis n'en a cure. De terribles événements l'ont plongé dans une certaine mélancolie. Son fils préféré, Louis-Marie, est mort au combat l'année dernière non loin de Naples[92]. On lui a transmis les effets qu'il portait sur lui. Donatien a placé le tout dans une enveloppe grise sur laquelle il a inscrit *Papiers trouvés sur mon fils, après sa mort*. Il ne se passe pas une journée sans que Donatien observe avec tristesse et regret le portrait de son fils accroché au mur de sa chambre, à côté de celui de la douce Anne-Prospère, feu sa tendre belle-sœur. Louis-Marie et lui se ressemblaient trop pour s'aimer sans heurt.

Comme si cela ne suffisait pas, l'été dernier ce fut au tour de Renée-Pélagie de rendre son dernier souffle[93]. Entourée de Laure, la pauvre femme devenue im-

92 Le 9 juin 1809
93 Le 7 juillet 1810

potente, sourde et presque aveugle, s'est éteinte un matin de juillet au château d'Echauffour où elles vivaient toutes deux depuis plusieurs années. Une épouse qui lui a tant donné et qu'il n'est pourtant parvenu à rendre heureuse.

L'homme de soixante-dix ans voit disparaître un à un ceux qui ont partagé ses jours et quantité de ses malheurs dont il était l'unique responsable. C'est en tout cas ce que tous ces défunts n'ont cessé de lui répéter, aussi bien Renée-Pélagie que ses parents ou encore son oncle l'abbé pourtant plus habitué à suivre lui aussi les voies impies de la luxure que celles impénétrables du Seigneur. Ces chers disparus ont vainement tenté de le maintenir sur les chemins de la raison. Maintenant qu'ils ne sont plus là, Donatien pourrait se perdre dans ses travers jadis reprochés avec vigueur, mais il n'en éprouve pas le besoin. Il a déjà tant vécu. Il n'est pas prêt à devenir un saint, mais ses plaisirs se font plus sages.

Perdu et diminué par une goutte qui le handicape, il préfère se raccrocher à des choses qui le rassurent. Comme il le faisait à la Bastille, il s'est donc remis à voir des significations dans les nombres. Il compte toute la journée : les pas effectués par *Sensible* pour se rendre d'un point à un autre, le nombre de pages écrites en une journée. Tout est sujet à interprétation. Comme à son habitude, il continue également de réclamer de l'argent à tout-va. Gaufridy démissionnaire, cette fois c'est à Claude-Armand, marié depuis un an et demi, de subir les invectives de son père. Les représentations théâtrales lui procurent encore du bonheur même s'il se refuse dorénavant à jouer à l'acteur. Il préfère laisser cela aux professionnels ou aux fous. Il a bien entendu certaines moqueries sur son jeu plus qu'approximatif et ses trous de mémoire. Alors, un plaisir en chassant un autre, dorénavant, à la fin du spectacle des fillettes de dix à douze ans viennent danser au son des flûtes et des violons. Sade admire, les autres applaudissent. D'ailleurs, il entretient depuis peu une relation avec une jeune fille de treize ans. Sa mère est infirmière ici et la petite Madeleine est apprentie au linge. Elle a même servi un temps chez *Sensible*, c'est ainsi qu'ils se sont connus. D'abord jalouse et après quelques crises, Constance a fini par consentir, en tout cas, elle ferme les yeux sur cette relation qui apparemment ne dérange aucunement la mère de la petite. Le cœur de Donatien est à *Sensible* qu'il a couchée sur son testament. Cette petite n'est qu'un retour de flamme d'un vieux monsieur. D'abord farouche, l'enfant s'est laissée séduire et partage désormais très souvent la couche de celui qui l'initie à des choses dont elle ne soupçonnait pas il y a peu encore l'existence et qui au début la faisaient rougir[94]. Donatien lui enseigne également des choses plus conventionnelles comme la lecture, l'écriture et le chant. Elle ne devrait d'ailleurs plus tarder.

---

94 Nous avons pu retrouver la trace de cette fille que tous les biographes de Sade nomment Madeleine Leclerc. D'après nos recherches, Marie Madeleine est née le 9 janvier 1797 et n'avait donc que 13 ans en 1810. Sa mère était bien infirmière. Madeleine se maria le 11mars 1813 avec Jean François Carre (1793-1834) qui était à l'époque aide-cuisinier à la Maison Royale de Charenton également. Ils eurent une fille, Marie Louis Mélanie Carre (1817-1908). Inédit.

Un froissement de tissus succède bientôt à un doux parfum aux effluves enivrants de la belle et juvénile Madeleine.

Un rire mutin. Elle est là !

Donatien tapote sur les couvertures. Dans un instant, elle viendra le rejoindre, nue et offerte. Madeleine ne le sait probablement pas, mais elle le maintient vivant.

94

Charenton.
Vendredi 2 décembre 1814

Une chambre de la maison de Charenton est plongée dans le noir. Seule une chandelle à la flamme vacillante brûle sur le chevet d'un homme au visage grimaçant. La veille on a transporté le marquis de Sade dans une autre chambre plus commode pour le soigner, où il est gardé par un étudiant en médecine du nom de Ramon. Voilà des jours que Donatien ne sort pas de son lit. De violentes douleurs dans le bas-ventre s'étendant jusqu'aux testicules le font terriblement souffrir et l'empêchent de marcher.

Madeleine n'a pas paru depuis le 27 novembre dernier. Sade le lui a interdit. L'agonie d'un vieillard n'est pas le spectacle le plus réjouissant sur Terre, encore moins quand il concerne un mal qui touche une partie d'un corps dont tous deux ont profité jusqu'à l'excès.

Sade ne peut s'empêcher de sourire entre deux râles. Ainsi il mourra par là où il vécut. S'il n'était athée, il croirait presque en une vengeance de ce Dieu que tous craignent. Un ultime châtiment en souvenir de Rose Keller, des prostituées de Marseille, des enfants de Lyon et de tant d'autres encore qui ont eu le malheur de croiser la route de cet homme, aujourd'hui à l'agonie.

Le sourire se fait grimace.

Donatien a beau faire croire à tous que demain il n'y paraîtra plus, il sait pourtant que son corps sera bientôt mis en terre. D'ailleurs il l'a encore répété à Claude-Armand qui est venu lui rendre visite tout à l'heure, il ne veut pas d'autopsie. Sur ce point il a été très clair. Il est hors de question qu'il devienne un sujet d'étude. Il partira avec ses mystères. Ils font partie de sa légende. Un dernier pied de nez aux bienpensants, Donatien souhaite être enterré à l'ombre d'un chêne. Ainsi, chaque année, des glands viendront orner sa tombe et, espère-t-il, contribueront à faire disparaître sa sépulture de la surface de la Terre.

Sa respiration se fait soudain bruyante.

— *Sensible* ! Ma douce *Sensible* ! râle-t-il.

Ramon se précipite à son chevet et lui fait avaler quelques gorgées d'une potion contre l'engouement pulmonaire à forme d'asthme[95].

Madame Quesnet n'est pas là. On préfère garder dans l'ignorance le patient. Il ne doit pas savoir que des ordres ont été donnés par son fils afin de la garder à l'écart.

— On m'a toujours reproché de vivre trop. Patience ! Le malheur et le désespoir ouvrent mon cercueil. J'y descends[96].

95 *Notes sur M. de Sade*, L.J. Ramon.

96 Inspiré d'une lettre de Sade à Mme de Bimard, mère de l'épouse de Claude-Armand,

Le médecin n'a pu distinguer les dernières paroles du marquis murmurées dans un dernier effort. Il ne les lui fait pas répéter. Le patient doit se reposer.

Après un instant, la respiration se fait plus calme.

Ramon regagne sa chaise et somnole. En prenant son service à Charenton il y a un mois, il ne soupçonnait pas qu'il veillerait sur les derniers instants de l'auteur des sulfureux *Justine* et *Juliette*. Il se dit dans les couloirs que l'état de santé du marquis a décliné fortement après l'interdiction faite par le ministère de l'Intérieur des représentations théâtrales, des bals et des concerts au sein de la maison de Charenton. Ainsi on mettait fin à cette gloire éphémère qu'il avait poursuivie toute sa vie. Il avait tenté une dernière fois d'envoyer certaines de ses pièces à la Comédie Française, mais on les refusa à nouveau. Ajouté à cela le départ de Coulmier que l'on avait contraint à démissionner et le coup de grâce était donné. Le patient excentrique de Charenton redevenait presque un pensionnaire comme les autres.

Le jeune médecin sursaute.

Il n'entend plus la respiration de celui dont il a la charge.

Il se dirige précipitamment vers le lit et porte son oreille à la bouche entrouverte du marquis. Ramon se relève d'un bond, puis se met désespérément à chercher un pouls.

Il jette un œil à sa montre à gousset.

Il est un peu plus de dix heures du soir. Tout est calme.

---

datée du 4 mai 1811.

Le marquis de Sade vient de mourir doucement, en toute discrétion, à l'âge de soixante-quatorze ans.

ÉPILOGUE

PARIS. 1815

Un homme aux tempes grisonnantes se tient debout dans la cour de la préfecture de police de Paris devant un tas de bois que l'on va bientôt embraser. Le vent qui semble se lever permettra d'en finir au plus vite.

Claude-Armand de Sade et sa sœur Laure ont renoncé à la succession de leur père, car le domaine de Saumane croulait sous les hypothèques. Le reste des affaires de Donatien de Sade fut quant à lui vendu aux enchères durant lesquelles Claude-Armand se porta acquéreur d'une malle renfermant certains manuscrits de son père.

Le corps du marquis fut enseveli dans le parc de la maison de Charenton et la tombe, ironie cruelle, surmontée d'une croix. Madame Quesnet fut tenue à l'écart de toutes les démarches entreprises à la suite du décès de celui dont elle partagea pourtant la vie durant vingt longues années. Elle ne sut jamais les généreuses dispositions qu'avait prises Donatien la concernant. Toutefois reconnaissant, le dernier descendant mâle du marquis lui allouera une rente mensuelle de cinquante francs.

Des policiers arrivent enfin dans la cour, les bras débordant de manuscrits et de cahiers divers. Celui qui ferme la marche porte une torche qu'il approche des fétus dans un geste qui se veut cérémonial. Les flammes ne tardent pas à dévorer le bois mort et aussitôt les hommes de loi jettent dans le brasier les écrits de celui dont le nom fait encore frémir d'horreur. On livre ainsi au bûcher quantité de manuscrits et de cahiers saisis par la police lors des nombreuses perquisitions à Charenton, mais aussi certains ouvrages dont Claude-Armand a hérité et qui ont été jugés contraires aux bonnes mœurs. Une promesse que le dernier fils de Sade avait faite au Préfet de police Delavau.

Une tempête de flammes se nourrit avec voracité de ces textes qu'il faut soustraire à jamais aux regards des mortels. Une œuvre qu'il faut oublier. L'héritage d'un homme dont il faudra taire le nom jusqu'à en nier l'existence.

Ayant à présent l'assurance que tout sera détruit dans cet autodafé que son père n'aurait pas manqué de condamner de toutes ses forces, Claude-Armand salue les fonctionnaires d'un mouvement de tête expéditif avant de quitter la Préfecture avec la ferme résolution de ne plus jamais évoquer son père, feu le marquis de Sade.

Bibliographie

– ALMERAS Henry d', *Le marquis de Sade : l'homme et l'écrivain, d'après des documents inédits, avec une bibliographie de ses œuvres,* Paris, Albin Michel, 1906.

– BOURDIN Paul, *Correspondance inédite du marquis de Sade, de ses proches et de ses familiers*, Paris, Librairie de France, 1929.

– FARINA Marie-Paule, *Sade et ses femmes. Correspondance et journal*, Éditions François Bourin, 2016.

– FAUVILLE Henri, *La Coste, Sade en Provence*, Edisud, 1984.

– HARDY Siméon Prosper, *Mes loisirs, ou Journal d'événements tels qu'ils parviennent à ma connaissance : (1753-1789.)*, Hermann, 2014.

– HEINE Maurice, *Le marquis de Sade*, Gallimard, 1950.

– LELY Gilbert, *Vie du marquis de Sade*, Gallimard, 1952.

– LEVER Maurice, *Donatien Alphonse François, marquis de Sade*, Paris, Fayard, 1991.

– MARAIS Mathieu, *Journal et mémoires*, Paris, 1863-1868.
– ONFRAY Michel, *La Passion de la méchanceté sur un prétendu divin marquis*, Paris, Éditions Autrement, 2014.

Remerciements

Cela fait aujourd'hui dix ans qu'a paru mon premier bébé, comme j'aime à appeler mes ouvrages. Celui-ci est néanmoins un peu particulier, car il clôture une trilogie que je n'envisageais pas lorsque je débutais l'écriture de *L'affaire Rose Keller*. Ce qui m'a surtout poussé à entreprendre cette tâche immense est que, pour une fois, il m'était permis de mettre en lumière toutes ces femmes qui ont croisé la route du marquis et qui, chacune à leur mesure, ont marqué de leur empreinte cette vie incroyable et néanmoins oubliée d'un homme dont tout le monde pourtant connaît le nom.

Dix années à vous rencontrer dans les salons du livre, en France ou à l'étranger, à pouvoir discuter avec vous de toutes ces figures oubliées de notre Histoire. Dix années durant lesquelles les libraires, de plus en plus nombreux, m'ont fait confiance. Merci à eux. Ce sont les libraires qui nous permettent d'exister auprès de vous. Ces entremetteurs de la culture sont un maillon essentiel dans la chaîne du livre et ils sont pourtant en danger, surtout par les temps compliqués que nous traversons. Alors, privilégiez-les toujours pour vos achats.

Je tiens à vous remercier, vous les lecteurs, mais aussi les blogueurs et chroniqueurs pour tous ces moments de bonheur que je vis grâce à vous depuis 2010. Votre fidélité est un cadeau inestimable et précieux. Une fidélité que vous m'avez témoignée encore ces derniers mois alors que la sortie de ce dernier tome était sans cesse repoussée. Je ne vais pas m'épancher sur un épisode que nous préférons tous oublier. Je ne remercierai jamais assez les Éditions IFS d'avoir repris le flambeau.

Un merci tout particulier à Gérard Collard de la Griffe Noire qui, par ses interventions télévisées et radiophoniques depuis *Zamor, le nègre républicain* m'a certes soutenu, mais m'a surtout aidé, sans le savoir, à poursuivre dans cette voie semée d'embûches et génératrice de bon nombre de découragements. Comme tant d'autres auteurs, Gérard, je vous dois beaucoup.

Merci à Nadine Monfils et à Maryline Martin pour leur amitié, leurs encouragements et cette folie douce qui fait du bien.

Mes remerciements vont également à Olivier, Marie-Agnès et Nathalie pour leur œil aiguisé sur ce texte que je vous propose aujourd'hui.

Une nouvelle décennie commence.

Dans la même collection

Claustrations, Salvatore Minni, 2019 (Prix Mot Passant 2018 * Prix Coup de Coeur du Jury du Prix du Balai d'Or 2019)
La Catabase, Jack Jakoli, 2019 (Prix Découverte de l'Iris Noir Bruxelles 2020 * Prix Coup de Coeur du Jury Noir Charbon 2020)
Les parapluies noirs, Chris Loseus, 2019
La parole du chacal, Clarence Pitz, 2020
Ma vie sera pire que la tienne, Williams Exbrayat, 2020
L'Ange du mal, Gilles Caillot, 2021
Réminiscence, Gilles Caillot, 2021
Immondanités, Gilles Caillot, 2021
Les ailes arrachées des anges, Gilles Caillot, 2021
Le crépuscule des éléphants, Guillaume Ramezi, 2021
Ineffaçables, Clarence Pitz, 2021 (Prix Mordus de Thrillers 2020 * Prix Sang pour Sang Thriller de Longperrier 2020)
L'affaire Rose Keller, Ludovic Miserole, 2021
Les filles du panier, Ludovic Miserole, 2021
Le crépuscule d'un libertin, Ludovic Miserole, 2021

Phénix Noir